Drei ist keine gerade Zahl

Ella Berg

Siv Matthesen fehlt eigentlich nur noch eins: ein Antrag von ihrer großen Liebe Simon. Doch er ist immer öfter auf Dienstreise und Siv fragt sich, warum er ihr nicht die Frage aller Fragen stellt.

Dann trifft sie ihren neuen Kollegen Kian und er scheint all das zu sein, was sie bei Simon vermisst. Und er macht ihr klar, dass er Interesse an ihr hat.

Siv wird auf eine harte Probe gestellt und ist zerrissen zwischen zwei Männern, denen sie ihr Herz schenken möchte. Wie lange kann sie das durchhalten? Und wird sie mit den Konsequenzen ihres Handelns leben können?

Tauche ein in die mitreißende Geschichte über Liebe, Vertrauen und die schwierige Suche nach der wahren Bedeutung von Glück. *Drei ist keine gerade Zahl* ist ein fesselnder Roman über Liebe und Entscheidungen, die unser Leben verändern.

Ella Berg

Drei ist keine gerade Zahl

Bibliografische Information der Deutschen Nationalbibliothek: Die Deutsche Nationalbibliothek verzeichnet diese Publikation in der Deutschen Nationalbibliografie; detaillierte bibliografische Daten sind im Internet über http://dnb.dnb.de abrufbar.

Lektorat: Ella Berg, S. Golbs, T. Bergmann, ChatGTP
Korrektorat: S. Golbs, T. Bergmann
Umschlag- und Buchgestaltung: Ella Berg

Verlag: BoD · Books on Demand GmbH, In de Tarpen 42,
22848 Norderstedt
Druck: Libri Plureos GmbH, Friedensallee 273, 22763 Hamburg

ISBN: 978-3-7693-0322-3

Kapitel 1

Lippen legten sich auf meine Augenlider, erst auf das linke, dann auf das rechte, und weckten mich.

Ich blinzelte in das Halbdunkel des Schlafzimmers und lächelte meinen Freund an. Er hatte mich geküsst. Und er hatte Kaffee dabei.

»Ich hab echt Glück, dass du ein Frühaufsteher bist«, nuschelte ich und nahm den Kaffeebecher. »Sonst würde ich jeden Tag verschlafen.«

Simon grinste und setzte sich neben mich, dabei schlang er seinem Arm um meine Schultern. »Ja, das ist schon ziemliches Glück, da hast du recht. Ich habe mir auch etwas besonders Schönes für unser Date am Donnerstag einfallen lassen.«

»Das klingt gut«, sagte ich und schmiegte mich an ihn. Wir versuchten, wenigstens einmal pro Monat zusammen essen zu gehen. Simon und ich hatten beide stressige Jobs – er mit vielen Dienstreisen und ich saß öfters bis spät in die Nacht im Büro oder auf der Werft, da ich für eine Reederei arbeitete.

Unsere Date-Night war uns superwichtig. Besonders diese, denn sie war gleichzeitig unser Jahrestag, und so wie Simon deswegen herumdruckste und gleichzeitig immer wieder davon anfing, hoffte ich, dass es ein Verlobungsabend wurde.

»Schade, dass wir keine Zeit mehr haben«, sagte Simon kurz darauf und küsste mich. »Ich würde lieber mit dir im Bett bleiben, aber heute ist dein Kick-off.«

»Ich weiß«, seufzte ich und schwang die Beine über die Bettkante. »Heute startet auch endlich der neue Kollege. Ich bin sehr gespannt, wie es wird.«

»Stressig, aber auch schön, so wie immer«, meinte er.

»Du musst es ja wissen, schließlich hast du das selbst jahrelang gemacht«, erwiderte ich, während ich Zähne putzte. So hatten Simon und ich uns kennengelernt: er war Schiffselektriker und arbeitete bei meinem ersten Projekt mit. Es hatte also buchstäblich gefunkt. Mittlerweile hatte er den Job gewechselt, weil er ein tolles Angebot bekommen hatte, und wir wohnten zusammen.

Für mich war der nächste logische Schritt, den Mann zu heiraten, den ich liebte.

Doch fürs Erste wartete ein neuer Arbeitstag auf mich.

Als ich auf das Werftgelände fuhr, empfing mich sofort der Geruch von Metall und Maschinenöl – eine Mischung, die für mich mittlerweile heimelig war. Überall herrschte rege Betriebsamkeit. Die Klänge von Schweißbrennern und das dumpfe Hämmern auf Stahlplatten hallten von den riesigen Hallenwänden wider.

Ich brachte meine Sachen ins Büro und ging hinüber zur Kaffeeküche. Dort begrüßte ich meine Kolleginnen Juli und Fabia, die gerade an der Kaffeemaschine standen und sich über das Wochenende unterhielten. Ich winkte auch Olivia, unserer Teamleiterin, die wie immer hektisch telefonierte, ihre Nervosität lag spürbar in der Luft. In der Hand hatte sie eine Espresso-Tasse – vermutlich schon die dritte heute.

»Das neue Projekt muss gut werden«, schärfte sie uns ein, als sie aufgelegt hatte. »Gerade vom Terminplanungsteam hängt sehr viel ab.«

Das wusste ich. Ich kannte schließlich meinen Auftrag: den Umbau der Megayacht. Mit einem neuen Kollegen, der das Projekt von der technischen Seite betreute.

Jetzt klingelte Olivias Handy und sie lief los, um diesen neuen Kollegen abzuholen. »Wartet hier auf uns, ich brauche noch einen Espresso!«, rief sie uns über die Schulter zu.

»Na, ob das eine gute Idee ist?« Juli holte einen weiteren Kaffeebecher aus dem Schrank. »Vielleicht sollten wir dem Neuen gleich einen Whiskey ausgeben, damit er den Tag übersteht. Olivia ist mal wieder in Höchstform.«

»Lieber nicht«, meinte ich. »Ich brauche ihn voll einsatzfähig. Und an Olivia muss er sich gewöhnen.«

Unsere Teamleiterin kam mit dem Neuen zurück. Ich sah ihn an und zog die Augenbrauen leicht hoch. Neben mir pfiff Juli durch die Zähne und Fabia murmelte irgendein Jugendwort vor sich hin, das ich nicht kannte, aber zweifellos sagte, dass er … schön war.

Ich wusste, dass er Kian Sand hieß, neunundzwanzig Jahre alt war und aus Aurich kam. Jetzt bemerkte ich seine strahlend grünen Augen, sein ebenmäßiges Gesicht und einen athletischen Körperbau.

›Hey, bleib professionell!‹, ermahnte ich mich still, während ich mir gleichzeitig eingestand, dass es schon eine Weile her war, dass wir so einen attraktiven Kollegen im Team hatten.

»Alter Schwede, hast du ein Glück«, raunte mir Juli zu, aber ich lächelte nur leicht und sagte nichts. ›Jetzt nicht ablenken lassen!‹ Olivia und Kian traten vor uns und ich straffte mich unmerklich. Jetzt ging es los. Heute war ein wichtiger Tag.

»So Leute, da ist er nun. Willkommen, du kommst zur richtigen Zeit«, sagte Olivia mit Blick auf ihr Smartphone.

»Du betreust mit Siv den Umbau der *Sea Lady*, wie du weißt.« Jetzt sah sie auf, ihre braunen Augen funkelten. »Das ist ein Hammerprojekt für den Anfang. Gut, dass du mit Siv eine erfahrene Kollegin an deiner Seite hast.«

Kian blickte fragend in die Runde, um herauszufinden, wen sie meinte. Ich trat vor und reichte ihm die Hand. »Ich bin Siv. Siv Matthesen. Schön, dass du da bist, Kian.«

Er lächelte mich strahlend an und ich musste einfach zurücklächeln. Trotzdem war ich wachsam. Ich hatte schon Erfahrungen mit gutaussehenden Kollegen gemacht – nicht alle waren positiv. ›*Ich hoffe, er sieht nicht nur gut aus, sondern hat auch im Job was drauf. Ich kann keinen eingebildeten Typen gebrauchen, der denkt, er wäre der King. Von dem Projekt hängt viel ab. Wir müssen liefern. Aber das werde ich ja bald herausfinden.*‹

»Die *Sea Lady* liegt schon im Trockendock. Willst du sie dir ansehen? Dann weißt du gleich, womit du die nächsten Monate deines Lebens verbringen wirst«, bot ich an.

»Klar, gerne«, sagte er sofort. Ich mochte seine Stimme. Tief mit einem samtigen Timbre.

›Okay, Fokus, Siv‹, dachte ich und nickte ihm freundlich zu. »Ich hole schnell mein Tablet, dann kann es losgehen. Bin gleich zurück«.

Auf dem Weg zu meinem Büro atmete ich tief durch. ›*Erster Eindruck: positiv. Jetzt sehen wir weiter.*‹

Ich holte mein Tablet und checkte noch schnell den Projektplan und meine Mails.

»Na, Glückspilz«, meinte Juli und lehnte sich in die Tür unseres Büros, als ich aufsah. »Ich muss ja zugeben, dass ich echt neidisch auf dich bin. Kannst du für mich rausfinden, ob er Single ist?«

»Das gute Aussehen bringt mir nichts, wenn er seinen Job nicht kann«, erwiderte ich.

Juli rollte mit den Augen. »Das sagt sich so leicht, wenn man den Traummann schon gefunden hat.«

»Ist ja schon gut. Ich finde für dich raus, ob er Single ist. Unauffällig und bestimmt nicht heute.«

»Ach, du bist eine echte Freundin. Trotzdem wäre es gut, wenn du es vor Sventje schaffst. Nicht, dass er auf ihrer Liste landet«, sagte sie.

»Dann geh hin, reiß ihn an dich und küss ihn«, stichelte ich. »Ich möchte nichts mit dem merkwürdigen Duell zwischen meinen besten Freundinnen zu tun haben.«

»Es ist kein Duell«, berichtigte sie mich. »Es ist ein sportlicher Wettkampf unter zwei Single-Frauen, die den richtigen Mann noch nicht gefunden haben. Und ich liege leider weit hinten, weswegen ich deine Hilfe brauche.«

»Schon gut«, brummte ich. »Aber bitte lasst mir den Kerl heil, ich muss noch mit ihm arbeiten. Da kann ich keinen Liebeskummer ertragen. Weder bei ihm, noch bei euch.«

Juli grinste frech, als ich jetzt an ihr vorbeiging. »Jede Frau braucht Hobbys, das weißt du doch.«

»Ja, ich weiß, ich bin ja auch immer dabei«, seufzte ich gespielt und ging zurück in die Halle.

Kian redete gerade mit Olivia und bekam vermutlich ihre übliche Motivationsrede zu hören: »Wir leisten Arbeit auf höchstem Niveau, deswegen können wir uns keine Fehler erlauben. Es geht hier um viel Geld, deswegen können wir uns keine Fehler erlauben. Die Erwartungen der Firma und der Kunden sind hoch, deswegen können wir uns keine Fehler erlauben …« Und immer so weiter.

Ich kannte das zur Genüge und wusste, dass diese Litanei eher demotivierend wirkte – vor allem am ersten Tag. Ich sollte nett sein und Kian schnellstmöglich wegholen.

»Hey Olivia, darf ich Kian mitnehmen? Das Team wartet auf uns«, unterbrach ich sie freundlich.

»Natürlich«, sagte Olivia geschäftig. »Zeit ist Geld. Viel Geld. Deswegen können wir uns keine Fehler erlauben.«

»Ich weiß. Wir eilen.« Ich zog Kian hinter mir her.

»Wow, sie ist hart drauf«, sagte er und rieb sich den Nacken. »Ich hab ein bisschen Schiss vor ihr.«

»Das ist vernünftig. Olivia steht unter enormem Druck und hat quasi eine Standleitung zu unserer Zentrale«, sagte ich und nickte ans andere Ende des Trockendocks.

Dahinter befand sich die Firmenzentrale, wo alle, die nichts direkt mit den Umbauten zu tun hatten, arbeiteten. Ich war in den fünf Jahren, die ich hier arbeitete, vielleicht viermal im WS-Gebäude. Mir war mein Technikteam aber auch viel lieber als die Gestressten aus dem Office. Weil wir eine britische Firma waren, wurde dort viel Englisch gesprochen. Noch ein Grund, warum ich nicht mit Olivia tauschen wollte.

Wir befanden uns in der Großen Halle des Trockendocks, in der die Schiffe kernsaniert wurden. Unser Ziel, die *Sea Lady*, war eine Megayacht, die den Besitzer gewechselt hatte und nun luxussaniert wurde. Ein beträchtlicher Teil unseres Jahresumsatzes hing von diesem Projekt ab, das erwähnte Olivia täglich mindestens dreimal.

Verantwortlich für das Projekt waren Kian und ich. Er kümmerte sich um die technischen Aspekte des Umbaus, koordinierte die Teams und war die Schnittstelle zur Projektleitung. Ich war für die Termine und die Meilensteine des Projekts zuständig, die ich in einem Planungstool erfasste. Damit das Projekt gelang, mussten wir ein gutes Team sein. Ich hoffte, dass ihm das klar war. Hoffentlich wusste er fachlich, was er tat, denn da konnte ich ihm nicht helfen.

Wir ließen die Büros hinter uns, liefen am Materiallager vorbei und erreichten die Umkleiden, bevor wir zum Trockendock kamen, wo die *Sea Lady* lag.

»Hier ist die Schutzkleidung. Du kennst dich ja aus, oder?«, fragte ich.

»Na klar. Diese Helme wird es nie in einer sexy Ausführung geben«, scherzte er und setzte einen auf, als wäre er ein Model. Ich musste lachen.

»Das stimmt leider. Aber hey, wir machen einfach das Beste draus, okay?«, sagte ich und griff nach meinem.

»Eine schöne Frau kann nichts entstellen.«

Ich blinzelte. »Ähm ... okay ... danke ...«

»Sorry, das ist mir so rausgerutscht«, sagte er sofort. »In meiner alten Firma haben die älteren Kollegen ständig solche Sprüche gemacht. Ich dachte, ich wäre immun gegen diese Onkeligkeit, aber jetzt muss ich feststellen, dass ich mich angesteckt habe.«

»Onkeligkeit?«, fragte ich nach.

»Du weißt schon: Der unangenehme Großonkel, der sich auf jeder Familienfeier danebenbenimmt«, erklärte er.

»Naja, dafür bist eigentlich noch zu jung, oder?«, erwiderte ich lächelnd.

»Hoffe ich doch. Wie gesagt, kommt nicht wieder vor«, versprach er.

»Schon vergessen. Ich verbuche das einfach als Nervosität wegen deines ersten Tages.«

»Das ist sehr großzügig, danke dir«, sagte er und zwinkerte mir zu. Ich unterdrückte den Impuls, die Augenbrauen hochzuziehen Wollte er nur charmant sein oder ging das bereits als Flirt durch? Ehrlich gesagt passte mir beides nicht. Unauffällig warf ich ihm einen Blick zu.

›*Hoffentlich ist er kein Poser. Ich habe zwar Humor, aber das geht zu weit. Egal, wie hübsch er ist.*‹

Wir erreichten das Dock, in dem die Yacht gestern angekommen war. Sie war wunderschön, auch in ihrem alten Zustand. Ich freute mich auf die Verwandlung, die sie dank unserer Teams durchmachen würde. Daran musste ich mich halten, wenn der Stress zu groß wurde.

»Du bist Schiffbauingenieur, richtig?«, fragte ich, obwohl ich seinen Lebenslauf kannte. Sein Bewerbungsfoto wurde ihm nicht im Geringsten gerecht.

»Richtig. In den letzten zwei Jahren habe ich auf einer Werft gearbeitet, die ähnliche Yachten baut. Deswegen habe ich diesen Job bekommen«, erzählte er.

»Das ist sehr gut, dann weißt du ja in etwa, was auf uns zukommt: unglaublich viel Arbeit«, erwiderte ich. »Der Zeitplan ist echt eng.«

»Zusammen kriegen wir das sicher hin«, lächelte er mich wieder auf diese flirty Art an.

»Hoffentlich«, murmelte ich und blieb am Rand des Docks stehen, um auf das Oberdeck zu blicken. Im Inneren des Schiffs waren laute Geräusche zu hören, unser Team hatte bereits mit der Demontage angefangen.

»Es wird schon gearbeitet?«, fragte Kian erstaunt.

»Die Liste mit den Umbauwünschen ist dreizehn Seiten lang, wenn man die Schrift auf Ameisengröße verkleinert. Deswegen haben wir heute angefangen, das Mobiliar zu entfernen. Ich stelle dir die Teamleiterin der Technik vor. Sventje!«, schrie ich, als das Hämmern und Flexen im Inneren des Schiffes kurz aufhörte. »Bist du da?«

»Ja! Moment!«, kam eine Stimme aus dem Inneren der Yacht. Kurz darauf kam Sventjes brauner Haarschopf zum Vorschein. Sie blieb stehen, betastete ihren Kopf, auf dem der Helm fehlte, und lächelte entschuldigend.

Wenigstens baumelte die Schutzbrille um ihren Hals, also hoffte ich, dass sie sie bis eben getragen hatte. Einen Arbeitsunfall konnten wir uns nicht erlauben. Außerdem war sie meine Freundin und ich brauchte sie unversehrt.

»Kian, das ist Sventje Grat, Schiffselektrikerin und Leiterin unseres Technikteams. Svenni, das ist Kian, der neue technische Projektleiter«, stellte ich vor.

Sventje kam an die Reling und schüttelte Kians Hand. »Hey Kian, nett, dich kennenzulernen. Da kommt Arbeit auf dich zu«, sagte sie grinsend.

»Das höre ich seit meiner Ankunft ständig.«

»Ist leider die Wahrheit«, feixte sie. Jetzt kamen auch die anderen Teammitglieder an Deck und stellten sich Kian vor. Derzeit arbeitete ein kleines Team an der Demontage, doch mehr Elektriker, Tischler und Schweißer standen auf Abruf bereit. Dazu kamen diverse andere Leute, die sich mit dem Besitzer, den Lieferanten und anderen Stellen auseinandersetzten. Zum Glück kannte Kian sich schon aus. Ihm die Zusammenhänge zu erklären, hätte sonst ewig gedauert.

»Ich fühle mich manchmal wie das weiße Kaninchen in ›Alice im Wunderland‹«, murmelte ich mit Blick auf mein Tablet, als wir später auf dem Weg zum Büro waren. »Keine Zeit, keine Zeit. Ich bringe dich auf den neuesten Stand, aber dir fehlen natürlich alle Vorverhandlungen und Absprachen.« Ich schüttelte den Kopf. »Egal, ich mache dich fit.« Wir erreichten die Umkleidekabinen und nahmen die Sicherheitshelme ab.

»Ich freu mich drauf«, sagte er lächelnd und stellte sich dicht neben mich, um mit aufs Tablet zu schauen. »Und irgendwie habe ich das Gefühl, dass wir ein gutes Team sein werden, Siv.«

»Hey, du hast dir gemerkt, wie mein Name richtig ausgesprochen wird«, sagte ich überrascht. Das bekamen die wenigsten hin. Siv. Scharfes S, langes I, kurzes W. Den meisten musste ich das öfter sagen, aber Kian hatte es sich gleich gemerkt.

»Natürlich. Du bist doch jetzt der wichtigste Mensch in meinem Arbeitsleben«, erwiderte er gutgelaunt.

»Das ist übertrieben«, sagte ich schnell und spürte, dass meine Wangen warm wurden. Da hatte er ja genau meinen Triggerpunkt gefunden: mein Helfersyndrom.

Ich rieb mir den Nacken und konzentrierte mich wieder auf meinen Job. Von diesem Projekt hing viel ab. Ich wollte nicht diejenige sein, die die Firma in finanzielle Schwierigkeiten brachte.

Ich sah meinen neuen Kollegen noch einmal an, während er seinen Helm wegräumte. Mich selbst wollte ich auch nicht in Schwierigkeiten bringen. Dazu musste ich wachsam bleiben und ihm rechtzeitig Bescheid sagen, wenn es mir zu bunt wurde.

Der Tag wurde anstrengend. Ich musste Kian in die Details des Projekts einarbeiten und lief mindestens fünfmal mit ihm durch die komplette Halle, um ihm alle Leute vorzustellen, die er kennen musste. Am Umbau einer Luxusyacht waren unzählige Menschen beteiligt.

»Und wir müssen mit jedem sprechen, damit der Terminplan so realistisch wie möglich ist. Wenn sich nur einer verrechnet, haben wir ein Riesenproblem«, sagte ich.

Wir saßen an meinem Schreibtisch vor meinen vier Bildschirmen und betrachteten den Projektplan. Kians Augen wurden immer größer, je länger ich redete und sein Blick zuckte unruhig zwischen meinem Gesicht und den Monitoren hin und her.

»Das ist viel Verantwortung«, murmelte er. »Und sehr umfangreich.«

»Haben sie dir das verschwiegen?«, fragte ich direkt.

»Nein, aber ...«

»Schon okay, das ist nicht das erste Mal, dass ich so ein Projekt betreue«, beschwichtigte ich. »Ich kenne die Abläufe und die Leute. Wichtig ist, dass wir uns die Aufgaben aufteilen. Du sprichst mit den Technikern und allem, was dazu gehört, ich mit dem Rest. Und ich bin ein Genie, was Termine und Übersichten angeht.« Ich grinste.

»Das stimmt«, sagte Juli hinter ihrem Schreibtisch.

»Siv ist eine Göttin der Terminplanung«, ergänzte Fabia und nickte nachdrücklich, sodass ihre braunen Locken wippten. »Und die zweite sitzt hier neben mir.« Damit zeigte sie auf Juli, die divenhaft ihr Haar nach hinten warf. Ich warf ein Papierkügelchen nach Fabia und sie lachte sich kaputt.

»Ihr mögt euch«, stellte Kian fest. »Das ist schön. Juli und Fabia, oder? Gehört ihr auch zu unserem Team?«

»Nein, ihr müsst leider ohne uns auskommen«, sagte Juli bedauernd und zwirbelte eine hellblonde Haarsträhne. »Ich betreue ein anderes Projekt und unsere Werkstudentin Fabi hilft mir.«

»Noch«, erwiderte ich. »Olivia hat versprochen, dass Fabia uns unterstützt, wenn es eng wird.«

»Sivy, ich lass dich nicht hängen«, versprach Fabia und wedelte mit den Händen. »Ich hab's drauf, mit den Dudes im Dock zu schnacken.«

»Fabia ist unsere Techniker-Flüsterin«, erklärte ich Kian. »Sie macht alle gefügig.« Fabia machte ein Peitschengeräusch und kriegte sich nicht mehr ein vor Lachen.

Kian grinste und ich war froh, dass er locker war. Mit jemandem, der zum Lachen in den Keller ging, konnte ich nichts anfangen. Manchmal mussten wir albern sein, um den Stress zu kompensieren.

»Kommt ihr mit zum Mittagessen?«, fragte Olivia, die gerade hereinkam, wie immer das Handy im Anschlag. Sie hatte ununterbrochen die Zentrale am Telefon, die ständig nach dem Status fragte.

Ich war froh, dass mir das erspart blieb.

»Klar.« Ich stand auf und schnappte meine Tasche. Kian erhob sich im gleichen Moment und wir prallten zusammen.

»Sorry, tut mir leid«, sagte er und schob sich aus der Lücke zwischen Wand und Schreibtisch. Ich fiel beinahe über seinen Stuhl und rappelte mich mühsam auf.

Meine Wangen glühten vor Scham.

»Nicht so stürmisch, ihr zwei«, spottete Olivia. »Nicht, dass mir Klagen kommen. Ihr sollt arbeiten, nicht übereinander herfallen, verstanden?«

»Wir müssen noch an unserer Choreografie arbeiten«, murmelte ich und befreite mich von den widerspenstigen Möbeln. »Kommt ihr mit?«, fragte ich Juli und Fabia.

»Heute nicht, wir haben gleich einen Termin«, sagte Juli winkend. »Guten Appetit!«

Wir gingen mit Kians Vorgesetzten Fred, dem Leiter des technischen Projektmanagements, und Sventje zum *Moin!*, dem schlechten Imbiss um die Ecke.

Die Currywurst dort war eine Bewährungsprobe für jeden Magen, vor der ich Kian unbedingt warnen musste.

Wir erreichten den Imbiss und betrachteten die unübersichtliche Speisekarte über dem Bestelltresen. Wie immer roch es stark nach ranzigem Frittierfett.

»Warum noch mal gehen wir immer hierher?«, murrte Sventje. »So verschrecken wir die Leute.«

»Das *Moin!* erfüllt Olivias oberstes Kriterium: Es geht schnell«, erwiderte Fred. Er war ein netter Kerl, der in Juli eine spezielle Freundin gefunden hatte – jedenfalls beschwerte sie sich oft darüber, dass sie sich ständig Stories von seinen Kindern anhören musste.

»Nimm nicht die Currywurst!«, raunte ich Kian zu, als er sich anschickte, sie zu bestellen.

Er zog die blonden Brauen hoch. »Ungenießbar?«

»Einmal das und dazu sie hat eine durchschlagende Wirkung«, erwiderte ich.

»Dann danke für die Rettung.« Wieder lächelte er mich verschwörerisch an.

»Gern geschehen«, erwiderte ich und konzentrierte mich darauf, eine Ofenkartoffel zu bestellen. Die Bemerkung war wieder haarscharf an einem Flirt vorbeigeschrammt.

Neben uns diskutierten Fred und Sventje über ein technisches Detail. Ich stieß Kian an, damit er sich einklinkte.

Olivia stellte sich neben mich. »Und, passt es mit euch beiden?«, fragte sie, ohne mit dem Tippen auf ihrem Smartphone aufzuhören.

Ich blinzelte. Was meinte sie? Den Flirt? Den Zusammenstoß? Nein, an so was hatte Olivia kein Interesse, wahrscheinlich bemerkte sie es nicht einmal. Sie konnte sich nur aufs Berufliche beziehen.

»Ich denke schon. Er ist nett.«

»Nett und hübsch reicht bei diesem Projekt nicht«, murmelte sie. »Ich habe Fred gesagt, dass er lieber jemanden nehmen soll, der sich besser auskennt, aber er ließ sich nicht abbringen. Kian hat im Vorstellungsgespräch viel versprochen, so viel, dass ich mich frage, wie realistisch das sein kann.«

Ein leiser Zweifel durchfuhr mich. Kian hatte sich bisher wirklich bemüht und einen guten Eindruck gemacht, aber das war nur ein Bruchteil dessen, was er im Projekt können musste. War er ein Blender, wie Olivia andeutete?

»Das wird schon«, sagte ich, um uns beide zu beruhigen. »Wenn er das wichtigste Know-how mitbringt, schaffen wir das als Team. Vielleicht bist du etwas zu vorsichtig.«

»Vielleicht«, gab sie zu und sah mich scharf an. »Aber ich habe schon selbst erlebt, wie schnell man sich täuschen kann. Wir waren schon einmal in einer Situation, in der Versprechen nicht eingehalten wurden und Kompetenzen plötzlich fehlten. Der Kollege damals hat uns ein Projekt fast ruiniert, weil er seine Aufgaben nicht in der Qualität erfüllen konnte, wie er es versprochen hatte. Aus irgendeinem Grund erinnert Kian mich an diesen Kollegen. Also lass dich nicht einwickeln, okay?«, sagte sie leise, aber so eindringlich, dass ich sie überrascht ansah.

»Wie meinst du das?«, fragte ich.

»Der Kollege damals hat es sehr gut geschafft, andere für sich arbeiten zu lassen«, sagte sie angespannt. »Ich will nicht, dass du am Ende seine Arbeit machst und er auch noch den Ruhm dafür einstreicht. Und wenn es schiefgeht, lässt er dich im Regen stehen.«

»Das mache ich, versprochen, aber ich …«, begann ich, aber da kamen die anderen zu uns und wir suchten uns einen Tisch, ohne, dass ich das Gespräch beenden konnte.

Ich war verunsichert. So wie Olivia hätte ich Kian nie eingeschätzt. Jetzt warf ich ihm einen vorsichtigen Blick zu. Ich wollte mich von ihrem Misstrauen nicht anstecken lassen, aber ihre Worte ließen mich nicht los.

Hatte sie recht? Nutzte er sein gutes Aussehen, um andere für sich einzunehmen? Plötzlich schien das möglich, obwohl mir diese Gedanken bis eben nie gekommen wären.

Aber ich fand es schwierig, jemanden so vorzuverurteilen. Die Situation, die sie mir geschildert hatte, musste echt schlimm gewesen sein, wenn sie bei Olivia immer noch so präsent war. Natürlich wollte ich auf gar keinen Fall, dass mir so etwas passierte. Aber ich konnte nicht glauben, dass Kian so drauf war.

Er fing meinen Blick auf und lächelte mich an. Ich lächelte schnell zurück. Ich fand kein Anzeichen für Hinterhältigkeit in seinem Gesicht und auch bisher war mir noch nichts aufgefallen. Ich wollte auch nicht zu jemandem werden, der zwanghaft nach dem Haar in der Suppe suchte. Ich sollte lieber auf mein Bauchgefühl vertrauen. Bisher lag ich damit immer richtig und außerdem war auch ich für den Projekterfolg verantwortlich. Er hing auch von mir ab, nicht nur von Kian. Also musste ich einen kühlen Kopf bewahren.

Wieder trafen sich unsere Blicke. Wieder tauschten wir ein Lächeln. Mein Herz klopfte etwas schneller und mir wurde warm. Aus Nervosität wegen Olivias Worten? Oder weil er mit mir geflirtet hatte?

Aber so oder so war es sicher besser, wenn ich vorsichtig war und wachsam blieb, entschied ich. Dieses Projekt war zu wichtig, um sich von persönlichen Gefühlen oder Unsicherheiten ablenken zu lassen. Doch tief in mir wusste ich, dass das leichter gesagt als getan war.

»Also Kian«, sagte Sventje enthusiastisch. »Schön, dass du da bist. Wir haben viel vor und wir brauchen Leute, die das Team zusammenhalten und kommunikativ sind. Bist du kommunikativ? Die meisten unserer Techniker sind eher mundfaul, das ist manchmal ziemlich anstrengend. Kennst du das auch, dass man dann immer weiterredet, damit keine peinliche Stille entsteht?«

»Ja ...«, setzte Kian an, doch Sventje ließ ihn nicht zu Wort kommen. Meine Freundin hatte die Eigenschaft, sich selbst in Rage zu reden. Gerade war es wieder so weit. Ich versuchte, ihr mit einem Blick mitzuteilen, dass sie ihn ausreden lassen sollte. Sie bekam das nicht mit.

»Jedenfalls freue ich mich, dass du die technische Leitung übernimmst. Dazu muss man ja auch kommunikativ sein. Und technisch versiert«, fuhr sie fort.

»Stimmt«, versuchte er es wieder. Sventje strahlte.

»Cool, das freut mich. Erzähl mal ein bisschen was von dir. Was machst du so in deiner Freizeit? Bestimmt Sport, oder? Ich finde, du siehst aus, wie jemand, der viel Sport macht. Ich gehe gern schwimmen, du auch? Obwohl ich immer friere, wenn ich aus dem Wasser komme. Wer ist schon gern feucht? Na ja, irgendwas ist immer.«

Ich starrte sie an. Meine Wangen wurden heiß. Fred hatte die Augen aufgerissen. Olivia starrte auf ihr Handy und hörte offensichtlich nicht zu, sonst hätte sie Sventje spätestens jetzt unterbrochen. Stattdessen redete meine Freundin immer weiter. Langsam bekam ich Angst, was sie noch alles raushauen würde.

»Du heißt Sand mit Nachnamen, oder? Wusstest du eigentlich, dass so auch die Bastarde aus dem Südland bei *Game of Thrones* heißen? Das ist übrigens meine Lieblingsserie, kennst du die auch? Megagut, oder?«

»Sventje, was zum Teufel?«, sagte Olivia und legte ihr Smartphone weg. »Hast du Kian gerade einen Bastard genannt?«

»Was?«, fragte Sventje erschrocken. Ihre Wangen wurden rot. »Nein, natürlich nicht.« Sie sah Kian an. »Das habe ich so nicht gemeint. Tut mir ehrlich leid, wenn das so rüberkam.«

Kian lachte. Mein Magen flatterte, als ich das hörte. »Das hab ich mir schon fast gedacht.«

Sventje lächelte gequält und sah mich an.

»Kian, woher stammt eigentlich dein Vorname? Der ist ja eher ungewöhnlich«, sprang ich in die Bresche.

»Er stammt nicht aus *Game of Thrones*, das kann ich schon mal sagen«, erwiderte Kian grinsend. Sventje lachte erleichtert, weil er es mit Humor nahm. »Er ist irisch. Meine Mutter hat dafür ein Faible. Meine Schwestern heißen Aeryn und Neve.« Er zuckte mit den Schultern. »Wir müssen alle ständig unsere Vornamen buchstabieren und erklären, weil da keiner mitkommt. Meistens bin ich Jan oder so ähnlich.«

»Das Problem kenne ich auch«, sagte ich. Sventje nickte zustimmend.

»Schön, dass wir das geklärt haben«, sagte Olivia desinteressiert. »Dann lasst uns mal übers Projekt sprechen.«

Nach dem Mittagessen kehrte ich mit Kian und den anderen ins Büro zurück, um den Rest des Arbeitstages anzugehen. Trotz Olivias Bedenken spürte ich, dass wir als Team funktionieren könnten und schüttelte die Zweifel ab, ohne sie zu vergessen.

Während ich Kian noch einige Details erklärte, war mein Kopf schon halb woanders – bei Simon. Bald war unsere Date Night wegen unseres Jahrestages.

Als ich mich am Abend endlich von meinem Schreibtisch löste und die Werkshalle hinter mir ließ, spürte ich, wie der Stress langsam von mir abfiel. Der Gedanke an Simon und die Ruhe zu Hause half mir, den Tag loszulassen. Es war Zeit, nach Hause zu kommen, wo das Leben nicht in Meilensteinen und Deadlines gemessen wurde.

Als ich zu Hause die Tür öffnete, wurde ich von einem köstlichen Duft empfangen. Simon stand in der Küche und deckte den Tisch. Er strahlte, als er mich hereinkommen sah, und mir wurde warm ums Herz, als ich die Arme um ihn schlang und ihn küsste. »Hey.«

»Hey meine Süße, wie war dein Tag?« Er strich mein Haar zurück und küsste meine Stirn. Auf seinem Hoodie war ein Soßenfleck und ihm klebte die Schale einer Knoblauchzehe an der Wange. Ich pulte sie lächelnd ab.

»Anstrengend. Der neue Kollege für die *Sea Lady* hat heute angefangen. Er ist nett, aber es ist aufwendig, ihn einzuarbeiten«, erzählte ich. »Und beim Mittagessen hat Sventje ihn aus Versehen einen Bastard genannt.«

Simon zog grinsend die Augenbrauen hoch. »Das ist ein gewagter Eisbrecher. Da bleibt einem Mann ja gar nichts anderes übrig, als sich Hals über Kopf in sie zu verlieben.« Er schüttelte den Kopf. »Die Arme. Aber warum überrascht mich das nicht?«

»Du hast halt auch schon ein paar Sprüche abbekommen in den Jahren, die ihr euch kennt«, erwiderte ich.

Simon und Sventje kannten sich ewig, sie hatten zusammen Elektrotechnik studiert. Als er vor zwei Jahren die Firma wechselte, hatte er Sventje als seine Nachfolgerin vorgeschlagen. Das war fachlich und auch menschlich toll, denn wir beide hatten uns sofort angefreundet.

Ich schnupperte an dem Topf auf dem Herd. Das Essen roch köstlich. Simon kochte ausgezeichnet.

»Das Essen ist gleich fertig. Kümmerst du dich um den Wein?«, fragte er.

»Klar.« Ich holte Weingläser aus dem Schrank und ging an den Kühlschrank. Ich schenkte ein und stellte ein Glas neben Simon ab, dann lehnte ich mich an seine Schulter. »Und wie war dein Tag?«

Simon rührte noch einmal um, dann seufzte er. Seine Miene ließ mich aufmerken. Jetzt kam etwas, das ihm zu schaffen machte und mir nicht gefallen würde. »Die Baustelle in Münster macht wieder Ärger«, sagte er. »Zacki und ich haben versucht, das von hier aus in Ordnung zu bringen, hat aber nicht geklappt. Sie kommen allein nicht klar und brauchen Hilfe. Ich muss morgen runterfahren.« Er schlang seinen Arm um meine Taille und zog mich an sich. »Tut mir leid, Sivy, ich fürchte, ich bin vor Freitag nicht zurück.«

Ich starrte gegen seine Brust und fühlte mich, als hätte er mir den Boden unter den Füßen weggerissen. Das bedeutete, dass unsere Date-Night ausfiel. Wieder kein Essen. Wieder kein Antrag. Wieder nichts als einsame Abende allein zu Hause.

»Schon wieder?«, fragte ich entgeistert, Tränen brannten in meinen Augen. »Du warst letzte Woche schon drei Tage weg. Und vorletzte Woche auch. Das wird immer mehr.«

Simon trank einen Schluck Wein, während ich mit meinen Gefühlen kämpfte. Das war der Job, den er nach der Werft angenommen hatte: Baustellenleiter bei einem Konzern, der Technik in Geschäftshäusern installierte. Ging dabei etwas schief, wurde das teuer. Deswegen sprang mein Freund sofort, wenn etwas los war.

»Ich weiß und es tut mir wirklich leid«, sagte Simon und rieb sich den Nacken. Das machte er immer, wenn er unter Stress stand. »Mich nervt es auch, das weißt du. Ich bin lieber bei dir als unterwegs. Aber bitte, lass uns deswegen nicht streiten. Was soll ich denn machen? Ohne mich kommen sie auf der Baustelle nicht weiter. Ich hoffe, dass diese nervige Phase bald aufhört und die Baustellen wieder besser laufen. Ich hab schon mit meinem Chef gesprochen, aber momentan ist nichts zu machen. Es kann keiner für mich übernehmen.« Simon seufzte und zog mich an sich. »Umso schöner, bei dir zu sein und ein bisschen die Ruhe zu genießen. Du bist immer mein sicherer Hafen.«

»Sehr poetisch.« Ich biss mir auf die Lippe und trank schnell einen Schluck Wein. In mir brodelte es.

Immer der gleiche Frust. Und das Blödeste war, dass ich Simon selbst ermutigt hatte, den Job anzunehmen. Ich hatte gewusst, dass das mit Reisen verbunden war. Allerdings hatte Simon selbst nicht geahnt oder mir verschwiegen, wie viele es waren. Und von *momentan* konnte keine Rede sein, das ging schon seit Monaten so.

Ich vermisste ihn jedes Mal furchtbar, wenn er unterwegs war. Außerdem machte ich mir immer Sorgen wegen der langen Autofahrten. Und seitdem er vor ein paar Monaten auf einer Baustelle einen Unfall hatte, kam die Angst dazu, dass ihm noch einmal etwas zustieß.

Sich deswegen zu streiten, brachte uns aber nicht weiter, sondern verdarb uns nur den Abend. Und auf keinen Fall wollte ich, dass wir zerstritten ins Bett gingen und er im schlimmsten Fall morgen losfuhr, ohne dass wir uns versöhnt hatten. Ich versuchte, mir einen Alternativplan zu überlegen, um mich abzulenken.

»Dann fahre ich morgen zu Ylva, anstatt mit dir essen zu gehen«, sagte ich und fügte in Gedanken hinzu: *Wie es eigentlich geplant war.*

Simon sah mich gereizt an, dann legte er die Hand unter mein Kinn und küsste mich. »Ich weiß, wie wichtig dir unser Jahrestag ist – mir doch auch. Als klar war, dass ich nach Münster muss, hätte ich am liebsten alles hingeworfen. Ich hab echt versucht, jemanden zu finden, der übernimmt, aber alle sind unterwegs. Wir holen das nach, versprochen. Sonntag ist Date Night, ich plane alles. Und was hältst du von Kopenhagen als Ziel für unseren Urlaub im

November? Du wolltest da doch schon immer hin. Und wir könnten auch nach Malmö, deine Eltern besuchen. Ich weiß, wie sehr du sie vermisst, seit sie weggezogen sind. Das wäre doch perfekt, oder?«, schlug er vor. »Und wegen Donnerstag: Ylva freut sich bestimmt, wenn du sie besuchst. Sie braucht dich auch, das hat sie mir selbst gesagt. Du bist ihr eine tolle Stütze, wenn sie mit der Kleinen nicht weiterkommt.«

Meine Schwester Ylva und ihr Freund wohnten zehn Minuten mit dem Fahrrad von uns entfernt. Vor sechs Monaten hatten sie eine Tochter bekommen, Calla. Philipp war Fitnesstrainer und gab oft abends Kurse, sodass auch Ylva viel allein war. Vor allem, weil unsere Eltern vor zwei Jahren nach Malmö, Papas Geburtsstadt, gezogen waren. Ylva und ich hatten ein sehr enges Verhältnis und Calla liebte ich abgöttisch. Ich war immer gern bei den beiden.

Trotzdem ich konnte die Enttäuschung nicht abschütteln. Es war einfach nicht das, worauf ich gehofft hatte.

Ich atmete tief durch, bevor ich fortfuhr. »Ich hatte mir unseren Jahrestag irgendwie anders vorgestellt, weißt du? Ich hätte ihn gerne mit dir verbracht.«

Damit war leider meine Hoffnung, dass Simon mir einen Antrag machte, dahin. Wir hatten schon mehrmals locker darüber gesprochen und er wusste, dass ich ja sagen würde. Ich wollte aber gern gefragt werden, weil es für mich ein Beweis dafür war, wie wichtig Simon dieses Thema nahm.

Nur bisher hatte er jede Gelegenheit, jeden Urlaub und jedes Essen verstreichen lassen. Deswegen brauchte ich jetzt auch noch ein paar Sekunden, um die Enttäuschung über diese verpasste Chance zu überwinden.

Ich sah in Simons Gesicht. Ich wollte nicht so hart zu ihm sein. Seine Idee mit dem Urlaub war gut. Mehr Zeit zusammen wäre sehr schön und gab ihm vielleicht endlich den letzten Schubs, um mich zu fragen.

Simon lächelte entschuldigend und nahm meine Hand. »Ich weiß, tut mir leid. Es kann ja nicht ewig so weitergehen mit den Reisen. Ich überlege mir was, wie wir das besser hinkriegen. Vielleicht haben die Kollegen eine Idee. Mich betrifft es ja nicht als einzigen.«

Ich sah ihn an und spürte, wie sich ein kleiner Knoten in meinem Magen löste. »Das wäre toll.«

Ich wusste ja, dass es ihm wie mir ging. Wir beide liebten unsere Jobs und waren gut darin, trotz oder vielleicht gerade wegen der Herausforderungen. Ihn nervte es auch, wenn ich mir die Nächte auf der Werft um die Ohren schlug, aber er würde mich auch nie drängen, den Job zu wechseln.

Jetzt musste ich hoffen, dass es wirklich eine Chance gab, die Reisen zu reduzieren, damit wir mehr Zeit zusammen hatten. Und ich konnte selbst auch etwas tun.

»Momentan ist es in meinem Projekt noch okay, was den Stress angeht. Vielleicht kann ich mir einen Vormittag freischaufeln, wenn du zurück bist und wir gehen zusammen frühstücken«, schlug ich vor.

»Und wir könnten Ylva und Philipp am Wochenende gemeinsam besuchen«, meinte Simon und setzte sich an den Tisch. »Ich vermisse die Kleine. Immer wenn ich sie im Arm halte, wird mir warm ums Herz. Dann stelle ich mir immer vor, sie wäre mein Baby.«

»Geht mir auch so«, sagte ich, doch mein Lächeln war etwas dünn. Ich wünschte mir auch Kinder mit Simon, doch mich schreckten seine Reisen. Wenn sich nichts änderte, wäre ich oft mit dem Baby allein. Er sah mir in die Augen. Er erriet meine Gedanken. Der Zeitpunkt passte nicht, dabei fühlten wir uns bereit. Genau wie für die Hochzeit.

Eigentlich. Und dieses *Eigentlich* fühlte sich manchmal wie Ablehnung an.

Ich sollte das nicht überbewerten. Simon wollte bei mir sein. Er hielt immer noch meine Hand und sein Blick sagte mir, wie gern er eine Wahl hätte. Jetzt musste ich hoffen, dass er mit seinem Boss eine Lösung fand. Trotz der kleinen pessimistischen Stimme in mir, die unkte, dass das nicht klappen würde.

Ich schüttelte diesen Zweifel ab, so gut ich konnte. »Ich frage Ylva nach einem Treffen. Das klappt sicher«, meinte ich und begann endlich zu essen. Es schmeckte ausgezeichnet. Simons Nudelauflauf war legendär. Der cremige Geschmack und der Wein beruhigten meinen inneren Aufruhr und zeigten mir, was wichtig war: dieser gemeinsame Moment.

»Du wärst auch ein super Koch«, sagte ich und beschloss, den Abend zu genießen. Ich wollte mir die Stimmung jetzt nicht vermiesen, dafür war unsere gemeinsame Zeit zu kostbar.

Simon beugte sich zu mir, sein Lächeln verriet mir, dass er den gleichen Entschluss gefasst hatte. Das bedeutete, dass jetzt eine Charmeoffensive von ihm kam.

»Ich habe viele Talente, wie du weißt. Und ich habe auch eine Idee, wie wir uns die Wartezeit versüßen können. Mit ein paar Erinnerungen an heute Abend.« Er küsste mich.

Ich lächelte. Genau darauf hatte ich gehofft. »Da kommt Arbeit auf dich zu.«

»Die habe ich noch nie gescheut. Vor allem nicht, wenn es um dich geht«, erwiderte er und bewies mir nach dem Essen, dass er nicht zu viel versprochen hatte.

Zweimal.

Kapitel 2

Also fuhr Simon am nächsten Morgen nach Münster und ich zur Werft. ›*Mal sehen, wie es heute bei meiner persönlichen Daily Soap weitergeht*‹, dachte ich. ›*Hoffentlich hat Olivia unrecht und Kian entpuppt sich nicht als der Gegner, der alles durcheinanderbringt.*‹

Juli war schon da, als ich ankam. Da bei ihren Projekten oft Nachtschichten anfielen, war sie meistens schon um sechs Uhr früh da, um mit den Kolleginnen und Kollegen zu sprechen.

»Sivy, Moingiorno!«, trällerte sie. »Käffchen?«

»Unbedingt.« Ich checkte meine Mails, bevor wir in die Küche gingen. Zwanzig neue seit gestern Abend – das wurde ein harter Tag.

»Gibt es Stress im Projekt?« Juli hielt die Tür offen.

»Das weiß ich noch nicht, aber ich muss mit Sventje sprechen. Hoffentlich kommt Kian bald und kann bei den technischen Begriffen dolmetschen«, seufzte ich.

»Wie läuft die Zusammenarbeit bisher?«, erkundigte sie sich, als wir die Küche erreichten.

»Ganz gut. Aber Olivia hat gestern so eine komische Bemerkung gemacht, die mir nicht mehr aus dem Kopf geht. Sie meinte, ich sollte aufpassen, dass er mich nicht für sich arbeiten lässt.«

Juli riss die Augen auf. »Krass. Das klingt ja ziemlich fies. So einen Eindruck hat er auf mich nicht gemacht.«

»Auf mich eigentlich auch nicht«, erwiderte ich. »Aber ich muss trotzdem ständig darüber nachdenken.«

»Kann ich verstehen. Etwas Vorsicht kann nie schaden.«
Sie goss Kaffee ein. »Hauptsache, du kommst heute
Abend pünktlich raus. Heute ist eure Date-Night, oder?«

Mein Lächeln verschwand. »Die fällt leider aus. Simon
ist heute Morgen nach Münster gefahren.«

Juli legte ihren Arm um mich. »Tut mir leid. Ich weiß,
dass du dich echt darauf gefreut hast.«

Ich zwang mich zu einem Lächeln. »Schade ist es, aber
wir holen das nach.«

Juli zuckte mit den Schultern. »Klar. Und, wie wär's?
Machst du aus einem Tisch für zwei einfach einen für drei?
Ich treffe mich heute Abend mit Sventje, wir könnten zu
dritt essen gehen.«

»Das ist eine super Idee«, sagte ich sofort. Juli, Sventje
und ich waren auch privat eng befreundet. »Ich besuche
heute Nachmittag Ylva, danach können wir uns um acht
im Restaurant treffen.«

»Klingt nach einem guten Plan.«

»Danke. Finde ich auch«, sagte ich.

Gemeinsam gingen wir zurück zu unserem Büro.

Dort wartete Kian bereits auf mich.

»Guten Morgen«, sagte er mit einem Lächeln, das mich
für einen Moment aus dem Takt brachte. Sein Auftreten
war charmant, vielleicht sogar zu charmant. Er hielt die
Tür auf, in der anderen Hand einen Karton vom Bäcker.

»Bringst du Kuchen mit?«, fragte Juli.

Kian lachte, als er den Karton auf den Tisch stellte. »In
meiner alten Firma war es Tradition, am ersten Tag etwas
mitzubringen. Die Kollegen haben das immer sehr ernst
genommen. Wo soll ich den hinstellen?«

»In die Küche. Kennst du den Weg schon?«, meinte sie.

»Hinten links in der Halle«, nickte er. »Kriege ich hin. Siv, passt es dir, wenn ich mir einen Kaffee hole und wir dann loslegen?«

»Klar. Ich checke meine Mails und dann können wir zur *Sea Lady* gehen«, erwiderte ich.

»Dann bis gleich.« Er deutete eine Verbeugung an wie ein Gentleman und verschwand in der Halle. Ich sah ihm nach. Mein Herz klopfte schneller, als ich wollte.

»Er ist süß. Ich würde ihn gern gegen Fred tauschen«, sagte Juli und grinste. »Das würde mir das Herzrasen vom Kaffee ersparen.«

»Du könntest nein sagen, wenn er dich fragt.«

»Könnte ich, ja, mache ich aber nie. Obwohl mich sein Gejammer wegen seiner Kinder und seiner Frau echt nervt. Projekt- und Lebensbegleitung Juli Brenner«, seufzte sie. »Aber ich komme ja mit Fred klar, trotz des Gejammers. Sag mal, hat Kian etwas erwähnt, ob er eine Freundin hat?«

»Darüber haben wir noch nicht gesprochen«, antwortete ich. »Hast du denn wirklich Interesse? Ich dachte, das wäre gestern ein Witz gewesen.«

»Wenn er Single ist, würde ich einen Versuch starten«, meinte sie. »Deswegen wär's lieb, wenn du das rausfinden könntest. Dann lade ich ihn mal auf einen Kaffee ein – ohne Projektbesprechung.«

»Ja klar, mach ich gerne«, sagte ich automatisch, doch gleichzeitig fiel mir auf, dass etwas mit mir nicht stimmte. Ein Anflug von Eifersucht durchzuckte mich, was mich völlig überraschte.

Ich riss erschrocken die Augen auf. *›Was soll das denn? Er ist nur ein Kollege und Juli meine beste Freundin. Natürlich gönne ich ihr ein Date mit ihm. Oder?‹* Schnell trank ich einen Schluck Kaffee und drängte dieses dumme

Gefühl zurück. Das hatte keinen Platz in mir. Ich war doch glücklich mit Simon zusammen.

›*Der nie da ist, wenn ich ihn brauche. Und mir immer noch keinen Antrag gemacht hat.*‹

›*Verdammt!*‹

Ich biss mir auf die Unterlippe und kümmerte mich um meine Mails, bevor Kian gleich zurückkam und ich nichts schaffte. Da öffnete sich schon die Tür.

»Hey Schätzelein, welche Laus ist dir denn über die Leber gelaufen?«, fragte Juli. Ich sah auf und entdeckte zu meiner Überraschung Sventje. Sie trug schon ihre Arbeitskleidung, doch ihre Augen waren weit aufgerissen und sie sah aus, als hätte sie einen Geist gesehen.

»Alles okay?«, fragte ich alarmiert und sprang auf.

»Nein. Ja. Ich weiß nicht. Oh Mann, ...«, flüsterte sie und fummelte an ihren Haaren herum.

Mir schwante Böses. »Was ist passiert?«

»Ich habe Kian in der Küche getroffen. Er hat Kuchen hingestellt und sich mit Pavel und Tessa unterhalten«, sagte sie. Pavel und Tessa waren auch in ihrem Team.

»Und dann?«, fragte Juli angespannt.

»Ich hab mich nochmal wegen gestern entschuldigt und dann hat mein Mund einfach nicht aufgehört zu reden«, sagte Sventje verzweifelt. »Ich meinte, dass heutzutage ja jeder Kinder bekommen kann, mit wem er möchte und dass es da ja viele Varianten gibt. Leider war es das noch nicht, aber ich erspare euch den Rest.« Sie lehnte sich gegen den Türrahmen und seufzte. »Tessa und Pavel haben mich angesehen, als wäre ich irre. Kian hat sich für den ›Exkurs zu Partnerschaftsformen‹ bedankt. Keine Ahnung, ob das ernst oder sarkastisch gemeint war.« Sventje schüttelte sich. »Das war so peinlich, dass ich überlege, den Job zu wechseln.«

»Bitte nicht. Ich brauche dich hier«, sagte ich, weil mir nichts anderen einfiel.

»Wow.« Juli stürzte ihren Kaffee hinunter. »Das ist echt next Level, Svenni. Was ist denn los mit dir? Stehst du auf ihn, oder was?«

»Nein, das nicht, aber keine Ahnung.« Sventje rieb sich die Stirn. »Ich habe ja schon viel Müll geredet, aber Kian hat wirklich die volle Härte abbekommen.«

»Er wird dich sicher nicht vergessen«, sagte ich trocken.

»Das auf jeden Fall, aber er wird kein Teil deiner Liste werden«, stellte Juli fest.

Sventje hatte so viele Dates, dass Juli nur von ihrer ›Liste‹ sprach. Meistens blieb es bei einem Date, nur wenige schafften es in die zweite Runde. Sventje meinte immer, dass sie sich nicht festlegen wollte, aber ich wusste, dass sie eine Romantikerin war, die darauf wartete, dass es sie wie ein Blitz traf.

›So wie mich gestern‹, dachte ich.

›Auf gar keinen Fall!‹, wies ich mich zurecht.

»Nein, wohl nicht«, murmelte Sventje. »Das hatte ich auch gar nicht vor. Ich bin einfach erschrocken, was für einen Müll ich rede. Und dass ich es nicht schaffe, mich zu stoppen. Hoffentlich legt sich das wieder, sonst wird das nie was mit einer Beziehung.«

»Doch«, sagte Juli brüsk. »Du brauchst nur jemanden, der den gleichen Humor hat wie du. Und dann läufts. Bis dahin: Fuck it all. Gib mir deinen Becher. Ich hole dir einen Kaffee und dann bekommst du einen Schuss Baileys.«

»Es ist acht Uhr morgens«, wandte ich ein.

»Und ich arbeite mit Elektrizität«, fügte Sventje hinzu.

Juli warf mir einen gereizten Blick zu. »Fuck it all«, wiederholte sie streng. »Und ein Schluck Baileys wird sie schon nicht umhauen.« Damit dampfte sie ab in die Küche.

»Ich haue dann mal ab zur *Sea Lady* und verkrieche mich im Maschinenraum«, sagte Sventje geknickt. »Sag Juli, ich nehme den Baileys später, wenn ich mit dem Schaltkasten fertig bin.«

»Warte kurz«, bat ich. »Simon ist verreist und ich wollte mich bei dir und Juli heute Abend einklinken.«

»Oh ja, das ist eine gute Idee«, sagte meine Freundin und lächelte endlich wieder. »So kann ich den Tag doch noch überstehen. Bis später!« Sie verließ das Büro.

Etwas später kam Kian herein.

»Hey«, sagte er.

»Hey«, erwiderte ich. »Ich hab schon von deinem Treffen mit Sventje gehört. Bitte sei ihr nicht böse. Sie ist wirklich einer der besten Menschen, die ich kenne.«

»Weißt du, das glaube ich dir«, sagte er mit einem schiefen Grinsen und setzte sich neben mich. »Ich habe nur ein bisschen Angst davor, was sie als nächstes zu mir sagt.« Ohne hinzusehen, schob er die Papiere auf dem Tisch und ordneten sie akkurat. Anscheinend hatte er einen Ordnungsfimmel. Das war gut, denn ich war eher chaotisch.

»Gib ihr eine Chance«, bat ich. »Sie ist wirklich toll.«

Er warf mir einen Blick zu, als würde er versuchen, mich einzuschätzen. Oder als fände er mich auch toll.

›*So was Bescheuertes! Das denkt er sicher nicht!*‹, wies ich mich selbst zurecht. Nachdrücklich rief ich den Projektplan auf und machte mich an die Arbeit.

Juli kam zurück, den Kaffeebecher in der Hand. »Ich hätte ahnen müssen, dass sie abhaut«, knurrte sie.

»Kein Wunder«, meinte ich und vertiefte mich in meine Einarbeitung. Und zum Glück ließ Juli diesmal locker.

Nachdem wir uns auf den neuesten Stand gebracht hatten, machten wir uns auf den Weg zum Dock. Bisher schlug ich mich gut, aber der Tag war noch nicht rum.

Mein Herz klopfte die ganze Zeit ein bisschen zu stark. Ich verdrehte über mich selbst die Augen.

›Du benimmst dich wirklich albern.‹

»Und, wie sicher fühlst du dich?«, fragte ich, als wir bei den Schränken mit der Sicherheitskleidung ankamen.

»Mit Helm oder mit der Arbeit?«, fragte er.

»Eher mit der Arbeit«, gab ich zurück.

Ich bemerkte, dass er kurz innehielt, bevor er antwortete. Es war fast so, als ob er sich nicht sicher war, wie viel er preisgeben sollte. Doch dann setzte er sein typisches Lächeln auf.

»Puh, wie soll ich mich am zweiten Tag sicher fühlen? Wenn wir nur einen Fehler machen, fliegt uns das halbe Projekt um die Ohren. Das ist viel Druck«, sagte er.

»Ganz so schlimm ist es nicht«, beruhigte ich ihn. »Und es hängt auch nicht nur von uns ab. Wir haben erfahrene Leute im Team, auf die wir uns verlassen können.«

»Für mich ist das hier nicht nur ein Job, deswegen will ich ihn gut machen«, sagte er und sah mich ernst an, dann kehrte sein Grinsen zurück. »Und ich habe natürlich dich, die weltbeste Partnerin«, sagte er frech und setzte seinen Helm auf. Mein Herz setzte einen Schlag aus. *›Scheiße, was war das denn?‹*

»Ähm ... danke, aber das ist zu viel Lob«, stammelte ich. »Die Erfahrung kommt mit den Jahren. Das wirst du auch merken.«

»Wie lange arbeitest du denn schon hier?«, fragte er.

»Etwa viereinhalb Jahre«, antwortete ich. Mit solchen Fragen kam ich klar. Das war unverfänglich. Kian fragte nur, weil wir zusammenarbeiteten. Eng.

›Halt die Klappe, Kopf.‹
Es wäre besser, das Ganze mit Humor zu nehmen.
»Das ist ne lange Zeit«, meinte er.
»Findest du?«, fragte ich und zog die Weste an. »Kommt mir nicht so vor. Außerdem macht die Arbeit Spaß und die Projekte sind der Hammer. Ich fühle mich wohl hier und kann mir gar nicht vorstellen, zu wechseln. Das hier ist echt ein guter Job.«
»Wenn du so leidenschaftlich darüber sprichst, muss ich dir glauben«, sagte er lächelnd. »Wie schön, dass du in meinem Team bist. Dich muss ich mir warmhalten.«
Mein Mund wurde trocken. *›Das meint er nicht so, wie es bei mir rübergekommt‹*, redete ich mir ein, aber ich fühlte mich angeflirtet. Es war nicht unangenehm, aber schon frech. *›Zeit für einen Konter.‹*
»Ja, da hast du Glück. Wir nehmen nicht jeden«, erwiderte ich kess. »Und leider musst du mich mit dem Team teilen. Ich kann dir nicht immer das Händchen halten.«
Kian grinste. »Daran werde ich mich wohl gewöhnen und mir meine Händchenhalte-Zeit einfordern müssen.«
›Wirklich ziemlich frech.‹
»Bin gespannt, wie du das anstellst«, sagte ich.
›Ups, das klang jetzt etwas zu offensiv.‹
Ich lächelte entschuldigend. »Ich bin natürlich für euch alle da. Mir ist eine gute Zusammenarbeit wichtig.«
Er beugte sich leicht vor. »Mir auch.«
›Puh, wird es gerade heiß hier zwischen den Spinden? Ich sollte das Thema wechseln.‹
Er flirtete eindeutig mit mir. Ich sollte die Reißleine ziehen, sonst kamen wir in eine komische Situation. Kian schien einer zu sein, mit dem man solche Sprüche auf die Spitze treiben konnte. Bis es unangenehm wurde.

Das musste ich vermeiden. Mein Herzklopfen war aufregend genug.

»Anders geht es ja auch nicht«, redete ich weiter. »Wir haben viel zu tun. Du auch. Du hast viele Termine vor dir, bei denen du dich sehr detailliert absprechen musst.«

»Und kann ich dich mitnehmen, damit du mein Händchen hältst?«, fragte er mit einem charmanten Augenzwinkern.

›Vorsichtig, Freundchen. Treib es nicht zu weit.‹

›Och, da hätte ich schon Ideen, wie wir das Händchenhalten erweitern könnten‹, meldete sich meine Libido ungebeten zu Wort und warf mir ein Bild hin, auf dem Kian mich küsste.

›Okay, Time-out. Jetzt ist mal gut mit dem Quatsch‹, rief ich mich energisch zur Vernunft.

»Wenn es sinnvoll ist, dass ich dich begleite, klar«, sagte ich. »Normalerweise bin ich aber hier und koordiniere das Projekt. Und bei den technischen Themen kann ich leider nicht helfen. Aber ich bin natürlich immer erreichbar, falls ich unterstützen kann. Und vieles weiß ich ja mittlerweile auch aus den vorherigen Projekten.«

Kian lächelte wieder aufreizend. »Dann werde ich deine Nummer auf Kurzwahl speichern, Siv. Du bist nicht nur die beste Partnerin, sondern auch der Joker.«

»Die Kurzwahl hätte ich dir eh geraten. Wir werden vermutlich eine Standleitung haben, wenn du nicht hier bist. Und ja, Joker kann ich«, erwiderte ich gelassen.

›Ich bin ein Profi und er ist nicht der erste, der es auf diese Tour versucht. Zugegeben, bei den anderen bin ich weniger drauf angesprungen, aber jetzt ist es wieder an der Zeit, cool zu bleiben.‹

Komisch, gestern war mir diese flirty Art gar nicht auf-gefallen. Heute war er ziemlich offensiv. Wieder kam mir Olivias Warnung in den Sinn. Das konnte ja heiter werden.

»Ich hab morgen den ersten Termin mit den Technik-Team. Ich rufe dich hinterher an«, versprach er. »Und wenn ich verkacke, musst du mich trösten.«

Ich lächelte über diese Bemerkung hinweg und ließ sie unkommentiert. ›Sicher ist sicher.‹

Wir erreichten das Dock und brachten uns mit dem Team auf den neuesten Stand. Sventje hielt sich im Hintergrund und sagte keinen Ton. Ihre verbale Entgleisung war ihr immer noch sichtlich unangenehm. Ich beobachtete Kian, während er sich noch einmal vorstellte und mit den Leuten ins Gespräch kam. Jetzt war er wieder wie gestern: Locker, lustig und entspannt.

›Warum ist er zu mir so anders? Wieso diese Flirterei? Er muss doch wissen, dass er so die Zusammenarbeit eher schwieriger als einfacher macht.‹

›Weil Typen wie er gut darin sind, andere für sich arbeiten zu lassen‹, hörte ich Olivias Stimme in meinem Kopf.

Ich presste die Lippen zusammen und schüttelte den Kopf. Ich sollte nicht zu viel darüber nachdenken, das machte mich nur verrücktverwirrte mich nur unnötig.

Nach dem Update liefen wir zurück zu meinem Büro. Kian sah über meine Schulter auf mein Tablet. »Du pflegst die Änderungen im Gehen ein?«

»Ich war eben nicht schnell genug und jetzt ist alles noch frisch. Das meiste habe ich schon«, erwiderte ich. »Aber wir müssen auch gleich weitermachen.«

»Gehen wir heute nicht zum Mittagessen? Ich muss mich noch für deine Rettungsaktion gestern mit der Currywurst revanchieren.«

Wieder der Tonfall. Wieder das Lächeln.

Erneut breitete sich Stress in mir aus, weil mein Herz pochte und sich mein Mund automatisch zu einem Lächeln verzog. ›*Nein, so leicht lasse ich mich nicht einwickeln.*‹

»Heute nicht, aber das holen wir nach. Fred plant sowieso ein Essen mit dem ganzen Team, damit du auch die Leute aus den anderen Projekten kennenlernst. Julis Team zum Beispiel«, erwiderte ich.

»Oh, auch schön, darauf freue ich mich. Aber ich bleibe dran an meiner Exklusivzeit«, versprach er.

Mein Magen flatterte wieder. »Ich merk schon, du bist einer von der hartnäckigen Sorte. Du wirst deinen Job gut machen. Hier, nimm mal mein Tablet, ich muss noch mal abbiegen.« Ich drückte ihm das Gerät in die Hand, da klingelte sein Handy. Er nahm das Gespräch an und ich bog zur Toilette ab.

Dort betrachtete ich mich zweifelnd im Spiegel.

»Alter Schwede, was war das denn?«, murmelte ich.

Ich musste aufpassen, damit es nicht ausuferte. Wahrscheinlich wollte er abchecken, wie weit er mit mir gehen konnte. Aber bisher hielt ich mich gut.

›*Was wohl passieren würde, wenn er das bei Juli versucht?*‹ Ich stellte mir vor, ich wäre meine Single-Freundin und würde ungehemmt mit Kian flirten. Vielleicht wäre die Stimmung so heiß, dass aus dem Flirt ein Kuss wurde. Ein heftiger heißer Kuss.

›*Zu wünschen wäre ihr, dass das passiert, sie ist schon länger auf der Suche. Ich muss ihr wohl ein Meeting mit ihm organisieren, dann kann sie mir hinterher davon erzählen. Und mich lässt er dann hoffentlich in Ruhe und ich kann mich wieder auf meine Beziehung konzentrieren. Schade, dass Simon heute Abend nicht da ist. Die Szene hätten wir glatt nachspielen können.*‹

Ich schüttelte den Tagtraum ab. Je eher das aufhörte, desto besser kamen wir klar. Und dieses ungebetene Herzklopfen verschwand dann hoffentlich auch.

»Hey Siv.« Julis Stimme riss mich aus meinen Gedanken. Ich zuckte zusammen und schlug mit dem Kopf gegen den Spiegel. Stöhnend rieb ich mir die Stirn.

»Ups, sorry, wollte dich nicht erschrecken. Was machst du da? Drückst du einen Pickel aus?«, sagte sie.

»Du bist unmöglich«, beschwerte ich mich.

»Weiß ich. Wie war dein Meeting mit Kian?«

»Ganz gut so weit. Er ist ziemlich flirty. Ich glaube, da kannst du mit deiner Schlagfertigkeit punkten«, erwiderte ich. »Er hat mich ein paarmal ein bisschen aus der Fassung gebracht.«

»Echt? Ist mir gestern gar nicht so aufgefallen«, meinte sie. »Da fand ich ihn fast ein bisschen schüchtern.«

»Das täuscht, lag aber sicher an Fred und Olivia.«

»Schade, ich mag schüchterne Typen. Es bringt immer solchen Spaß, sie aus der Reserve zu locken.« Juli grinste, dann runzelte sie die Stirn. »Oder ist er ein Aufschneider?«

»Nein, fand ich nicht. Aber frech.«

Ihre Augen leuchteten. »Oh, das mag ich auch.«

»Kein Wunder, du bist ja die Frechste von allen«, neckte ich sie. Sie grinste. Das wusste sie selbst.

»Tja, dann weiß ich ja, was ich zu tun habe.«

»Viel Erfolg«, sagte ich und hoffte inständig, dass sie welchen hatte. Das würde es für mich einfacher machen.

In diesem Moment ging die Tür auf, und Sventje trat mit einem breiten Grinsen ins Bad. »Na, über wen lästert ihr zwei gerade?«

»Wir lästern doch nie!«, sagte Juli unschuldig. »Aber wenn du schon fragst – über Kian.«

»Ah, unser neuer Techniker-Gott«, sagte Sventje und lehnte sich an den Türrahmen. »Habe ich was verpasst?«

»Noch nicht, aber Juli schmiedet schon Pläne, wie sie ihn gefügig machen kann«, sagte ich, woraufhin Juli mit den Augen rollte.

»Ach, Juli... immer auf der Jagd«, feixte Sventje. »Aber mach mal. Nach meinem Auftritt heute in der Küche hält er mich definitiv für irre. Du hast freie Bahn.«

»Aber echt«, erwiderte Juli grinsend. »Der Zug ist abgefahren, da kannst du nichts mehr retten.«

»Sehr witzig«, murmelte Sventje. »Ich freue mich auf unseren Mädelsabend heute. Nur wir drei, gutes Essen, Wein und alles, was uns so durch den Kopf schießt.«

»Ich freu mich schon darauf«, sagte ich lächelnd. »Beim Restaurant rufe ich gleich an und ändere die Reservierung. Danke, dass ihr mir den Abend rettet.«

»Ehrensache! Wenn der Mann nicht mehr kann, sind die Freundinnen zur Stelle.« Juli klatschte vergnügt in die Hände. »Und vielleicht habe ich heute Abend ja auch schon News für euch.«

Sventje hob eine Augenbraue. »Ach ja? Hat das was mit einem gewissen Techniker-Gott zu tun?«

»Wer weiß«, sagte Juli geheimnisvoll.

»Du lässt uns also zappeln. Ich bin beeindruckt von deiner Verschwiegenheit. Ist die neu?«, fragte ich grinsend.

»Ich stecke voller Überraschungen«, flachste Juli. »Aber keine Sorge, wenn der Techniker-Gott nicht mitspielt, erzähle ich euch jede peinliche Geschichte, die ich über mich auf Lager habe. Und ihr wisst: Ich habe zwei Kater, die Picard und Spock heißen, obwohl ich Star Trek nicht mal mag.«

»Deal«, sagte ich lachend.

Um vier machte ich Feierabend und lief zur Bahn, um zu Ylva zu fahren. Ich freute mich darauf, ihr von Kian und seinen Flirtattacken zu erzählen, das würde mir auch helfen, damit besser zurecht zu kommen. Ylva konnte sich über solche Geschichten wunderbar amüsieren – oder aufregen. Hing von ihrer Laune ab.

In letzter Zeit war Ylvas Laune leider oft schlecht. Eigentlich hatten sie und Philipp sich die Elternzeit für meine Nichte teilen wollen, doch das Fitnessstudio machte Stress und verweigerte ihm schon seit Wochen die Zusage.

Meiner Schwester fiel zu Hause die Decke auf den Kopf und sie fieberte ihrem Wiedereinstieg im Job entgegen. Durch die Verzögerung rückte das gerade in weite Ferne.

Ylva war immer die Perfektionistin. Jeder Fehler, jede nicht eingehaltene Zusage nagte an ihr – selbst kleine Dinge ließen sie nicht los. Seit ihrer Kindheit war das so.

Ich erinnerte mich noch lebhaft an das eine Mal, als ich ihr ein Eis versprochen und es vergessen hatte. Das hatte sie mir bis heute nicht verziehen, wie eine Art unbewusster Beweis dafür, dass man sich auf nichts verlassen konnte. Heute ging es um mehr als nur ein Eis – und ich sah, wie diese ständige Unsicherheit sie zermürbte.

Vielleicht konnte ich sie mit der Kian-Geschichte ein bisschen ablenken.

Ob Juli bei ihm landen konnte? Wenn sie es richtig anstellte … Wieder tauchte ich kurz in die Fantasiewelt ein, in der ich Juli war und das zwischen mir und Kian voll in Ordnung ging. Ich stellte mir vor, wie wir auf einer Party wild knutschten.

›Puh, wird schon wieder ziemlich heiß hier drinnen‹, stellte ich fest, denn mein Gehirn war sehr kreativ und hatte anscheinend ein Faible für heißen Sex mit Kian.

›Wenn Juli das hinbekommt, brauche ich auf jeden Fall Details.‹

Ich holte mein Handy aus der Tasche. Als Hintergrund hatte ich ein Bild von Simons und meinem dritten Jahrestag. Das Foto stammte von einer Hängebrücke im Wiener Zoo. Im Hintergrund war Schloss Schönbrunn und wir beide grinsten in die Kamera. Ich musste immer lächeln, wenn ich es sah. Auch wenn es mich heute ein bisschen traurig machte, denn ich vermisste Simon. Die kommenden Nächte wurden einsam. Natürlich würden wir abends telefonieren, aber ich lag nicht gern allein im Bett, sondern schlief lieber mit ihm ein.

›Hast du schon Feierabend gemacht?‹, schrieb ich ihm.

›Noch nicht. Ich hoffe, dass ich in einer Stunde Schluss machen kann. Soll ich dann anrufen?‹

›Bin auf dem Weg zu Ylva und treffe mich danach mit Juli und Sventje. Ich melde mich, wenn ich zu Hause bin, falls es nicht zu spät wird‹, antwortete ich. ›Ich vermisse dich‹, fügte ich nach kurzem Zögern hinzu.

›Ich dich auch. Übermorgen bin ich wieder bei dir.‹

›Ich freu mich drauf. Liebe dich.‹

Ich erreichte die Haltestelle, an der ich rausmusste, und lief den restlichen Weg zu Ylva. Ich schrieb ihr, dass ich da war, damit ich nicht klingeln musste - nur für den Fall, dass Calla schon schlief.

Ylva öffnete mir mit einem müden Lächeln, Calla auf dem Arm. Die Kleine kuschelte sich an sie, streckte mir aber ihre properen Ärmchen entgegen.

»Hallo meine Süße«, lächelte ich. Ihre kleinen Finger zogen an meinen Haaren, als ich sie auf den Arm nahm.

»Ein Glück«, seufzte Ylva. » Sie wird jeden Tag schwerer. Mein Rücken macht das nicht mehr lange mit.«

»Glaube ich. Hat Philipp da einen Tipp für dich?«, fragte ich.

Sie schnaubte. »Dazu müsste er mal zu Hause sein. Ich frage mich manchmal, ob es in diesem verdammten Kack-Studio überhaupt noch andere Trainer gibt.« Ihr Lächeln war schwach, als sie fortfuhr: »Ich weiß, dass es für ihn auch nicht leicht ist, aber manchmal frage ich mich, wie lange wir das beide so durchhalten.«

»Verstehe ich«, meinte ich, als wir in die Küche gingen. »Aber wenigstens habt ihr euch in diesem Kack-Studio kennengelernt. Es kommen sicher wieder andere Zeiten.«

Philipp war Ylvas Trainer gewesen und sie hatten sich wie in einem kitschigen Film verliebt. Das Ergebnis dieser kitschigen Romanze, die weder zu meiner Schwester, noch zu ihrem Freund passte, zog gerade mit vollgesabberten Fingern an meinen Haaren und grinste mich zahnlos an.

»Na, meine Süße.« Ich küsste ihre runde Wange. Sie schlug ihre kleine Hand gegen meine Nase. »Ganz schön nass.« Ich wischte mich mit dem Spucktuch trocken, das Ylva mir reichte.

»Sei froh, dass sie nichts in der Hand hat«, murmelte sie und betastete ihren Kiefer. »Vorhin hat sie mich mit ihrem klatschnassen Beißring verprügelt. Die Lütte hats faustdick hinter den kleinen Spock-Ohren.«

»Wie furchtbar«, grinste ich und zupfte an Callas Ohren, die etwas abstanden und lustig geformt waren. Ich fand sie einfach hinreißend. Das süßeste Baby der Welt. Immer, wenn ich sie auf dem Arm hatte, wurde der Wunsch nach einem eigenen Kind riesig. Doch gleich darauf kam die Angst, allein mit dem Baby zu sein. Und Zweifel kamen hoch, warum Simon mich immer noch nicht gefragt hatte, ob wir es offiziell machen wollten.

Heute Abend wäre eine perfekte Gelegenheit gewesen. Und wieder fiel sie aus. Simon sah den Antrag als seinen Job – aber warum machte er es dann nicht einfach?

»Wie war dein Tag?« Ylva lotste mich in die Küche und riss mich aus meinen Gedanken. »Hast du Hunger? Ich habe Lasagne da.«

»Ist das trainingskonform?«, fragte ich grinsend. Philipp war eine gesunde Ernährung wichtig, damit nervte er die ganze Familie. Simon nannte ihn nur den »Eiweiß-Mann«. Ich mochte meinen Schwager, aber was Ernährung anging, hatte er einen Vogel.

Ylva fegte zwei leere Reibekäse-Tüten in den Müll. »Es ist muttikonform, das muss reichen.«

»Mutti«, wiederholte ich langsam. »Ist es jetzt so weit, dass du dich selbst als Mutti bezeichnest?«

Sie rollte mit den Augen. »Ich drehe hier noch durch«, murmelte sie. »Ich überlege, ob ich Renate frage, ob sie auf Calla aufpasst, damit ich arbeiten kann.«

»Hat Philipps Mutter dir das angeboten?«, fragte ich.

»Nein«, brummte Ylva. »Aber wenn das so weitergeht, bleibt mir nichts anderes übrig. Im Büro warten sie auf mich, und sie brauchen mich.«

Ylva war Steuerberaterin mit Leib und Seele. Und sie war echt gut in ihrem Job. Ich verstand das Problem, aber ich konnte ihr nicht helfen. Meine Arbeitszeiten ließen nicht zu, dass ich Calla betreute - so gern ich es täte.

Sie holte den Auflauf aus dem Ofen und stellte ihn auf den Tisch, während Calla jeden ihrer Schritte wie ein kleines Raubtier mit Argusaugen verfolgte. »Sieh sie dir an, wie sie mich beäugt. Als hätte die Lasagne das Letzte, was es auf der Welt noch zu essen gibt.« Sie lachte leise, aber ich konnte die Müdigkeit in ihrem Blick sehen. »Manchmal frage ich mich, wer hier eigentlich das Sagen hat.« Als

Ylva die Teller befüllte, schmatzte Calla laut und streckte ihre kleine Hand danach aus.

»Wie läufts mit dem Brei?«, wechselte ich das Thema. Ylva hatte vor ein paar Wochen mit Beikost angefangen und gleichzeitig mit dem Stillen aufgehört. Das Stillen war für sie von Anfang an schwierig und sie war froh, dass sie damit durch war. Seitdem war sie auch besser gelaunt. Zumindest ein kleines Bisschen.

»Gut. Sie isst wie ein Scheunendrescher. Sieht man ja. Die Kinderärztin meinte, dass sie gut im Futter steht. Aber jetzt erzähl bitte von deinem Tag. Ich rede ununterbrochen über Babys. Oder mit ihnen.«

»Das ist für mich total okay«, erwiderte ich. Sie warf mir einen genervten Blick zu und schob sich die erste Gabel in den Mund. »Bei mir läuft alles gut. Ich habe einen neuen Kollegen. Kian. Er arbeitet mit mir an der Megayacht. Wir hatten heute ein etwas stranges Gespräch.«

»Ist er heiß?«, fragte sie mit vollem Mund.

»Jepp«, erwiderte ich. Ylvas Augen leuchteten auf. Solche Geschichten liebte sie. »Juli ist im Flirtmodus und Sventje hat ihn versehentlich einen Bastard genannt.«

Ylva sah mich zwei Sekunden fassungslos an, dann brach sie in schallendes Gelächter aus. »Oh mein Gott, sie muss gestorben sein!«, kiekste sie und grunzte.

»Ist sie«, sagte ich und berichtete von dem zweiten Treffen der beiden.

Mittlerweile liefen Ylva Lachtränen über die Wangen. »Ich liebe Sventje – sie ist einfach echt. Ich würde sagen, sie hat Juli den Weg geebnet. Im Vergleich dazu kann sie nur eine gute Figur machen.«

»Ich glaube auch nicht, dass Sventje sich Chancen bei ihm ausrechnet«, meinte ich. »Juli ist auf jeden Fall Feuer und Flamme. Ich bin gespannt, ob sich da etwas ergibt.«

›*Wieder ein kurzer Ausflug ins Kian-Universum ... ziemlich heiß.*‹

»Erzähl mir unbedingt, wie es weitergeht.« Ylva kitzelte Calla am Kinn und seufzte. »Ich hab das Gefühl, dass ich den Anschluss ans Leben verliere.«

»Was ist denn mit deinen Freundinnen?«, fragte ich.

Sie seufzte noch einmal tief. »Hoffnungslos. Weil ich die einzige mit Kind bin, herrscht absolutes Unverständnis dafür, dass ich so unflexibel bin. In ein paar Wochen bin ich raus, wenn ich es nicht zu Drinks und Partys schaffe. Ich muss auf den Kitaplatz warten, dann kann ich mir Mami-Freunde suchen und den ganzen Tag über Windeln quatschen.« Sie lächelte engelsgleich und sah dabei ein bisschen irre aus.

»Dann habt ihr wenigstens Gemeinsamkeiten. Tut mir leid wegen deiner Mädels«, meinte ich und fing endlich an zu essen. »Es schmeckt lecker, wenn dich das tröstet.«

»Ein wenig«, antwortete sie. Calla hämmerte auf ihrem Stuhl herum und meckerte, dann rieb sie sich gähnend die Augen. »Das Kind ist todmüde. Ich bringe sie ins Bett«, sagte Ylva. »Iss in Ruhe und genieß, dass du das kannst.«

»Kann ich helfen?«, fragte ich.

Sie schüttelte den Kopf. »Ich mache das. Wein ist kaltgestellt, darum kannst du dich kümmern. Danach quatschen wir, bis du losmusst. Jetzt hast du wenigstens eine Grundlage für die Drinks später.«

»Okay«, sagte ich und aß weiter. Ylva schlang ihre zweite Portion hinunter und machte dann die Kleine fertig. Eine halbe Stunde später war sie bei mir auf der Couch und kuschelte sich an mich.

»Wann kommt Philipp nach Hause?«, fragte ich.

»Der letzte Kurs endet um acht. Er ist gegen Viertel vor neun hier«, antwortete sie und starrte an die Decke.

»Das ist echt spät.«

»Die Nächte sind kurz, die Tage lang«, sagte Ylva und rieb sich die Augen. »Manchmal frage ich mich, wann ich das letzte Mal eine ganze Nacht durchgeschlafen habe. Philipp und ich sehen uns nur noch, wenn einer von uns schon halb schläft. Aber es ist wie bei Simons Dienstreisen - da müssen wir durch.« Sie sah mich an. »Kotzt uns doch beide an, oder?«

Ich versuchte zu lächeln, aber sie kannte mich einfach zu gut. »Ja, tut es. Aber was soll ich machen? Ich habe ihm schließlich gesagt, dass er den Job annehmen soll.«

»Man darf seine Entscheidungen auch bereuen«, meinte sie und trank aus. »Solange es nicht die Wichtigen sind, ist das vollkommen okay.«

»Ich bin froh, dass Calla nichts ist, was du bereust.«

»Meine Tochter? Niemals. Die Umstände, unter denen wir das hinbekommen müssen? Leider ja. Aber dafür kann die Kleine nichts und so sehr mich das nervt, ich wäre ihr nie böse deswegen. Jedes Mal, wenn ich sie anschaue, frage ich mich, wie ein so kleines sabberndes Wesen, das sich ständig einkackt, mein Leben so durcheinanderbringen konnte«, sagte Ylva mit einem müden Lächeln. »Aber ich kann mir ein Leben ohne sie nicht mehr vorstellen.«

»Zum Glück, denn jemand muss Sabber und Kacke schließlich wegmachen«, meinte ich.

»Dafür gibts die Hormone. Du wirst das auch tun, wenn es soweit ist. Sieh dir an, wie ich es versaue, und mach es dann besser.« Sie schenkte nach und stieß mit mir an. »Schön, dass du da bist. Du munterst mich auf und ich hab das Gefühl, dass ich was mitbekomme. Bitte gib mir allen Gossip über deinen neuen Kollegen. Hast du ein Foto?«

»Woher sollte ich eins haben?«, fragte ich. Ich wollte auch keins, das hatte zu viel Tagtraum-Potenzial.

»Social Media?«, meinte Ylva und zückte ihr Handy. »Ich bin gut in so was. Wie heißt er?«

»Kian Sand. Aber Ylvie, das ist echt peinlich. Wenn er das mitkriegt, komme ich in Erklärungsnot«, sagte ich unbehaglich.

»Ich bin absolut diskret. Keiner wird es je bemerken«, sagte sie nachdrücklich.

Als ich spät am Abend in unsere leere Wohnung zurückkehrte, seufzte ich. Das Treffen mit Juli und Sventje war lustig und hatte mich abgelenkt, ich hatte jede Minute mit meinen Freundinnen genossen. Aber jetzt kamen die Gedanken zurück. Es war zu spät, um Simon noch anzurufen, er schlief bestimmt schon nach dem langen Tag.

Ohne dass ich es wollte, kehrten meine Gedanken zu Kian zurück. Wie er mich angesehen hatte, mit diesem Lächeln, das mich aus dem Konzept brachte. Mein Herzschlag beschleunigte sich bei der Erinnerung daran.

›Was ist das mit ihm? Er ist nur ein Kollege... oder?‹

Ich schloss die Augen und versuchte, mich zu beruhigen, aber das Bild von Kians Gesicht war hartnäckig. Er brachte mich zum Lachen und ich fühlte mich gut – aber irgendwie brachte er mich total durcheinander.

›Das geht so nicht. Ich liebe Simon und will mein Leben mit ihm verbringen. Auch wenn er nicht hier ist. Mal wieder.‹

Ich griff nach meinem Handy und betrachtete das Hintergrundbild, das regelmäßig wechselte und meine Lieblingsbilder von uns zeigte. Jetzt leuchtete auf dem Display ein Schnappschuss von Simon und mir im Schwedenurlaub. Wir trugen Pudelmützen und strahlten mit knallroten Wangen in die Kamera.

Ich spürte ein unangenehmes Ziehen in meinem Magen, eine Mischung aus Schuld und einer unerklärlichen Sehnsucht.

›*Ich liebe Simon. Aber wieso lässt mich Kian nicht los? Ich bin doch glücklich. Oder?*‹

Ich legte das Handy weg und machte mich bettfertig. Ich versuchte, die Zweifel zu verdrängen, aber der Gedanke blieb. ›*Ich bin glücklich. Oder nicht?*‹

Kapitel 3

»Ist Ylva Matthesen deine Schwester?«, fragte Kian am nächsten Tag, als wir uns in der Halle trafen. Mir fiel vor Schreck fast das Tablet aus der Hand.

›Diskret und keiner wird es erfahren? Ylvas Spuren im Internet sind wie Leuchtraketen!‹

»Ähm ... ja«, rang ich mir ab.

»Okay, dachte ich mir schon. Der Nachname ist ja nicht so häufig.« Er sah wieder auf sein Handy.

»Ich hatte erzählt, dass ich einen neuen Kollegen habe«, erklärte ich. »Ylva ist eben neugierig.«

»Und ich dachte schon, du hättest mich als so attraktiv angepriesen, dass sie nicht anders konnte, als mich zu stalken. Immerhin war sie drei Mal auf meinem Profil.«

Ich zwang mich zu einem Lächeln. »Habe ich natürlich. Und sie hat das anerkannt.«

»Ich merke, ihr habt einen guten Geschmack.«

Ich hob die Augenbraue. »Ganz schön selbstverliebt, Herr Sand.«

»Eigentlich nicht, aber ich dachte, dass ich so am besten herausfinde, was du von mir hältst«, sagte er, ohne mit der Wimper zu zucken.

»Und du denkst, dass das Aussehen das einzige ist, was mich an einem Mann interessiert?«, fragte ich irritiert.

Er grinste noch breiter. »Nein, aber danke, dass du es bestätigt hast. Ich mag keine oberflächlichen Leute.«

Ich schüttelte den Kopf. »Und so zu tun, als wärst du selbst total oberflächlich, macht es besser? Was hättest du getan, wenn ich so wäre?«

»Für dich hätte ich eine Ausnahme gemacht«, sagte er mir direkt ins Gesicht.

›Alter Schwede. Wie krass. So was kann er mir doch nicht einfach um die Ohren hauen!‹ Mein Herz machte einen Satz und mir fehlten die Worte.

»Guten Morgen«, riss mich Olivias Stimme aus der Verlegenheit, etwas antworten zu müssen. Sie kam geschäftig auf uns zu. »Wie siehts aus? Gebt mir mal ein Update.« Sie sah Kian an. »Jetzt kannst du mal zeigen, wie viel du schon gelernt hast.«

Kian legte los und ich nutzte die Zeit, um mich zu sammeln. Mein Kopf schwirrte.

›Kian, was willst du von mir? Flirtest du nur aus Spaß oder steckt mehr dahinter? Nein, es ist sinnlos, darüber nachzudenken. Es ist nur Flirt. Harmlos und unbedeutend. Er ist ein Typ, der gern flirtet und provoziert. Das ist sein Ding. Aber nicht meins. Wenn er es zu weit treibt, sage ich ihm, dass er das lassen soll. Und dass mein Herz so komisch klopft, liegt daran, dass er mich überrumpelt hat. Wenn ich es ihm sage, wird er aufhören.‹

Ein Wort reichte, das spürte ich. Das Dumme war nur, dass ich nichts sagen *wollte*. Dieser Teil in meinem Gehirn, der mir diese Bilder von Küssen und Sex unterschob, wollte das Spielchen weiterspielen.

Ein bisschen draufgängerisch sein und mir beweisen, dass ich diesen Flirt-Kram immer noch draufhatte.

Olivia quetschte Kian aus und schickte uns dann zur *Sea Lady*, um uns ein Update vom Demontage-Team zu holen.

»Sie ist ziemlich krass«, meinte er und rieb sich den Nacken. »Ich habe ein bisschen Angst vor Olivia.«

»Zurecht«, nickte ich. »Komm ihr nicht in die Quere.«

»Beschützt du mich?«

Mein Herz klopfte, doch ich rang mir ein Lächeln ab. »Nicht vor ihr. Ich hänge an meinem Leben und würde dich opfern.« Ich zuckte bedauernd mit den Schultern.

Er fasste sich an die Brust, als würde sein Herz schmerzen. »Ein brutal ehrlicher Rückschlag.«

»Du wirst es sicher verkraften«, erwiderte ich lockerer, als mir zumute war.

Sventje kam uns entgegen und ihre Wangen färbten sich rot vor Stress. Wir hatten gestern noch über Kian geredet, aber Juli hatte sich in den Vordergrund gedrängt. Und Sventje wollte einfach nur vergessen.

»Ah, gut, dass ihr da seid«, sagte sie. »Wir haben ein Problem.«

Ich war fix und fertig, als ich zwei Stunden später ins Büro kam. Das Problem war gelöst und Kian hatte seine erste Bewährungsprobe bestanden. Zum Glück.

»Mein Gott, wo warst du den ganzen Morgen?«, fragte Juli irritiert.

»Mit Kian beschäftigt?«, klinkte sich Fabia ein. »Ihr seid voll das Dreamteam.«

Ich seufzte erschöpft. »Wird sich noch zeigen. Aber wir haben den Karren aus dem Dreck gezogen. Was für ein Morgen.«

»Was gibts Neues von Kian?«, fragte Juli. Schön, dass sie Prioritäten setzte.

»Juli hat voll den Crush auf ihn«, warf Fabia ein.

»Er ist sehr flirty«, antwortete ich und nippte an meinem Kaffee. »Ich frage mich, ob er das bei jeder so macht.«

»Aber er weiß doch, dass du vergeben bist«, meinte Fabia. »Wahrscheinlich macht er es nur deswegen.«

»Vielleicht.« Ich überlegte kurz. »Seine Bemerkungen sind manchmal echt krass.«

»Und, hast du ihm dann erzählt, wie du Simon kennengelernt hast?«, fragte Juli.

Ich schüttelte den Kopf. »Noch nicht, aber das hätte ihn bestimmt mundtot gemacht.« Ich versuchte, das Thema zu wechseln: »Und bei dir? Schon ein Date in Sicht?« Meine Stimme war etwas zu hoch, um als normal durchzugehen. Ich kam mir blöd vor, weil ich hoffte, dass sie Nein sagte.

Juli zuckte mit den Schultern. »Mal sehen, ob es sich lohnt, sich da dranzuhängen.«

»Gestern warst du doch noch Feuer und Flamme«, sagte ich erstaunt und fand es peinlich, wie erleichtert ich war.

»Er ist ein Kollege, du weißt doch, wie das ist. Es kann die große Liebe sein, wie bei dir und Simon, oder es wird einfach unangenehm für alle«, meinte sie. Ich nickte mechanisch und fühlte mich wieder blöd.

»Machst du Sventje Konkurrenz?«, fragte Fabia.

Juli seufzte und zuckte die Schultern. »Genau das meine ich. Sventje hat einen Ruf weg, nur weil sie mit ein paar Kollegen ausgegangen ist. Wenn ein Mann das macht, klopfen ihm alle auf die Schulter. Sventje war nicht mal annähernd mit allen im Bett, aber trotzdem tratschen alle über sie. Sie hält das ganz gut aus, aber ich weiß nicht, ob ich das könnte.«

»Kann ich verstehen. Dann lieber gleich den Kopf in den Sand stecken«, erwiderte Fabia gespielt mitleidig.

»Das ist echt unfair«, sagte ich zu Fabia. »Du solltest Juli den Rücken stärken, statt sie zu ärgern.«

Fabia hob die Hände. »Hey, ich sag nur, wie es ist. Aber wenn du ihn gut findest, Juli, trink einfach einen Kaffee mit ihm. Dein Ruf wird's schon überleben.«

Juli stand auf und verließ das Büro. »Bin gleich zurück.«

Fabia grinste und blickte auf ihren Monitor. »Na also, war doch gar nicht so schwer.«

»Nicht schlecht. Wenn ich mal einen Tritt in den Hintern brauche, melde ich mich«, sagte ich.

»Jederzeit, meine Liebe«, erwiderte sie und warf mir eine Kusshand zu.

Jetzt musste ich nur noch ergründen, warum es mich störte, dass Juli hinter Kian her war.

Simon kam am Samstagnachmittag zurück, als die Probleme auf der Baustelle endlich gelöst waren.

»Endlich bist du wieder da!«, rief ich und stürzte zu ihm, als er durch die Wohnungstür kam.

»Du erdrückst mich ja«, sagte er lächelnd.

»Ich habe dich vermisst. Beschwer dich nicht.«

Er schlang die Arme um mich. »Tu ich nicht. Ich dich auch.« Er hob mein Kinn mit seinen Fingern an und küsste mich auf den Mund. Ich schloss die Augen und genoss es, dann zog ich ihn ins Wohnzimmer auf die Couch. Dort schob mein Bein über seinen Oberkörper, sodass ich rittlings auf ihm saß.

Er streichelte lächelnd meine Wange. »Bis eben dachte ich noch, ich wäre müde. Hab's mir anders überlegt.«

»Sehr gut«, flüsterte ich und küsste ihn wieder. »Sonst hätte es auch Ärger gegeben.«

Er lachte und zog mir den Pullover über den Kopf. Ich knöpfte sein Hemd auf und kicherte, als Simon uns herumrollte. Unsere Couch war viel zu groß für unser Wohnzimmer, wir hatten uns beim Kauf total verschätzt. Das war egal. Als jetzt unsere restlichen Klamotten beiseite flogen und ich mich nach oben rollte, war die Größe der Couch perfekt. Sie bot so viele Möglichkeiten. Die Sofakissen fielen auf den Boden, als Simon mich an der Taille packte und auf die Rückenlehne setzte.

Ich jaulte auf, weil ich mir den Kopf an der Dachschräge stieß. »Mensch, pass doch auf!«

»Ich dachte, wir sind mal ein bisschen wild.« Er strich mir zerknirscht eine Haarsträhne aus dem Gesicht. »Tut mir leid, Kleines. Kann ich es wiedergutmachen?«

»Da fällt mir sicher etwas ein«, meinte ich und stürzte mich auf ihn.

Wir verbrachten ein entspanntes restliches Wochenende zusammen, bei dem wir die Größe der Couch noch mehrfach ausnutzten. Am Sonntag brachten Ylva und Philipp Calla vorbei, damit sie in Ruhe einen Nachmittag zu zweit verbringen konnten.

Simon und ich gingen mit der Kleinen spazieren und machten uns eine schöne Zeit. Als wir den Kinderwagen durch den Park schoben, fühlte es sich an, als wäre sie unser Baby, mit dem wir unterwegs waren. Ich sah Simon an und wusste, dass er das gleiche dachte. Wir lächelten und ein warmes Gefühl breitete sich in meiner Brust aus.

Es wäre so schön. Der nächste logische Schritt, den wir uns beide wünschten. Wenn nur diese andere Sache nicht wäre. Diese zwei anderen Sachen. Simons Job und dass er mich nicht fragte, ob wir heiraten wollten. Wie könnten wir da ein Baby zusammen haben? Das war eine viel größere Verantwortung als zu heiraten. Ein gemeinsames Kind schweißte uns für immer zusammen.

Ich sah zu ihm und traute mich nicht, zu fragen. Nicht jetzt. Aber ich beschloss, Simon bei der nächsten passenden Gelegenheit darauf anzusprechen. Ich brauchte nur Mut. Das sollte doch leicht sein, immerhin liebten wir uns.

»Ich genieße solche Tage mit dir«, sagte Simon abends, als wir auf der Couch lagen. »Bei dir komme ich zur Ruhe, du bist einfach wie eine Hängematte für mich. Bei dir kann ich den ganzen Stress loswerden.«

Ich lächelte, doch seine Worte versetzten mir einen Stich. Eine Hängematte. Wollte ich das für ihn sein? Entspannung, ja, aber doch auch Herzklopfen, oder? Ich wollte auch Feuer in unserer Beziehung.

Ich biss mir auf die Lippe und versuchte, das als Kompliment zu sehen, doch das klappte nicht ganz.

Sventje stand gerade in der Küche, als ich mir am Montagmorgen einen Kaffee holen wollte. Juli kam wegen eines Arzttermins später, Fabia startete um zehn.

»Hey, alles klar? Wie war dein Wochenende?«, fragte ich und holte einen Becher aus dem Schrank.

»Gut. Juli und ich waren am Samstag aus. Schade, dass du nicht dabei warst«, meinte sie und nippte an ihrem Kaffee. Sie hatten mich auch gefragt, aber ich war bei Simon geblieben. Das war doch mein Job als Hängematte.

»Nächstes Mal bin ich dabei«, versprach ich. »Hattet ihr Spaß? Habt ihr Leute kennengelernt?«

›Das würde alles einfacher machen‹, dachte ich. ›Vor allem, wenn Juli sich jemanden geangelt hat.‹

»Du meinst Männer?« Sventje rollte mit den Augen. »Egal, wo man hinsieht, es sind nur Bekloppte unterwegs. Die Männer, die man in Bars trifft, sind genauso drauf wie die Typen in den Apps. Wir hatten Spaß, aber es ist nichts dabei rumgekommen. Es ist einfach besser, jemanden über den Freundeskreis kennenzulernen. Oder über die Arbeit. Juli redet von nichts anderem mehr als Kian.«

Da war es wieder, das unvermeidliche Thema. Es hatte sich also übers Wochenende nichts geändert. Ich wusste, dass sie ihn nach einem Kaffee gefragt hatte. Noch war nichts fest ausgemacht, aber Kian hatte signalisiert, dass er dabei war. Offenbar rechnete Juli sich jetzt viel aus.

»Tja dann: Neue Woche, neues Glück«, sagte ich beherzt und lief zurück zum Büro. Dabei ignorierte ich, wie blöd ich die ganze Sache fand. Inklusive mir selbst.

Ich sah Kian erst am Mittwoch. Vorher war er unterwegs, um mit Externen zu sprechen, die am Projekt beteiligt waren, auch mit den Eigentümern. Ich war froh, dass dieser Kelch an mir vorüberging. Wir telefonierten zwar, doch als ich ihn am Mittwoch in der Küche traf, war das etwas anderes als am Telefon mit Fred im Hintergrund.

Ich bekam nur ein klitzekleines bisschen Herzklopfen, als ich ihn dort stehen sah. Das war doch ein guter Anfang.

›Das ist die Gelegenheit, eine gute Freundin zu sein und abzuchecken, ob Juli Chancen bei ihm hat, denn sie hat es ja immer noch nicht hinbekommen, ihn anzuquatschen. Wenn ich es geschickt anstelle, finde ich raus, ob das mit dem Kaffee nur ein Spruch oder ehrliches Interesse ist.‹

»Hey, wie geht's dir? Hast du alles gut überstanden?«, fragte ich und stellte mich neben ihn.

»Du meinst seit gestern Nachmittag, als wir zuletzt gesprochen haben? Zum Glück ist nichts mehr passiert, sonst hätte ich dich angerufen«, sagte Kian und streckte die Hand nach einem leeren Becher aus. »Was trinkst du? Cappuccino?«

»Gut aufgepasst, danke. Und ja, das weiß ich. Ich meinte eigentlich eher, wie es dir allgemein geht. Und wie du dich so eingefunden hast. Apropos: Juli hat erzählt, dass sie am Samstag auf die Geburtstagsfeier von Rudy geht. Rudy ist eine von den Mechanikerinnen. Bist du dabei?«

›Gott, Siv, was war das denn für eine Überleitung? Total zusammenhanglos. Wie kommt blöd das denn bitte *rüber?‹*, maßregelte ich mich selbst. *›Frag ihn doch gleich, wie er Juli findet und ob er Babys mit ihr machen will!‹*

»Ja, ich weiß, wen du meinst. Aber ich denke nicht, dass sie mich einlädt, wir haben nichts miteinander zu tun.«

»Juli wollte dich fragen, ob du mitkommst. Die beiden sind befreundet. Eine Menge Kollegen werden dort sein, das ist ne gute Chance für dich, sie besser kennen-zulernen. Das kann im Projekt nur gut sein«, sagte ich.

Ich fand, dass ich mich jetzt ganz gut schlug.

»Kommst du auch?«, fragte er sofort.

»Nein, ich habe schon etwas anderes vor.« Denn an dem Abend wollten Simon und ich endlich unsere ausgefallene Date-Night nachholen.

»Schade. Ich hätte mich gefreut, dich mal außerhalb der Werft zu sehen.« Er schenkte mir wieder dieses Lächeln.

Mein Augenlid zuckte. Es war anscheinend unmöglich, sich zwei Minuten normal mit ihm zu unterhalten.

»Da sind genug andere Frauen, mit denen du dich unterhalten kannst«, erwiderte ich.

»Danke, dass du so besorgt um meine weibliche Gesellschaft bist. Willst du mich verkuppeln?«

»Hättest du daran denn Interesse?«, erwiderte ich.

Er dachte darüber nach. »Kommt auf die Frau an.«

»Also, ich bin mir sicher, dass sich eine findet, die dein Interesse verdient hat. Vielleicht schneller und näher, als du denkst. Manchmal muss man mit dem Unerwarteten rechnen, statt von vornherein jemanden auszuschließen.«

Kian hatte gerade meinen Becher angehoben und sich zu mir umgedreht. Jetzt verharrte er mitten in der Bewegung und sah mich an. »Das wäre natürlich schön«, sagte er langsam, ohne den Blick abzuwenden.

Ich nickte nachdrücklich. »Natürlich. Unverhofft kommt oft, heißt es doch so schön. Und wenn man sich die Zeit nimmt, jemanden kennenzulernen, stellt man manchmal fest, dass es passt, obwohl man gar nicht damit rechnet.«

›Na also, Siv, du kriegst es doch hin. Jetzt nur nicht Julis Namen erwähnen, sonst bringt sie dich um. Er ist clever, er kommt von allein drauf‹

Kian stellte den Becher ab. »Gerade suboptimale Umstände machen manchmal den Reiz an einer Sache aus.«

»Das stimmt.« Ich lächelte und überlegte, ob ich ihm noch einen Hinweis geben sollte, wer auf ihn stand.

»Weißt du, ich bin niemand, der sich schnell entmutigen lässt. Und du hast absolut recht, dass man aufgeschlossen sein sollte«, sagte er und trat an mich heran.

Sehr nahe. Viel näher als je zuvor.

Ich bekam Gänsehaut am ganzen Körper.

›Scheiße, was ist denn jetzt los?‹

Er stand direkt vor mir. Wir berührten uns nicht, doch es fehlten nur Zentimeter. Mein Herz raste.

›Scheiße, was habe ich getan?‹

Jetzt ging mir auf, wie verdammt zweideutig ich mich ausgedrückt hatte, weil ich nicht zu offensichtlich sein wollte. *›Das ist voll nach hinten losgegangen!‹*

Ich rang mir ein Lächeln ab und machte einen Schritt rückwärts, doch hinter mir war die Küchenzeile. Also machte ich eine ungeschickte Bewegung zur Seite.

Zur falschen Seite, denn jetzt berührten wir uns.

Ich sah zu ihm auf. Sein Gesicht war direkt vor meinem. Ich spürte seinen Atem auf meiner Wange.

›Er riecht echt gut‹, bemerkte ich benommen. Ich spürte seine Körperwärme.

›Okay, stopp!‹, bäumte sich mein Verstand auf und ließ mich wieder klar denken. Ein bisschen nur, aber genug.

Entschlossen machte ich einen Schritt beiseite.

»Ich muss los. Danke für den Kaffee«, sagte ich rau und griff nach der Tasse, weil ich es nicht über mich brachte, mich für mein saudämliches Verhalten zu entschuldigen. Er griff im gleichen Moment danach. Unsere Finger berührten sich. Hitze fuhr durch mich wie ein Blitz.

Ich packte den Becher, drehte mich um und rannte aus der Küche zurück ins Büro. Ich war allein, Juli und Fabia waren gerade nicht da.

Ich setzte mich an meinen Schreibtisch und stellte kontrolliert die Tasse ab.

›Ich könnte mich ohrfeigen für mein dummes Verhalten! Wie kann man nur so schamlos flirten, ohne es zu wollen? Kein Wunder, dass er das in den falschen Hals gekriegt hat! Ich hätte sagen sollen, dass das nicht geht. Und dass ich es definitiv nicht bin, die auf ihn steht. Mein Gott, wenn ich so weitermache, kann ich ihm bald nicht mehr unter die Augen treten!‹

Ich trank einen Schluck Kaffee und versuchte, die Begegnung abzuschütteln. Dabei schämte ich mich für mein dummes Verhalten. Ich musste mich bei Kian entschuldigen und die Sache klären.

Je eher, desto besser, bevor er auf dumme Ideen kam.

Ich sah Kian an diesem Tag zum Glück nicht mehr und ich brachte es auch nicht über mich, Juli alle Details von dem Gespräch zu geben. Es war mir einfach zu peinlich.

»Ich habe ihm von Rudys Party erzählt und er war interessiert, also lade ihn doch einfach ein«, ermutigte ich sie stattdessen am nächsten Tag. Ihre Augen leuchteten auf und sie lächelte Sventje an, die gerade bei uns stand.

»Okay, dieses Mal wird es was«, sagte sie enthusiastisch und sah Sventje an. »Wie siehst du das?«

»Ich steh hinter dir. Von mir musst du keine Konkurrenz erwarten«, sagte sie. »Mir wird diese Bastard-Geschichte für immer nachhängen. Er sieht mich immer noch so an, als würde er erwarten, dass ich ihn wieder beleidige.«

»Girl, die Bastard-Nummer war echt ein epic fail«, warf Fabia ein. Sie hatte deswegen einen halbstündigen Lachflash bekommen. Immer, wenn Sventje ihr gesagt hatte, dass sie aufhören sollte, ging es wieder von vorne los.

Zwischenzeitlich musste sogar ich mir auf die Lippe beißen, weil ihr Lachen so ansteckend war.

»Weiß ich selbst«, seufzte Sventje. »Zu schade, er ist echt süß. Ihr hättet sehen sollen, wie er den Kurzschluss letzte Woche gefixt hat. Ich hätte ihn fast besprungen.«

»Danke, dass du es nicht getan hast«, sagte ich. »Und falls du es doch tust, sag es mir bitte rechtzeitig, damit ich mich in Sicherheit bringen kann.«

»Mache ich, versprochen. Es sei denn, zwischen ihm und Juli bahnt sich etwas an, natürlich«, sagte Sventje.

»Vergiss es«, winkte Fabia ab. »Wenn Juli weiter so struggelt, wird er sie safe in die Friend-Zone abschieben.«

»Ist ja gut, du brauchst nicht schon wieder auf mir rumzuhacken. Ich kläre das mit der Party heute noch«, grummelte Juli.

»Das hast du schon so oft gesagt, ich glaub dir nicht mehr«, feixte Fabia. »Beeil dich, sonst kommt Sventje dir doch noch zuvor. Oder jede andere. Wäre ja auch kein Wunder bei dem Cutie.«

»Du hast ihn auch abgecheckt, oder?«, meinte Juli.

Fabia nickte. »Jupp. Ihr wart ja so fly seinetwegen, dass ich dachte, ich muss mir ›ein eigenes Bild‹ machen.« Sie machte Gänsefüßchen mit den Fingern, wie immer, wenn sie eine Oldschool-Floskel benutzte, wie sie es nannte.

»Und?«, fragte Juli. »Boyfriend-Material oder Gammel-fleisch-Gruftie?«

Fabia warf ihr einen mitleidigen Blick wegen ihrer Wortwahl zu, dann zuckte sie mit den Schultern. »Weder noch. Nichts für mich. Er ist immer so busy. Ich mag lieber gechillte Typen, die nicht immer einen auf *Suits* machen.«

Woher auch immer sie diese Serie kannte. Immerhin machte sie keine Gänsefüßchen.

»Er schläft sicherlich nicht im Hemd, Fabia«, meinte ich. Mein Gehirn schickte mir ein Bild von einem schlafenden nackten Kian. Er sah zum Anbeißen aus.

›*Halt die Klappe, Verräter*‹, dachte ich grimmig, als mein Gehirn die Bettdecke verrutschen ließ.

»Weißt du's?«, sagte Fabia schulterzuckend. »Ich denke, ihr Girls seid eher seine ›Kragenweite‹.« Wieder die Gänsefüßchen. Ich rollte mit den Augen.

»Sivy ist eh raus«, schob Fabia nach.

Ich hob die Augenbraue. »Wissen wir.« Ich sah Juli an. »Heute machst du's klar, okay?«

Juli salutierte. »Aye, aye, Captain.«

Sie bekam es wieder nicht hin, denn Kian war den ganzen restlichen Tag im Dock. Mittlerweile war sie demotiviert. »Ich denke nicht, dass das Sinn hat«, meinte sie kurz vor Feierabend. »Am besten lasse ich es sein und konzentriere mich auf wichtigeres.«

»Vielleicht ergibt sich ja etwas, wenn du nicht mehr damit rechnest«, sagte ich. »Versuch, locker zu bleiben.«

»Leichter gesagt als getan«, grummelte sie und holte ihre Tasche. »Kommst du auch?«

Ich schüttelte den Kopf. »Ich muss noch etwas fertig machen. Ist leider dringend.«

»Soll ich bleiben und dir helfen?«, fragte sie sofort.

»Danke, aber ich hab's gleich. Bis morgen!«

»Okay, bis morgen!«, sie verließ winkend das Büro und ich kümmerte mich wieder um meine Aufgabe.

Gerade hatte ich das Problem gelöst, da stand Olivia im Büro. »Hey, ich hab das Licht gesehen. Alles okay?«

»Jetzt wieder. Ich musste wegen einer Lieferverzögerung Termine anpassen«, sagte ich. »Hat aber alles geklappt.«

Olivia lächelte. »Das schätze ich so an dir: Du kümmerst dich. Immer.« Sie sah auf ihr Handy. »Und jetzt ab nach Hause, es ist schon sieben. Oder liegt noch was an?«

»Nein, für heute bin ich durch«, sagte ich und klappte mein Laptop zu. Jetzt merkte ich, wie müde ich war.

»Wie läufts mit dem Neuen?«, wollte sie wissen, als ich meine Sachen zusammensuchte.

»Gut. Er kommt langsam rein in das Projekt. Ist eine Herausforderung für ihn, aber bisher schlägt er sich wacker«, sagte ich. »Und er erfüllt seine Aufgaben alle selbst«, schob ich hinterher.

»Gut, das hatte ich auch erwartet, nachdem ich dich vorgewarnt habe«, erwiderte sie. »Du hast da ein Auge drauf, ja? Ich will nicht, dass du übervorteilt wirst.«

»Ich glaube nicht, dass er so ist, wie du befürchtet hast«, sagte ich und schloss das Büro hinter uns ab.

»Das hoffe ich auch, aber ich kenne schöne Männer«, schnaubte sie. »Mir sind schon zu viele von der Sorte über den Weg gelaufen, die genau das versucht haben.«

Ich lief schweigend mit ihr zum Ausgang. Mein Verhältnis zu meiner Chefin war nicht so eng, dass ich nachfragen wollte, wie diese Begegnungen abgelaufen waren.

»Ich achte darauf«, versprach ich. »Und garantiert mache ich nicht seinen Job. Meiner ist anspruchsvoll genug.«

»Das weiß ich. Du wirst ihn da durch-coachen und dafür sorgen, dass alles rundläuft. Ich denke, das ist auch gut, denn Fred ist momentan so fahrig. Er sollte mal weniger Kaffee mit Juli trinken und sich mehr um seine Aufgaben kümmern, denn im Projekt der beiden könnte es besser laufen. Die Geschäftsleitung stresst deswegen rum. Ich kann mich darauf verlassen, dass du Kilian im Griff hast?«

»Kian. Ja, ich kümmere mich«, versprach ich. »Schönen Abend dir und bis morgen.«

Endlich Feierabend. Bis ich zu Hause war, war es viertel vor acht. Ich brauchte dringend eine Pause. Zu Hause angekommen warf ich mich direkt auf die Couch.

Simon war nicht da. Mal wieder.

Heute Mittag hatte sich sein Kollege Zacki gemeldet, weil es Probleme auf einer Baustelle in Gütersloh gab. Mein Freund war sofort hingefahren und kam erst morgen zurück. Da solche Sachen immer häufiger passierten, hatte er immer eine Tasche mit Wechselsachen im Kofferraum.

Und ich hatte nur eine Textnachricht bekommen, in der er mich informierte. Zu dem Zeitpunkt stand ich auf der Arbeit unter Strom, deswegen hatte ich die Reise nur kurz zur Kenntnis genommen.

Jetzt ärgerte ich mich, dass ich schon wieder allein zu Hause war. Ich versuchte, Simon anzurufen, doch er wies den Anruf ab und schrieb mir, dass er noch auf der Baustelle war: *Melde mich später.*

Doch ich war so müde und erschöpft, dass ich ins Bett ging und einschlief, bevor er anrief. Ich schloss die Augen und versank sofort in einem Traum:

Ich bin allein im Büro und sitze an meinem PC.

Es klopft an der Tür und Kian kommt herein. »Hey.«

»Hey«, ich lächle ihn an. »Was kann ich für dich tun?«

Er setzt sich auf meinen Schreibtisch. »Ich habe eine Frage, aber du kannst mir sicher helfen.«

»Klar, ich bin persönlich für dich zuständig. Auftrag von oben«, sage ich. Dann stehe ich auf, stelle mich zwischen seine Beine und küsse ihn.

Es ist ein fantastischer Kuss. Er legt seine Hände an meine Wangen, ich schlinge meine Arme um seine Taille. Es ist heiß, mein Atem geht schnell. Er riecht so gut.

Ich liebe es, wie er mein Gesicht berührt.

Jetzt streicht er mein Haar zurück und unterbricht den Kuss, um mich anzusehen. »Hier?«

»Ja, wir sind allein«, flüstere ich an seinen Lippen.

»Gut.« Er küsst mich wieder. Ich fahre mit meinen Händen über seine Schultern und Arme, dann beginne ich, sein Hemd aufzuknöpfen. Ich streife es über seine Schultern und schaue an ihm hinunter. Mir gefällt, was ich sehe. Er ist gut gebaut. Seine Brust hebt und senkt sich heftig, ihn macht unser Kuss genauso heiß wie mich.

Ich will mehr.

Er beugt sich vor und zieht mir mein Shirt über den Kopf. »Gleiches Recht für alle.«

»Unbedingt«, flüstere ich und ziehe seinen Gürtel auf. Schwarze Retros kommen zum Vorschein. Ich lächle, weil die engen Hosen viel preisgeben.

Er öffnet meine Jeans und schiebt sie hinunter. Ich streife sie ab, um auf den Schreibtisch zu klettern. Hier lasse mich auf seinem Schoß nieder und küsse ihn erneut. Neben uns fällt etwas auf den Boden. Das ist mir so was von egal.

Ich drücke ihn auf die Tischplatte und knie mich über ihn. Seine Hände gleiten über meinen Rücken und öffnen meinen BH, dann beugt er sich vor und küsst meine Brüste.

Ich zerzause sein Haar und seufze laut. Es fühlt sich so gut an! Wir sind allein, wir können aufs Ganze gehen. Hier ist genauso gut wie überall sonst.

Er setzt sich auf, wieder streicht er mir das Haar aus dem Gesicht. Ich schlinge meine Beine fest um seine Taille. Wir wissen beide, wie es weitergeht. Es muss so sein. Die letzten Stoffbarrieren sind schnell entfernt, endlich sind wir Haut an Haut. Ich seufze laut, als es endlich passiert. Es ist, als hätte ich ewig auf diesen Moment, auf dieses Gefühl gewartet.

Ich halte mich an ihm fest und küsse ihn wieder. Wir brauchen einen Moment, um einen Rhythmus zu finden, dann ist es, als hätten wir nie etwas anderes gemacht.

Ich komme außer Atem und eine Schweißperle rinnt zwischen meinen Brüsten hinab. Er beugt sich vor und küsst sie weg. Gänsehaut überzieht meinen Körper, weil es sich so gut anfühlt.

Unsere Blicke versinken ineinander wie unsere Körper. Ich kann nicht einmal blinzeln, so intensiv ist es. Ich genieße jede Sekunde. Meine Finger fahren durch sein Haar, als sich unsere Münder wieder treffen. Meine Zunge taucht tief zwischen seine Lippen. Ich bekomme keine Luft mehr, mir wird schwindelig. Vor meinen Augen tanzen kleine Sterne, mir ist so heiß. Sein Griff wird fester an meinen Hüften und ich spüre es auch.

Wir sehen einander tief in die Augen, als wir unseren Höhepunkt erreichen.

Mit einem Ruck wurde ich wach und fuhr hoch. Es war mitten in der Nacht, stockdunkel. Mein Herz hämmerte gegen meine Rippen, mir war heiß. So verdammt heiß wie dieser Traum. Dieser Softporno, den sich mein Gehirn gerade ausgedacht hat. Mit dem falschen Mann.

»Ach du Scheiße«, murmelte ich in die Dunkelheit. »Was zur Hölle war das denn?«

Es war mitten in der Nacht und ich konnte nicht mehr einschlafen. Ich wälzte mich von links nach rechts, doch das änderte nichts. Ich war hellwach und konnte immer noch Kians Berührungen auf meiner Haut spüren... Mein Gott, das war alles so falsch!

›Mein Unterbewusstsein hat echt einen billigen Geschmack‹, dachte ich genervt. ›Als würde ich so was auch nur im Entferntesten tun. Aber warum träume ich so was? Was läuft hier schief?‹

Mein Herz raste noch immer, und ich fühlte mich schuldig, als hätte ich tatsächlich etwas Unverzeihliches getan. Dabei war es nur ein Traum. Nichts davon war real. Aber warum fühlte es sich so echt an?

›Verdammt, und warum ausgerechnet Kian?‹, dachte ich frustriert. Die Hitze auf meiner Haut und die Bilder in meinem Kopf wollten einfach nicht verschwinden.

Es war, als hätte mein Verstand mir einen völlig falschen Weg gezeigt, einen, den ich niemals gehen wollte.

›Und leider es hat sich verdammt richtig angefühlt, was ich getan habe. Mein Gehirn bekommt immerhin Punkte für Intensität.‹ Ich setzte mich auf und fuhr mir durch die Haare. Es war sinnlos, sich hier herumzuwälzen.

›Es war nur ein Traum, beruhige dich mal. Das bedeutet gar nichts‹, versuchte ich mich zu beruhigen. Doch er hatte eine Saite in mir zum Klingen gebracht, die ich nicht ignorieren konnte. Ein Feuer, das ich in meiner Beziehung mit Simon zuletzt vermisst hatte. Seine Hängematten-Bemerkung fiel mir wieder ein.

›Hängematte. Bei mir konnte er zur Ruhe kommen.‹ Das fühlte sich gerade total bitter an. ›Was ist denn mit mir? Wo bleibt meine Leidenschaft, mein Feuer? Ist zur Ruhe kommen auch das, was ich will? Wenn ich meinen Traum betrachte, muss die Antwort nein heißen.‹

Ich seufzte und schwang meine Beine aus dem Bett.

›Das gefällt mir alles gar nicht.‹

Mit schweren Schritten ging ich ins Bad, drehte das Wasser in der Dusche auf und hoffte, dass die Kälte mich aus diesem Gedankenkarussell herausholte. Doch selbst das kalte Wasser half kaum. Jedes Mal, wenn ich die Augen schloss, sah ich Kian vor mir. Und das machte mir größere Sorgen, als ich zugeben wollte.

Im Bad sah ich auf die Uhr. Halb fünf am Freitagmorgen. Das durfte doch nicht wahr sein! In zwei Stunden musste ich aufstehen und zur Arbeit, verdammt!

»Es war nur ein Traum«, flüsterte ich nachdrücklich und ging zurück ins Schlafzimmer. Dort rollte ich mich in meinem Bett zusammen. »Das bedeutet nichts.«

Doch als ich die Augen schloss, konnte ich nur daran denken, wie fantastisch sich unsere Körper zusammen angefühlt hatten.

›Das ist doch Quatsch‹, maßregelte ich mich. ›Nur Fantasie, nichts weiter. Und eine dumme noch dazu‹

Mein Blick fiel auf die Wand neben der Tür. Dort hingen gerahmte Bilder vom Schwedenurlaub. Simon und ich mit Pudelmützen und Sonnenbrand auf der Nase, wie wir breit in die Kamera lächelten.

Bei diesem Anblick musste ich lächeln. Ich angelte nach meinem Handy. Simon hatte nicht angerufen, aber um elf geschrieben, dass er im Hotel und hundemüde war.

›Armer Kerl.‹

Ich sah genervt an die Decke. Dieser blöde Job! Und wie selbstverständlich er losfuhr, wenn sie sich meldeten! Dazu kam, dass die Reisen immer mehr wurden.

Ich war immer noch aufgewühlt, aber zumindest fühlte ich mich etwas klarer im Kopf.

Der Traum war nur ein Traum. Aber er war auch ein Weckruf. Ich sollte endlich mit Simon über das sprechen, was in mir vorging. Dieses Gefühl, dass etwas fehlte. Die Unsicherheit, ob er die gleichen Wünsche hatte wie ich.

Doch wie fing man so ein Gespräch an?

Kapitel 4

Ich war fix und fertig, als mein Wecker um halb sieben klingelte. Müde schleppte ich mich ins Bad, zog mich an und trank einen Espresso, bevor ich mir noch einen Kaffee für den Weg mitnahm. Als ich im Büro ankam, fühlte ich mich, als wäre ich gegen eine Wand gelaufen.

»Oh Gott, wie siehst du denn aus?«, fragte Juli mit großen Augen. »Bist du krank?«

»Nein, nur schlecht geschlafen«, murmelte ich. »Bin mitten in der Nacht aufgewacht, hatte Kopfkino und konnte ewig nicht mehr einschlafen.«

»Oh Mann, das kenne ich«, sagte Fabia nickend. »Wenn das Gehirn einfach nicht die Klappe hält. Voll der Mind-Fuck.«

»Ja, genau das.« Müde schlich ich in die Küche, um mir Koffein-Nachschub zu holen. Juli folgte mir, und Sventje, die bereits am Kaffeeautomaten stand, begrüßte uns mit einem Lächeln.

»Sivy, heute Abend wird hart für dich«, prophezeite Juli. »Entweder hängst du voll durch oder du gehst richtig ab.«

»Was meinst du?« Mein Gehirn war Mus. Ich hatte keine Ahnung, was heute Abend geplant war.

»Alex' Abschied im Hofbräuhaus, schon vergessen?«, fragte Sventje mit hochgezogenen Augenbrauen.

Oh. Stimmte ja. Der Abschied unserer Kollegin Alex. Es war zuletzt immer nur die Rede von Rudys Party, da hatte ich die Einladung ganz vergessen. Natürlich hatte ich zugesagt, aber nach dieser Nacht war mir nicht nach Feiern. »Ich glaube, ich bin raus. Ich bin viel zu müde.«

»Ach komm schon!«, bettelte Juli. »Das wird lustig! Ich freue mich da schon seit Wochen drauf!«

»Schön, dass du dich freust, dass sie geht«, sagte Sventje. »Ich verliere meine einzige weibliche Kollegin bei den Elektrikern und du freust dich aufs Saufen.«

»Hey, ich mache nur das Beste draus«, sagte Juli.

Wieder sahen beide mich an. Ich seufzte. Keine Chance, das abzubiegen. »Okay, ich überlege es mir.«

Der Rest des Tages verlief schleppend, und ich wünschte mir ständig, einfach nach Hause zu gehen und mich auf die Couch zu werfen. Oder gleich ins Bett. Am besten mit Simon zusammen. Er kam heute von der Baustelle zurück.

Um vierzehn Uhr schrieb er mir eine Nachricht: ›Sorry, Schatz, ich werde heute erst spät nach Hause kommen. Wir haben noch eine Besprechung bis 19 Uhr. Liebe dich.‹

Wütend starrte ich auf das Display. Natürlich. Wieder nicht da. Von Gütersloh brauchte er mindestens drei Stunden. Also würde ich bis zehn alleine zu Hause sitzen. Dann konnte ich auch zu Alex' Abschied gehen.

»Mädels, ich komme mit«, sagte ich. Juli jubelte.

Wir wollten um fünf Feierabend machen und uns erst noch etwas zu essen gönnen, bevor es ins Hofbräuhaus ging. Ich war mit meiner Arbeit durch und bereit, ins Wochenende zu starten. Kian war heute unterwegs. Glücklicherweise, denn nach dem Traum konnte ich ihm nicht in die Augen sehen.

›Das war nur ein dummer Traum‹, redete ich mir ein.

Trotzdem wurde mir heiß, wenn ich daran dachte. Gänsehaut überzog meinen Körper. ›Simon ist einfach zu selten da‹, redete ich mir weiter ein. ›Deshalb hat mein Unterbewusstsein Kian gewählt. Mehr Gründe gibt es nicht. Dass ich gestern Abend noch mit Olivia über ihn

gesprochen habe, macht das Ganze noch plausibler.
Trotzdem ist es peinlich, wie sehr ich darauf abgehe.‹

Und weil es so peinlich war, hatte ich Juli nicht davon erzählt. Sie lauerte darauf, dass Kian heute Abend kam.

»Langsam wird die Jagd auf ihn eine sportliche Aktivität für mich«, meinte Juli angriffslustig. »Komm jetzt, wir holen Svenni und gehen essen.«

Der Tisch im Hofbräuhaus war um acht reserviert, also hatten wir Zeit, um uns eine Grundlage anzufuttern.

»Kommt Kian auch?«, fragte Sventje, als wir das Werftgelände verließen.

»Ich hab leider vergessen, ihn zu fragen«, erwiderte ich.

»Dann ruf ihn an und erinnere ihn«, sagte Juli eifrig.

Ich schüttelte den Kopf. »Auf gar keinen Fall. Das finde ich zu aufdringlich. Ich will ihn nicht bedrängen.«

»Dann schreibe ich ihm«, sagte Juli und rief das Chat-Programm auf ihrem Diensthandy auf. Ich beobachtete mit einem komischen Gefühl im Magen, wie sie ihre Nachricht verfasste. Ich glaubte nicht, dass es eine gute Idee war, Kian außerhalb der Werft zu sehen, aber vielleicht konnte ich Juli als Puffer nutzen. Wenn sie eine Flirtoffensive startete, war ich raus. Keine komischen Gespräche mehr. Keine übertriebenen Träume. Mein Gehirn schob mir Flashbacks von letzter Nacht unter.

Ich roch ihn und spürte seinen Atem an meiner Kehle.

»Siv, alles okay? Du bist knallrot im Gesicht«, sagte Sventje und legte mir die Hand auf den Arm.

»Alles gut. Es ist nur wegen Simon«, sagte ich schnell und erzählte ihnen von seinem nervigen Termin.

»Ach Süße, ich versteh dich ja, aber ich freu mich, dass du dabei bist. Gönn dir ein bisschen Spaß. Das wird lustig, wenn du's zulässt«, tröstete Sventje mich.

»Du hast recht.« Ich beschloss, das Beste draus zu machen.

Julis Handy vibrierte. »Kian kommt auch!«, jubelte sie.

Ich zuckte zusammen. Natürlich.

»Dann viel Erfolg beim Flirten«, sagte Sventje. »Was ist mit Fabi? Kommt unser *Girl* auch, um Party mit uns *oldschool people* zu machen und zu zeigen, wie die *folks* so chillen?« Sventje wackelte mit Gänsefüßchen-Fingern.

Juli grinste. »Du machst das echt gut. Hätte fast geglaubt, dass du selbst verstehst, was du da redest. Aber ja, sie ist am Start und geht bestimmt wieder voll ab.«

Das stimmte. Fabia konnte noch durchmachen und am nächsten Tag weiterfeiern. Beim letzten Umtrunk hatte sie alle aufgemischt. Ich war kurz davor, einzuschreiten und einen auf Mutti zu machen, weil sie so übertrieb.

Es waren schon einige Leute da, als wir um acht im Hofbräuhaus ankamen. Alex hatte drei Tische reserviert.

»Wie viele Leute erwartest du?«, fragte Juli.

»Ich bin gern vorbereitet«, sagte Alex schulterzuckend.

Ich sah mich verstohlen um. Kein Kian. So weit, so gut.

Wir orderten die erste Runde. Alex gab Kurze aus und ich bestellte mir vorsichtshalber nur ein Radler.

»Irgendwie muss ich ja nach Hause kommen«, meinte ich, als Juli mich auslachte.

Die Stimmung war gut und ich merkte nur, dass die Zeit verging, wenn neue Leute ankamen. Bald waren zwei Tische gefüllt. Alex sah zufrieden aus. Ich fand es schade, dass sie ging, ich hatte gern mit ihr zusammengearbeitet.

Sventje schlug mir auf den Oberschenkel. »Er ist da!«

Ich zuckte zusammen, da stand Kian schon bei uns am Tisch. Unsere Blicke kreuzten sich, doch ich sah schnell auf meinen Bierkrug. Heute ging es um Juli, nicht um meine merkwürdigen Gedanken.

»Kian, setz dich zu uns!«, rief Sventje übertrieben fröhlich. Auch für sie war der Umgang mit Kian herausfordernd, obwohl sie sich ganz gut zusammengerauft hatten. Sie durfte nur nicht wieder verbal entgleisen. Er nahm neben ihr platz, mir und Juli gegenüber.

»Ich bin gleich zurück«, sagte ich und ging zur Toilette. Ich ließ mir Zeit und hoffte, dass Juli sie nutzte. Als ich zurückkam, unterhielten sie sich angeregt.

Fred hielt mich auf, doch irgendwann rief Juli nach mir und ich ging zu meinem Platz zurück.

»Ich dachte schon, du schneidest uns heute Abend«, sagte Kian und hob seine Maß.

»Ach Quatsch«, sagte ich und stieß meine dagegen.

Kian sah mir ins Gesicht. Was er wohl über mich dachte? Bestimmt fragte er sich immer noch, was die komische Nummer in der Küche sollte. Vielleicht musste ich auf eine passende Gelegenheit warten und es ihm erklären. Danach hatte Juli freie Bahn.

Alex kam mit einer Runde Shots vorbei. Ich schnappte mir ein Glas und drehte mich zu ihr um. Alex hielt eine kurze Rede und gab ein paar Anekdoten von den Schiffen zum Besten, an denen sie gearbeitet hatte. Unter den Gästen waren viele Mechaniker aus unserem, aber auch aus anderen Teams. Alex war in der Firma gut vernetzt und ihre lustige Art würde uns fehlen. Vor allem jetzt, wo der Umbau der *Sea Lady* vor uns lag.

Die Stimmung war gut und wir tranken auf Alex. Danach wechselte ich den Tisch. Ein Gespräch mit Kian ergab sich nicht, Juli hatte ihn fest in Beschlag genommen.

Gegen zehn hielt ich es nicht mehr aus. Simon hatte sich nicht gemeldet, und ich machte mir Sorgen.

Draußen rief ich ihn an.

»Hey Schatz«, meldete er sich sofort.

Mir fiel ein Stein vom Herzen. »Hey, wo bist du?«, fragte ich. »Gleich zu Hause?«

»Noch im Auto«, sagte er durch das Dröhnen des Motors. Die Freisprechanlage in seinem Wagen war nicht der Hit. »Die Besprechung hat sich bis halb neun gezogen. Ich bin viel später losgekommen als geplant.«

»Halb neun?«, fragte ich entgeistert. »Dann bist du ja kaum vor Mitternacht da.«

»Ich weiß, tut mir leid. Wir holen morgen alles nach und genießen den Samstag, okay?«

»Und den Sonntag«, ergänzte ich. »Da holen wir schließlich unsere Date-Night nach. Oder?« Er schwieg und ich bekam ein dummes Gefühl. »Simon?«, hakte ich nach. Meine Stimme war dünn.

»Ich muss am Montagmorgen auf der Leipziger Baustelle sein«, sagte er gestresst. »Deswegen fahre ich Sonntagnachmittag wieder los.«

»Das kann doch nicht dein Ernst sein!«, jammerte ich. »Das ruiniert das ganze Wochenende! Und unser Abend fällt schon wieder ins Wasser!«

»Ich weiß, tut mir leid. Es lässt sich leider nicht ändern.«

»Es kann doch nicht sein, dass du dich um alles kümmern musst!« Ich war kurz davor, die Krise zu kriegen.

»Ich weiß, aber ich hatte einen echt anstrengenden Tag. Mach es mir nicht noch schwerer, Sivy.« Er klang wirklich müde und erschöpft und das tat mir leid. Es änderte aber nichts.

»Das will ich auch nicht, aber ich möchte darüber reden, wenn wir uns sehen. Wir wissen beide, dass sie dir damals etwas anderes versprochen haben, als du den Job angenommen hast. Du reist viel mehr, als vereinbart war.« Ich holte Luft, um mich abzuregen, bevor ich noch lauter wurde. Mein Herz klopfte schnell und ich hatte einen Kloß im Hals.

›*Verdammt, ich will doch gar nicht rumstressen, aber ich hasse es so sehr! Ich hab das Gefühl, dass wir eine Fernbeziehung führen!*‹

»Was soll ich denn sagen?«, fragte er gereizt.

»Wie wäre es mit Nein?« Ich war so sauer, dass mir Tränen in die Augen traten.

»Das kann ich nicht machen. Wenn die Probleme nicht behoben werden, kostet das die Firma viel Geld.«

Ich biss mir auf die Lippe, weil diese Diskussion sinnlos war. Ich hätte gern gesagt, dass sie einfach kompetente Leute auf die Baustellen schicken sollten, aber wem brachte das was?

Am Ende würde Simon hinfahren, egal, was ich sagte. Der Job war ihm wichtiger als meine Gefühle. Wichtiger als unsere Date-Night, die deswegen schon wieder ausfiel. Wichtiger als unsere gemeinsame Zeit. Und auch wichtiger, als mich zu fragen, ob ich seine Frau werden wollte. Ich fand es einfach nur zum Kotzen.

»Wir sehen uns zu Hause. Fahr bitte vorsichtig«, sagte ich mit kratziger Stimme.

»Mach ich, bis später.« Er beendete das Gespräch.

Ich blieb einen Moment stehen und starrte auf den Boden vor meinen Füßen. Tränen brannten in meinen Augen und ich zog meine Jacke enger um mich.

Frustriert schob ich das Handy in meine Jackentasche. Am liebsten wäre ich sofort nach Hause gegangen, meine Laune war komplett im Keller.

Ich fand das alles so unfair. Dass sie Simon quer durch Deutschland jagten, er das alles mit sich machen ließ und ich so oft allein zu Hause saß. Das hatte ich mir so nicht vorgestellt. Ich wollte meinen Partner bei mir haben, nicht am Telefon. Aber anscheinend ging das für ihn ja klar.

Ich wollte nur noch nach Hause. Frustriert rieb ich mir übers Gesicht und ging wieder rein, um meine Sachen zu holen.

Juli sah sofort, wie sauer ich war, als ich zurück an den Tisch kam. »Alles okay?«, fragte sie, also erzählte ich ihr von dem Telefonat mit Simon. Sie nahm mich in den Arm. »Ich verstehe, dass dich das nervt. Aber lass uns einen schönen Abend zusammen haben. Du kannst bleiben, so lang du willst, und morgen redest du mit ihm.«

Ich wusste, dass sie recht hatte, aber ich bekam gerade meinen Frust nicht in den Griff.

»Ich hasse seinen Job, diese ätzenden Reisen und diese nervigen Baustellen, auf denen alles schiefläuft«, grollte ich. »Warum bekommen sie es ohne ihn nicht hin? Er tut so, als würden alle Gebäude einstürzen, wenn er nicht hinfährt. Irgendwann kommt er gar nicht mehr nach Hause.«

»Ach Süße, trink noch einen. Dann wirds besser«, sagte Juli und schob mir meine Maß hin. Ich schüttelte den Kopf, das Bier war längst schal.

Unser Kellner war nicht zu sehen, also ging ich an die Bar. Dabei versuchte ich, mich abzuregen. Es brachte ja doch nichts. So sehr es mich nervte, Juli hatte recht. Und niemand hier konnte etwas für den Job meines Freundes. Mir selbst den Abend zu verderben, wäre dumm.

Ich atmete durch und beschloss, die Zeit zu genießen. Eigentlich ging ich viel zu selten feiern. Ich war jung und frei, vor allem, wenn Simon nicht einmal auf mich wartete.

»Hey, darf ich mich an dich hängen?«, fragte jemand.

Ich drehte mich um. Hinter mir stand Kian.

›Wer sonst?‹

»Klar.« Ich machte ihm Platz.

Er trat zu mir und zog die Augenbrauen hoch. »Alles okay? Du siehst gestresst aus.«

»Ich brauche nur was zu trinken«, winkte ich ab.

»Rote Laterne?«, fragte er grinsend.

Ich schüttelte den Kopf. »Auf gar keinen Fall. Ein Alsterwasser tuts auch. Als halbe Maß.«

»Ich glaube, du musst ein Radler bestellen. Wir sind hier in Bayern, da kennen sie kein Alsterwasser.«

»Danke für die Erinnerung, hatte ganz vergessen, dass das hier eine Enklave ist«, sagte ich.

»Gern geschehen. Was kann ich sonst noch tun, damit du wieder lächelst?«

›Puh, irre ich mich, oder wird es schon wieder warm hier drin? Reiß dich zusammen, Gehirn!‹, ermahnte ich mich selbst, denn meinem verräterischen Kopf fiel einiges ein, was mich zum Lächeln bringen würde.

»Danke, das war schon hilfreich. Nicht, dass ich mich blamiere«, erwiderte ich.

»Ich beschütze dich, wenn nötig.« Er grinste schon wieder so flirty, doch gerade hatte ich keine Lust, darauf einzugehen. Frotzeleien konnten wir gern austauschen, mehr nicht. Das gab ich auch meinem Kopfkino ganz klar zu verstehen.

»Nett von dir, aber ich bin ein großes Mädchen und komme allein klar.«

›Wenn er mit solchen Sprüchen weitermacht, fällt es mir leichter, ihm zu widerstehen. Ich hasse diese Macho-Attitüde. Beschützen! Was denkt er, wer er ist? Mein Vater?‹

»Schon verstanden«, sagte er und hob lächelnd die Hände. »Ich bemühe mich um die Modernisierung meines Weltbilds.«

»Ausgezeichnete Idee.« Wir waren dran und bekamen die Getränke schnell serviert.

»Hast du Lust, das draußen zu trinken?«, fragte er. »Hier ist es so laut.«

Ich überlegte. Vielleicht war es keine schlechte Idee, ein bisschen an die frische Luft zu gehen, um den Kopf wieder freizubekommen.

»Okay, aber wenn ich einfriere, musst du mich wieder reintragen«, sagte ich und schnappte mir meine Jacke von der Garderobe. Kian griff sich seinen Mantel und hielt mir die Tür auf.

Draußen war es angenehm ruhig, nur kleine Gruppen standen um die Heizstrahler herum.

›Nur kurz runterkommen, dann schreibe ich Juli, dass sie rauskommen soll, und machte mich vom Acker.‹

»Dort?«, fragte Kian und deutete auf die Wiese hinter der schmalen Straße vor dem Hofbräuhaus. Das Rasenstück hatte eine Lichtinstallation: Große beleuchtete Steine, auf denen man auch Sitzen konnte.

Kian setzte sich auf eins der Teile und klopfte fröhlich neben sich. »Bitteschön, die Dame.«

Ich zögerte kurz, dann setzte ich mich neben ihn. Er stieß mit mir an. »Auf einen schönen Abend. Ich freu mich, dass ich mit euch zusammenarbeite. Ihr seid echt ne coole Truppe.«

Mir fiel ein Stein vom Herzen, weil er es so allgemein formuliert hatte. Das war kein Flirt. Wir waren nur zwei Kollegen, die etwas zusammen tranken. Und dabei würde es auch bleiben.

»Stimmt«, sagte ich locker und schaffte endlich wieder ein ehrliches Lächeln. »Du hast echt Glück, dass sie dich genommen haben.«

»Wird sich noch zeigen, wie viel Glück das war, oder?«

»Das wird schon. Ja, das Projekt ist groß, aber du hattest einen guten Start.« Langsam entspannte ich mich, aber da war noch etwas, das ich sagen musste. »Wegen gestern in der Küche … Tut mir leid. Ich habe mich echt komisch verhalten und du musst sonst was von mir denken. Das war nicht meine Absicht.«

»Ich war echt baff, als du einfach getürmt bist«, sagte er und sah mich an. »Dabei habe ich mich gerade so wohl mit dir gefühlt.«

Ich riss die Augen auf. ›So habe ich das überhaupt nicht gemeint! Er versteht meine Entschuldigung total falsch!‹

»Kian, ich habe einen Freund«, sagte ich ernst.

»Weiß ich. Aber du hast ja auch gesagt, dass man offen für das Ungewöhnliche sein muss.«

›Oh Gott, denkt er, dass Simon und ich eine offene Beziehung oder sowas haben? Wie kann man sich nur so missverstehen?‹

»Nein, so meinte ich das nicht …«, begann ich.

»Hey Siv! Kian! Kommt wieder rein, Alex gibt noch einen aus!«, rief jemand von der Tür.

»Schon okay, musst du nicht erklären. Ich glaube, ich verstehe, wie es dir geht.« Kian legte kurz seine Hand auf meine. Die Berührung durchfuhr mich wie ein Blitz.

Bevor ich etwas sagen konnte, stand er auf und winkte mich mit sich. In dem Blick, den er mir zuwarf, war so viel Intimität, dass mir heiß wurde.

›So ein Mist, das ist absolut nicht so gelaufen, wie ich wollte! Anscheinend bin ich nicht in der Lage, ihm das, was ich sagen will, so zu verklickern, dass er es versteht. Was denkt er bloß von mir? Dass ich eine Affäre mit ihm haben will? Oder eine Zweitbeziehung? Gut, wenn ich es so nicht deutlich machen kann, muss ich ihn meiden, so gut es geht. Bis er es verstanden hat.‹

Also suchte ich drinnen nach Sventje und Juli und sorgte dafür, dass zwischen Kian und mir so viel Abstand wie möglich blieb.

Es wurde trotz allem noch ein lustiger Abend. Simons Nachricht um elf, dass er jetzt zu Hause war, quittierte ich mit einem knappen ›Okay‹. Ich ärgerte mich immer noch über ihn und seinen dummen Job.

Morgen konnten wir uns vertragen. Heute Nacht hielt mich der Trotz wach, sodass ich zu den Letzten gehörte, die sich um zwei auf den Weg machten.

»Wir wollen zum Kiez, kommst du mit?«, fragte Sventje.

Ich schüttelte den Kopf. »Dafür bin ich zu müde. Und nicht richtig angezogen.«

»Ist doch egal, du bist ja nicht auf Männerjagd«, meinte sie schulterzuckend.

»Stimmt, aber für einen überfüllten heißen Club taugen mein Pullover und meine Stiefel trotzdem nicht.« Ich sah über ihre Schulter. Hinter ihr redete Juli gerade auf Kian ein, der anscheinend auch nach Hause wollte. »Meinst du, sie kann ihn überzeugen?«

Sventje zuckte wieder mit den Schultern. »Er ist nett zu ihr, aber mehr nicht.« Juli sah zu uns herüber. In ihrem Gesicht las ich, dass sie es auch verstanden hatte. *Keine Chance.*

Wieder fiel mir unser Gespräch draußen ein. Seine Andeutungen. Ich bekam ein schlechtes Gewissen. *›Hat er deswegen kein Interesse an ihr? Weil er denkt, dass was mit mir laufen könnte? Verdammt, ich muss die Sache doch noch einmal klarstellen!‹*

Juli kam zu uns und verdrehte die Augen. »Nichts zu machen, ich geb auf«, sagte sie. »Kommst du wenigstens mit, Siv?«

»Nein, ich fahre nach Hause. Schreibt mir morgen, was ihr alles erlebt habt und ganz viel Spaß noch!«, sagte ich und drückte die beiden zum Abschied. Ich musste in eine andere Richtung, also trennten sich hier unsere Wege.

»Siv!«

Ich drehte mich wieder um und stöhnte innerlich, als ich Kian auf mich zukommen sah.

›Lass mich raten: Du musst in meine Richtung‹, dachte ich und wartete, bis er mich einholte.

»Gehst du auch zum Hauptbahnhof?«, fragte er.

»Ja.«

›Das war so klar. Aber scheiße, dann kann ich jetzt noch mal mit ihm reden.‹

»Lass uns zusammen gehen. Wenn uns jemand dumm kommt, kannst du mich beschützen«, sagte er fröhlich.

»Bist du etwa doch Feminist?«, fragte ich im Scherz.

»Auf jeden Fall«, erwiderte er ernsthaft, anscheinend wirkte auch bei ihm das Bier. »Wenn ich eins gelernt habe, dann dass Frauen die stärksten Wesen der Welt sind.«

»Jetzt kommt aber keine rührselige Geschichte über deine Mutter, oder?«, konnte ich mir nicht verkneifen.

»Eigentlich über meine Großmutter, aber ich habe nicht das Gefühl, dass ich dich damit beeindrucken kann«, meinte er verschmitzt.

»Ach, du musst mich nicht beeindrucken«, meinte ich schulterzuckend. »Ich glaub, ich weiß schon alles, was ich wissen muss.«

Kian sah mir ins Gesicht. »Und? Gefällt es dir?«

›Das war die Steilvorlage. Jetzt muss ich mit ihm Klartext reden.‹

»Kian, es ist gut, dass wir nochmal sprechen«, begann ich. »Ich habe bei dir einen falschen Eindruck hinterlassen und das tut mir leid. Wir können gern Witze machen, aber das ist mir teilweise etwas zu krass.«

Kian blieb stehen, also tat ich es auch. Er stand direkt vor mir und betrachtete mich genau. Ich erwiderte seinen Blick und spürte, wie mir das Herz bis zum Hals schlug. ›Das muss reichen‹, dachte ich. ›Ich habe alles gesagt. Bitte setz mir nicht weiter zu. Ich weiß selbst, dass ich mit schuld bin. Ich weiß selbst, dass ich deinetwegen immer ein bisschen zu viel Herzklopfen habe. Lass mich jetzt bitte einfach in Ruhe.‹

Er verstand mich, aber als er sich näher zu mir beugte, fragte ich mich, ob er die richtigen Schlüsse zog.

»Ich möchte nicht, dass du dich unwohl fühlst.« Sein Geruch vernebelte meine Sinne. Ich machte einen winzigen Schritt zurück. Eventuell. »Im Gegenteil. Aber du entscheidest. Immerhin hast du ja auch angefangen.« Er strich mir eine Haarsträhne aus dem Gesicht. Ganz langsam und vorsichtig, ohne meine Haut zu berühren.

Mein Blut rauschte in meinen Ohren, die Situation überforderte mich. Wie schon in der Küche war die Luft zum Schneiden dick und mir war heiß.

›Oh Gott, das ist zu viel! Das kann er doch nicht mit mir machen! Und ich darf ihm das nicht durchgehen lassen!‹

Doch ich spürte, wie meine Fassung bröckelte. Das Verlangen, ihn zu berühren, wurde immer stärker. Ich hielt es kaum noch aus, dass er mich nicht berührte. Ich spürte die Wärme seiner Finger, nur wenige Zentimeter von meiner Haut entfernt.

›Eine kleine Bewegung reicht. Ein Wort reicht. Es ist eindeutig, er wartet nur darauf. Ich kann ihn haben, wenn ich will. Ich kann mir alles nehmen, wenn ich will.‹

Mein Atem zitterte, als ich Luft holte. Ich versank in seinen grünen Augen, deren Farbe ich trotz der schwachen

Beleuchtung erkennen konnte. Er lächelte mich an und meine Knie waren weich.

›Nein!‹

Ich riss die Augen auf und zuckte zurück. Der Abstand war wie ein Schock.

Kian ließ die Hand sinken und trat einen Schritt zurück. Ich wollte etwas sagen, da klingelte mein Handy.

›Oh Gott, wenn das Simon ist ... Scheiße, das ist gerade noch einmal gut gegangen! Was ist bloß mit mir los?‹

Mit zitternden Fingern holte ich das Gerät heraus und unterbrach endlich den Blickkontakt mit Kian.

Es war Juli. Wenn sie jetzt anrief, musste es wichtig sein.

»Bist du noch in der Nähe?«, fragte sie. Im Hintergrund hörte ich Stimmen. »Svenni ist umgeknickt.«

»Ist es schlimm? Ich komme sofort!«, sagte ich schnell.

Ein Taxi kam die Straße heruntergefahren. Ich riss den Arm hoch und winkte es wie eine New Yorkerin heran.

»Hey, Siv, alles okay?«, fragte Kian und lief neben mir zum Auto. »Brauchst du meine Hilfe?«

»Nein, ich denke, ich kriege es hin. Ich muss nur Sventje nach Hause bringen.«

»Alles klar. Dann gute Fahrt«, sagte er und küsste mich auf die Wange. Hitze raste durch meinen Körper, doch ich riss mich los, und sprang ins Taxi.

»Siv, bist du noch da?«, fragte Juli.

›Oh Gott, sie ist noch dran!‹

»Ja, wo seid ihr?«, fragte ich.

»Noch beim Hofbräuhaus, an der Ampel bei der Kirche.«

»Alles klar, bin gleich da«, sagte ich und gab dem Fahrer die Adresse durch.

Dann lehnte ich mich zurück und schüttelte den Kopf.

›Scheiße, was war da denn gerade los?‹

Ich hatte Gänsehaut. Erst wohlige, dann vor Schreck über das, was beinahe passiert wäre.

›Okay, ich weiß jetzt Bescheid: Ich muss mich von Kian fernhalten. Er denkt, ich stehe auf ihn. Er denkt, ich spiele die Unnahbare, die ihm Brotkrumen hinwirft, um ihn bei der Stange zu halten.‹ Ich ballte die Hand zur Faust. *›Ich bin so eine Idiotin! Aber das hat jetzt ein Ende! Ein für alle Mal!‹*

Juli und Sventje hatten es gerade einmal über den Domplatz mit der Lichtinstallation geschafft. Dort war Sventje in ein Loch getreten. Juli war bei ihr, doch die anderen hatten sie zum Kiez weitergeschickt.

Sventje hielt sich an einer Laterne fest, ihr Gesicht war blass, als das Taxi vor ihr anhielt. Ich half ihr, auf die Rücksitzbank zu humpeln.

»Müssen wir zum Arzt?«, fragte ich. Sventje zog ihr Hosenbein hoch und ich sah mir den Knöchel an. Etwas dick war er, aber es schien nichts gebrochen zu sein. Ein Glück.

»Ich glaube, es reicht, wenn ich es kühle. Danke, dass du zurückgekommen bist«, murmelte sie.

»Aber klar doch.« Ich lächelte. Vor allem war ich aber dankbar, dass sie mich aus der Situation geholt hatten.

Sventje nannte dem Fahrer ihre Adresse und wir brachten sie nach Hause. Juli holte ihr ein Kühlpack und wir halfen ihr, sich fertigzumachen. Danach machten wir uns auf den Heimweg. Juli wohnte drei Querstraßen von mir entfernt und von Sventje aus waren es zwanzig Minuten Gehweg.

»Schade, dass das passiert ist«, meinte Juli. »Ich wäre heute gern tanzen gegangen.«

»Du kannst die anderen bestimmt noch finden, wenn du Alex schreibst«, schlug ich vor.

»Nö, jetzt habe ich keine Lust mehr, der Zauber ist gebrochen. War trotzdem ein lustiger Abend. Auch wenn sich das mit Kian echt erledigt hat. Hat er zu dir etwas über mich gesagt?«

Bei der Erwähnung seines Namens wurde mir heiß.

»Nein, aber er weiß ja, dass du meine Freundin bist«, sagte ich. »Wir haben geredet und er … « Ich zögerte, weil mir die Worte fehlten.

»Ja?«, fragte Juli und zog die Augenbraue hoch.

»Weißt du, ich finde es eigentlich gut, dass er dich in Ruhe lässt. Wie er mit mir flirtet, ist grenzwertig und ich habe nicht das Gefühl, dass er es ernst mit dir meinen würde, wenn er auf dich eingeht. Ich möchte nicht, dass dir wehgetan wird«, sagte ich und schaffte es nicht, zuzugeben, dass ich selbst schuld an diesem Mist war.

Juli nickte nachdenklich. »Ich wundere mich echt, dass er das nur bei dir macht. Ich war den ganzen Abend in seiner Nähe und hab echt offensiv mit ihm geflirtet. Aber das, was du beschreibst, ist mir nicht aufgefallen.«

»Glaub mir, ich könnte darauf verzichten«, erwiderte ich, doch ich hatte den Unterton bemerkt. Juli fand meinen Bericht seltsam. Und mir zeigte das, dass ich mich bedeckt halten sollte. Sonst wurde der Ärger nur noch größer.

Ich war erleichtert, als wir uns an der Querstraße trennten und ich nur noch wenige Meter nach Hause laufen musste.

Dabei fasste ich einen überfälligen Entschluss: Keine Sprüche mehr. Keine Flirts, kein vertrauliches Lächeln, keine Andeutungen oder Formulierungen, die er missverstehen könnte.

Das war endgültig vorbei. So würde ich ihm zeigen, dass das zwischen uns ein Missverständnis war.

Ich schloss die Wohnungstür auf und hängte meine Jacke neben Simons.

Simon …

Niemals wollte ich Simon verletzen, egal, wie genervt ich heute Abend von ihm war. Und das, was zwischen Kian und mir gelaufen war, war eine kurze Schwärmerei, nichts weiter. Aber das war jetzt vorbei.

Ich ignorierte dabei, wie stark mein Magenziehen deswegen war. Dass mir elend bei dem Gedanken zumute war, mich komplett von ihm fernhalten zu müssen. Das würde alles vorbeigehen.

Ich machte mich bettfertig und kroch zu Simon unter die Decke. Er schlief schon, trotzdem legte er die Arme um mich und ich kuschelte mich an ihn. Sein Geruch stieg in die Nase und tröstete mich.

Er hüllte mich ein wie eine warme Decke, in der ich mich sicher und geborgen fühlte. Schon war ich nicht mehr so wütend, dass er erst so spät hier gewesen war und übermorgen gleich wieder losmusste. Ich wollte einfach bei ihm sein. Bei ihm, meinem Fels in der Brandung. Wenn er es schaffte, diese schwierige Phase durchzustehen, dann ich auch.

Hier war ich richtig.

Nirgendwo sonst.

Kapitel 5

Simon und ich vertrugen uns am Samstagmorgen wieder. Zweimal und sehr ausführlich.

»Tut mir ehrlich leid, dass ich dich so angefaucht habe«, murmelte ich und kuschelte meinen verschwitzten Körper an seinen.

»Ich war auch nicht besser«, gab er zu. »Ich weiß, dass uns beide die Reisen nerven. Momentan kann ich nur leider nichts dagegen tun.«

»Hast du mal mit Jörg geredet?«, fragte ich.

Simon drückte mich fester an sich. »Ich habe es versucht, aber wenn eine meiner Baustellen nicht läuft, erwartet er, dass ich hinfahre. Das gilt ja für die anderen Projektleiter genauso.«

»Außer für Zacki«, sagte ich und versuchte, nicht bitter zu klingen. Zacki hatte den besten Job im Team, denn er koordinierte nur, musste selbst aber fast nie losfahren.

Ich fand das unfair, weil er – abgesehen von seinen dauernd wechselnden Freundinnen – niemanden hatte, der zu Hause auf ihn wartete.

Simon warf mir einen angespannten Blick zu und ich spürte, dass wir kurz davor waren, die Diskussion von vorne zu beginnen. Darauf hatte ich keine Lust. Wenn er morgen wieder losmusste, wollte ich die wenigen Stunden zusammen genießen.

»Tut mir leid«, sagte ich. »Ich hatte mich nur so auf unsere Date-Night gefreut. Der Abend war mit Juli und Sventje lustig, aber ich hatte mir etwas anderes erhofft.«

›*Etwas ganz anderes*‹, fügte ich in Gedanken hinzu und betastete enttäuscht meinen freien Ringfinger.

»Wir holen unsere Date-Night nach«, versprach er und küsste mich. »Ich weiß, wie wichtig dir das ist. Mir auch. Das wird ein ganz besonderer Abend, versprochen.«

Ich sah mit klopfendem Herzen in seine Augen und versuchte herauszufinden, ob er das meinte, was ich hoffte.

War es endlich soweit? Ich brauchte die Bestätigung von ihm, dass ich ihm genauso wichtig war wie er mir. In letzter Zeit sagten wir uns zu selten, dass wir uns liebten. Dafür stritten wir öfter, was mir gar nicht gefiel.

»Ich freu mich drauf«, flüsterte ich.

Er küsste mich und rollte mich auf den Rücken. Seine Finger glitten über meine Hüften und er legte mein Bein um seine Taille. »Du willst dich noch ein drittes Mal vertragen?«, scherzte ich.

»Mindestens«, sagte er und küsste meinen Hals.

Ich juchzte laut, als er uns vereinigte und tat alles, um das blöde Gefühl endlich loszuwerden.

Als Simon sich am Sonntagnachmittag auf den Weg nach Leipzig machte, hatte ich zum ersten Mal Zeit, mich mit Freitagabend auseinanderzusetzen.

Ich hatte Simon nichts davon erzählt, weil ich selbst nicht genau wusste, was ich davon halten sollte.

›*Außerdem ist nichts passiert mit Kian. Zum Glück. Aber es war haarscharf. Das macht mir Sorgen.*‹

Vor allem das Warum beschäftigte mich. Warum hatte ich seinetwegen Herzklopfen? Warum kam es immer wieder zu diesen heiklen Situationen zwischen uns?

Und wie bekam ich es hin, dass das nicht mehr passierte?

Kian schien etwas in mir auszulösen. Er berührte eine neue Seite an mir und das Flirten war aufregend.

Es war ein netter Ausgleich dazu, dass Simon mir auch gestern wieder gesagt hatte, dass ich seine Hängematte war und er es genoss, mit mir auf der Couch zu liegen.

Ich wäre gern ausgegangen, vielleicht zum Essen, um die Date-Night nachzuholen, aber er wollte nicht. Er war zu erschöpft von der langen Arbeitswoche. Ich war deswegen enttäuscht. Es fühlte sich wieder nach Zurückweisung an. Dagegen war der Flirt mit Kian aufregend. Eine Abwechslung. Mehr nicht. Mehr würde zwischen uns nicht passieren.

Ich hatte allerdings das Gefühl, dass ich es nicht schaffte, das klar zu kommunizieren. Immer, wenn ich das klarstellen wollte, wurde die Situation zwischen uns heikel. Heiß. Das war dermaßen stressig, dass ich mich sehr unwohl damit fühlte. Es war besser, auf Abstand zu gehen und jeden Flirt zu vermeiden.

Ich nickte gedanklich, als ich diese Entscheidung gefällt hatte. So war es am besten. Ich hatte nur keine Ahnung, wie ich das auf Dauer hinbekommen sollte. Die *Sea Lady* machte es erforderlich, dass wir eng zusammenarbeiteten.

Ich seufzte und setzte mich aufs Sofa.

»Selbstbeherrschung«, murmelte ich. »So schwer kann das doch nicht sein, verdammt. Das kriege ich hin. Auf jeden Fall.« Ich atmete durch. »Auf jeden Fall«, flüsterte ich, um mich selbst zu überzeugen.

Am Montag und Dienstag war Kian mit den Einkäufern unterwegs und besorgte Equipment für den Umbau.

Sventje war auch dabei, während ihr Team die letzten Schritte der Demontage erledigte.

Ich blieb im Büro und besuchte das Trockendock mehrmals, um alle neuen Informationen sofort an die beiden weiterzuleiten.

»Komm doch mal mit rein«, sagte Miguel, der Teamleiter der Schweißer, und reichte mir seine Hand. Also kletterte ich auf die Yacht und sah mich um.

Obwohl viele Möbel und auch Teile der Wand- und Bodenbeläge entfernt worden waren, war die *Sea Lady* der pure Luxus. Ich versuchte mir vorzustellen, wie die Yacht aussehen würde, wenn wir fertig waren. Noch luxuriöser sicherlich. Und so teuer, dass ich lieber nichts anfassen wollte.

»Wie liegen wir im Zeitplan?«, fragte Miguel und lehnte sich gegen eine Mahagoni-Vertäfelung. Die flog noch raus, sie war dem neuen Besitzer nicht modern genug.

»Gut«, sagte ich, denn ich hatte eben noch den Projektplan gecheckt. »Wir haben sogar etwas Puffer, falls etwas Unvorhergesehenes passiert.«

»Umso besser«, sagte er. »Wir wissen beide, dass das passieren wird. Hoffentlich bleiben uns die ganz großen Katastrophen dieses Mal erspart. Aber wir könnten noch ein paar Leute gebrauchen, vor allem Tischler. Kannst du das mit Olivia und Fred klären?«

»Mache ich«, versprach ich. Ich sah mir den Rest der Yacht an, dann verabschiedete ich mich. Es tat gut, mit Miguel zu reden. Solange er entspannt war, konnte ich es auch sein. Zurück im Büro verfasste ich eine Mail an Olivia und Fred und informierte auch Kian und Sventje.

Sventje hinkte etwas, ansonsten hatte sich ihr Knöchel gut erholt. Er war nur leicht verstaucht, aber die Einkaufstour kam ihr gerade recht, um ihn ein wenig zu schonen.

Juli wartete schon auf mich. »Na, wie siehts aus?«

»Ganz gut, aber wir brauchen Verstärkung. Vielleicht können Sventje und Kian das miteinander besprechen.«

»Wenn sie dazu kommen«, meinte Juli schulterzuckend.

»Was heißt das?«, fragte ich überrascht.

»Na ja, nachdem ich eingesehen habe, dass das zwischen uns nichts wird, meinte sie, dass sie ihn ja vielleicht doch listen kann«, sagte Juli und ich merkte ihr an, dass sie immer noch an der nonverbalen Abfuhr kaute. »Falls es sich ergibt, natürlich. Aber eigentlich bist du ja sein Ziel.«

Ich zuckte zusammen. »Wie meinst du das?«

»Wegen der Flirts«, erwiderte sie ungerührt. Irrte ich mich oder behielt sie mich dabei im Auge? Mir brach Schweiß aus und ich fühlte, wie meine Wangen heiß wurden. »Du bist ja anscheinend seine Lieblingskollegin.«

»Vielleicht. Aber das ändert nichts daran, dass ich mit Simon zusammen bin«, erwiderte ich achselzuckend und ignorierte das Flattern in meiner Brust. Meine Hände wurden feucht vor Stress.

›Ich bin doch schließlich seine Hängematte. Warum nagt das so an mir, verdammt?‹

»Das stimmt natürlich. Dann warten wir mal ab, was sich zwischen Kian und Sventje ergibt. Obwohl das an ein Wunder grenzen würde, nach ihrer Bastard-Geschichte.« Juli wandte sich wieder ihrem Rechner zu.

Ich nickte, doch ich ging nicht davon aus, dass da etwas passierte. Und wenn doch ... war das für mich okay. Echt. Dass mein Magen bei diesem Gedanken flatterte, hatte nichts mit Eifersucht zu tun.

Wenn ich mir Juli ansah, wusste ich aber nicht, ob das für sie okay wäre. Bevor ich sie fragen konnte, kam Fabia ins Büro. Vor ihr wollte ich das Gespräch nicht weiterführen, dazu waren wir nicht eng genug.

»Was ist hier los? Ich spüre voll die Bad Vibes«, sagte die Werkstudentin nach einer halben Stunde und warf ihre Locken zurück. »Jules, du bist voll down, ey. Was ist los?«

Juli schüttelte den Kopf. »Gar nichts, Fabia. Alles fein.«

»Okay, wenn das so ist, chill mal bitte, ich kann so nicht arbeiten«, beschwerte Fabia sich und wedelte mit den Händen.

»Sorry, dass ich keinen *Deep-Dive* in meinen *emotional Core* mit dir machen will«, sagte Juli mit einem boshaften Funkeln in den Augen. »Das ist mir etwas zu *close*.«

Fabia rollte mit den Augen. »Man kanns auch übertreiben mit den Anglizismen, Juli. Bei dir kommt das echt cringy. Aber jetzt mal ehrlich, was ist los?«

»Alles ist gut, Fabi«, sagte Juli genervt. »Manche Tage sind eben etwas härter als andere. Da ist man dann ein bisschen matschig. Oh sorry, sind wir dann ›smashed‹?«, schob sie gehässig hinterher.

»Sorry, Girl, aber wir beide nicht«, sagte Fabia todernst.

Ich googelte schnell, was Juli gesagt hatte.

Smash = mit jemandem sexuell etwas anfangen, spuckte mir das Internet hilfreich aus.

›Nee, das ist wohl auch besser so. Genau wie Kian und ich. Wir werden auch nie smashen oder wie immer man das konjugiert. Hey Magen, halt einfach die Klappe. Das Ziehen kann ich gar nicht gebrauchen.‹

»Du machst das schon, Jules«, meinte Fabia, setzte ihre Noise-Cancelling-Kopfhörer auf und klinkte sich aus.

»Die spinnt doch«, schnaubte Juli.

Dem war nichts hinzuzufügen.

Am Mittwochmorgen hatte ich gerade Kaffee für Juli und mich geholt, als die Bürotür aufging. Mein Herz machte einen Satz, als Kian hereinkam.

»Hallo die Damen«, sagte er und deutete eine Verbeugung an wie ein Gentleman in einem Film.

Juli knickste spöttisch. »Oh, so galant heute. Möchtest du dich auf unseren Tanzkarten vormerken, Kian?«

»Vielleicht später. Siv, hast du kurz Zeit für mich?«

»Natürlich.« Ich winkte ihn heran, da stand Juli auf.

»Ich lass euch allein. Teambesprechung.

»Bis später«, sagte ich und winkte, als sie das Büro verließ, dann wandte ich mich zu Kian um.

Jetzt kommt es drauf an. Halte dich zurück. Lass dich nicht auf einen Flirt ein. Komm ihm nicht zu nahe!

Mir wurde heiß und kalt, weil wir allein waren und er so nah bei mir saß.

Ist das eine gute Idee, ihn so nah heranzulassen?

Ich kriege das hin, sagte ich mir energisch. *Ich bin erwachsen, im Vollbesitz meiner geistigen Kräfte und entschlossen, keine Dummheiten zu machen. Außerdem ist das die perfekte Gelegenheit, um noch mal die Sache von Freitag klarzustellen.*

»Gut, dass du da bist. Und auch gut, dass Juli losmusste. Ich wollte noch mal etwas wegen Freitag sagen«, begann ich. »Wegen der Situation, bevor ich losmusste.«

»Ja?« Kian sah mich aufmerksam an.

»Zwischen uns ist etwas leider ziemlich schiefgelaufen«, redete ich weiter. »Die Sache in der Küche und auch auf dem Rückweg von Alex' Party. Ich schicke dir komische Signale, die du nur falsch verstehen kannst. Dafür wollte ich mich entschuldigen und einmal klarstellen, dass ich es zwar mag, mit dir Witze zu machen, aber ich will nicht, dass das weitergeht.«

Kian dachte darüber nach. »Okay«, erwiderte er. »Du hast recht: Deine Signale sind sogar ziemlich widersprüchlich. Ich hab den Eindruck, dass du auf jeden Witz voll einsteigst und sogar noch einen draufsetzt. Deswegen dachte ich, dass du mich … magst.«

»Das tue ich ja auch!«, sagte ich hektisch. »Bitte nicht falsch verstehen. Aber ich will keinen Sex mit dir.«

›Oh Mann, warum habe ich das gerade gesagt?‹

Kian sah mich an, ich konnte ihm seine Gedanken quasi von der Stirn ablesen. Er stellte sich gerade vor, dass wir Sex hatten. Ich auch.

Mir fiel mein heißer Traum mit ihm ein. Wie er mich darin auf den Schreibtisch gesetzt und ausgezogen hatte. Wie es sich angefühlt hatte, ihn zu küssen, zu berühren. Sein Geruch in meiner Nase, der mich berauschte. Sein Atem auf meiner erhitzten Haut. Ich hatte jeden Schweißtropfen gespürt, der über meine Haut gelaufen war. Jeden Zentimeter meiner Haut, an dem ich seine berührt hatte. Wie wir miteinander verschmolzen waren und unseren Rhythmus gefunden hatten. Wie perfekt unsere Körper harmonierten. Als hätten wir ewig aufeinander gewartet.

Als müsste es so sein.

Wieder bekam ich Gänsehaut und mein Atem ging etwas zittrig, als ich mich erinnerte, wie heiß mir gewesen war, als ich aufgewacht war. So heiß, als hätten wir tatsächlich miteinander geschlafen.

Ich spürte, dass meine Wangen rot wurden.

»Okay«, sagte Kian schließlich. Ich riss mich von dem Tagtraum los. Mein Herz hämmerte gegen meine Rippen.

›Verdammt, genau das sollte doch nicht passieren!‹

Seine Augen glänzten ein wenig. Ich glaube, ihm ging es ähnlich wie mir. Unsere Blicke trafen sich. Wieder stand in seinen Augen, dass ein Satz reichte und er wäre dabei.

»Warum?«, fragte ich leise.

»Das wüsste ich auch gern. Und du?« Er hielt mich mit seinen grünen Augen fest.

Ich schüttelte den Kopf. »Bei mir ist nichts.«

»Lügnerin.«

Ich biss mir auf die Lippe. »Es wird nichts passieren.«

»Das habe ich verstanden.«

»Okay, dann können wir ja los«, sagte ich und griff nach meinem Laptop. »Das Team freut sich sicher über ein Update, also lass uns nochmal hingehen.«

»Also ich habe vorher noch etwas Fachliches, das ich gern mit dir besprechen würde.« In seine Augen trat wieder dieser Schalk, der mich so triggerte, und er schenkte mir sein unwiderstehliches Lächeln.

»Natürlich«, sagte ich verlegen.

›Das war eben eine zu offensichtliche Flucht nach vorn.‹ Sein Geruch stieg mir in die Nase und mein Herz klopfte noch schneller. ›Verdammt!‹

Kian schilderte mir, was auf der Einkaufstour herausgekommen war, und ich pflegte die neuen Liefertermine in unseren Projektplan ein. Das bedeutete Arbeit. Ich musste ein paar Abläufe ändern und Miguel und Sventje den überarbeiteten Plan schicken. Außerdem sah es nicht so aus, als kämen wir schnell an die benötigten Tischler.

»Olivia hat die Freigabe bekommen und wir kümmern uns drum, aber ich kann nichts versprechen«, sagte ich.

»Weiß ich doch, das war kein Vorwurf. Allen ist klar, dass du nicht hexen kannst«, erwiderte er.

»Das ist gut, danke. Dann mal los zum Dock«, meinte ich und stand erneut auf.

Er sah zu mir auf. »Weißt du, vielleicht ist Teil des Reizes, dass du vergeben bist. Aber da ist was zwischen uns. Ich hätte zu gern herausgefunden, was. Ich mag dich, Siv. Das, was ich bisher von dir mitbekommen habe, gefällt mir. Du bist schlagfertig und witzig und ich fühle mich bei dir wohl. Ich habe ständig deinetwegen Kopfkino. Aber ich will mich nicht in eine Beziehung drängen. Du hast deutlich gesagt, was du willst. Und dann kommen wieder Signale von dir, die etwas anderes sagen.« Sein Blick machte mich schwach.

»Glaub meinen Worten«, sagte ich gepresst.

Seine Lippen kräuselten sich. »Einverstanden. Und wenn ich doch den Signalen glauben soll: sag Bescheid. Ich bin hier und zu allem bereit.«

»Gut zu wissen. Ich komme gleich wieder.« Ich drehte mich um und floh aus dem Büro.

Kian trieb mich auf einen Abgrund zu, von dessen Existenz ich vorher nichts gewusst hatte. Niemals hätte ich vermutet, dass ich anfällig für so etwas sein könnte. Ich hatte mich immer für absolut zuverlässig gehalten. Jetzt musste ich mir eingestehen, dass ich in Gefahr war.

In Gefahr, etwas zu tun, das ich für immer bereute. Es fehlte nur ein Hauch und ich verlor die Kontrolle.

Bisher war es gut gegangen, aber wie lange noch?

Kian war nicht nur vorübergehend da, sondern ständig.

Wir verbrachten fast jeden Tag zusammen. Deswegen mussten wir einen Weg finden, um das, was da zwischen uns war, abzuschalten.

»Ich bin zu allem bereit.«

Das war ich nicht. Ich wollte das nicht. Zumindest nicht mit klarem Verstand. Das Dumme war, dass er recht hatte: wir reagierten aufeinander. Heftig. Sinnlos.

»Es wird nichts passieren«, flüsterte ich. »Ich liebe Simon und ich bin treu. Und nichts, was Kian zu mir sagt, wird mich davon abhalten.«

Ich erreichte die Damentoiletten und stand vor Juli. Sie wusch gerade ihre Hände.

»Oh hey. Alles okay?«, fragte sie. Ich nickte abgehackt. Ihre Augenbraue hob sich. »Kannst du mir mal sagen, was los ist mit dir und Kian? Es war vorhin schon wieder weird zwischen euch, wie Fabia sagen würde. Jetzt habe ich auch gesehen, wie er dich anguckt.«

»Ich weiß ja selbst nicht, was los ist«, murmelte ich.

»Rede mit mir«, befahl sie. Dafür, dass Juli kaum einen Meter sechzig groß und fünfzig Kilo schwer war, hatte sie viel Autorität.

»Eigentlich gibt es nicht viel zu erzählen«, begann ich stockend. »Es ist diese Flirt-Sache. Und dass ich ihn schon mehrmals gebeten habe, das zu lassen, aber es passiert immer wieder.«

»Belästigt er dich?«, fragte Juli mit schmalen Augen.

Ich schüttelte den Kopf. »Um Gottes Willen, nein. Aber er hat deutlich gemacht, dass ich mehr haben kann, wenn ich will.«

Juli pfiff durch die Zähne, ihre Augen waren kugelrund. »Einfach so? Krass. Was hast du gesagt?«

»Dass ich das nicht möchte. Er sagt, dass er das akzeptiert.« Wenigstens das konnte ich guten Gewissens sagen.

Juli dachte darüber nach. »Dann lass uns hoffen, dass es dabei bleibt.« Sie sah mich scharf an. »Bei euch beiden.«

»Wird es«, erwiderte ich und bereute kurz, mit ihr ehrlich gesprochen zu haben, weil ich mich unter Druck gesetzt fühlte. Ich kannte Juli. Sie würde ab sofort alles genau verfolgen. Mit sehr kritischem Blick.

Dann war ich wieder dankbar dafür, denn es nahm mir ein bisschen die Last. Und es gab mir die Gewissheit, dass noch jemand Kian im Auge behielt. Und mich.

Ich bin mit Kian auf der Yacht, ihr Innenausbau ist fast fertig. Wir sind in einer der Suiten, in der schon ein Bett aufgebaut ist. Kian steht nah neben mir.

Wieder steigt mir sein Geruch in die Nase. Er lächelt.

»Ich bin hier und zu allem bereit.«

Ich halte es nicht mehr aus. Ich schaffe es einfach nicht. Ich beuge mich vor und küsse ihn.

Das warme Kribbeln in meinem Inneren verwandelt sich in einen Flächenbrand. Er verschlingt mich und reduziert mein ganzes Sein auf unseren Kuss. Auf unsere Münder, die sich berühren.

Alles andere hört auf zu existieren. Ich lege meine Hand an seine Wange und ziehe ihn an mich heran. Er schlingt die Arme um meine Taille und lässt sich auf das Bett sinken, sodass ich auf seinem Schoß sitze.

Mir wird noch heißer. Es fühlt sich wahnsinnig gut an, ihn zu küssen. Ich sauge seinen Geruch ein und berausche mich an jeder Berührung. Mir wird schwindelig und mein Blut rauscht in meinen Ohren. Ich kann mich nicht erinnern, wann ich mich das letzte Mal so gefühlt habe.

So lebendig. So frei. Es ist wie ein Rausch.

Ich will, dass das weitergeht. Ich will, dass wir uns weiter küssen. Mein Gehirn wirft mir Bilder zu, wie wir weitermachen könnten. Es reproduziert seine Berührung an meiner Taille und fügt meine nackte Haut hinzu. Und Schweiß. Rauen Atem an meinem Ohr. Ein Gefühl, das zu einer Explosion wird, weil unsere Körper verschmelzen und wir wahnwitzigen Sex haben.

Am besten gleich hier.

Ich gehe jede Wette ein, dass er gut im Bett ist. In diesem. Und in allen anderen.

Ich presse mich noch fester an ihn und fahre mit meinen Fingern durch seine Haare, dann seinen Nacken hinab zu seinen breiten Schultern und über seine Arme. Sein Atem an meinem Hals schickt heiße Schauer über meine Haut. Mein ganzer Körper reagiert auf jede seiner Berührungen, als wäre ich für diesen Moment geschaffen.

Ich will ihn. Jetzt. Hier. Bedingungslos.

Sein Körper unter meinen Händen fühlt sich gut an. Es ist, als gehörte er mir, die Berührung ist ganz natürlich.

Vertraut und doch aufregend. Als hätte ich jedes Recht dazu und es gäbe keine andere Wahl, als das hier zu tun.

Er streicht mein Haar zurück und wir lösen uns kurz voneinander. Ich blicke in sein Gesicht mit den glänzenden Augen und geröteten Wangen.

Sein Atem geht schnell. Ihm geht es genauso wie mir. Er spürt das gleiche.

»Mach weiter«, flüstere ich an seinen Lippen.

Er schiebt seine Finger unter meinen Pullover und ich schmiege mich an ihn.

»Soll ich?«, fragt er.

»Oh ja«, hauche ich, da kommt jemand in die Suite.

»Siv?«, ruft Sventje erschrocken. »Was machst du da?«

Der Traum zerbrach wie Glas, und ich schnappte nach Luft.

Mit einem Ruck fuhr ich aus dem Schlaf hoch. Mein Atem ging heftig und mir war heiß.

»Süße, bist du wach?« Ich zuckte zusammen, als ich Simons Stimme hörte. Dann ging das Licht im Flur an.

Mein Freund stand angezogen in der Tür. Blinzelnd sah ich auf meine Uhr. 23:30 Uhr, Mittwochnacht.

»Bist du jetzt erst nach Hause gekommen?«, fragte ich. Mein Herz klopfte heftig und mir war heiß. Der Traum hielt mich fest und ich hatte Lust auf Sex.

»Ja. Die Fahrt von Leipzig hierher hat ewig gedauert«, meinte Simon und zog Jacke und Schuhe aus.

Ich stieg aus dem Bett und ging zu ihm. »Endlich bist du wieder da«, flüsterte ich und schlang meine Arme um seinen Nacken, um ihn zu küssen.

Simon war einen Moment erstaunt, dann erwiderte er den Kuss. Ich schob meine Hände unter seinen Hoodie und fummelte an seiner Jeans herum. »Hey, damit habe ich nicht gerechnet«, flüsterte er an meinen Lippen.

»Bist du zu kaputt von der Fahrt?«

»Dachte ich bis eben. Hab's mir gerade anders überlegt«, antwortete er und hob mich hoch, um mich zum Bett zu tragen. Ich kicherte, als er seine Sachen hinter sich warf und dann zu mir unter die warme Decke kroch.

Traum hin oder her, Simon war der Mann, neben dem ich jeden Tag einschlafen und aufwachen wollte. Ich schlang meine Beine um seinen Körper und genoss seine Berührungen. Als wir eins wurden, seufzte ich laut und wusste, dass ich hier genau richtig war.

Bei Simon.

Und alles andere ging vorbei.

Am nächsten Tag hatte Simon frei, deswegen plante ich, früher Feierabend zu machen. Ich packte gerade auf der Arbeit zusammen, als mein Handy klingelte. Ylva rief an.

»Hey, alles klar?«, fragte ich.

»Ja, irgendwie nicht«, antwortete sie geknickt.

»Hä?«

»Ach weißt du … heute ist ein richtig beschissener Tag und Philipp muss bis neun arbeiten. Ich drehe zu Hause noch durch. Kann ich vorbeikommen?«

»Natürlich«, sagte ich sofort. Ich könnte ihr nie etwas abschlagen. Vor allem nicht, wenn sie so traurig klang.

»Okay, danke. Calla schläft gerade noch, sie müsste aber jede Minute aufwachen. Dann komme ich rüber.«

»Simon ist zu Hause und ich bin unterwegs«, erwiderte ich. Dann rief ich Simon an, um ihm Bescheid zu sagen.

»Ich hatte eigentlich was anderes vor, aber ich freu mich auch, die beiden zu sehen«, sagte er. »Ist schon wieder viel zu lange her. Ich koche uns was Schönes.«

»Du bist der Beste«, sagte ich lächelnd. Ich legte auf und verabschiedete mich von Juli.

In der Halle kam mir Kian entgegen, wir hatten uns heute noch nicht gesehen. »Hey, willst du schon los?«

»Ja, meine Schwester kommt gleich zu mir. Hast du noch was wichtiges?«, fragte ich und ignoriere, dass meine Wangen warm wurden. Ich erinnerte mich an meinen Traum und wie heiß er gewesen war.

»Nichts, was heute brennt, aber morgen müssen wir uns darum kümmern«, sagte er betont neutral.

Wir bemühten uns beide, uns normal zu verhalten. Das war gar nicht so leicht nach dem letzten Treffen. In seinen Augen stand noch immer das Angebot, das ich nie annehmen wollte.

»Okay, das machen wir. Komm einfach zu mir, sobald es dir passt. Wir haben morgen keine Termine«, sagte ich.

»Mache ich. Versprochen.«

Und ich machte, dass ich wegkam, bevor mein Traum gefährlich nah an der Realität kratzte.

Ylva kam kurz nach mir zu Hause an und drückte Simon die Lütte in die Arme. »Vorsicht, sie spuckt. Ich musste mich schon zweimal umziehen«, grummelte sie.

»Danke für die Vorwarnung«, sagte er und knuddelte Calla, sodass sie lachte. Ich fand, dass Babylachen das schönste Geräusch der Welt war.

»Was ist denn bei dir los?«, fragte ich und hängte Ylvas Jacke an die Garderobe, dann nahm ich Calla aus Simons Armen und küsste ihre runde Wange.

»Ich kaufe noch kurz was ein, okay? Hab gerade gesehen, dass wir keine passierten Tomaten haben«, sagte er und schnappte sich seine Jacke. »Bin gleich zurück.«

Ich gab ihm einen Kuss und trug Calla ins Wohnzimmer.

»Ich halte es zu Hause nicht mehr aus«, seufzte Ylva. »Ich bin nicht dafür geboren, Hausfrau zu sein.«

»Es ist doch für eine absehbare Zeit«, tröstete ich und kitzelte Calla am Kinn. Sie grinste mich an. Seit Kurzem mit der weißen Spitze ihres ersten Milchzahnes. Das sah entzückend aus.

»Das sehe ich noch nicht«, knurrte sie. »Das Fitnessstudio stellt sich tot. Ich könnte durchdrehen.« Sie nahm einen Keks vom Teller auf dem Wohnzimmertisch.

»Irgendwann müssen die was sagen, oder? Sie können euch doch nicht einfach hängen lassen«, sagte ich.

»Das sehen die leider anders. Ganz zur Not muss Plan B greifen«, meinte Ylva finster.

»Wie sieht der aus?«, fragte ich.

»Superanstrengend, wie wir es nicht wollten: Wir arbeiten abwechselnd und haben Philipps Mutter als Joker für zwei Nachmittage. Das bedeutet aber auch, dass wir uns kaum sehen.« Ylva strich Callas schütteres Haar zurück. »So stressig hatte ich mir das nicht vorgestellt. Aber was sollen wir machen? Selbst wenn Philipp sich jetzt einen neuen Job sucht, kann er nicht gleich Elternzeit nehmen. Es kotzt mich an.«

»Verstehe ich«, sagte ich.

»Erzähl mir lieber was Schönes«, bat sie mich. »Ich ärgere mich schon genug über dieses Thema.«

»Was willst du denn wissen? Ich hänge jeden Tag im Trockendock auf einer Yacht herum, die so teuer ist, dass wir uns nicht mal einen Wasserhahn leisten könnten, der dort verbaut ist.« Ich legte eine Decke auf den Boden, damit Calla ein bisschen herumrollen konnte.

»Aber du darfst es dir jeden Tag aus der Nähe ansehen«, sagte sie. »Ich finde deinen Job cool. Außerdem hast du ja deinen heißen Kollegen. Gibts da was Neues?«

»Dein Stalking ist voll aufgeflogen und hat mich in Erklärungsnot gebracht«, sagte ich finster. »Ansonsten nein. Juli hatte kein Glück bei ihm. Dafür hat er wegen der Social Media-Aktion gedacht, ich stünde auf ihn.«

Ylva blinzelte. »Na, den Zahn wirst du ihm sofort gezogen haben, oder?«

»Natürlich. Und zwar nachdrücklich. Trotzdem kamen wir deswegen in eine komische Situation«, erwiderte ich. »Ich habe es ihm gesagt und er dachte, ich flirte mit ihm. Ziemlich intensiv.«

»Er steht auf dich?« Ylvas blaue Augen waren kugelrund und ihr Mund stand offen.

Ich zuckte mit den Schultern. »Sagen wir es mal so: Wenn ich wollte, würde er ja sagen.« Ich bemühte mich um einen unbeteiligten Tonfall. Sie sollte nicht wissen, wie sehr mich das beschäftigte. Und mehr.

»Puh, nicht schlecht, Schwesterherz.« Sie schnappte sich noch einen Keks. »Ich meine, Simon ist ja schon echt süß und ein toller Mann. Und jetzt hast du noch den Hottie an der Angel.« Ylva beobachtete, wie Calla sich auf den Bauch rollte und auf die Ärmchen stemmte. Stolz betrachtete die Kleine uns beide. Wir jubelten pflichtschuldigst und sie strahlte.

»Davon habe ich nichts«, nahm ich das Gespräch wieder auf. »Und es wäre mir lieber, wenn es neutral zwischen uns wäre. Wir arbeiten jeden Tag zusammen, da kann ich so was nicht gebrauchen.«

»Hach, aber wenn du Single wärst ...«

»Bin ich zum Glück nicht. Ich sehe ja bei Sventje und Juli, wie die beiden sich mit ihren Dates herumschlagen. Ja, das ist aufregend und manchmal sehr lustig, aber ich bin zufrieden mit meiner Beziehung. Simon ist ein toller

Mann. Und wenn er endlich mal ...« Ich verstummte, doch Ylva kannte mich zu gut.

»Warum nur stresst du dich so wegen des Antrags?«, fragte sie kopfschüttelnd. Ihr war das nicht wichtig. Sie und Philipp waren nicht verheiratet.

»Weil es eigentlich gar nicht so ein Ding sein sollte«, erwiderte ich leise. »Er liebt mich. Ich liebe ihn. Wir wollen zusammen sein und in absehbarer Zeit Kinder bekommen. Da ist das ein logischer Schritt.«

»Ach Süße, aber nicht für jeden«, erwiderte sie tröstend.

»Aber für mich. Und er hat auch schon gesagt, dass er sich das vorstellen kann. Und trotzdem fragt er nicht. Und bevor du einen Vorschlag machst: Ich war kurz davor, ihn selbst zu fragen, aber dann hat er unsere Date-Night sausen lassen, um auf Montage zu fahren.« Ich setzte mich auf den Boden neben Calla und reichte ihr ein Spielzeug. »Vielleicht steht er nicht so hinter uns, wie ich dachte.«

»Ach, mein Herz«, begann sie, da ging die Tür wieder auf und Simon kam zurück. Ich lächelte meinen Freund an, trotzdem verkrampfte sich mein Herz dabei ein bisschen.

Da hatte ich sie nun, die Situation, wie ich sie nicht wollte: Der Mann, den ich immer um mich haben wollte, und der ständig unterwegs war und mir nicht sagte, was er wollte. Und auf der anderen Seite den Mann, der immer um mich war und mir viel zu ehrlich sagte, was er wollte.

Ylva blieb zum Abendessen, das Simon uns kochte. Calla machte ein Schläfchen im Schlafzimmer und wir saßen in der Küche und unterhielten uns, während Simon am Herd werkelte. Immerhin schenkten wir ihm auch ein Glas Wein ein.

Er machte den Fehler, Ylva zu fragen, was bei ihr so los war, also bekam er auch alle Beschwerden über Philipps Arbeitszeiten und ihre Elternzeit zu hören.

»Wie wollt ihr beide das eigentlich machen, wenn es so weit ist? Du bist ja auch ständig unterwegs«, sagte sie angriffslustig.

Simon hob abwehrend die Hände. »Zieh mich da nicht mit rein. Ich kann nichts für die Fitnessleute.«

»Weiß ich, aber ich frage aus Interesse. Kotzen dich die Reisen nicht an?«, ließ sie nicht locker. Sie lief gerade zur Höchstform auf.

»Doch«, gab er zu und tauschte einen Blick mit mir. »Aber ich trage Verantwortung und kann die Kollegen auf den Baustellen nicht einfach hängenlassen.«

»Das sagt Philipp auch immer. Ihr seid zu gut für die Welt und das müssen Siv und ich ausbaden«, grollte sie.

Simon warf mir einen Blick zu, doch ich fühlte ihren Frust und sagte nichts. Simons Mund verzog sich. Das gefiel ihm nicht. Verständlich, aber die Diskussion hatten wir schon zu oft, als dass ich Partei für seinen Job ergreifen könnte.

»Es geht nicht darum, jemanden etwas ausbaden zu lassen«, sagte Simon ruhig. »Und ich verstehe, dass dich die Geschichte mit der Elternzeit nervt. Aber sowohl Philipp als auch ich tun jeden Tag unser Bestes – auch für Siv, dich und Calla. Und glaub mir, jeder von uns wäre lieber bei euch als auf Reisen oder bis spät in die Nacht in Fitnesskursen. Aber wir haben Verpflichtungen, aus denen wir nicht einfach herauskommen.«

Ylva schnaubte. »Du hast recht, aber manchmal ist es auch eine Frage der Prioritäten. Aber alles gut, ich möchte mich gar nicht mit dir streiten. Du und Siv klärt das für euch und Philipp und ich für uns.«

»Ja, das wird am besten sein«, erwiderte Simon.

»Ich weiß, dass es anders geplant war. Aber manchmal scheint es so, als würden sie euch ausnutzen«, sagte sie trotzdem noch. Im Lockerlassen war Ylva noch nie gut. Das half ihr im Job, im Privatleben war das anstrengend.

Simon rieb sich müde den Nacken, ich sah ihm an, dass er auch keine Lust auf Streit hatte. »Weißt du, das kommt mir auch hin und wieder so vor. Gerade ist echt der Wurm drin. Ich hoffe, dass sich das bald normalisiert. Ich wäre gern mehr zu Hause bei Siv. Und natürlich bei meiner zuckersüßen Nichte.«

Wie aufs Stichwort begann Calla nebenan zu jaulen.

»Dein Glück, sie ist wach«, meinte Ylva trocken. »Möchtest du den Super-Onkel geben und sie holen?«

Simon sprang auf. »Ich wickle sie sogar, weil ich auch der weltbeste Schwager bin! Tut mir einen Gefallen und rührt ein bisschen um«, rief er und lief ins Schlafzimmer, wo Calla in einem Nest aus aufgerollten Bettdecken lag. »Calli, dein Lieblingsonkel ist da!«, flötete er, offensichtlich froh, Ylva zu entkommen.

Ich musste grinsen. Wenn Simon Calla um sich hatte, wurde aus dem lässigen Hoodie-Träger mit den immer zerzausten Haaren ein begeisterter Baby-Animateur.

›Er wird ein wunderbarer Vater.‹

»Du hast ihn ganz schön geärgert«, sagte ich zu Ylva.

Sie zuckte mit den Schultern. »Ich habe das Gefühl, dass du dir zu viel gefallen lässt. Nicht von ihm, aber von den Umständen. Vielleicht musst du mal deutlicher werden.«

»War ich schon«, sagte ich. »Und ich möchte nicht, dass ihr streitet. Du musst mich nicht beschützen.«

»Ach, manchmal ist es nicht schlecht, ein bisschen beschützt zu werden«, meinte sie und stellte sich zum Umrühren an den Herd.

Simon kam mit dem verschlafenen Baby auf den Arm zurück. Als ich sein glückliches Gesicht sah, musste ich lächeln. Ich stand auf und küsste ihn. Unsere Blicke trafen sich und wir wussten, welcher Schritt als nächstes anstand.

Ich lächelte, auch wenn ich wieder diesen Stich der Angst in meiner Brust fühlte, allein vor dieser Aufgabe zu stehen, wenn es so weit war. Und ob er sich dazu durchringen konnte.

Schnell kitzelte ich Calla unterm Kinn und verdrängte diesen Gedanken. Es war noch nicht so weit. Und bis dahin fand sich für dieses Problem eine Lösung.

Als Ylva und Calla später gegangen waren, kuschelten wir uns auf die Couch. »Ich bin so gern bei dir«, murmelte Simon. »Der Job ist aufregend und anstrengend genug. Umso schöner, dass wir es hier gemütlich und ruhig haben. Mehr will ich gar nicht.«

»Hey, so alt sind wir doch noch gar nicht, oder?«, fragte ich. »Wir können auch mehr Action vertragen.«

»Ach Süße, das muss nicht sein«, er schloss die Augen und drückte mich. »Du bist mein ruhiger Hafen. Die, mit der ich mich wohlfühle. Aufregung habe ich genug. Lass uns einfach die Ruhe genießen und alles so lassen, wie es ist, okay? Bitte keinen weiteren Stress.«

Ich biss mir auf die Lippe, weil mich das traf. So sah er uns? Und mich? Als die, die abends neben ihm auf der Couch lag? Und das war dann perfekt? Alles sollte so bleiben, wie es war? Was bedeutete das? Dass er die Sache mit der Hochzeit für sich abgehakt hatte?

»Simon«, sagte ich leise. »Ich würde gern mit dir noch mal sprechen. Ich hab da ein Thema, das mir sehr wichtig ist. Vielleicht ist jetzt nicht der richtige Zeitpunkt, aber ich…«, ich kämpfte mit mir, um den Mut zu finden, das auszusprechen. »Ich habe das Gefühl, dass wir momentan auseinanderdriften. Du bist so viel auf Reisen und ich vermisse dich. Wenn du … weißt du … wenn du mir sagen würdest, was du dir für die Zukunft wünschst, dann wäre das leichter für mich. Ich könnte dann besser damit umgehen, wie es gerade ist. Du weißt, dass ich dich gern heiraten würde. Wenn dir das anders geht, sag es mir bitte. Dann weiß ich wenigstens, woran ich bin. Aber mich macht es traurig, dass ich für dich nur der Platz zum Entspannen bin. Ich bin mehr als das. Genau wie du.« Ich holte tief Luft und sah in sein Gesicht, um zu erfahren, was mein Geständnis mit ihm gemacht hatte. War er wütend? Verletzt?

Ich blickte ihn an und mein Herz wurde schwer vor Enttäuschung. Meine Finger krallten sich in die Sofadecke und Tränen traten in meine Augen.

Meine Worte hatten gar nichts mit ihm gemacht.

Simon war eingeschlafen.

Kapitel 6

Simon musste am nächsten Morgen früh ins Büro und ich war immer noch zu frustriert, um ihn auf den letzten Abend anzusprechen. Es hatte mich viel Überwindung gekostet, um das alles auszusprechen. Und dass es umsonst gewesen war, lag mir schwer im Magen. Ich musste es unbedingt noch mal versuchen, doch das war kein Thema, das man beim Müsli am Morgen ansprechen konnte. Dann eben heute Abend. Bis dahin hatte ich Zeit, meinen Mut wieder zusammenzukratzen.

Wir verabschiedeten uns und ich fuhr zur Werft. Kian wartete schon mit einem Kaffee in meinem Büro. Juli war auch da, ebenfalls mit einer dampfenden Tasse auf dem Schreibtisch. Sie warf ihm einen Blick zu, der sagte, dass sie noch nicht ganz aufgegeben hatte. Trotz all der guten Vorsätze. Er war wirklich gut darin, Leute bei der Stange zu halten.

Ich hoffte nur, dass das nicht zum Problem wurde.

»Die Liefertermine für die neuen Geländer haben sich schon wieder um zwei Wochen nach hinten verschoben«, sagte ich nach Blick in meine Mails finster und änderte die Aufgabe im Projektplan. »Und es gibt einen Verzug bei den Sicherungen. Wie sieht die Demontage aus?«

»Soweit gut, aber es fehlen zwei Leute«, sagte er. »Ich fürchte, dass wir auch hier in Verzug kommen, wenn wir nicht bald Unterstützung kriegen.«

»Das hört Olivia gar nicht gern«, flötete Juli hinter ihren Monitoren.

»Danke für den unnötigen Hinweis«, zwitscherte ich zurück. »Blöde Kuh!«

»Muh!« Juli rollte neben ihren Schreibtisch und legte den Kopf schief. »Aber mal im Ernst, warum redet eigentlich niemand mit mir? Ihr braucht noch jemanden? Ich habe gerade Emmett rumsitzen, einen der Tischler. Die Holzlieferung für unser Projekt verzögert sich und Emmett langweilt sich fürchterlich.« Sie lächelte noch lieblicher.

Ich sprang auf, um sie zu drücken. »Das rettet uns den Arsch, ich danke dir! Schick ihn bitte gleich zu Sventje. Oh Mann, das sind echt gute Nachrichten!« Ich setzte mich wieder auf meinen Stuhl.

»Was denn, bekomme ich etwa keine Umarmung?«, fragte Kian leise. »Es ist auch mein Projekt.«

»Du kannst Juli drücken, wenn du möchtest. Sie freut sich bestimmt«, erwiderte ich halblaut.

»Nö!«, kam es hinter Julis Monitoren hervor. »Wer mir keinen Kaffee mitbringt, muss mich auch nicht drücken.«

›Ups. Da habe ich die Blicke vorhin wohl fehlgedeutet.‹

Ich zog den Kopf ein und aktualisierte die Planung. Das sah schon viel besser aus.

Kian gab mir noch einige Details, die ich ebenfalls in den Plan aufnahm, da ging in der Halle der Alarm los.

Sofort sprangen wir alle auf und sahen uns hektisch um.

»Scheiße, bitte nicht heute!«, fluchte Juli, schnappte sich ihre Jacke und ihr Laptop, dann war sie schon an der Tür. »Was ist? Wollt ihr hierbleiben?«, rief sie uns zu.

»Lieber nicht!« Ich griff ebenfalls nach meinem Mantel und Laptop und flitzte durch die Tür, die Kian mir aufhielt. In der Halle hielt ich inne und versuchte, herauszufinden, was los war. Ich bekam einen Schreck.

Es roch nach Rauch. Nach Feuer.

›Oh Gott, bitte nicht!‹

Ich suchte nach dem Brandherd. Hinten in der riesigen Halle waren die Trockendocks. Das mit der *Sea Lady* und daneben das Schiff, das Juli betreute. Außerdem waren noch drei andere Yachten in der Halle, an denen gerade gearbeitet wurde.

Dichter Rauch stieg auf, beißend und stickig, und die Luft wurde heißer. Es roch nach verbranntem Gummi und Metall, als ob die Halle selbst zu schmelzen begann.

»Siv, komm endlich!« Kian packte meinen Arm.

Die Halle wurde evakuiert und überall waren Leute in Arbeitskleidung unterwegs.

Fred hastete an mir vorbei, zu schnell, als dass ich ihn ansprechen konnte. Dann kam Olivia, sie sah so gestresst aus, dass ich befürchtete, ihr Gesicht würde gleich platzen.

»Was ist los?«, fragte Juli.

»Erstmal raus hier!«, sagte unsere Chefin aufgeregt. Ihr Smartphone klingelte und sie fluchte derb. Das machte mir noch mehr Angst. Normalerweise war sie nicht aus der Ruhe zu bringen. Aber das fühlte sich richtig brenzlig an.

Wir verließen die Halle und liefen auf den Sammelplatz. Ich sah mich um und suchte nach den Leuten aus meinem Team. Mir rutschte das Herz in die Hose, als ein Rettungswagen angefahren kam und Sanitäter heraussprangen. Direkt dahinter kam die Feuerwehr. Eine weitere Sirene war zu hören. Ein Löschboot fuhr heran.

»Oh Scheiße«, murmelte Juli. »Das sieht übel aus.«

»Oh Gott!«, machte Kian und zerrte an meinem Ärmel.

Ich drehte mich um. Mir wurde schlecht, als ich sah, dass die Sanitäter auf zwei Personen zurasten, die gerade aus der Halle kamen. Einer war Miguel, er stützte jemanden.

Ich stieß einen Schrei aus, als ich Sventje erkannte. Ohne klaren Gedanken rannte ich los. Jemand hielt mich fest. Ein Feuerwehrmann.

»Kein Durchgang, verdammt! Es brennt in der Halle!«, fauchte er mich an.

»Ich will nicht rein! Meine Freundin ist verletzt!«, rief ich und deutete wild auf Sventje. Der Feuerwehrmann ließ mich durch und ich rannte weiter.

Die Sanitäter brachten Sventje zum RTW. Mein Herz raste und mir wurde übel, als ich die Schmutzspuren auf ihrem Gesicht sah. Der Husten, der ihren Körper schüttelte, ging mir durch Mark und Bein. Sie sah aus, als würde sie gleich zusammenbrechen. Meine Beine fühlten sich schwer an, und als ich endlich vor ihr stand, merkte ich, wie sehr meine Hände zitterten.

»Sventje! Miguel, was ist passiert?«, rief ich.

»Es sieht nach Kabelbrand aus«, sagte Miguel grimmig. »Sventje war im Technikraum und hat Leitungen überprüft. Plötzlich qualmte es. Ich habe sie rausgeholt, aber der Raum war schon voller Rauch.« Er sah mich ernst an, dann neben mich. Erst jetzt bemerkte ich, dass Juli und Kian mir gefolgt waren. »Wir müssen die Löschung abwarten, aber ein Kabelbrand im Technikraum ist beschissen«, fuhr Miguel fort. »Das wirft uns zurück.«

»Ich habe den Brand gelöscht«, mischte sich Sventje ein. Sie saß mit einer Sauerstoffmaske im RTW, ihr linker Arm wurde gerade bandagiert. »Der Löscher stand neben mir und ich habe ihn aktiviert, bevor schlimmeres passieren konnte, aber da qualmte es schon wie blöd.« Sie hustete erbärmlich und der Sanitäter schimpfte mit ihr, dass sie aufhören sollte, zu reden.

Ich tauschte Blicke mit Kian und Miguel. Das war eine Erleichterung, aber einen Schaden gab es sicher trotzdem. Außerdem bedeutete das, dass herausgefunden werden musste, ob es ein Versicherungsschaden war. Im übelsten

Fall hatte Sventje den Brand ausgelöst. Dann wurde es richtig teuer für unsere Firma.

»Was machen wir jetzt?«, fragte Kian. Alle Augen waren auf mich gerichtet, als ob ich die Einzige wäre, die das entscheiden konnte. In meinem Inneren brodelte es vor Angst. Der Schock saß mir noch tief in den Knochen.

»Das müssen Fred und Olivia entscheiden«, sagte ich leise. »Ich weiß es nämlich auch nicht.«

Wir wurden nach Hause geschickt, weil die Halle wegen des Rauchs gesperrt war.

»Willst du mit zu mir kommen?«, fragte Kian. »Ich habe zwei Monitore zu Hause, dann schaffen wir noch ein bisschen was.«

Stress durchflutete meinen Körper. ›*Mit nach Hause? Zu Kian? Oh Gott, bitte nicht! Das kann nur in einer Katastrophe enden! Das packe ich nicht!*‹ Aber ich hatte keine halbwegs vernünftige Ausrede, um das abzulehnen.

Hinter seinem Rücken zog Juli die Augenbrauen hoch und machte mit den Händen wilde Bewegungen.

›*Gefahr. Danke, das checke ich auch so.*‹

»Ich kenne einen Co-Working-Space hier in der Nähe«, meldete sich Fabia zu meiner Überraschung. Sie war erst vor ein paar Minuten angekommen, weil niemand ihr Bescheid gesagt hatte, was hier los war. Jetzt schaute sie auf ihr Smartphone. »Ich hab uns zwei Desks gesaved. Hoffe, das war okay, Key-Man. Juli und ich müssen auch arbeiten. Und wie könnten wir das ohne euch zwei? Ihr gebt uns die Vibes.« Sie schwang die Hüften und warf ihre Haare zurück.

»Oh. Mein. Gott«, machte Juli verdrossen. »Ich werde wahnsinnig. Aber besser das als nichts.« Damit hatte sie

114

recht und ich war Fabia dankbar für die Rettung, von der sie nichts ahnte.

Wir fuhren zu dem Büro, in dem Fabia die Schreibtische gebucht hatte, und versuchten, das, was wir tun konnten, auf die Reihe zu bekommen.

Gegen zwei Uhr nachmittags kam eine Mail von Olivia an: *Die Leute von Arbeitssicherheit und Versicherung kommen am Montag, um sich alles anzusehen. Bis sie die Halle und die Docks wieder freigegeben haben, bleibt im Homeoffice.*

»Na, da verlängere ich doch glatt mal unsere Buchung bis Montag. Nicht, dass wir hier auf dem Trockenen sitzen«, sagte Fabia und kümmerte sich.

Ich sah mit einem bangen Gefühl auf den Projektplan vor mir. Das warf uns zurück. Und ich konnte nicht einmal abschätzen, wie weit.

Ich blickte in Kians Gesicht. Er wusste es auch. »Da kommt ein Haufen Arbeit auf uns zu«, sagte ich leise.

»Ich weiß.«

Wir machten so viel wie möglich. Zufrieden war ich trotzdem nicht. Und noch schlechter wurde meine Laune, als Simon mir schrieb, ob es okay war, wenn er heute Abend mit Zacki zum Fußball ging.

Er hat von einem Kunden Logenplätze bekommen, mega, oder? Dahinter kamen Smileys, was für Simon außergewöhnlich war. Er freute sich riesig darauf.

Was sollte ich denn dazu schreiben? ›*Nein, bleib zu Hause, ich muss mit dir reden? Über ein Thema, dass du immer vermeidest? Wohl kaum.*‹

Viel Spaß. Pass gut auf dich auf, schrieb ich stattdessen. Also wurde das mit dem Sprechen heute wieder nichts. Dann also morgen.

Doch ich kam weder am Samstag noch am Sonntag dazu. Simon hatte sich ein Programm für uns überlegt (glücklicherweise weit weg vom Hafen) und gab alles, damit ich den Arbeitsstress vergessen konnte. Unmöglich, da mit meinem Anliegen reinzuplatzen, zumal wir am Samstagabend bei Freunden waren und am Sonntag Ylva und Philipp vorbeischauten.

Und plötzlich war es Sonntagabend und ich beobachtete Simon dabei, wie er seine Tasche für seine nächste Dienstreise packte.

»Wo ist Fulda noch mal?«, fragte ich missmutig.

»Das sagt mir das Navi«, meinte er schulterzuckend und warf einen Pullover zerknüllt in die Tasche. Ich holte ihn wieder raus, um ihn ordentlich zu falten. Simon war genetisch nicht darauf programmiert, Kleidung knitterfrei zusammenzulegen. Das hatte ich drei Jahre lang versucht und es schließlich aufgegeben.

»Danke, Süße, aber ich werde leider genauso packen, wenn ich nach Hause komme«, seufzte er.

»Ich weiß, das ist fürs Gefühl«, meinte ich und legte den Pullover in die Reisetasche. Simon holte eine Jeans aus dem Schrank und küsste mich auf dem Rückweg.

»Was würde ich nur ohne dich tun?«

»Du wärst traurig und allein«, sagte ich nachdenklich. »Und würdest komplett zerknitterte Sachen tragen. Ach ja, da du nicht wäschst, würdest du stinken.« Er warf die Jeans nach mir. Ich fing sie lachend auf. »Ist doch so!«

»Ich *könnte* waschen«, meinte er beleidigt.

»Wenn du das beweisen willst, dann bitte nur an deinen eigenen Sachen. Ich trage nicht gern hauteng und fürchte mich vor eingelaufenen Strickwaren.«

Er griff nach der Jeans, warf sie über die Schulter und stürzte sich auf mich. »Ich mag es hauteng, aber für diese Frechheit wirst du trotzdem bezahlen!«

Ich schrie lachend auf und ließ mich aufs Bett fallen. Simon warf sich neben mich und kitzelte mich. »Ich nehm alles zurück!«, japste ich und wand mich unter ihm. »Du wäschst besser als Meister Proper und der Weiße Riese zusammen!«

Simon hörte auf und drückte mich an sich. Ich presste mich an seine Brust und schloss die Augen.

»Ich liebe dich«, sagte ich leise und schlang meine Arme um ihn.

»Ich dich auch. Irgendwann ist das mit den blöden Reisen vorbei«, murmelte er in meine Haare.

»Ich hoffe es. Am liebsten hätte ich dich immer hier.«

Statt einer Antwort küsste er mich. Ich schloss die Augen und erwiderte den Kuss. Dabei versuchte ich zu verdrängen, wie beschissen es mir damit ging, ihn schon wieder losfahren zu lassen. Und dass ich ihm so gern sagen würde, was ich auf dem Herzen hatte. Doch der Moment fühlte sich falsch an und ich ließ ihn verstreichen. Mal wieder.

Dabei fragte ich mich, wie viele von ihnen es noch geben würde.

Simon fuhr am Montagmorgen nach Fulda und ich machte mich auf den Weg zum Co-Working-Space. Kian, Juli und Fabia kamen kurz nach mir an und wir öffneten mit einem bangen Gefühl unsere Mails.

»Es kann noch keine Nachricht gekommen sein«, sagte Juli vernünftig. »Die Gutachter kommen doch erst heute im Laufe des Tages.«

»Stimmt nicht«, sagte Fabia zu meiner Überraschung und seufzte dann abgrundtief. »Lies mal die Mail von

Olivia von gestern Abend: *Auf mein Drängen hin ist die Begutachtung bereits am Sonntag vorgenommen worden. Bis auf einen Teil der Sea Lady können die Arbeiten wiederaufgenommen werden. Bitte kommt ins Büro.«*

»Wer soll das denn lesen an einem Sonntagabend um acht?«, fragte Juli mürrisch. »Da checkt doch niemand seine Mails.«

Ich tauschte einen betroffenen Blick mit Kian. Nein, ich auch nicht. Jetzt wünschte ich, ich hätte es getan.

»Tja, ich storniere mal die Buchung und dann ab zum Hafen, oder?«, meinte Fabia.

Wir packten zusammen und machten uns auf den Weg.

Sventje war heute nicht da. Sie hatte eine leichte Rauchvergiftung und musste noch ein paar Tage zu Hause bleiben - gegen ihren Willen. Sie hasste es, dass sie nicht herkommen durfte und gab sich die Schuld an dem Brand.

Das tat mir leid. Ich wusste, dass Sventje hervorragend in ihrem Job war. Wenn sie den Brand ausgelöst haben sollte, musste das an der Elektrik gelegen haben - nicht an ihr.

Olivia erwartete uns bereits und winkte Kian und mich zu sich. »Es ist eine Katastrophe!«, zischte sie. »Die Leute im Headquarter sind außer sich. Der Kunde hat mit einer Klage gedroht, falls wir an dem Schaden schuld sind. Wir müssen unbedingt versuchen, das wiedergutzumachen. Ich verlasse mich darauf, dass ihr alles tut, um das hinzubekommen.«

»Das werden wir auch«, versprach ich.

»Gut, dann fangt doch damit an, dass ihr eure Mails lest«, sagte sie zickig und ging an ihr klingelndes Handy.

Ich beobachtete sie finster dabei. »Manchmal ist sie echt eine blöde Ziege«, flüsterte ich.

»Sehe ich auch so«, pflichtete Kian mir bei.

»Sorry, das solltest du gar nicht hören«, sagte ich.

»Schon gut. Wir gehen jetzt wahrscheinlich eine Hirnsymbiose ein, weil wir Tag und Nacht zusammen sind. Bald musst du es nicht mal mehr sagen. Ich werde es wissen«, griente er.

»Jetzt wirds spooky, wie Fabia sagen würde.«

»Sorry, ich bessere mich.«

»Ich hoffe es«, sagte ich und ging mit ihm zum Dock, um mir eine Übersicht zu verschaffen.

Es war schlimm. Miguel und das Team betrieben überall, wo es möglich war, Schadensbegrenzung und ich war froh, dass Juli mir ihren Tischler geschickt hatte.

Der Technikraum jedoch war weiträumig abgesperrt.

Kian und ich saßen am Montag, Dienstag und Mittwoch ewig im Büro, um alles unter einen Hut zu bekommen. Zum Glück hatten wir so viel zu tun, dass keine Zeit für Flirts blieb. Zudem war Miguel am Montag und Dienstag und Sventje am Mittwoch die meiste Zeit bei uns. Das verschaffte mir zusätzlichen Puffer, für den ich dankbar war.

Am Donnerstag sah es so aus, als wäre endlich wieder Land in Sicht. Der Technikraum wurde freigegeben und ich atmete auf. Endlich konnte ich mal wieder vor zehn Uhr abends nach Hause. Außerdem kam Simon heute aus Fulda zurück. Ich vermisste ihn sehr, denn wegen der Arbeit hatten wir kaum Zeit zum Telefonieren.

Ich machte pünktlich Feierabend und saß trotzdem allein zu Hause. Simon kam so spät, dass ich schon im Bett war, als er durch die Tür trat. Dieses Mal war ich zu müde für mitternächtlichen Sex und kuschelte mich einfach an ihn.

»Sorry, dass es wieder so spät geworden ist«, hörte ich ihn noch sagen, da war ich schon wieder eingeschlafen.

Am nächsten Morgen ließ ich ihn weiterschlafen, weil er so abgekämpft aussah. Ich küsste ihn zum Abschied und machte mich dann auf den Weg zur Werft.

Dort angekommen holte ich mir erstmal einen Kaffee. Ein paar Leute kamen in die Küche. Ich drehte mich um und grüßte, dann sah ich, dass Kian dabei war.

Er lächelte frech. »Guten Morgen liebe Arbeitsehefrau«, flötete er. »Hast du mich gestern Abend vermisst? Bist du nicht auch lieber hier als zu Hause?«

Die anderen lachten. »Ganz schön dreist für einen, der hier noch nichts bewiesen hat«, sagte Miguel grinsend.

»Versuch ruhig, dich einzuschleimen«, mischte sich Sventje ein. »Aber ich bin immer Sivs Liebling. Und wenn sie die Wahl hat, verbringt sie den Abend mit mir.«

»Kinder, streitet euch nicht«, sagte ich und schaffte ein schiefes Lächeln. Meine Wangen fühlten sich heiß an wegen der Arbeitsehefrau. Was sollte das überhaupt sein? Und warum klopfte mein Herz deswegen schneller und schickte mir wieder solche Bilder von uns beiden im Bett?

›Verdammt, ich dachte, ich hätte mich besser im Griff! Wir waren doch raus aus der Flirt-Zone!‹

»So, ich muss los. Es gibt Arbeit, Freunde«, sagte ich und schnappte mir meinen Kaffeebecher.

Kian blieb mir auf den Fersen. »Das klingt nach mir.«

»Du klingst nach Arbeit?«, versetzte ich.

»Ich hoffe nicht für dich.«

»Ach Kian, du bist so ein Blödian«, sagte ich seufzend.

»Arbeitsehefrau? Was ist los bei dir?«

»Das weißt du doch genau«, sagte er. Ich drehte mich um. Er sah mich ohne mit der Wimper zu zucken an.

»Kian...«, begann ich unbehaglich.

Ich wünschte, ich könnte ihn loswerden, aber das ging nicht. Er war mein Partner in diesem Projekt. Das ließ sich nicht auflösen. Und ich arbeitete gern mit ihm. Wenn er nicht gerade so was machte.

»Ich weiß«, sagte er. »Aber ich möchte noch was sagen. Ich habe lange über unser letztes Gespräch nachgedacht.«

Ich schluckte. ›Was kommt jetzt?‹

»Ich habe mich in dich verliebt.«

Ich riss die Augen auf. »Was?«

»Ich habe mich in dich verliebt«, wiederholte er ruhig.

Ich schüttelte den Kopf. »Du kennst mich kaum.«

»Hey, nach den letzten Wochen kenne ich dich schon ziemlich gut. Du bist wirklich meine Arbeitsehefrau. Und ich würde das gern aufs Privatleben erweitern.«

Ich blieb stehen, mitten in der riesigen Halle, und fühlte mich klein und verloren. »Kian, das geht so nicht.«

»Tut mir leid. Ich weiß. Aber ich wollte dir sagen, was mir im Kopf herumgeht. Mir ist es wichtig, ehrlich zu dir zu sein.« Er verschränkte die Arme. »Ich weiß, dass das nichts einfacher macht.«

»Richtig!«, fuhr ich auf. »Ich habe einen Freund. Ich liebe Simon.«

Er warf mir einen langen Blick zu. »Trotzdem schickst du mir Signale, die etwas anderes sagen.«

Ich sackte in mich zusammen. »Weiß ich«, flüsterte ich unglücklich. »Aber ich will das gar nicht.«

Er sah mich aufmerksam an. Ich mochte den Ausdruck in seinem hübschen Gesicht nicht: Hoffnung. Er glaubte, dass ich auch etwas für ihn empfand.

Ich schluckte wieder. Jetzt musste ich durchziehen. Er konnte es nicht. Es war auch dämlich, darauf zu hoffen, dass er die Verantwortung für mich übernahm und einfach alles aufgab, obwohl ich mich bedeckt hielt. Ich warf ihm immer wieder einen Knochen hin und hielt ihn so bei der Stange. Das konnte ich einfach nicht bringen. Ich musste jetzt auch ehrlich sein. Und zwar so, dass wir hinterher noch zusammenarbeiten konnten.

»Es tut mir leid, was passiert ist«, sagte ich langsam. »Das war nicht fair von mir. Aber ich dachte, wir hätten das geklärt.«

»Hast du deinem Freund von mir erzählt?«, fragte Kian.

»Wovon denn? Wir haben nur geredet«, erwiderte ich.

»Ja, es waren Worte, das stimmt, aber es geht auch um das, was zwischen uns war.«

»Kian, da ist nichts zwischen uns«, beharrte ich und lief zum Büro. Es war leer, Juli war unterwegs und Fabia hatte frei. Ich hoffte, dass wir es jetzt bald hinter uns hatten.

»Siv, doch, da war was. Gib es einfach zu.« Er kam auf Armlänge Abstand zu mir und streichelte meine Wange. Hitze schoss durch meinen Körper. »Da ist etwas zwischen uns. Das weißt du, wenn du ehrlich zu dir bist. Du empfindest etwas für mich.«

Ich entzog mich seiner Berührung. »Ich möchte das nicht. Es tut mir leid. Bitte lass es einfach.«

Kian ließ die Hand sinken. »Das war deutlich.« Er lehnte sich vor und legte seine Stirn an meine. Mein Herz setzte mehrere Schläge aus und mir brach der Schweiß aus. »Und trotzdem wirst du nicht von mir loskommen. Das weißt du selbst.«

Im nächsten Moment lagen seine Lippen auf meinen.

›Habe ich ihn geküsst? Er mich? Ich weiß es nicht.‹

Ich brannte. Seinetwegen. Der Kuss war unglaublich. Er jagte wie Stromstöße durch meinen Körper. Jede einzelne Faser kribbelte und vibrierte. In mir entstand ein Gefühlssturm, der mich fortriss und bis in die Grundfesten erschütterte.

Seine Hände strichen mein Haar zurück.

Ich riss mich los und machte einen Schritt zurück. »Kian! Stopp!«, zischte ich. »Ich kann das nicht tun! Ich liebe Simon.«

»Auch das war deutlich«, murmelte er und machte einen Schritt zurück. Ich presste meine Hände auf meinen Mund und schüttelte stumm den Kopf.

›Scheiße, was ist gerade passiert? Was habe ich getan?‹

Ich flüchtete an meinen Arbeitsplatz. Kian stopfte sein Hemd zurück in seine Hose.

›Oh Gott, hab ich das gemacht?‹

Mir blieb fast das Herz stehen, als ich draußen Stimmen hörte. Schnell strich ich meine Haare glatt, als schon die Tür aufging. Juli kam herein.

»Ah, das Arbeitsehepaar«, sagte sie sarkastisch. »Hab schon davon gehört.«

›Mist, jetzt ist sie sauer auf mich, obwohl ich nichts dafür kann. Außer, dass ich ihn geküsst habe. Scheiße.‹

»Das war doch nur ein Witz, Julianna«, sagte Kian entspannt. Schön, dass er so gefasst war. Ich stand am Rande eines Nervenzusammenbruchs. Ein einziges Wort mehr von ihm hätte mich endgültig aus der Fassung gebracht.

Mein Handy klingelte. Es war Sventje. Dankbar nahm ich das Gespräch an.

»Könnt ihr noch mal zum Dock kommen? Fred hat das Gutachten und will es uns gleich zeigen«, sagte sie.

»Wir sind unterwegs«, antwortete ich sofort und war froh, aus dem Büro abhauen zu können.

Kian folgte mir. »Siv, ich ...«, begann er.

»Bitte nicht!«, erwiderte ich. »Sonst drehe ich durch.«

Im Umkleideraum setzte Fred gerade einen Sicherheitshelm auf, als wir hereinkamen. Ich war noch nie so froh, ihn zu sehen. »Dann wollen wir mal«, sagte er.

Ich schnappte mir einen Helm und folgte ihm. Dabei vermied ich es, Kian anzusehen.

Kian und ich redeten an diesem Freitag nicht mehr über das, was passiert war, weil immer jemand in der Nähe war. Das war gut so, denn ich stand kurz vorm Kollaps. Nur die Neuigkeiten, die Fred mitbrachte, waren ein Lichtblick.

»Es war ein technischer Fehler, der bereits vorher bestanden hat. Wir sind aus der Haftung raus«, sagte er. Ein Raunen ging durchs Team und Sventje sah aus, als würde sie jeden Moment vor Erleichterung anfangen zu weinen.

»Der Technikraum ist freigegeben und wir können weiterarbeiten. Ich habe alle freien Kapazitäten zusammengezogen und ihr bekommt noch drei Leute dazu«, redete Fred weiter. Jetzt jubelten alle. Kian blieb auf der Yacht, um sich alles anzusehen, doch ich flüchtete ins Büro.

Ich machte meinen Job, doch meine Gedanken kreisten ständig um Kians Worte und den Kuss. Und daran, wie groß Simons Enttäuschung wäre, wenn er davon erfuhr.

›Nein, er darf es nicht erfahren‹, entschied ich. ›Es war nur ein Kuss und er wird sich nie wiederholen. Ich muss Abstand zu Kian halten und ihm klar machen, dass das nicht geht.‹

»Ich bin in dich verliebt.«

Mein Herz begann zu flattern, als ich mich an seine Worte erinnerte. ›Das darf nicht sein. Und die Schmetterlinge in meinem Bauch haben da nichts zu suchen.‹

Neben mir fluchte Juli und riss mich aus meinen Gedanken. »Wie fandest du eigentlich Kians Spruch heute Morgen?«, fragte sie wie aufs Stichwort.

Ich zuckte zusammen. »Bescheuert«, sagte ich. »Das habe ich ihm auch gesagt.«

»Habt ihr euch gestritten?«, fragte sie aufmerksam. »Ihr saht so durch den Wind aus, als ich reinkam.«

»Ein bisschen«, rang ich mir ab. »Wir haben unterschiedliche Auffassungen. Nicht nur, was Humor angeht. Ich hoffe, er hat jetzt verstanden, dass das nicht geht. Wir müssen schließlich zusammenarbeiten.«

Juli wiegte den Kopf. »Ich werde aus dem Typen nicht schlau«, meinte sie. »Nur bei dir macht er immer einen auf vorwitzig. Man könnte echt meinen, er steht auf dich.«

Ich biss mir auf die Lippe. »Kein Interesse.«

›Lügnerin!‹

»Vielleicht solltest du ihm das noch mal sagen«, meinte meine Freundin mit einer gewissen Schärfe in der Stimme.

»Habe ich schon.« Wenigstens das war nicht gelogen.

Juli beobachtete mich. »Sollte ich da was wissen?«

›Scheiße, was soll ich denn darauf antworten? Wenn ich es ihr erzähle, ist sie sauer auf mich, das weiß ich genau. Auf den Stress habe ich echt keine Lust. Davon habe ich schon mehr als genug.‹

»Ich kanns dir bei Drinks gern ausführlicher erzählen«, sagte ich. »Vielleicht hast du einen Tipp für mich, wie ich damit besser umgehen kann.«

»Bei Kian? Ich glaube nicht. Der Kerl ist wie ein Buch mit sieben Siegeln für mich.« Juli zuckte mit den Schultern. Wenigstens hatte sie den Köder geschluckt.

»Für mich auch. Ich bin froh, dass ich jetzt eine Woche Pause habe.«

Juli brauchte eine Sekunde. »Ach ja, du hast Urlaub. Hab ich ganz vergessen vor lauter Aufregung.«

»Ich auch fast. Ich dachte schon, dass ich ihn canceln muss. Aber dank der Freigabe können wir weitermachen. Und Kian wird eine Woche allein auskommen, so sicher ist er schon.«

»Fabia kann ihn unterstützen, wenn was ist«, sagte Juli abgehackt. Sie stand also nicht zur Verfügung. Das ließ tief blicken. Ich versuchte, mich nicht darüber zu ärgern, dass sie so zickig war.

»Danke«, meinte ich nur.

Julis Handy klingelte und ich war dankbar für die Unterbrechung. Also kümmerte ich mich um meine Urlaubsübergabe und versuchte, alles so übersichtlich wie möglich zu hinterlassen. Für Notfälle hatte Sventje meine Handynummer. Ich würde sie Kian nicht geben. Auf gar keinen Fall.

Endlich war der Tag überstanden und ich hatte auf dem Heimweg Zeit zum Nachdenken. Mein Gewissen meldete sich nachdrücklich zu Wort.

›*Du kannst Simon den Kuss nicht verschweigen*‹, sagte es. ›*Ihr seid immer ehrlich zueinander. Wenn du ihm jetzt so eine Sache vorenthältst, ist das der Anfang vom Ende. Rede mit ihm, erklär es ihm. Er wird es scheiße finden, aber ein Kuss ist kein Weltuntergang. Am Ende wird es dir helfen, endlich einen Schlussstrich wegen Kian zu ziehen. Sei mutig und bleib dir selbst treu.*‹

Mir wurde schlecht bei dem Gedanken. Ich hatte Angst davor, Enttäuschung in seinen Augen zu sehen. Doch mein Gewissen hatte recht: Wir waren immer ehrlich. Das war eine unserer Stärken. Wir standen gemeinsam alles durch, auch unangenehme Situationen. Wenn Simon mir so eine Sache beichten würde, wäre ich auch sauer, aber es war nur ein Kuss. Sex wäre viel schlimmer, das könnte ich nicht so einfach verzeihen.

Aber ein Kuss ... Das ging gerade so.

Danach musste ich ihm gestehen, dass Kian in mich verliebt war und ich ihn mehrmals gebeten hatte, mich in

Ruhe zu lassen. So wusste Simon die ganze Wahrheit und mir war diese Last von den Schultern genommen und ich konnte mich davon endlich befreien.

Ich hatte einen Klumpen im Magen, doch ich wusste, dass das die richtige Entscheidung war.

Meine Bahnstation kam und ich stieg aus. Eigentlich hatte ich mich aufs Wochenende gefreut, jetzt war ich furchtbar nervös. Als ich unsere Wohnung betrat, waren meine Hände schweißnass. »Simon?«

»Ich bin in der Küche!«, rief er. Es roch gut in der Wohnung, er kochte. Mit etwas Glück war es Spaghetti Bolognese, mein Leibgericht.

»Können wir reden?«, fragte ich und zog meine Schuhe aus. »Ich muss dir was erzählen.«

»Klar, komm her.«

Ich hängte meinen Mantel auf und ging in die Küche. Dort fiel ich beinahe über seine Reisetasche, die mitten im Weg stand.

»Aber ... warum liegt die hier?«, fragte ich und rieb mir das Handgelenk, weil ich gegen den Türrahmen geknallt war.

»Ups, sorry, die hab ich da vergessen.« Er schob sie mit dem Fuß beiseite und lächelte mich so unbehaglich an, wie ich mich fühlte. »Ja ... das wird dir nicht gefallen, Schatz: Zacki hat vorhin angerufen. Es hat einen Unfall gegeben. In Münster. Ich muss nach dem Essen los, damit ich morgen um sieben mit dem Gutachter sprechen kann.«

Ich schüttelte ungläubig den Kopf. »Aber morgen ist doch Samstag.«

»Ich weiß. Lässt sich leider nicht ändern.« Simon drehte sich zum Herd um. Ich starrte auf seinen Hinterkopf und spürte, wie sich mein schlechtes Gewissen langsam in Wut verwandelte.

»*Lässt sich nicht ändern?* Ruf doch den Gutachter an und sag ihm, dass der Termin auf Montag verschoben werden muss!« Mir wurde schlecht, als mir etwas viel Schlimmeres einfiel. »Und unser Urlaub? Wir wollten doch nach Malmö zu meinen Eltern! Und dann nach Kopenhagen! Das hast du mir versprochen!«

Er drehte sich zu mir. »Ich weiß und es tut mir ehrlich leid. Ich muss mich kümmern, Siv. Jede Stunde, die es nicht weitergeht, kostet die Firma eine Menge Geld. Auf dieser Baustelle wird auch am Wochenende gearbeitet. Wir können uns die Verzögerung nicht leisten.«

»Ich hasse deine Arbeit so sehr«, schluchzte ich. »Es wird immer schlimmer. Diese Scheiß-Baustellen werden immer beschissener und du bist immer mehr weg. Jetzt können wir nicht mal in den Urlaub fahren. Ich verstehe einfach nicht, warum immer nur du einspringen musst. Warum fährt Zacki nicht einfach mal, damit du eine Pause bekommst?«

»Siv, bitte, das haben wir doch schon oft genug besprochen«, sagte er genervt. »Glaub mir, ich habe auch überhaupt keine Lust, das ganze Wochenende dort zu sein, aber es ist einfach notwendig. Bitte mach es uns jetzt nicht noch schlimmer. Ich hab Wein für dich kaltgestellt.«

»Na vielen Dank auch! Ich kann gar nicht so viel trinken, dass ich mich nicht mehr ärgere!« Ich ballte die Hände zu Fäusten, um nicht auszuflippen.

»Können wir nicht einfach essen und die wenige Zeit genießen?«, fragte er verbissen. »Ich habe überhaupt keine Lust auf Streit, Siv.«

»Ich doch auch nicht, aber im Ernst, ich dachte, dass wir endlich mal wieder ein ganzes Wochenende zusammen haben. Und dass sie dich wenigstens in deinem Urlaub in

Ruhe lassen. Was ist denn mit uns?« Ich schlang die Arme um meine Schultern. Tränen brannten in meinen Augen.

»Ich hab mir das auch nicht ausgesucht. Jetzt setz dich bitte, ich muss in einer halben Stunde los, damit ich noch ins Hotel einchecken kann.« Er stellte einen Teller auf den Tisch. Es war tatsächlich Spaghetti Bolognese.

Ich setzte mich mit einem Kloß im Hals und griff nach meiner Gabel. Heute schmeckte es mir nicht. Die Stimmung war im Keller. Ich hasste es, mit ihm zu streiten und es tat mir schon leid, dass ich ihn so angefahren hatte.

Es änderte aber nichts daran, dass meine Worte die reine Wahrheit waren. Und ich konnte sie nicht zurücknehmen.

Aber mir war auch klar, dass ich ihm die Sache mit dem Kuss heute Abend nicht sagen konnte, obwohl sie mir auf der Seele brannte. Wenn ich es tat, würden wir uns todsicher streiten und ich wollte nicht, dass er wütend losfuhr. Eine halbe Stunde reichte nicht, um das vernünftig zu besprechen.

Ich hasste es, aber heute wurde das nichts.

»Wann kommst du zurück?«, fragte ich kratzig, als er seine Jacke und seine Schuhe anzog.

»Ich hoffe, am Montag. Dann können wir sofort weiter fahren«, antwortete er. Er war auch frustriert, aber er wollte nicht, dass wir im Streit auseinandergingen. Wir umarmten einander und er küsste mich.

Erinnerungen an den Kuss mit Kian zuckten durch meinen Kopf und meinen Körper.

›Das hat sich völlig anders angefühlt.‹

»Tut mir echt leid«, murmelte Simon noch einmal. »Ich melde mich, wenn ich im Hotel bin. Und ich werde alles versuchen, um am Montag zurückzukommen.«

»Fahr bitte vorsichtig«, sagte ich leise.

»Versprochen.« Er strich mein Haar zurück, dann war er zur Tür heraus.

Ich sah ihm nach und fühlte mich beschissen.

›*Und wenn nicht Simon, sondern Kian mein Partner wäre?*‹, fragte eine kleine Stimme in meinem Kopf. ›*Dann säße ich nicht an einem Freitagabend mit schmutzigem Geschirr zu Hause und wäre wütend, weil er unterwegs ist.*‹ Ich schluckte und drehte der Tür den Rücken zu.

»Das ist keine Option«, sagte ich in den Flurspiegel.

›*Und trotzdem denkst du darüber nach*‹, erwiderte die kleine Stimme. Sie war ziemlich gehässig.

»Ja, zum ersten und letzten Mal.« Ich griff nach meinem Handy und rief Ylva an, um ihr mein Leid zu klagen.

Von dem Kuss erzählte ich ihr nichts.

Kapitel 7

Simon meldete sich um kurz vor zehn; er hatte den Late-Check-in gerade noch geschafft. Wir versöhnten uns ausgiebig am Telefon. Das half mir, den Kuss zu verdrängen. Das konnte warten. Nachts am Telefon klärte man ohnehin nichts.

Am Samstag traf ich mich mit Ylva zum Frühstück, ausnahmsweise ohne Calla. Philipp kümmerte sich um die Kleine. Abends war ich mit Sventje und Juli verabredet. Wir wollten gemeinsam einen Film sehen, dabei Sekt trinken und quatschen.

Ich saß auf Sventjes Couch, während die beiden in der Küche Drinks mixten. Simon hatte sich gerade gemeldet und mir gesagt, dass der Termin mit dem Gutachter schlecht gelaufen war. Er hatte eine ellenlange Mängelliste bekommen, die er umgehend beseitigen musste, sonst durften die Installationen nicht weitergehen.

»Montag sieht leider schlecht aus, Süße«, sagte er müde.

Mir fehlte die Kraft, um mich darüber aufzuregen.

Ich starrte auf mein Smartphone, ohne das Display wirklich wahrzunehmen. Das Bild von uns beiden war unscharf in meinem Blick. Ich war immer noch durch den Wind. Ich würde zu gern über den Kuss mit jemandem sprechen und mir ein bisschen Luft verschaffen.

Ich hörte meine Freundinnen in der Küche lachen.

Und wenn ich es ihnen erzählte? Ich schüttelte den Kopf. Das konnte ich nicht. Sie würden es nicht verstehen und ich hatte Angst, dass Juli deswegen sauer auf mich sein könnte. Ich hätte eher etwas sagen müssen, dann hätte sie ihn sich längst aus dem Kopf geschlagen.

Wenn ich ihr jetzt erzählte, dass wir uns geküsst hatten, würde sie vermutlich ausflippen. Und der Gipfel wäre, dass er mir gesagt hatte, dass er in mich verliebt war und wir uns geküsst hatten.

Oh Gott, ich war einfach abgehauen! Das war unverzeihlich, nachdem sich jemand ein Herz gefasst hatte, um so ein Geständnis zu machen. Ich musste noch einmal mit ihm reden.

Ich musste ihm sagen, wie es mir damit ging.

›Und was willst du sagen? Die Wahrheit?‹, dachte ich verzweifelt. ›Ich weiß ja nicht mal, was die Wahrheit ist.‹

Ich biss mir auf die Unterlippe, weil mir Gedanken kamen, die ich absolut nicht wollte. Ich wollte seine Gefühle nicht erwidern. Ich wollte mich nicht in eine Zwickmühle zwischen zwei Männern begeben. *Der Abwesende und der immer Anwesende.* Nur leider in den falschen Rollen. Der Mann, der unbedingt mit mir zusammen sein wollte und der Mann, der mir einfach nicht zeigte, ob er wirklich für immer mit mir zusammen sein wollte.

»Hey, was guckst du so komisch?«, fragte Sventje und stellte schwungvoll ein Glas vor mir auf den Tisch.

»Sie braucht was zu trinken«, stellte Juli fest. »Schön, dass du doch noch das Eis gefunden hast. Dein Eisfach ist ja riesig, da kann man so einen Beutel schon mal verlieren. So neben einer TK-Pizza und Erbsen.«

»Ich verliere manchmal den Überblick, das weißt du doch. Nur nicht am Schaltkasten, den fackle ich ab«, sagte Sventje staubtrocken. »Lasst uns auf einen schönen Abend anstoßen, Mädels.«

Ich nahm mein Glas zur Hand und stieß es gegen die anderen. Sventje und Juli hatten etwas zusammengemixt, das schon einen Hauch von Weihnachten versprühte und nach Zimt roch.

»Es ist doch erst Anfang November«, meinte ich und nippte daran. Es schmeckte lecker und nicht so süß wie normaler Glühwein.

»Ich liebe Weihnachten, das weißt du doch«, sagte Sventje achselzuckend. »Genau wie Juli. Sag mal, ziehst du den Katern wieder ihre Weihnachtskostüme für deine Festtagsgrüße an?«

»Das war nur ein Witz«, sagte Juli brüsk.

»Der dir leider den Titel ›Crazy-Cat-Lady‹ eingebracht hat«, versetzte ich. »Für alle Zeit. Du kannst die Katzen nicht verkleiden und dich dann auch noch in die Mitte setzen. Mit einem Weihnachtskatzenpullover an.«

»Es war ein Witz«, wiederholte Juli.

»Der zur Legende wurde«, sagte Sventje und nippte wieder an ihrem Glas. »Zieh doch dieses Jahr was richtig Aufreizendes oder gar nichts an und setz die Katzen an strategisch günstige Stellen.«

»Das würde meine Großeltern sicher freuen«, sagte Juli. »Dieser Witz ist voll nach hinten losgegangen«, murmelte sie dann in ihren Drink.

»Hey, du guckst so traurig. Ist es immer noch wegen Simons Reise?«, fragte Sventje und tätschelte mein Bein.

»Ja«, murmelte ich. »Wenn jetzt auch noch unser Urlaub platzt ... wir haben uns gestern deswegen echt schlimm gestritten. Ich habe manchmal das Gefühl, dass ihm sein Job wichtiger ist als ich. Ich weiß, dass die Kollegen auch mal Reisen absagen. Simon nie. Er schreit immer ›hier‹, wenn etwas ansteht.« Mein Gott, klang ich bitter.

»Er macht bestimmt, so schnell er kann«, sagte Juli und streichelte ebenfalls mein Bein. »Vielleicht fahrt ihr einen

Tag später los, aber ihr werdet einen schönen Urlaub zusammen haben. Da bin ich mir sicher.«

Ich versuchte ein Lächeln. »Ich hoffe es auch.«

Ich brauchte diesen Urlaub unbedingt. Eine Woche Pause von Kian und meiner Verwirrung wegen seines Geständnisses und des Kusses.

Sobald sich die Gelegenheit ergab, würde ich mit Simon reden. Über alles, nicht nur über Kian, sondern darüber, dass ich bereit für den nächsten Schritt war. Dass ich mir von ihm ein Zeichen wünschte, dass er auch voll hinter uns stand. Ich musste ihm erklären, was diese Ungewissheit mit mir machte. Und wenn ein Kuss mit einem anderen Mann ein Resultat daraus war, war das Alarmsignal genug. Ich hoffte, dass Simon das verstand und mit mir nach einer Lösung suchte.

Ich war zu allem bereit.

»Kopf hoch, Sivy«, sagte Juli und schenkte mir nach.

»Ja, sorry.« Ich schüttelte den Kopf. »Ab jetzt habe ich bessere Laune. Und der Urlaub wird sicher wunderschön.«

»Urlaub könnte ich auch gebrauchen«, seufzte Sventje und streckte sich auf dem Sofa aus. »Was plant ihr?«

»Ich hatte wegen der Arbeit nicht so viel Zeit, zu planen. Also machen wir es uns leicht und fahren nach Malmö zu meinen Eltern«, erzählte ich. »Wir nehmen die übliche Route über Fehmarn und Kopenhagen. In Malmö bleiben wir bis Freitag und verbringen noch das Wochenende in Kopenhagen und lassen es uns gut gehen.«

»Echt cool, dass deine Eltern in Schweden leben«, meinte Sventje. »Jedenfalls aufregender als Bremen.«

»In Bremen kann man schneller sein, wenn was los ist«, meinte ich. »Ich hätte meine Eltern lieber wieder hier.«

Zurück nach Schweden zu gehen war immer ein Wunsch meines Vaters. Mit sechzig hatten er und Mama ihre Firma

verkauft und waren umgezogen, das hatte sie ihm versprochen. Mir war das schwergefallen, obwohl ich an Malmö
die schönsten Kindheitserinnerungen hatte. Dort hatte
meine Oma gelebt, die ich über alles geliebt hatte. Als sie
starb, war das furchtbar und es dauerte lange, bis ich diesen Verlust verarbeiten konnte.

Sie fehlte mir unglaublich. Und, erkannte ich, wenn sie
noch gelebt hätte, hätte ich sie sofort angerufen und ihr
von der Sache mit Kian erzählt. Meine Oma hätte einen
Rat gewusst, mich getröstet und mir etwas an die Hand
gegeben, mit dem ich weitermachen konnte.

Mein Herz verkrampfte sich, weil ich sie so vermisste.
Deswegen hasste ich es auch, wenn Simon nicht bei mir
war. Wenn er ging, erinnerte mich das jedes Mal daran,
dass manche Menschen nicht zurückkamen.

»Seht ihr auch Simons Eltern?«, fragte Juli.

Ich schüttelte den Kopf. »Dieses Mal nicht. Wir sehen
sie an Weihnachten. Ylva überlegt, auch nach Malmö zu
kommen. Wenn Philipp es schafft, kommen sie nach.
Meine Eltern würde das freuen. Sie vermissen Calla.«

»Ich bin mir sicher, ihr werdet einen tollen Urlaub haben.
So oder so. Mal was anderes: Ich habe morgen ein Date«,
verkündete Juli. Der Themenwechsel überrumpelte mich,
aber ich war dankbar dafür.

»Echt? Wie kommt das so plötzlich? Warst du in der
App?«, fragte Sventje und holte ihr Smartphone heraus.

»Ja, ausnahmsweise«, meinte Juli. »Aber er ist echt nett.
Wir treffen uns morgen auf Drinks.«

»Sehr gute Idee. Bye bye Kian«, sagte Sventje nickend.
»Ich war auch neulich mal wieder drauf.«

»Hast du gar nicht erzählt«, sagte Juli.

»Hab ich vergessen. Das Date war auch zum Vergessen.
Ich war wegen der Rauchvergiftung noch ein bisschen

platt und wäre fast eingeschlafen. Kam bei dem Typen nicht so gut an.« Sventje scrollte schulterzuckend in der App herum. »Ich glaube nicht, dass ich da jemals Glück haben werde, aber nach den letzten Pleiten auf der Arbeit habe ich auch keine Lust mehr.«

»Kann auch gut gehen«, warf ich ein. »Schließlich hatten Simon und ich uns in der Firma kennengelernt.«

»Weiß ich doch auch. Aber wie gesagt, ich habe keine Lust, noch mal gefragt zu werden, welche Nummer man auf meiner Liste ist.« Sventje verzog den Mund. »Diese Scheiße wird mir ewig nachhängen, deswegen mache ich jetzt einen Bogen um alles, das morgens einen Fuß auf die Werft setzt.« Sie streckte sich. »Aber manchmal wünsche ich mir auch jemanden.«

»Wer sucht keine starke Schulter zum Anlehnen?«, rief Juli theatralisch. »Einen Atem im Nacken, wenn man einschläft. Und jemanden, der morgens Kaffee kocht.«

»Und für die Zeit vor dem Einschlafen und nach dem Kaffee«, meinte Sventje.

»Tsss... immer nur Sex im Kopf«, sagte Juli und nippte an ihrem Cocktail.

»Wer trifft sich morgen noch mal auf ein ›Date‹?«, stichelte Sventje. »Drinks, dass ich nicht lache!«

»Also erstens: Ja, wir sind für Drinks verabredet. In einer Bar. Ich werde dafür U-Bahn fahren«, sagte Juli. »Und zweitens: Sollte es sich in diese Richtung entwickeln und ich ansonsten keine Verwendung für ihn haben: Ja, warum nicht? Ich bin ja nicht tot und keiner hat gesagt, dass ich keinen Spaß haben darf, oder?«

»Absolut. Ich stelle mich auf deinen Balkon und feuere euch an, wenn du willst«, bot Sventje an.

»Danke, nein. Das schaffe ich allein«, winkte Juli ab.

»Und falls nicht, helfen wir jederzeit gern«, warf ich ein.

»Das sagt sie so«, meinte Sventje zu Juli. »Als hätte sie Ahnung vom Daten.«

»Ich bin auch noch nicht tot, erinnert ihr euch? Okay, mein letztes erstes Date liegt fünf Jahre zurück, aber ich kenne mich trotzdem aus.«

»Woher denn? Hast du einen heimlichen Liebhaber?« Juli wackelte mit den Augenbrauen.

Ich zuckte zusammen und lachte hysterisch. »Ja genau! Ich hab auch ein Kind mit diesem Liebhaber, wusstest du das? Aber nicht Simon sagen.«

»Und einen Hund!«, rief Sventje begeistert. »Es geht nichts ohne Hund!« Wir lachten und ich hoffte, dass niemand bemerkte, dass sie mich auf dem völlig falschen Fuß erwischt hatten.

»Im Ernst, Leute«, ich wischte mir über die Augen. »Ich helfe euch gern, Dates zu finden. Zusammen kriegen wir das hin, oder?«

»Und selbst wenn nicht, werden wir viel Spaß in dieser App haben. Aber zuerst hole ich mehr Alk«, sagte Juli und lief in die Küche. »Das wird ein lustiger Abend, Mädels.«

Das hoffte ich auch, auch wenn ich immer noch Julis Bemerkung verdauen musste.

Wir organisierten Sventje ebenfalls ein Date - begleitet von viel Wein und Gekicher. Gegen Mitternacht machten Juli und ich uns auf den Heimweg. Mein Handy vibrierte, als eine Nachricht von Simon ankam.

›Ich gebe alles, um am Montag bei dir zu sein und mit dir in den Urlaub zu fahren. Ich liebe dich.‹

›Ich dich auch‹, antwortete ich lächelnd.

»Na also, du kannst ja doch noch gut drauf sein«, sagte Juli und hakte sich bei mir ein.

»Na klar«, antwortete ich lächelnd. »Und ich arbeite dran, dass es wieder mehr wird.«

Ich kümmerte mich am Sonntag um die Vorbereitungen für den Urlaub. Wenn Simon nach Hause kam, wollten wir sofort weiterfahren, um nicht noch mehr Zeit zu verlieren.

Am Montagmittag konnte er in Münster losfahren, weil ein Kollege ihn auf der Baustelle ablöste. Mir fiel ein Stein vom Herzen, als er am Nachmittag endlich vor mir stand.

»Endlich«, sagte ich. »Das wurde auch Zeit.«

»Ich weiß. Aber jetzt bin ich hier.« Er nahm mich in den Arm. »Kann ich noch beim Packen helfen?«

»Ist schon alles fertig, bring nur bitte deine Reisetasche ins Bad.«

»Es kommt mir vor, als wäre der letzte Urlaub ewig her«, sagte er, als er zu mir ins Schlafzimmer kam.

»Mir auch«, erwiderte ich. »Ich freue mich auf die Zeit zu zweit - ohne Alltagsstress.«

»Ich mich auch.« Er küsste mich. »Wir machen uns eine gute Zeit. Hast du meine Badehose eingepackt?« Er zog seine Wäscheschublade auf. Mit beiden Händen griff er hinein und hob mit Schwung einen Stapel T-Shirts, Unterwäsche und Socken hoch.

Ich starrte auf das Chaos. »Oh Mann«, stöhnte ich. »Dein Ernst? Klar hab ich sie eingepackt.«

»Ich habe andere Qualitäten als packen«, sagte er mit wichtiger Miene und stemmte die Koffer wie ein Bodybuilder in die Luft. Seine Socken fielen wieder raus.

Ich zeigte ihm einen Vogel und befahl ihm, sie wieder aufzusammeln. Dabei musste ich grinsen. Ich konnte ihm nur schwer böse sein. In diese Unbekümmertheit hatte ich mich damals verliebt.

Er kroch lachend unters Bett und kam voller Wollmäuse wieder raus.

»Das wirft kein gutes Licht auf unsere Qualitäten als Putzkräfte«, meinte ich und zupfte eine dicke Flocke aus seinem dichten braunen Haar. Er sah mir ins Gesicht und lächelte auf diese Art, dass sich um seine Augen diese kleinen Fältchen bildeten.

Ich liebte dieses Lächeln und küsste ihn. »Ich liebe dich«, sagte ich in sein Ohr.

»Ich dich auch, meine Süße. Und ich freue mich auf den Urlaub. Das wird was ganz Besonderes.« Er zog mich in seine Bärenumarmung. Ich schmiegte mich an ihn und genoss es, dabei bekam ich wieder Herzklopfen.

Etwas ganz Besonderes? Weil wir uns verloben würden? Schweden wäre perfekt dafür.

»Nicht ganz für uns«, erinnerte ich ihn. »Meine Eltern wollen auch Zeit mit uns verbringen.«

»Das ist auch gut so. Ich liebe die Kochkünste deines Vaters. Er ist ein Deluxe-Ikea-Restaurant«, sagte Simon enthusiastisch.

»Bitte, lass ihn das nie hören«, flehte ich. »Das kann nur nach hinten losgehen! Mein Vater ist extrem stolz auf seine Kochkünste.«

»Was? Verstehe ich nicht. Wie kann man da beleidigt sein?« Simon schüttelte grinsend den Kopf. »Keine Sorge, ich werde ihm erklären, was für ein großes Kompliment das für mich ist.« Er lachte schallend, als er mein erschrockenes Gesicht sah. »Wie gut kennst du mich eigentlich? Du solltest dein Gesicht sehen!«

»Manchmal überraschst du mich in den unmöglichsten Situationen«, meinte ich und rieb mir die Stirn. Dann musste ich auch lachen. »Na gut, dann kannst du meiner Mutter ja endlich auch sagen, dass die selbst gestrickten Pullover, die sie dir immer zu Weihnachten schenkt, echte Modeketten-Qualität für dich haben.«

Jetzt hob er abwehrend die Hände. »Um Gottes Willen, über Anitas Strickkünste würde ich niemals einen Witz machen! Ich hänge an meinem Leben!«

»Ist auch besser so.«

Er nahm mich in den Arm. »Ich freue mich auch schon auf die Tage in Kopenhagen. Schade, dass wir nur eine Woche haben.«

»Wenn es nach mir geht, nehmen wir uns eine dreimonatige Auszeit und lassen es uns mal so richtig gut gehen«, meinte ich. »Du, ich, ein gut ausgestatteter Camper und Schweden. Mehr brauche ich nicht.«

Er küsste mich wieder. »Ich rede mal mit meinem Chef, wie es mit einem Sabbatical aussieht. Ein paar Wochen sollten doch möglich sein, oder was denkst du? Vielleicht im Frühjahr, dann ist das Wetter nicht mehr so frostig.«

»Ich schaue nach dem Urlaub mal in meinen Projektplan. Wenn die *Sea Lady* fertig ist, habe ich wahrscheinlich genug Überstunden, um ein halbes Jahr Pause zu machen. Genau wie du wegen deiner Reisen«, sagte ich und drückte Simon die Koffer in die Hände, damit wir loskonnten.

Dabei dachte ich, dass eine solche Reise, so ein Abstand von allem, eine wunderbare Idee wäre. Ich musste nur noch ein bisschen durchhalten und Kian widerstehen.

Wir fuhren los nach Fehmarn. Dort wollten wir die Fähre nach Dänemark nehmen, dann weiter nach Kopenhagen, um über die Öresundbrücke nach Malmö zu kommen. Ich fuhr den ersten Teil der Strecke, damit Simon sich ausruhen konnte. In Dänemark wollten wir tauschen.

Wenn alles gut ging, schafften wir es vor Mitternacht.

Ich freute mich schon auf meine Eltern. Ylva und Philipp wollten am Mittwoch nachkommen.

»Es wurde auch Zeit, dass wir mal rauskommen«, meinte Simon und lehnte sich auf dem Beifahrersitz zurück.

»Durch die ganzen Dienstreisen weiß ich manchmal nicht mal, welcher Wochentag ist.« Er warf mir einen Blick zu. »Tut mir leid wegen Freitag.«

»Mir auch«, sagte ich.

»Ich weiß, dass du dich deswegen alleingelassen fühlst.«

»Stimmt«, ich überholte einen Lkw. »Dadurch, dass es immer mehr Reisen werden, hab ich manchmal das Gefühl, dass deine Prioritäten anders liegen als meine.«

Er atmete durch. »Tun sie nicht.«

Ich biss mir auf die Unterlippe. Wenn wir so weitermachten, würden wir uns wieder streiten. Das wollte ich nicht. Ich wollte den Urlaub mit ihm genießen.

»Ich möchte gern ein bisschen Wellness in Kopenhagen mit dir machen. Und alles andere machen wir im halben Tempo. Was hältst du davon?«, fragte er und griff nach meiner Hand.

Ich schlang meine Finger in seine und genoss das gute Gefühl seiner Berührung. Die Wärme und Geborgenheit, die er ausstrahlte. Es hatte keinen Sinn, sich jetzt zu streiten. Wir hatten Urlaub. Zeit nur für uns. Alles andere sahen wir später.

Ich sah hinüber zu Simon und lächelte ihn an. Die ganze Sache mit Kian kam mir unbedeutend und fern vor. Sie spielte keine Rolle. Sie hatte keinen Einfluss auf uns. Und dass gerade ein Song im Radio gespielt wurde, den er immer vor sich hin pfiff, änderte nichts daran.

Simon und ich, nur darauf kam es an.

»Ich finde, das ist eine großartige Idee. Vielleicht sogar nur Vierteltempo«, sagte ich.

»Dann bewegen wir uns in Zeitlupe«, griente er. »Nein, wir machen entspannt, ohne Spinnenweben anzusetzen.«

Ich zuckte mit den Schultern. »Wenn du meinst. Auch beim Sex?«

»Süße, beim Sex behalte ich mir vor, dir verschiedene Geschwindigkeiten anzubieten.« Simon wackelte mit den Augenbrauen. »Und das oft. Wir haben auch in dieser Hinsicht ein Defizit, finde ich.«

Ich musste lachen. »Reiß dich zusammen, wir sind im Haus meiner Eltern.«

»Das hat dich noch nie abgehalten«, erinnerte er mich. »Ich musste dir das eine Mal den Mund zuhalten, weil du so laut warst.«

Meine Wangen wurden bei dieser Erinnerung rot. »Das war deine Schuld. Du hast es drauf angelegt.«

»Du hast gewettet, dass ich es nicht schaffe, einen Mucks aus dir rauszuholen«, erwiderte er und drückte meine Finger fester. »Du hast die Wette verloren. Und nebenbei hatten wir an dem Tag Top-Ten-Sex.«

Ich erwiderte den Druck seiner Hand und lächelte. »Das hast du schon lange nicht mehr gesagt.«

Simon führte gedanklich eine Top-Ten-Liste über den besten Sex, den wir hatten. Manchmal zählte er sie auf und meistens versuchten wir danach, einen neuen Eintrag auf diese Liste zu setzen.

»Ich weiß. Wir verbringen wegen meines Jobs zu wenig Zeit miteinander. Nicht nur, dass wir deswegen weniger Sex haben, was an sich schon ärgerlich ist. Aber meine Reisen verderben uns auch die Abende. Ich frühstücke auch nicht gern ohne dich«, sagte er.

»Geht mir auch so. Ich halte das nicht mehr ewig durch.«

»Ich verspreche dir, dass du das nicht musst. Ich werde mich darum kümmern, dass ich weniger reisen muss. Versprochen.«

Ich lächelte ihn erleichtert an. »Das wäre toll.«

Und wenn die Reisen wegfielen, da war ich mir sicher, würden sich diese Flirts mit Kian von selbst erledigen.

›Ich muss ihm nichts von dem Kuss sagen‹, entschied ich. *›Das war eine Kurzschlussreaktion wegen Kians Geständnis. Ich werde das mit Kian klären und ihm deutlich machen, dass das nie wieder passiert. Aber Simon wäre nur verunsichert und ich müsste mich dem Ganzen länger widmen, als notwendig ist. Es tut mir leid, dass ich Kians Gefühle nicht erwidern kann, aber er wird darüber hinwegkommen. Das werde ich ihm sagen. Freundschaftlich und wertschätzend, dann können wir auch weiter zusammenarbeiten.‹* Ich sah hinüber zu Simon, dem gerade die Augen zufielen.

Ich gab Gas und schüttelte die Gedanken an Kian ab.

Ein für alle Mal.

Meine Eltern erwarteten uns vor der Haustür, als wir abends ankamen. Wir hatten Glück mit dem Verkehr und der Fähre, so kamen wir früher als erwartet an.

Papa rannte los, als ich geparkt hatte. Er riss meine Tür auf und zerrte mich aus dem Auto, um mich zu umarmen. Wenn ich schon bei Simon das Gefühl hatte, dass mich ein Bär umarmte, war mein Vater eine ganze Bärenfamilie.

Ich lachte und drückte ihn. Ich liebte meine Eltern, aber zu meinem Vater hatte ich ein besonderes Verhältnis. Das war schon immer so. Als sie vor fünf Jahren nach Schweden zogen, brach mir das Herz, weil wir uns jetzt nur so selten sahen. Videocalls ersetzten einfach keine echte Bärenfamilien-Umarmung.

Mama kam ebenfalls zu uns. Papa und Simon umarmten sich und Mama küsste mich stürmisch. »Meine Sivy, endlich seid ihr da! Ihr seht blendend aus, du auch Simon. Habt ihr Hunger?«

»Wie ein Elch!«, lachte Simon.

Mein Vater legte den Arm um meine Schulter und küsste mich noch einmal auf die Wange. »Dann kommt rein, ihr zwei. Wir haben eine Kleinigkeit vorbereitet!«

»Eure *Kleinigkeiten* kenne ich«, rief ich lachend. »Das heißt, dass sich der Tisch unter dem Gewicht biegt.«

»So muss es auch sein!« Papa zerrte mich ins Haus und ich sah, dass ich kein bisschen übertrieben hatte.

Die Tage vergingen rasend schnell. Ich genoss die Zeit mit meinen Eltern und Simon. Noch schöner wurde es, als Ylva, Philipp und Calla ankamen. Meine Eltern waren verrückt nach ihrer Enkelin. Ich verstand das nur zu gut, ich konnte auch kaum die Finger von ihr lassen. Calla war mittlerweile sieben Monate alt und zwei kleine Zähnchen, die wie TicTacs aussahen, blitzen in ihrem immer nassen Mund. Sie war einfach zum Knutschen.

»Dein Vater hat gefragt, wann das Thema Kinder bei uns ansteht«, sagte Simon, als wir am Samstagabend im Bett lagen. Es war spät und ich war schon halb eingenickt.

»Mal schauen«, murmelte ich müde.

»Ich denke ständig darüber nach«, meinte er in mein Ohr und zog mich an sich. »Wenn ich Calla auf dem Arm habe, kann ich es kaum erwarten. Was meinst du?«

»Ich würde lieber vorher heiraten«, sagte ich leise.

Simons Umarmung wurde etwas enger und ich hatte das Gefühl, dass er die Luft anhielt. Mein Herz klopfte wild.

Fragte er mich jetzt?

Dieser Moment war genauso gut wie jeder andere. Ich brauchte keinen dramatischen Antrag oder Heißluftballonflug. Ich würde ohne zu zögern ja sagen.

»Das weiß ich«, sagte Simon.

›Bitte sag endlich was‹, dachte ich. ›Trau dich. Du gehst kein Risiko ein.‹

Simon drehte mich auf den Rücken, beugte sich über mich und küsste mich. Seine Hände glitten über meinen Oberschenkel und unter mein Sleepshirt.

Enttäuschung durchflutete mich. Wieder nichts. Wieder keine Anstalten, etwas in diese Richtung zu sagen.

Ich hatte ihm doch die perfekte Steilvorlage geliefert.

Simon küsste meinen Hals. »Ich liebe dich«, flüsterte er.

Ich legte die Arme um seinen Nacken. Wir hatten immer noch die Tage in Kopenhagen. Bestimmt hatte er dafür etwas geplant.

›Ein besonderer Urlaub‹, hatte er mir versprochen. Der Urlaub war noch nicht vorbei. Ich küsste ihn und versuchte, mich zu überzeugen, geduldig mit ihm zu sein.

Kopenhagen. Todsicher.

»Und?«, rief Juli, als ich am Montag ins Büro kam, noch bevor ich meinen Mantel ausgezogen hatte.

»Und was?«, fragte ich.

»Hat Simon sich endlich zusammengerissen und dir einen Antrag gemacht?« Juli stand auf, um meine Hand zu inspizieren.

»Nein, hat er nicht.« Ich zog meinen Mantel aus und hängte ihn an die Garderobe. Juli machte ein langes Gesicht. Das war nichts gegen meine Enttäuschung. Letzte Nacht konnte ich deswegen kaum schlafen.

»Reden wir nicht drüber«, bat ich und setzte mich an meinen Schreibtisch. »Wie lief es hier?«

»Gut«, sagte Juli. »Kian hat es hinbekommen. Fabia hat am Donnerstag ausgeholfen, und es lief wirklich gut. Sie hat mit ihm geflirtet. Und er ist voll drauf angesprungen.« Julis Tonfall wurde schärfer. »Jetzt weiß ich, was du meinst. Der Junge ist ganz schön frech, wenn er will.«

»Sag ich doch«, murmelte ich und spürte einen Stich in meinem Brustkasten.

›Dabei ist das doch gut, wenn er mit Fabia flirtet. Das heißt, er hat es endlich verstanden. Zwischen uns ist nichts. Gut, wenn er sich eine andere sucht.‹

›Aber doch bitte nicht Fabia!‹, dachte ich empört.

›Ist doch egal‹, redete ich mir ein. ›Hauptsache nicht ich. Und es ist auch gut, dass es nicht Juli ist.‹

›Ist doch gut, ist doch gut‹, dachte ich sarkastisch. ›Gar nichts ist gut, verdammt! Mein Freund will mich nicht heiraten und auch für Kian bin ich leicht zu ersetzen. Dann weiß ich ja, woran ich bin. Bei beiden.‹

›Mein Gott, wie kann man nur so zickig sein‹, dachte ich gleich darauf genervt und atmete durch. ›Jetzt reiß dich zusammen und komm klar. Der Urlaub war toll. Und bei der nächsten Gelegenheit rede ich in Ruhe mit Simon. Er muss auch wissen, woran er ist.‹

»Kaffee?«, unterbrach Juli meine Gedanken.

»Ja bitte«, sagte ich dankbar, dass sie mich ablenkte.

In der Küche stand Kian an der Kaffeemaschine. Er drückte mich zur Begrüßung. Diese Geste überforderte mich. Mein Herz begann zu rasen und all die unterdrückten Gefühle kamen wieder hoch. Sie erstickten mich geradezu. Ich wollte wegrennen. Und gleichzeitig wollte ich, dass die Umarmung niemals endete.

»Schön, dass du wieder da bist, Arbeitsehefrau«, sagte er fröhlich. »Ich habe dich schon vermisst.«

»Das ist nett, danke«, sagte ich und rückte von ihm ab. Wenn ich nicht sofort Abstand zwischen uns schuf, konnte ich für nichts garantieren.

Kian sah mir direkt ins Gesicht. »Hattest du einen schönen Urlaub?«, fragte er.

»Ja, danke. Sehr entspannt und ich habe mich gefreut, meine Eltern zu sehen.«

»Schön zu hören. Dann bleibst du ja cool, wenn ich dir sage, dass wir noch einiges zu tun haben und lange hier sein werden, oder?«, fragte er und lächelte entschuldigend.

»Natürlich«, sagte ich, obwohl sich meine Eingeweide bei dem Gedanken verknoteten, dass wir den ganzen Abend zusammen verbringen würden.

Juli und ich holten Kaffee und Kian begleitete uns ins Büro. Dort brachte er mich auf den neuesten Stand und ich sichtete die angefallene Arbeit. Er hatte leider recht: Da war ganz schön was zusammengekommen.

»Lass uns erstmal zum Team gehen und du verschaffst dir einen eigenen Eindruck«, sagte er und reichte mir meinen Mantel.

Ich schrieb Simon, dass es heute spät wurde. ›Okay, dann gehe ich zum Sport‹, antwortete er. ›Bis heute Abend.‹

Ich schnaubte. »Na, dann viel Spaß«, knurrte ich. Ich wollte ihn eigentlich fragen, ob er mich abholte, aber das verkniff ich mir jetzt. Natürlich musste er sich nicht bereithalten und den ganzen Abend auf mich warten, aber es wäre nett gewesen, mich zu fragen.

Kian brachte Kaffee und wir vergruben uns in der Arbeit.

»Ist alles okay?«, fragte er irgendwann.

»Ja klar«, murmelte ich.

»Sicher?« Er tippte auf den Bildschirm. Ich sah auf und spürte, dass meine Wangen rot wurden.

Blödmann hatte ich getippt statt Beton.

»Bin ich gemeint?«, fragte er schelmisch.

»Nein« sagte ich hastig und korrigierte meinen Fehler. Ich hatte gerade an Simon gedacht. An den Urlaub. An meine Enttäuschung. Manchmal wusste ich nicht, ob wir die richtigen füreinander waren. Ich liebte ihn, daran hatte ich keinen Zweifel. Er liebte mich auch. Aber ich wusste nicht, ob es reichte, um das ganze Leben lang anzudauern.

»Siv?«

Ich lächelte schwach. »Sorry, ist schon spät.«

»Möchtest du darüber reden? Über den Blödmann, meine ich«, bot er an. Ich zuckte mit den Schultern. »Ist es dein Freund?«, fragte Kian weiter. »Habt ihr euch gestritten?«

»Eigentlich nicht«, erwiderte ich. Ich wollte nicht mit ihm über Simon reden.

»Okay, hab schon verstanden«, lenkte er ein und griff nach meiner Maus. Ich griff im selben Moment danach. Unsere Hände berührten sich. Es durchzuckte mich wie ein elektrischer Schlag. Er lächelte und ich versank in seinen grünen Augen. Er war so süß. Wenn er mich ansah, flatterte mein Magen und mein Herz klopfte schneller.

»Was kann ich tun, damit du ehrlich lächelst?«, fragte er. Seine Finger streichelten meine. Mein Mund wurde trocken. Ich öffnete die Lippen und befeuchtete sie mit der Zunge. Kians Blick klebte an meinem Mund.

»Gerne«, sagte er und küsste mich.

Ich verlor mich komplett in diesem Kuss. Er entzündete ein Feuer in meinem Inneren und wühlte mich auf wie ein Sturm. Blind schlang ich die Arme um seinen Nacken und presste mich an ihn.

Er zog mich heran und plötzlich saß ich auf seinem Schoß. Es war wie ein Rausch, der mich mit sich riss und überwältigte. Ich stand lichterloh in Flammen und kam nicht gegen das Verlangen an, ihn immer weiter zu küssen.

Seine Finger fuhren durch mein Haar und schlossen sich um meinen Zopf. Er zog meinen Kopf zurück und küsste mich noch intensiver. Ich keuchte auf, als seine Lippen zu meiner Kehle wanderten und ich seine Hand an meiner Taille spürte.

»Oh Gott«, flüsterte ich und rieb meine Hüfte an ihm. Kian stöhnte leise auf und küsste meinen Hals noch heftiger. Seine Hand wanderte hoch zu meinen Rippen.

Ich krallte meine Hände in seine Schultern und drückte den Rücken durch.

›Was mache ich hier?‹, zuckte durch meinen Kopf.

›Das, was ich mir schon seit Wochen vorstelle. Ständig.‹

›Aber Simon ...‹

Mein Handy vibrierte und riss mich aus meinem Taumel. Erschrocken zuckte ich zurück und starrte Kian an. Dann schlug ich die Hand vor den Mund.

»Oh Gott!«, wiederholte ich, doch dieses Mal fühlte ich mich, als wäre ich mit eiskaltem Wasser übergossen. Nur mein Herz raste noch. »Das darf nicht passieren!«

»Doch«, sagte er ruhig. »Das ist genau richtig. Du weißt es. Ich weiß es.« Er streichelte meine Hüfte, also stand ich endlich von seinem Schoß auf. Mein Blick fiel auf mein Handy und mir wurde eiskalt. Simon rief an.

»Scheiße«, flüsterte ich.

»Sag es ihm gleich«, erwiderte Kian gelassen. »Dann hast du es hinter dir.«

»Das entscheide ich selbst«, sagte ich gestresst. Das Vibrieren hörte auf und eine Nachricht ging ein: ›Bin fertig beim Sport. Soll ich dich abholen? Bin schon unterwegs‹

Panik erfüllte mich. Ich griff nach dem Handy und rief ihn zurück. Dabei stand ich auf und lief aus dem Büro.

Weg von Kian.

»Hey, du sollst doch nicht während der Fahrt schreiben«, sagte ich.

»Hab's dem Auto diktiert«, meinte er. »Ich bin in einer Viertelstunde da, wenn du möchtest.«

»Gerne«, stieß ich hervor. Kian und ich hatten das Gröbste geschafft. Es war höchste Zeit, dass ich hier wegkam. Und zwar schleunigst.

»Bis gleich.« Ich lief zurück zum Büro. »Wir sollten Feierabend machen«, sagte ich.

Kian stand auf und trat nahe an mich heran. »Gerne. Dann machen wir jetzt inoffiziell weiter?«

»Nein. Nein, Kian!«, sagte ich und wich vor ihm zurück. Ich streckte die Hand aus und hielt ihn auf Abstand. Er drückte seine Brust dagegen. »Ich möchte das nicht«, sagte ich leise.

»Willst du doch.«

»Ja. Nein. Nein, ich will das nicht. Es würde Simon verletzen.«

»Dann sag es ihm und mach reinen Tisch. Anscheinend läuft es ja nicht gut zwischen euch«, sagte er ruhig. »Wenn alles in Ordnung wäre, hättest du mich nie geküsst.«

Ich biss mir auf die Lippe und riss meinen Mantel von der Garderobe. »Das kann sein und in jeder Beziehung gibt es mal Schwierigkeiten«, sagte ich mit zitternder Stimme. »Aber das bedeutet nicht, dass ich Simon nicht liebe. Ich will ihn heiraten, verstehst du? Ich warte nur darauf, dass er mich endlich fragt.«

Ich könnte mich ohrfeigen, weil mir das rausgerutscht war. Kians Augenbraue wanderte nach oben. Er hatte es verstanden. Und er verstand auch, was das Problem war.

»Okay«, sagte er und dockte mein Laptop ab, um es mir zu geben. »Dann machen wir wohl besser Feierabend.«

Mein Herz schlug mir bis zum Hals, als wir zusammenpackten, das Büro abschlossen und die Halle verließen. Kian aktivierte die Alarmanlage, während ich mich umsah und hoffte, dass Simon erst kam, wenn Kian weg war.

Natürlich bog mein Freund in diesem Moment auf den Hof. Er hielt vor uns und stieg aus.

»Hey, Sivy«, sagte er und küsste mich, dann reichte er Kian die Hand. »Hi, ich bin Simon.«

»Kian. Nett, dich kennenzulernen«, sagte Kian aalglatt.

»Sollen wir dich irgendwohin mitnehmen?«, fragte Simon. »Zur Bahn, vielleicht?«

»Klar, danke.«

Jetzt saß Kian auch noch mit uns im Auto. Mir wurde übel und ich brachte kein Wort heraus. Endlich hielt Simon an der U-Bahn-Station. Kian stieg aus.

»Danke. Und euch noch einen schönen Abend. Wir sehen uns morgen, Siv.«

»Ja, bis morgen«, murmelte ich, dann waren Simon und ich endlich allein.

Ich sah Simon von der Seite an, als er wieder losfuhr. Das schlechte Gewissen brannte in mir und ich rang mit mir, ob ich ihm sagen sollte, was passiert war.

Kian hatte recht: Wir hatten ein Problem.

Doch Kian hatte auch unrecht, denn er war nicht die Antwort darauf.

Ich tastete nach Simons Hand. Jetzt war nicht der richtige Zeitpunkt. Nicht im Auto, am Ende eines furchtbar langen stressigen Tages. Ich musste einen besseren Zeitpunkt abwarten, wenn ich nicht so erschöpft war.

Aber ich wusste nicht, wann dieser kam.

Kapitel 8

In dieser Nacht konnte ich nicht einschlafen. Meine Eingeweide fühlten sich wie ein Knoten an, doch ich hatte Angst davor, Simon den Kuss zu beichten. *Die Küsse.* Vor dem Streit, den wir deswegen haben würden, hatte ich riesige Angst. Zusätzlich fühlte ich mich mies, weil ich so ein Feigling war.

Ständig dachte ich über Kians Worte nach: »Wenn alles in Ordnung wäre, hättest du mich nie geküsst.«

Ich setzte mich auf und sah zu Simon hinüber, der ruhig und friedlich schlief.

›Und was passiert, wenn ich es ihm sage? Nach dem Streit müssen wir uns mit dem ›Warum‹ auseinandersetzen. Warum fühle ich mich zu Kian hingezogen? Was fehlt mir in unserer Beziehung, obwohl ich Simon liebe?‹

›Mir fehlt der letzte Beweis, dass er vollkommen zu uns steht. Dass sein Job keine Flucht ist, sondern ein notwendiges Übel, das vorbeigeht. Momentan fühlt es sich aber so an, als wäre der Job das wichtigste auf der Welt.‹

›Das mag alles sein, aber es ist kein Grund, einen anderen zu küssen. Auch nicht Kian, egal, wie toll er ist. Dass er in mich verliebt ist, macht das ganze nur noch fataler. Ich empfinde etwas für ihn.‹

Ich biss mir auf die Unterlippe und legte mich wieder hin. Nach kurzem Zögern kuschelte ich mich an Simon. Er schlang seinen Arm um mich. Das fühlte sich gut an, wenn man von meinem schlechten Gewissen absah.

Ich schloss die Augen und atmete gegen den Kloß in meinem Hals an. »Ich liebe dich«, flüsterte ich in die Dunkelheit und das war die reine Wahrheit.

Am nächsten Tag fühlte ich mich gerädert. Mein Gehirn hatte mich noch lange wachgehalten und mich mal in die eine, mal in die andere Richtung getrieben. Ich schwankte zwischen einem verzweifelt-schlechtem Gewissen und wütendem Trotz, weil Simon mich hinhielt.

Ich war enttäuscht wegen des Urlaubs, aber ich wusste, dass Kian zu küssen kein angemessener Umgang mit dieser Enttäuschung war. Ich musste Klartext mit Simon reden – doch da kam wieder meine Angst ins Spiel, dass er mich dann verlassen und ich alles verlieren könnte.

Beim Frühstück war ich einsilbig und müde. Als ich zur Arbeit losfuhr, war ich froh über den Abstand zu Simon, weil ich Angst hatte, mich zu verraten. Bis mir einfiel, dass ich dort Kian wiedertreffen würde.

Ich kam aus der Nummer einfach nicht raus.

›Heute Abend. Heute Abend rede ich mit ihm. Vielleicht nicht über alles, aber ich muss ein paar Sachen endlich loswerden. Sonst drehe ich durch.‹

»Hey Sivy!«, rief Juli, als ich reinkam. »Was hältst du heute Abend von einem Weihnachtsmarktbesuch mit viel Glühwein? Sventje hat schon zugesagt.«

»Ist das nicht zu früh?«, fragte ich.

»Ach was, die Märkte haben geöffnet, also *kann* es nicht zu früh sein«, winkte sie ab. »Also, kommst du mit?«

»Na klar«, sagte ich und war froh, dass mir das noch etwas Aufschub gab.

›Feigling‹.

Und leider hatte mein Gewissen damit mehr als recht.

Heute standen so viele Meetings und Termine an, dass Kian und ich zwar den ganzen Tag zusammen verbrachten, aber nie allein waren. Ich mied den Blickkontakt und konzentrierte mich auf meine Arbeit, als würde mein Leben davon abhängen.

Als es Zeit für den Feierabend wurde und Sventje kam, um Juli und mich abzuholen, fiel mir ein Stein vom Herzen. Tag geschafft.

»Geht schon vor«, knurrte Juli hinter ihrem Bildschirm. »Ich muss das hier für Fred noch fertigmachen. Dauert leider mindestens ne halbe Stunde.«

»Dann komm, Siv«, sagte Sventje. »Ich bin froh, wenn ich mal aus dieser Halle herauskomme.«

»Ich auch«, gab ich zu und winkte Juli, die säuerlich zurückwinkte.

Sventje und ich fuhren zum Weihnachtsmarkt am Jungfernstieg und gönnten uns den ersten Glühwein.

»Alles okay bei dir?«, fragte meine Freundin. »Du bist irgendwie nicht so fröhlich wie sonst.«

»Ist alles sehr stressig momentan«, erwiderte ich. »Das Projekt ist fordernd. Aber wem sage ich das?«

Sventje lächelte augenrollend. »Der richtigen. Aber hey, das kriegen wir schon hin. Wir sind doch ein super Team.«

»Das stimmt. Cheers, meine Liebe. Ich bin so froh, dass du da bist«, sagte ich und stieß mit ihr an.

»Meinst du, Juli hat diese Kian-Sache überwunden?«, fragte Sventje. »Mich beschäftigt das, deswegen wollte ich nicht auf sie warten, sondern erstmal mit dir reden, bevor ich in ein Fettnäpfchen trete.«

»Ich hoffe es«, erwiderte ich. »Aber sie ist weniger zickig zu ihm und sie hat nichts mehr gesagt. Ich glaube, sie hat einen Haken drangemacht.«

»Das hoffe ich für sie. Da draußen sind so viele Typen, dass man sich nicht an Kian Sand klammern muss«, meinte Sventje. »Ich glaube, der Typ zieht Ärger an.«

»Ja, kann sein«, murmelte ich und dachte an den Ärger, in den ich mich seinetwegen gebracht hatte. Trotzdem schaffte ich es nicht, mit Sventje darüber zu sprechen. Ich wollte nicht, dass sie schlecht von mir dachte,

Wir aßen etwas und besorgten gerade eine zweite Runde Glühwein, als Juli zu uns stieß. »Mit oder ohne Schuss?«, fragte sie, als Sventje ihr den Becher zuschob.

»Oh Gott, Juli, natürlich mit!«, sagte Sventje augenrollend. »Wie kannst du das fragen?« Wir stießen an und tranken unsere Becher aus.

»Was für ein Tag«, seufzte Juli. »Aber schön, dass ihr da seid, meine Lieblingsmädchen.« Ihre Wangen waren rot, sie hatte schon einen sitzen. »Ich hole mir was zu essen, ich brauche unbedingt eine heiße Apfeltasche. Wollt ihr auch was?«

»Wir haben schon gegessen. Geh ruhig, wir warten hier auf dich«, sagte Sventje. Juli nickte und lief zielstrebig zum Gebäckstand. Sie war einfach ein Apfeltaschen-Junkie.

»Ihr seid auch meine Lieblingsmädchen«, meinte Sventje in ihren Glühweinbecher.

»Ihr meine auch. Sag mal, was wurde eigentlich aus deinem Date?«, fragte ich, weil ich nicht sentimental werden wollte.

Sventje wiegte den Kopf hin und her. »Wir hatten noch ein zweites Date. Und Sex. War passabel, aber es passt nicht. Er ist nicht mein Fall. Irgendwie checkt er die einfachsten Sachen nicht. Erst faselte er etwas davon, dass er Frauen scharf findet, die mit Hochspannung arbeiten.

Dann wollte er Sex auf der Yacht mit mir. Ich nicht. Danach war ziemlich schnell die Luft raus.«

Meine Wangen wurden rot, weil ich mich an meinen Traum mit Kian auf der Yacht erinnerte.

»Hey, was macht Juli da eigentlich?«, fragte Sventje stirnrunzelnd.

Ich sah hinüber zu dem Stand. Juli redete mit einem dunkelhaarigen Mann in einem dicken Wintermantel. Er nahm gerade eine Tüte von der Verkäuferin entgegen und Juli sah ihn total schockiert an. Er lächelte und reichte ihr die Tüte. Juli strahlte. So glücklich hatte ich sie schon lange nicht mehr gesehen.

»Ich glaube, sie hat gerade einen aufgerissen. An der Schmalzkuchenbude«, meinte ich verblüfft. Jetzt glaubte ich auch daran, dass sie über Kian hinweg war.

»Krass!«, machte Sventje. Juli sah zu uns herüber, also riss Sventje die Hände hoch und machte thumbs up. Juli verschwand grinsend mit dem Typ zwischen den Buden.

»Wir müssen uns keine Sorgen machen, oder?«

Sventje zuckte mit den Schultern. »Ich hole uns noch eine Runde und wenn sie danach nicht zurück ist, gucken wir nach ihr, okay?«

Das war ein Plan, mit dem ich leben konnte. Tatsächlich dauerte es nicht lang, da kam Juli zurück. Sie hatte knallrote Wangen und ihre Augen strahlten.

»Es war definitiv ein Aufriss«, sagte ich zu Sventje.

»Ach, ihr seid doch blöde«, meinte Juli vergnügt. »Er hat mir die letzte Apfeltasche weggekauft und dann bemerkt, dass ich sie haben wollte. Er hat sie mir gegeben und wir haben uns geküsst. Er heißt Aaron. Wir sehen uns am Freitag und gehen essen.«

»Mein Gott, dass es so etwas süßes im echten Leben gibt«, sagte ich erstaunt, dann musste ich lächeln. »Und dann passiert es ausgerechnet dir! Das kann kein Zufall sein. Du bist doch eine Romantikerin!«

»Auf keinen Fall«, winkte sie ab. »Das liegt nur und ausschließlich am Glühwein.«

»War es ein guter Kuss?«, fragte Sventje.

Juli holte genervt Luft, dann grinste sie selig. »Ja, war es. Episch. Apfeltaschen und Kirschmarmelade liegen ab sofort gleichauf bei mir.«

Ich hatte keine Ahnung, was sie meinte, aber es war einfach süß, wie aufgeregt sie war. Und wie sie versuchte, es zu überspielen.

»Mal sehen, was wird«, schloss Juli.

»Was wird!« Darauf tranken wir kichernd.

Wir blieben noch auf zwei Glühwein, dann wankte ich nach Hause und stürzte halb auf Simon.

»Hey, wie war dein Tag?«, fragte er und umarmte mich.

»Hast du allen Schnaps getrunken, den sie dahatten? Du riechst wie eine Brennerei.«

»Möglich«, nuschelte ich und kuschelte mich an ihn. »Ich hab's versucht.«

Er deckte mich lachend zu. »Meine kleine Schnapsdrossel. Dann erzähl mir lieber morgen, wie dein Tag war. Ich hab auch was zu erzählen.«

Ich wollte ja noch fragen, was er meinte, doch ich schlief vorher ein.

Am nächsten Morgen kam ich nicht hoch. Ehrlich nicht. Ich hatte einen Schädel, der sich gewaschen hatte.

Simon stellte mir einen Becher Kaffee ans Bett und streichelte meine Stirn. »Du weißt ja, wie es heißt«, sagte er. »›Wer feiern kann, kann auch arbeiten‹.«

»Du Arsch«, grummelte ich und setzte mich mühsam auf. Dankbar nahm ich den Becher entgegen und trank einen Schluck. Der Kaffee half ein wenig, meine Kopfschmerzen waren trotzdem immens. Es nützte nichts, ich musste aufstehen und zur Arbeit.

Mühsam quälte ich mich hoch. Simon musste los, bevor ich fertig war, aber er ließ mir eine Scheibe Toast da.

Jetzt fiel mir ein, dass er mir etwas erzählen wollte. Das musste also bis heute Abend warten. Dann erinnerte ich mich, dass Simon heute nach Osnabrück fuhr. Die nächste Baustelle wartete und er kam erst am Freitag zurück.

Ich rief ihn an, um ihm eine gute Fahrt zu wünschen, dann machte ich mich frustriert auf den Weg zur Arbeit.

Gerade mal zwei Tage hatte es nach dem Urlaub gedauert, dann war alles wieder beim Alten. Ich war so dünnhäutig und genervt wie vorher. Dazu kam mein schlechtes Gewissen, das ich nicht erleichtern konnte.

Dafür war Juli heute besonders gut drauf, trotz der Kopfschmerzen, die auch sie plagten. Wir verständigten uns darauf, nur ganz leise zu sprechen. Ich bemerkte, dass sie immer wieder auf ihr Smartphone sah.

»Der Junge hat ja einen Volltreffer bei dir gelandet«, meinte ich, als es das nächste Mal vibrierte.

Julis Wangen färbten sich rosa. »Quatsch.« Sie zögerte, dann zuckte sie mit den Schultern. »Ach, egal. Ja, irgendwie war das eine kitschig-süße Geschichte gestern. Voll nicht mein Ding. Ich warte das Date am Freitag ab, dann sehe ich weiter. Wahrscheinlich ist er dann nicht halb so toll, wie ich es mir gestern eingebildet habe.«

»Vielleicht aber auch doch. Sei entspannt«, meinte ich.

»Ich bemühe mich«, sagte sie.

Kian kam ins Büro. »Guten Morgen ihr beiden. Na, hattet ihr einen schönen Abend auf dem Weihnachtsmarkt?«, rief er fröhlich.

»Nicht so laut«, stöhnte Juli.

»Oha, das klingt nach einem Absturz. Na gut, Gentleman der ich bin, hole ich euch beiden mal einen Kaffee.«

»Danke Kian«, murmelte ich.

Er verschwand in der Halle. Juli sah ihm nach und zuckte mit den Schultern. »Nö, bin drüber weg.«

»Hast dich lange gequält«, meinte ich.

»Ich weiß. Unvernünftig lange. Das kenne ich gar nicht von mir. Ich habe mich voll in die Sache reingesteigert. Das passiert mir nicht wieder.« Ihr Handy vibrierte und sie griff sofort danach.

»Beweise es«, meinte ich.

Sie streckte mir die Zunge raus.

Kian kam mit dem Kaffee wieder. Sein Gesicht war ernst. »Oh Mann, was ist los?«, fragte ich und nahm den Becher entgegen.

»Ich habe Olivia getroffen. Heute Nachmittag steht ein Termin mit den Designern an. Anscheinend haben die Inhaber Änderungswünsche. Teure Änderungswünsche«, präzisierte er. »Irgendwas mit handgefertigten Holzteilen, das müssen wir uns anhören. Ich ahne schreckliches.«

Ich sah ihn betroffen an. »Das klingt nach einer weiteren Nachtschicht«, meinte ich. Kian nickte.

Auch das noch.

Kian und ich verbrachten fast den ganzen Nachmittag mit Tessa, der Chefdesignerin, und Sonja, der Inhaberin einer Holzmanufaktur um die Ecke. Sie und Tessa kannten sich und mir fiel ein Stein vom Herzen, weil Sonja eine Lösung für fast alle Spezialwünsche hatte. Ich pflegte die

Produktionszeiten in den Projektplan ein und kam mächtig deswegen ins Schwitzen.

Tessa verstand wie üblich das Problem nicht. Ich hatte schon einige Projekte mit ihr gemacht und es war immer dasselbe: Sie hatte das Händchen für Formen und Farben, für Stil und Ambiente, aber null für Zeit und Geld. Kians Augen wurden immer größer, während er sie reden hörte.

Jetzt war es schon abends und wir saßen immer noch zusammen. Tessa hatte sich gerade verabschiedet, aber Kian und ich mussten noch ein paar Punkte abarbeiten.

»Das ist das beschissenste Projekt der Welt«, murmelte er und raufte sich das blonde Haar.

»Wahrscheinlich hast du recht, aber wenn wir das hinbekommen, dann kann uns nichts mehr schocken«, sagte ich. »Gott sei Dank kann Sonja uns helfen.«

»Stimmt. Hast du mit deinem Freund geredet?«

Ich verschluckte mich an meinem Wasser. »Wie bitte?«, fragte ich hustend.

»Simon. Hast du ihm von dem Kuss erzählt?«, wollte er wissen. Ich schüttelte den Kopf. »Wieso nicht?«, fragte er.

»Das hat sich noch nicht ergeben. Und ich muss mir noch klarwerden, was das alles bedeutet«, sagte ich.

»Was denkst du denn, was es bedeutet?« Er beobachtete mich.

»Ich weiß es nicht«, gab ich zu. »Es ist alles verwirrend.«

»Finde ich gar nicht.« Kian legte seine Hand auf meine. Wieder durchfuhr es mich wie ein elektrischer Schlag.

»Ich finde dich toll, Siv. Ich habe mich in dich verliebt und ich möchte am liebsten rund um die Uhr mit dir zusammen sein. Ich genieße es, wenn du bei mir bist. Du entspannst mich. Du bist aufregend, klug und lustig. Ich fühle mich wahnsinnig wohl bei dir.«

Ich schluckte, weil ich einen dicken Kloß im Hals hatte.

»Wow, so was Nettes hat noch nie jemand zu mir gesagt«, murmelte ich. »Danke. Aber ...«

»Bitte sag jetzt nicht, dass es dir anders geht«, unterbrach er mich. »Denn das wäre gelogen. Mich musst du nicht anlügen. Ich bin hier und ich höre mir alles an, was du zu sagen hast.« Seine Finger schoben sich zwischen meine. »Ich bin ganz dein, wenn du willst. Ein Wort reicht.«

»Ich mag dich auch«, rang ich mir ab. »Und obwohl du mich total durcheinanderbringst und mich das unendlich stresst, bin ich gern in deiner Nähe. Trotzdem liebe ich Simon. Das ist verwirrend und sehr unangenehm.«

»Du hast gesagt, dass du ihn heiraten willst, aber er hat dich noch nicht gefragt.«

Ich straffte mich. Natürlich hatte Kian sich das gemerkt. Er war erschreckend aufmerksam. »Ja.«

»Und du hast auch bisher nicht die Initiative ergriffen und ihn selbst gefragt, richtig?«

»Ja.«

»Warum nicht?«

»Weiß ich nicht.«

»Vielleicht weil ihr beide in eurem Herzen wisst, dass das keine gute Idee wäre.«

Ich zog meine Hand zurück. »Es ist das, was ich will.«

»Das hat sich vorgestern Abend ganz anders angefühlt.« Er sah mir ins Gesicht. Diese grünen Augen brachten mich noch um den Verstand. Und sein Mund ... ich könnte ihn sofort wieder küssen. »Wenn du mit ihm redest, wird das wohl Klarheit bringen.«

»Du spekulierst darauf, dass wir schlussmachen«, warf ich ihm vor.

Sein Auge zuckte ein wenig. »Ja, vielleicht.«

»Kian, das wird nicht passieren«, versprach ich, obwohl ich davon nicht überzeugt war.

»Okay, das weißt du am besten«, sagte er und lehnte sich zurück. »Aber falls es anders kommt, weißt du ja, wo du mich findest.«

Ja, das wusste ich. Und alles in mir schrie danach, dieses Angebot anzunehmen. Egal, welche Konsequenzen das hatte.

Ich hielt durch. Es brachte mich fast um, aber ich fuhr nach Hause, ohne dass Kian und ich uns küssten. Dabei war mir die ganze Zeit so heiß, dass ich es kaum aushielt.

Er roch so unbeschreiblich gut.

Er war so entwaffnend ehrlich.

Zu wissen, dass es in meiner Hand lag, was als nächstes passierte, berauschte mich. Es gab mir das Gefühl, dass ich unglaublich begehrenswert war.

›Das ist genau das, was ich mir von Simon wünsche‹, dachte ich vorm Einschlafen. Und dann versank ich in einen verwirrenden Traum, in dem ich mit beiden Männern zusammen war, als wahrscheinlich glücklichste und zufriedenste Frau der Welt.

Als ich aufwachte, musste ich über mich selbst lachen, weil das so lächerlich war.

Mittags meldete sich Ylva und fragte, ob ich abends vorbeikommen konnte.

»Was denkst du, wie lange wir heute brauchen?«, fragte ich Kian. Wir waren im safe space, Fabia war ebenfalls im Büro und beschimpfte gerade ihren PC auf Spanisch.

»Ich glaube, wir könnten pünktlich sein«, erwiderte er.

»Sehr gut, das wird meine Schwester freuen.«

»Fährst du zu meiner Lieblings-Stalkerin?«

»Ich werde ihr nicht sagen, dass du sie so genannt hast«, meinte ich.

»Schade. Dann sage ich dir auch nicht, dass ich neue Bilder hochgeladen habe.«

»Okay, ist schon gelöscht.« Ich grinste. Wenn er mir nicht gerade sagte, dass er in mich verliebt war, genoss ich seine Gegenwart. Und, wenn ich ehrlich war, auch, dass er in mich verliebt war. Das könnte ich nur nie zugeben.

Ich machte pünktlich Feierabend und fuhr zu meiner Schwester. Ylva öffnete mir die Tür. Ich sah sofort, dass etwas nicht stimmte.

»Hey, alles klar?«, fragte ich. Wir hatten uns im Urlaub zuletzt gesehen, bevor Simon und ich nach Kopenhagen fuhren. Ylva, Calla und Philipp waren erst gestern zurück nach Hamburg gekommen, weil Philipp noch ein paar freie Tage bekommen hatte. Anscheinend hatten die Leute im Fitnessstudio doch ein schlechtes Gewissen, weil sich seine Elternzeit um zwei Monate verkürzte.

Ylva kotzte deswegen. In Malmö hatten sie sich deswegen heftig gestritten, sich anschließend aber wieder versöhnt, weil er nichts dafürkonnte.

Anscheinend war seitdem etwas passiert, denn Ylvas Gesicht war angespannt und ihre Bewegungen fahrig.

»Komm erstmal rein.« Ylva hatte Essen gekocht und schenkte jetzt Wein ein. Das Glas lief fast über. Calla schlief und Philipp war - natürlich - noch auf der Arbeit.

»Übertreib nicht«, sagte ich. »Das sieht ja schlimm aus.«

»Du wirst deine Meinung gleich ändern«, meinte sie und trank einen großen Schluck.

»Habt ihr euch gestritten?«, fragte ich.

»Ja. Heftig. Ach, es ist so unnötig.« Ylva schluckte und zu meiner Überraschung standen Tränen in ihren Augen.

Ich setzte mich ihr gegenüber und wartete schweigend. Ylva schnaubte und trank noch einen Schluck, dann wischte sie sich trotzig über die Augen. »Philipp hat mir einen Antrag gemacht«, brachte sie endlich heraus.

Ich starrte sie an. In meiner Brust verengte sich etwas, bis es klein und hart war.

»Am Sonntagabend«, präzisierte Ylva. »Als wir noch in Malmö waren. Mama und Papa haben auf Calla aufgepasst und wir sind essen gegangen. Es war echt ein schöner Abend, ich habe die Zeit mit ihm sehr genossen. Bis zum Dessert, als er plötzlich mit dem Ring um die Ecke kam.« Meine Schwester seufzte und trank einen Schluck Wein.

Ihr Glas war leer, also musste sie nachschenken.

Ich brauchte jetzt auch einen Schluck.

»Hast du wieder Nein gesagt?«, fragte ich vorsichtig und versuchte, dass meine Stimme nicht zitterte. Als Ylva schwanger wurde, hatte Philipp sie schon einmal gefragt. Ylva hatte klargemacht, dass ein Trauschein für sie nichts als ein Stück Papier war, das nichts an ihrer Beziehung änderte. Sie brauchte und wollte keine Hochzeit.

Ganz im Gegensatz zu mir. Deswegen fühlte sich meine Brust ja auch wie ein Stein an und ich kämpfte mit einem dämlichen Eifersuchtsgefühl.

»Ja«, rang sie sich ab, dann schniefte sie. »Ich habe es voll verkackt. Ehrlich, Siv, er hat mich auf dem völlig falschen Fuß erwischt. Ich habe ihn gefragt, ob er das nur vorschlägt, um wegen der Elternzeit zu beschwichtigen.«

Ich riss die Augen auf. »Ist nicht dein Ernst!«

Ylva schniefte erneut. »Doch, leider. Ich weiß nicht, was mit mir los war, aber irgendwie habe ich voll den Film geschoben. Ich habe ihm gesagt, dass er nicht glauben soll, dass er sich durch eine Hochzeit aus der Elternzeit freikaufen kann. Dass er immer den Weg des geringsten Widerstandes geht und ich mich so nicht bestechen lasse. Seitdem redet er nur das nötigste mit mir.«

»Oh Gott«, stammelte ich. »Warum rufst du mich denn jetzt erst an? Du musst dich doch nicht allein quälen.«

»Weil ich weiß, dass du im Urlaub auf einen Antrag spekuliert hast«, sagte sie unverblümt, doch dann sackte sie in sich zusammen. »Ich fand mein Benehmen einfach arschig. Mehr als das. Und ich dachte, wenn ich dich anrufe, gerade jetzt, wo Simon sich wieder nicht getraut hat, dann mache ich dich auch noch traurig.«

»Ach Quatsch«, sagte ich mit brüchiger Stimme.

»Wie geht es dir mit der Geschichte?«, fragte sie direkt. Ich rang nach Worten, aber sie winkte ab. »Schon gut, du musst nichts sagen. Deswegen habe ich heute erst angerufen. Seit vier Tagen versuche ich, ihn davon zu überzeugen, dass es mir leidtut, aber die Worte sind ausgesprochen. Ich kann sie nicht zurücknehmen.«

»Ihr bekommt das bestimmt wieder hin«, sagte ich leise.

»Und wenn nicht? Bin ich dann in Zukunft immer allein mit der Kleinen?«, fragte Ylva. Jetzt sah ich ihr ganzes Unglück und ich fühlte mich wegen meiner blöden Reaktion noch schlechter.

»Hey, jetzt warte mal. Ja, deine Bemerkung war beschissen. Und ja, Philipp hat jedes Recht, sauer auf dich zu sein. Aber er liebt dich. Versuch es weiter, dann werdet ihr euch bestimmt wieder vertragen. Und wenn du seinen Antrag annimmst ...«

Ylva schüttelte heftig den Kopf. »Aber das will ich nicht. Ich habe ihm klar gesagt, dass heiraten nicht mein Ding ist. Ich verstehe nicht, warum er noch einmal gefragt hat, wenn es wirklich nicht aus Berechnung war. Wir sind doch glücklich, so wie es ist, abgesehen von dieser Elternzeit-Geschichte. Aber jetzt habe ich wieder Nein und noch viel schlimmere Dinge gesagt und er ist sauer auf mich. Er wird nicht noch einmal fragen, hat er gesagt. Ich habe echt

Angst, dass ich ihn so schlimm verletzt habe, dass er mir nicht verzeihen kann. Dazu kommt, dass ich davon überzeugt bin, dass ich mit meiner Vermutung über seine Gründe recht habe. Das ist auch richtig scheiße.«

Ich sah sie an und wusste nicht, wie ich das finden sollte. Auf ihre Art war Ylva genauso irrational wie ich. Und während ich zu dummen Taten neigte, waren es bei ihr Worte, die sich nicht zurücknehmen ließen.

Sie strich ihr Haar zurück. »Das ist so eine blöde Situation. Wegen so einer blöden Sache. Ich wünschte, ich hätte den Mund gehalten. Mehr nachgedacht, bevor ich ihm so was an den Kopf knalle. Im schlimmsten Fall denkt er jetzt, dass ich ihn nicht genug liebe. Es ist genau andersherum: Ich liebe ihn so sehr. Aber ich will keinen Trauschein von ihm, sondern nur seine Unterstützung.« Sie sah mich an. »Was ist bloß los mit den Kerlen? Meiner ergreift die Flucht nach vorn und deiner verschwindet immer mehr von der Bildfläche. Wer soll daraus schlau werden?«

»Ich weiß es auch nicht«, flüsterte ich.

»Hast du ihn mal darauf angesprochen?«

Ich schüttelte den Kopf. »Ich weiß nicht, wie ich es tun soll, ohne dass es ähnlich eskaliert wie bei euch. Aber ich habe auch das Gefühl, dass er auf Abstand geht. Er kümmert sich nicht darum, dass er weniger reisen muss. Er redet auch weniger darüber, dass er etwas ändern will. Er hatte mir einen besonderen Urlaub versprochen. Ich war mir so sicher, dass er mich fragt. Und weiß ich nicht mehr, woran ich bei ihm bin.«

Mein Magen fühlte sich wie ein Eisklumpen an, weil die Lage so aussichtslos wirkte. Aber wenn ich mehr Stress machte, wurde die Anspannung zwischen uns vielleicht noch schlimmer. Ich hatte Angst, deswegen an einen Punkt zu kommen, der unsere Beziehung kaputtmachte.

Aber wenn ich gar nichts sagte, machte mich das auf kurz oder lang kaputt.

»Wir kommen ums Reden wohl nicht herum, wenn wir wollen, dass diese Probleme gelöst werden«, sagte sie und schenkte sich erneut nach. »Ich werde ihm wohl öfter sagen müssen, wie zufrieden ich mit unserem Leben bin. Und hoffen, dass wir nicht noch mehr Stress haben. Und du musst dir wohl irgendwann ein Herz fassen und ihm sagen, wie du empfindest. Danach wissen wir mehr.«

»Das klingt nach einem Plan«, meinte ich, weil ich auch keine andere Lösung sah.

Dabei wurde mir allein bei dem Gedanken, Simon all diese Fragen zu stellen und ihm dann auch noch von den Knutschereien mit Kian zu erzählen, kotzübel.

Das konnte ich Ylva nicht sagen. Nicht heute. Nicht jetzt. Sonst wurde alles nur noch viel schlimmer. Also hielt ich den Mund und schenkte nach. Ich biss mir auf die Lippe. Ein Geständnis würde nur noch mehr Chaos auslösen. Ich schaffte es nicht, es ihr zu erklären – und fühlte mich deswegen wie eine Verräterin.

Am Freitag hatte ich erneut einen Termin mit Tessa und Kian. Der Eigentümer der *Sea Lady* hatte sich Sonjas Entwürfe für die Holzmöbel angesehen und sie abgesehen von ein paar Kleinigkeiten abgesegnet. Jetzt mussten wir versuchen, das Ganze in den Plan zu quetschen.

Heute Abend kam Simon zurück. Nach dem Gespräch mit Ylva gestern hatte ich gemischte Gefühle deswegen.

Ich war froh, dass Tessa bei dem Termin dabei war, sie war ein guter Puffer zwischen Kian und mir.

Ich fühlte mich gerade so verloren, dass ich für nichts garantieren konnte. Allein, wenn Kian mich ansah, wollte ich alle Vernunft über Bord werfen und mich in seine

Arme werfen. Er würde mich trösten. Er würde mir sagen, wie toll er mich fand.

Dabei würde mein Herz flattern wie ein Schmetterling und ich würde bei jedem Wort und jeder Berührung zittern, weil ich ihn so wollte. Nicht nur ich gab ihm ein gutes Gefühl, andersherum war es auch so. Es war nicht nur sein Aussehen. Auch nicht seine Schmeicheleien. Es war sein Witz. Die Art, wie er zuhörte, wenn ich etwas sagte. Dass er sich Dinge merkte, die ich erzählte.

Ich liebte es, ihm zuzuhören. Er hatte diese Gabe, Geschichten immer genau auf den Punkt zu bringen. Und das auf eine Weise, die mich zum Lachen brachte, egal wie langweilig die Sache war.

›*Scheiße, wenn ich es nicht besser wüsste, müsste ich denken, dass ich mich in ihn verliebt habe. Aber das ist unmöglich. Un-mög-lich.*‹

Schließlich waren wir mit Tessa durch und sie fuhr wieder zurück in die Zentrale. Kian und ich blieben allein zurück, Juli und Fabia waren nicht da.

Ich klappte mein Laptop zu. »So, dann lass uns mal dem Team die frohe Kunde überbringen«, sagte ich und wollte gerade aufstehen, als Kian mich zurückhielt.

»Ich hätte da noch zwei Punkte, die ich mit dir besprechen möchte. Hast du noch kurz?«, fragte er.

»Ähm, klar«, sagte ich und rutschte auf meinen Stuhl.

Kian sah mich an und lächelte. Es war dieses Lächeln, das mir schon bei unserer ersten Begegnung aufgefallen war. Da war es wieder, das verräterische Flattern in meinem Magen.

»Ich wollte dir etwas sagen.«

Das Flattern nahm zu. Ich sollte besser aufstehen und gehen. Dies war genau eine von diesen Situationen, die ich unbedingt vermeiden musste, um mich nicht noch weiter hineinzureiten.

Ich blieb.

Ich wollte wissen, was er zu sagen hatte.

»Was denn?«, fragte ich leise.

Kian holte tief Luft. Was jetzt kam, fiel ihm nicht leicht. Er tat mir leid, ich ahnte, was er sagen wollte.

»Ich wollte mich dafür entschuldigen, was ich zu dir gesagt habe. Das war echt übergriffig. Du hattest recht, als du gesagt hast, dass zwischen uns nichts sein kann.« Er rieb sich den Nacken. »Ich will mich nicht in deine Beziehung drängen und es tut mir leid, was ich über Simon gesagt habe.« Jetzt sah er mir direkt ins Gesicht. »Was hat er zu der Sache gesagt? Habt ihr euch schlimm gestritten?«

Ich zuckte zusammen. »Ich habe es ihm immer noch nicht erzählt«, sagte ich dünn. »Er ist auf Dienstreise und ich wollte nicht ... ich kann nicht ... Es ist so ... Ach Scheiße, Kian, ich weiß doch auch nicht, was los ist. Ich weiß nur, dass das zwischen uns aufhören muss. Ich will ihn nicht hintergehen und was bisher geschehen ist, ist schlimm genug. Das darf nicht wieder passieren. Kannst du mir das versprechen?«

»Das alles ist nicht ausschließlich auf meine Initiative passiert«, erinnerte er mich, ohne boshaft zu sein. »Und ich kann nicht für dich garantieren.«

»Und für dich selbst?«, konterte ich.

»Ich kann es versuchen.«

»Scheiße, das reicht nicht«, stöhnte ich.

Er beugte sich vor und legte die Hand auf den Tisch. Dabei streiften seine Finger - und ich hatte keine Ahnung, ob das Absicht war - meine. Hitze schoss durch meinen ganzen Körper.

»Ich wollte das nicht sagen, aber es bringt mich wieder zu dem Grund zurück, aus dem das zwischen uns passiert. Wieder und wieder. Rede mit Simon, ich bitte dich.«

Schnell zog ich meine Hand zurück und stand auf. »Das werde ich. Aber dann, wenn ich es für richtig halte«, presste ich hervor.

Kian nickte mit unbewegter Miene. »Okay. Und bis dahin?«

»Bis dahin werden wir Abstand halten. Okay?«

»Okay«, sagte er nach kurzem Zögern. »Auch wenn ich immer an dich denken muss. Und wie wir uns geküsst haben. Das geht mir nicht mehr aus dem Kopf. Und dann dreht meine Fantasie richtig ab.«

»Kian«, unterbrach ich ihn. »Red flag! Du machst alles nur noch schlimmer.«

»Sorry, ich weiß.« Er stand auf. »Ich gehe eine Runde spazieren. Danach wird es besser, versprochen.«

Er verließ das Büro.

Ich sah ihm nach und unterdrückte das Verlangen, zu rennen. Raus hier. So schnell es ging. Und dann zum Bahnhof und in einen Zug, der mich nach Schweden brachte. Zu meinen Eltern, um mich dort so lange zu verkriechen, bis ich wieder klarkam.

Stattdessen sah ich Kian mit klopfendem Herzen nach.

Heute Abend kam Simon zurück.

Ich fragte mich, wie ich das überleben sollte.

Kapitel 9

Als Simon nach Hause kam, war es schon nach zehn. Mein Freund kam herein und ließ sich wie ein gefällter Baum auf die Couch fallen.

»Hey, schön, dass du da bist«, sagte ich und holte ihm ein Bier aus der Küche. »Alles okay? Du siehst fertig aus.«

»Bin ich auch«, sagte er. »Allein in den letzten vier Tagen habe ich knapp fünfzig Stunden gearbeitet. Ich brauch echt 'ne Pause.« Er sah in mein Gesicht. »Du musst es nicht sagen, ich weiß, wie du zu meinem Job stehst. Das hilft mir jetzt nicht. Ich muss erstmal ein bisschen runterkommen, okay? Gib mir ein paar Minuten.«

»Ich habe doch gar nichts gesagt«, erwiderte ich.

»Das brauchst du auch nicht. Ich weiß es so.« Er nahm einen Schluck Bier. »Also bitte keinen Stress jetzt, okay?«

»Okay«, sagte ich leise.

Ich hatte auch keine Lust auf Streit, aber ich saß hier seit Stunden und wartete auf ihn. Ich zerbrach mir den Kopf, wie ich das heikle Thema bei ihm anschneiden konnte, doch es wurde immer später und später. Ich hätte es jetzt nicht mehr angesprochen, aber wie er mit mir redete, obwohl ich nichts gesagt hatte, versetzte mir einen Stich. Es fühlte sich an, als würde er mich für etwas beschuldigen, was ich nicht getan hatte.

»Sorry«, murmelte er und nahm mich in den Arm. »Ich glaube, es ist besser, wenn ich schlafen gehe.«

Ich nickte und folgte ihm ins Bad. Mit einem mulmigen Gefühl kuschelte ich mich an ihn und brauchte ewig, bis ich eingeschlafen war.

Simon kam am ganzen Wochenende nicht von seinem Stresslevel runter. Es tat mir leid, dass er so fertig von seiner Arbeitswoche war. Das führte aber auch dazu, dass wir nur wenig miteinander redeten und wenn, hielt ich mich zurück, um keinen Streit zu riskieren.

Am Ende fühlte ich mich, als würden wir einen seltsamen Waffenstillstand pflegen, obwohl wir uns gar nicht gestritten hatten. Zwischen uns klaffte plötzlich ein Graben, und ich wusste nicht einmal wer ihn gezogen hatte. An diesem Gefühl änderte auch unser Sex am Sonntagmittag nichts.

Am Montag ging ich mit einem mulmigen Gefühl zur Arbeit. Momentan fühlte ich mich, als wäre ich im falschen Film, wenn ich zu Hause war. Ich verstand das nicht.

Gleichzeitig vermutete ich, dass Simon auch nicht verstand, was los war.

Ich hatte keinen passenden Moment gefunden, um meine Gefühle anzusprechen. Wenn ich es getan hätte, da war ich sicher, wäre das Gespräch eskaliert. Und zwar in einer Art, die mir Angst machte. Denn Simon und ich stritten eigentlich nicht. Wenn, dann zickten wir uns ein bisschen an, aber richtig schlimm gestritten hatten wir uns noch nie.

Und jetzt?

Ich wusste nicht, was ich davon halten sollte. Andauernd hallten Kians Worte in meinem Kopf wider: »Wenn alles zwischen euch okay wäre, hätten wir uns nie geküsst.«

Mittlerweile verstand ich einigermaßen, was bei mir los war, aber ich wusste nicht, woher Simons Ablehnung und seine schlechte Laune kamen. Er ließ mich an seinen Gedanken nicht teilhaben. Er schloss mich aus. Genau wie ich es bei ihm gerade machte. Jeder baute seine eigene

Mauer, und wir warteten darauf, dass der andere einen Weg hineinfand.

Ich hatte einen Kloß im Hals, als ich die Werft erreichte.

Heute Abend musste ich unbedingt mit ihm sprechen.

Juli und Fabia kamen kurz nach mir an. Als wir Kaffee holten, hielt Juli mich auf. »Ist alles okay?«, fragte sie. »Du siehst gar nicht gut aus.«

Ich zuckte mit den Schultern. »Ich weiß auch nicht. Zwischen Simon und mir ist es gerade ganz merkwürdig. Ich habe das Gefühl, dass wir den Kontakt verlieren. Er war das ganze Wochenende schlecht gelaunt und total gestresst, obwohl er frei hatte.« Ich fummelte an meinem Zopf herum. »Ich möchte mit ihm reden, aber irgendwie ergibt sich nie eine passende Gelegenheit. Ich hatte immer Angst, dass wir uns streiten, wenn ich ihm sage, was ich auf dem Herzen habe.«

»Aber Streit ist doch besser, als sich anzuschweigen, oder?«, fragte sie sanft. »Trau dich, den ersten Schritt zu machen. Simon steht auch nicht auf Konflikte, das weißt du selbst am besten. Wahrscheinlich wartet er darauf, dass du ihn ansprichst.«

Da war ich mir nicht sicher, aber ich nickte und hoffte, dass meine Freundin recht hatte.

»Wie war dein Date mit Apfeltaschen-Aaron?«, fragte ich, um abzulenken.

Juli wurde rot. »Nenn ihn nicht so, das klingt creepy. Aber es war toll«, sagte sie mit glänzenden Augen. »Wir treffen uns am Donnerstag. Ich kann es kaum erwarten.«

Ich lächelte sie aus vollem Herzen an. »Das freut mich unheimlich für dich, Süße. Das hast du mehr als verdient.«

»Finde ich auch«, kicherte Juli. Ich war froh, dass es bei ihr jetzt lief. Und dass sie Kian endlich vergessen konnte, denn in Aaron war sie offenbar schwer verknallt.

Kian hatte noch einen Termin im Headquarter mit den Designern und kam erst nach dem Mittag zurück. Ich wollte gerade mit Juli und Fabia zum Essen gehen, als mein Handy klingelte und Sventje mich anrief.

»Kannst du kommen? Wir haben ein Problem!«, rief sie aufgeregt. Wenn sie so drauf war, war es ernst und duldete keinen Aufschub.

»Bin gleich da«, sagte ich und sprang auf. Ich riss meine Arbeitsjacke von der Garderobe und lief zur Umkleide, wo ich mir im Vorbeirennen einen Sicherheitshelm schnappte. Kurz darauf stand ich japsend vor der *Sea Lady*.

»Sventje?«, rief ich.

Sie kam aus dem Inneren und half mir, die Yacht zu betreten. Sie sah furchtbar gestresst aus und umklammerte meinen Arm. »Es ist ein Haufen Scheiße«, stöhnte sie dabei. »Es gab einen Schaden in der Software. Ich habe schon jemanden angerufen. Er ist gerade angekommen und schaut sich alles an.«

Ich folgte ihr in den Technikraum. Dort kniete Samir, der IT-Spezialist, vor den Geräten. Miguel stand neben ihm und sah mich an, als ich hereinkam.

»Hey Siv. Sorry, mal wieder Stress. Samir prüft gerade, was passiert ist, aber ich vermute, das wird uns Zeit kosten. Und Geld.« Auf seiner Stirn bildeten sich tiefe Sorgenfalten.

»Kann ich irgendwas tun?«, fragte ich.

»Ja, halte uns Olivia vom Hals. Sie macht uns sonst wahnsinnig«, sagte Sventje und lehnte sich an den Schaltkasten.

»Sventje?«, sagte Samir.

»Ich weiß genau, was sie tun wird: Telefonterror vom Feinsten. Und dann kommen wir gar nicht mehr weiter«, redete Sventje weiter, ohne ihn zu beachten.

»Sventje«, sagte Samir wieder, dieses Mal etwas lauter.

»Also, kannst du dich um sie kümmern, Siv?«

»Sventje!«, rief Samir. Sie sah ihn erschrocken an. Er kniete vor ihr und sah zu ihr auf. Dann entdeckte ich, dass Sventje auf dem Ärmel seines Pullovers stand und es ihm unmöglich machte, aufzustehen.

Peinlich berührt machte sie einen Schritt beiseite.

»Sag doch was«, murmelte sie.

»Ich warte für gewöhnlich etwas ab, bevor ich Frauen anschreie«, griente er. Er war wirklich süß, fand ich. Und ich hatte das Gefühl, dass er auf Sventje stand. Das änderte aber nichts an dem Problem, vor dem wir standen.

»Wie lange brauchst du noch, bis du einen Überblick hast?«, fragte ich den IT-ler.

Er riss sich von meiner Freundin los und konzentrierte sich wieder auf sein Tablet. »Ich schätze, bis heute Abend. Ich gebe zumindest mein Bestes.«

»Wenn Olivia uns in Ruhe lässt«, warf Miguel ein.

»Ich kümmere mich drum«, versprach ich.

Sventje begleitete mich von der Yacht herunter und ich rief Kian an, um ihm Bescheid zu sagen.

»Bitte nicht«, stöhnte er. »Das wird ein langer Tag.«

»Ich weiß«, seufzte ich. »Bring bitte was zu Essen mit.«

Kian und ich saßen bis abends um neun im Büro und ich war zu müde, um mit Simon zu sprechen, als ich um halb zehn nach Hause kam.

Am Dienstagmorgen hatten wir ein Krisenmeeting in der Firma. Samir hatte die Ursache für das Problem gefunden. Und die war sehr unerfreulich. Und teuer.

Olivia drehte durch. Ich hatte quasi eine Standleitung zu ihr, auf der sie kontinuierlich forderte, auf dem Laufenden gehalten zu werden.

»Es hat sich in den letzten zehn Minuten nichts getan«, sagte ich bei ihrem zwanzigsten Anruf genervt. »Und ich schwöre dir, dass ich mich sofort melde, wenn etwas passiert, aber bitte hör auf, mich ständig anzurufen.«

»Ich stehe unter enormem Druck, Siv«, sagte meine Teamleiterin gepresst.

»Das verstehe ich«, erwiderte ich. »Das ändert aber nichts daran, dass es durch Drängeln nicht schneller geht. Bitte lass mich jetzt meinen Job machen.«

»Ist gut«, sagte sie zickig und legte auf.

Ich schnaubte und schob mein Smartphone so weit wie möglich weg von mir. Es war schon wieder nach sieben Uhr abends. Kian kam gerade mit zwei Gläsern Wasser aus der Küche zurück.

»Ich bräuchte eigentlich etwas härteres«, meinte ich seufzend. »Zu trinken!«, setzte ich hinterher, bevor er einen dummen Spruch machen konnte.

Er hob die Hände. »Hab nie was anderes vermutet.«

»Gut.« Ich konzentrierte mich auf meinen Bildschirm, aber meine Augen waren müde und ich erschöpft.

»Komm, die zwei Vorgänge noch, dann gehen wir nach Hause, okay?«, sagte Kian und streckte sich. Sein Nacken knackte bedenklich.

»Okay«, lenkte ich ein und haute in die Tasten.

Um acht machten wir Feierabend und ich informierte Olivia, dass ich mich am nächsten Tag bei ihr meldete. Sie antwortete nicht, aber damit hatte ich auch nicht gerechnet.

Dann schrieb ich Simon, dass ich auf dem Heimweg war.

›Bin beim Sport, sehen uns später‹, antwortete er.

Ich verzog den Mund. Ich war zwar müde vom Tag, aber ich hatte trotzdem gehofft, dass wir heute endlich eine

Gelegenheit fanden, um miteinander zu sprechen. Also wieder nicht, denn wenn Simon gegen um halb zehn zurück war, fehlte mir dafür die Energie.

Schlecht gelaunt fuhr ich nach Hause und wartete auf der Couch auf Simon. Wir unterhielten uns kurz darüber, wie unser Tag gewesen war, dann gingen wir zu Bett.

Wieder hatte ich das Gefühl, dass es zwischen uns nicht rund lief. Und wieder nahm ich mir vor, das nicht mehr lange hinzunehmen. Das Problem war nur, dass ich mir das jetzt schon so oft vorgenommen hatte, dass ich selbst kaum noch daran glaubte.

Der Mittwoch wurde genauso wie Montag und Dienstag: Lange arbeiten und am Abend hatte ich keine Energie, um mit Simon das dringend nötige Gespräch zu führen.

Am Donnerstag gelang Samir endlich der Durchbruch bei dem IT-Problem und wir atmeten erleichtert auf.

Kian, Olivia und ich arbeiteten mit Sventje, Miguel und den anderen wieder nach Plan, nicht mehr nur auf Sicht.

Eine Riesenerleichterung.

»Gerade noch rechtzeitig vor der Weihnachtsfeier morgen«, seufzte Olivia und sprang auf, um in der Zentrale anzurufen.

»Das sollten wir feiern«, sagte Miguel und raufte sich das schwarze Haar. »Und zwar richtig, um die letzten vier Tage schnell zu vergessen.«

»Gute Idee«, sagte Sventje. »Ich reserviere uns ein paar Plätze an der Bar. Wir werden richtig feiern, dass wir die Scheiße hier gerockt haben.«

»Bin dabei«, nickte Kian. Alle sahen mich an.

»Ja, klar«, sagte ich lahm. Ich hatte überhaupt keine Lust auf die Party. Natürlich waren die Firmenfeiern immer toll, weil nicht am Geld gegeizt wurde, aber ich war mit dem Kopf gar nicht bei der Sache. Viel lieber würde ich den Abend nutzen, um mit Simon zu sprechen, auch wenn eine Party eine willkommene Ablenkung wäre.

Ich sah auf meine Uhr. Kurz vor sechs. Wenn ich mich bald auf den Weg machte, könnte ich es heute schaffen, mit ihm zu reden.

Sventje machte ein langes Gesicht, weil ich so wenig enthusiastisch war, aber sie kannte mein Problem - zumindest oberflächlich. Über Privates hatten wir in den letzten Tagen kaum reden können.

»Meldest du dich noch mal bei mir?«, fragte sie mich, als wir uns eine Viertelstunde später verabschiedeten.

»Natürlich«, versprach ich und nahm meinen Mantel. Im Rausgehen rief ich Simon an. »Ich bin auf dem Weg. Bist du zu Hause?«, fragte ich.

»Ja. Essen wir zusammen?« Er klang schon wieder so angespannt. Sofort bekam ich dieses dumme Gefühl im Magen.

»Gerne. Dann bis gleich«, sagte ich trotzdem, entschlossen, dass es dieses Mal besser wurde. Wir mussten dringend miteinander reden. Und jedes Mal, bei dem wir es nicht taten, verschärfte sich die Lage weiter.

Ich betrat die Wohnung und stolperte beinahe über Simons Reisetasche. Der Reißverschluss war noch offen, sie quoll beinahe über. Ratlos zog ich Schuhe und Mantel aus und ging in die Küche.

»Hey, ich bin da«, sagte ich und wollte zu ihm gehen, doch er sah schon wieder so furchtbar gestresst aus, dass ich stehen blieb. »Was ist los?«

»Ich muss nachher nach Osnabrück fahren«, sagte er und mied den Blickkontakt. Seine Hände fuhren über seine Hosenbeine, als würde er etwas abwischen. Immer wieder.

»Okay ...«, sagte ich und wartete, dass er weitersprach.

»Es gibt leider ein so massives Problem, dass ich eine Woche weg sein werde.« Er holte Luft. »Mindestens.«

Ich starrte ihn an und wusste nicht, was ich sagen sollte.

»Bevor du jetzt wieder motzt: Zacki fährt auch«, machte Simon weiter. Seine Stimme war abgehackt, auf seinen Wangen bildeten sich Stressflecken. »Ich weiß, dass du das scheiße findest, aber ich kanns nicht ändern.«

»Darf ich auch mal was dazu sagen?«, fragte ich. »Seit Freitag legst du mir ständig Worte in den Mund, die ich gar nicht gesagt habe. Wenn wir überhaupt mal sprechen.«

Simon zuckte mit den Schultern. »Ich weiß doch, wie du es findest.«

»Mag ja sein, aber vielleicht lässt du mich trotzdem etwas dazu sagen«, versetzte ich. Langsam stieg Wut in mir hoch, gleichzeitig war ich ratlos, was mit uns los war. Was war nur los mit ihm? Früher hätten wir über so etwas geredet, jetzt verschloss er sich vor mir, als wäre ich nicht mehr Teil seines Lebens.

»Ich verstehe ja, dass du hinmusst, wenn es wirklich akut ist. Ich arbeite selbst an einem kritischen Projekt, Simon. Aber das ist doch kein Grund, mich so anzumachen.«

»Ich wollte nur den Streit vorwegnehmen. Ich habe nämlich keine Lust, mich mit dir zu streiten«, sagte er und rieb wieder seine Hosenbeine.

»Ich auch nicht, aber trotzdem müssen wir miteinander reden können.« Meine Stimme wurde lauter und ein Kloß bildete sich in meinem Hals. Es war, als würde ich mit einem Fremden reden. Mit einem Feind. »Ich habe das Gefühl, dass du gar nicht mehr mit mir sprichst. Wir verbringen kaum Zeit miteinander. Immer ist irgendwas. Das kann alles vorkommen, aber dann sollten wir wenigstens darüber sprechen.« Ich hielt inne und sammelte meinen

Mut. Jetzt war der Moment gekommen. Es würde kein besserer kommen. »Ich hab das Gefühl, dass du dich vor mir zurückziehst«, schaffte ich endlich zu sagen. Meine Brust fühlte sich wie ein Vakuum an.

Simon schüttelte den Kopf. »Tue ich nicht. Ich versuche nur, Stress zu vermeiden«, sagte er.

»Das funktioniert so nicht. Wenn du nicht mit mir redest, wird doch nichts besser. Ich habe stattdessen das Gefühl, dass du lieber unterwegs als bei mir bist.« Jetzt hatte ich es gesagt. Mit wild klopfendem Herzen wartete ich auf seine Antwort.

»Das ist Quatsch«, sagte er gepresst. »Ich liebe dich. Das weißt du doch.«

»Davon merke ich in letzter Zeit immer weniger«, sagte ich leise. »Ich dachte im Urlaub, dass wir die Zeit nutzen können, um die Reisen und Extraschichten auszugleichen, aber irgendwie hat das nicht geklappt. Ich dachte, dass du mich fragst, ob wir heiraten wollen.«

Er holte tief Luft, doch auf einmal wirkte er auch ratlos. Die Wut war verpufft und ich sah seine Unsicherheit.

»Ich dachte nicht, dass du das trotz meiner ganzen Reisen willst«, sagte er verhalten. »Ich dachte, dass es dich so nervt, dass du auf jeden Fall nein sagst. Du machst einen so unzufriedenen Eindruck in letzter Zeit auf mich. Du redest auch nicht mit mir. Und wenn, beschwerst du dich nur über die Reisen. Das gibt mir nicht das Gefühl, dass du glücklich mit mir bist.«

Ich musste mich setzen, weil sich meine Beine schwach anfühlten. Ich war stinkwütend und vor Enttäuschung hätte ich am liebsten losgeheult.

Jetzt war genau das passiert, wovor ich solche Angst hatte: Wir stritten. Heftig. Fundamental. Es kamen Sachen auf den Tisch, die uns beiden wehtaten. Und sie waren die Wahrheit.

Ich kämpfte mit den Tränen und ballte die Hände zu Fäusten. »Ich bin gerade auch nicht glücklich«, gab ich endlich zu. »Ich liebe dich von Herzen, aber ich weiß momentan nicht, ob wir es hinkriegen. Es ist, als wäre irgendwas zwischen uns gerutscht. Deine Reisen, mein Frust deswegen ... ich weiß es nicht. Aber ich weiß, wenn wir nicht darüber reden, wird es immer schlimmer.«

Er sah mich lange an, in seinem Gesicht stritten die Emotionen miteinander.

»Ich kann nicht einfach die Reise absagen«, erwiderte Simon. Ich hatte ihn noch nie so gestresst gesehen. So überfordert. Er lief in der Küche auf und ab und ich sah ihm an, wie sehr ihn das alles ankotzte.

Mir ging es genauso.

»Verstehe ich. Aber genau diese Zeit bräuchten wir wahrscheinlich, um einmal über alles zu sprechen. Um uns über Dinge klar zu werden«, sagte ich leise.

»Ich muss fahren«, beharrte er. »Ich habe keine Wahl.«

»Aber wir können doch nicht eine Woche oder länger einfach an diesem Punkt bleiben!«, rief ich verzweifelt. »Wir können uns doch nicht einfach so hängen lassen!«

Simon sah mich an. Sein Gesicht war ausdruckslos. Er wusste nicht weiter. Schließlich zuckte er mit den Schultern, als ginge ihn das alles nichts an. In mir zerbrach etwas. Ich wartete, doch von ihm kam nichts mehr.

»Ich denke, das ist wirklich ein Punkt, an dem du deine Prioritäten setzen musst«, sagte ich mit tauben Lippen. »Denn ich kann nicht eine ganze Woche oder noch länger warten, bis wir dieses Gespräch fortsetzen. Ich kann damit nicht leben, dass das zwischen uns so aussieht.«

»Ich weiß aber nicht, was ich dir dazu sagen soll«, meinte er gepresst. »Ich muss fahren, sonst bin ich meinen Job los. Ich würde nie von dir verlangen, dein Projekt einfach sausen zu lassen. Das ist unfair, Siv!«

»Dann hättest du nicht so lange warten sollen«, sagte ich und biss mir auf die Lippe. »Und ich auch nicht. Das ist richtig mies gelaufen. Ich wollte dich schon seit Freitag ansprechen, aber irgendwie war nie der richtige Zeitpunkt. Und jetzt stehen wir hier und streiten. Das ist doch beschissen.« Tränen traten in meine Augen.

Simon machte einen Schritt auf mich zu, blieb dann aber ratlos stehen. Frust verzerrte sein Gesicht. »Ich weiß nicht, was ich machen soll«, sagte er. »Ich muss in einer halben Stunde los, damit ich den Late-Check-in noch schaffe. Zacki holt mich ab. Ich habe keine Wahl.«

»Das habe ich verstanden«, flüsterte ich. »Aber das stimmt nicht. Du kannst jederzeit sagen, was du willst: Nicht nach Osnabrück fahren. Mit mir zusammen sein. Oder auch nicht, wenn es das ist.«

»Das habe ich nie gesagt!«, fuhr er auf.

»Aber so, wie es ist, kann es nicht weitergehen«, sagte ich. »Ich ertrage es nicht, dass es so zwischen uns ist. Ich will, dass es wieder so ist wie vorher. Bevor du ständig auf Reisen gegangen bist und mich aus deinem Leben ausgeschlossen hast.«

Simons Mund war nur noch ein schmaler Strich. »Das habe ich nicht. Aber ich finde, dass du so denkst, sagt sehr viel aus.« Er stellte den Herd aus. »Ich habe keine Ruhe mehr, um zu essen. Ich packe jetzt fertig.« Damit ließ er mich stehen.

Ich saß wie betäubt in der Küche und hörte, wie er nebenan herumlief. Ich konnte mich nicht rühren, es war, als wäre mein Inneres vor Schock eingefroren.

Nach einer Weile kam er noch einmal zu mir, küsste mich auf die Wange und verabschiedete sich. Kurz darauf fiel hinter ihm die Tür zu.

Ich war allein. Und brach in Tränen aus.

Ich lag die halbe Nacht wach. Der Streit ließ mir keine Ruhe. Weit nach Mitternacht nickte ich endlich ein, doch ich wachte immer wieder auf.

Am nächsten Morgen sah ich, dass Simon mir geschrieben hatte, als er in Osnabrück ankam - kein Wort der Entschuldigung. Ich war völlig erschöpft und kurz davor, mich krankzumelden, doch das brachte ich nicht über mich. Wir hatten noch so viel zu tun und ich wollte das Team nicht hängen lassen.

»Ich bin heute Abend raus«, sagte ich zu Juli.

Sie riss die Augen auf. »Aber warum?«

»Ich hatte gestern Abend einen Riesenstreit mit Simon und er ist jetzt für mindestens eine Woche in Osnabrück. Wir haben uns nicht vertragen und ich hab beschissen geschlafen«, erzählte ich.

»Aber wie ich dich kenne, sitzt du dann heute Abend auf der Couch und grübelst«, sagte Juli. »Ich verstehe, dass du nicht in Partystimmung bist, aber das bringt nichts. Es sei denn, du willst nach Osnabrück fahren.«

»Das habe ich nicht vor. Er hat eh keine Zeit für mich und das wäre komplett sinnlos«, sagte ich bitter.

»Überleg es dir wenigstens, okay? Besser, als allein und traurig zu sein, ist es auf jeden Fall. Sventje und ich sind für dich da. Denk drüber nach, ja?«, bat sie.

Das versprach ich ihr.

Ich zog meine Termine durch und machte Feierabend. Wegen der Weihnachtsfeier stand heute ausnahmsweise nichts mehr an. Zu Hause legte ich mich auf die Couch und schlief zwei Stunden.

Als ich aufwachte, fasste ich mir ein Herz und rief Simon an. Er nahm den Anruf nicht an. Stattdessen bekam ich eine Viertelstunde später eine Nachricht.

›Ich habe lange über gestern nachgedacht und glaube, es wäre am besten, wenn wir das alles erst mal sacken lassen. Wir sollten versuchen, herauszufinden, was wir wollen. Jeder für sich. Sorry, ich glaube, das ist am besten so.‹

Ich starrte auf das Display und konnte es nicht fassen, dass er mich so abwimmelte. Ja, der Streit gestern war ätzend, aber das war doch kein Grund!

Wieder traten Tränen in meine Augen, doch dieses Mal hatten sie Trotz im Gepäck. Ich ließ mich nicht einfach abstellen wie einen alten Koffer. Das konnte er nicht mit mir machen! Und garantiert würde ich heute Abend nicht allein zu Hause herumhängen und um ihn weinen!

Ich begann, ihm eine bissige Antwort zu schreiben, um ihm zu sagen, was ich von der Scheiße dachte, die er mir auftischte. Dann löschte ich jedes einzelne Wort wieder. Diese Nachricht verdiente keine Antwort.

Stattdessen schrieb ich Juli und Sventje, dass ich heute Abend am Start war. Ich war es leid, mich mies zu fühlen. Die Party würde mich auf andere Gedanken bringen. Ich hatte die Chance, ein bisschen Spaß zu haben und mich zu erinnern, dass nicht mein ganzes Leben momentan ätzend und kompliziert war. Und morgen konnte ich mir über alles andere Gedanken machen.

Ich fuhr zu Sventje, um mich für die Party fertig zu machen. Wir köpften erst mal eine Flasche Sekt.

»Möchtest du über die Sache mit Simon reden?«, fragte Sventje. Ich schüttelte den Kopf. »Soll ich ihn mal anrufen?«, fragte sie weiter. Simon und Sventje kannten sich schon ewig, sie waren während ihrer Elektrikerlehre in die gleiche Klasse in der Berufsschule gegangen. Durch Simon war Sventje in die Firma gekommen und wir hatten uns seinetwegen angefreundet. Trotzdem wollte ich nicht, dass sie da reingeriet. Wieder schüttelte ich den Kopf und trank noch einen Schluck Sekt.

»Ich mache mir morgen Gedanken darüber«, sagte ich. »Heute wird gefeiert.«

»Dann mal los«, sagte Juli und schenkte nach.

Als wir uns auf den Weg zur Weihnachtsfeier machten, war ich schon leicht beschwipst.

»Get this party started!«, sang Sventje und tanzte wild. »Das wird eine mega Party, Leute! Ich spüre, dass wir heute eine richtig gute Nacht haben werden. Sex liegt in der Luft.« Dabei wackelte sie mit ihrem Hintern. Wenn sie so abging, hatte sie definitiv schon einen im Tee. Ich betrachtete sie mit einem Lächeln. Sventje sah immer das positive. Davon sollte ich mir eine Scheibe abschneiden.

»Dann bist du es wohl, die ihn haben wird«, meinte Juli kopfschüttelnd.

»Du bist auch noch nicht vom Markt«, erinnerte Sventje sie. Sie sah heiß in ihrem Kleid aus und sogar das schräge Tanzen war irgendwie sexy darin. »Du kannst dir auch jemanden schnappen.«

»Verrätst du ihr, dass es eine Firmenfeier ist, oder soll ich das tun?«, fragte Juli mich.

»Sie kommt von allein drauf, wenn Fred gleich vor ihr steht und sie fragt, was sie trinken will«, meinte ich. Fred war immer der erste auf solchen Feiern und wich den jungen Frauen noch weniger von der Seite als sonst.

Juli krauste die Nase. »Ach ja, Fred. Den werde ich mir auch vom Hals halten müssen. Vor allem, wenn er schon die ersten Drinks intus hat.«

»Ja, du solltest auf dein Röckchen aufpassen. Aber keine Angst, wir passen auf dich auf«, erwiderte ich. »Dann mal los, ich bin bereit für eine legendäre Nacht.«

Wir erreichten die Location. Als erste sahen wir Olivia, die gestresst an der Bar telefonierte. Natürlich.

»Können wir helfen?«, fragte Juli höflich und lächelte dem Barkeeper zu, damit er schon mal wusste, dass Arbeit auf ihn zukam.

Olivia rollte genervt mit den Augen und schnappte sich einen Martini. »Ich hoffe, ich bin bald durch«, sagte sie und exte den Drink.

»Wie du möchtest. Dann los, Mädels, da warten Gin Tonics auf uns«, sagte Juli und schwirrte ab. Sie kam nicht zurück, weil sie Fred in die Arme lief.

Sventje sah ihr kopfschüttelnd nach. »Das hat sie jetzt davon«, meinte sie und zog mich zur Bar. »Ist wirklich alles okay?«, fragte sie ernst.

»Ja«, winkte ich ab. »Ich denke nicht mehr drüber nach.«

»Okay«, sagte sie und stieß mit mir an.

»Guten Abend, die Damen«, hörte ich eine vertraute Stimme neben mir. Ich drehte mich um und erblickte Kian.

»Oh, hey Kian.«

»Du siehst hübsch aus, Siv. Du natürlich auch, Sventje«, sagte er an mir vorbei.

»Das war knapp, Kian!«, drohte sie.

Ich spürte, dass sich meine Wangen wegen seines Kompliments röteten. »Danke. Du siehst auch gut aus.«

»Wollen wir was zusammen trinken? Auf unser Teamwork und so?« Er lächelte mich an. Mir wurde warm.

»Klar, machen wir«, versprach ich. Meine Nerven flatterten. War es wirklich eine gute Idee, mit ihm etwas zu trinken?

›Es besteht keine Gefahr‹, sagte ich mir nachdrücklich. ›Wir sind hier auf einer Firmenfeier mit fünfhundert Leuten, die wir kennen. Das ist sicher. Es wird nichts Dummes passieren, egal, wie genervt ich wegen der Sache mit Simon bin.‹

Hinter Sventje tauchte Miguel auf und prostete ihr zu.

»Ich würde mich freuen, wenn wir heute noch tanzen«, meinte Kian. »Du tanzt gern, oder?«

»Wie kommst du darauf?«, fragte ich zurück.

»Ich weiß auch nicht. So fröhliche Menschen wie du tanzen meistens gern. Und gut«, sagte er.

Ich brauchte ein paar Sekunden, um mich zu sortieren.

›Das war einfach nett gemeint. Todsicher. Zwischen uns ist alles geklärt. Er kann das nicht anzüglich meinen. Warum klopft mein Herz dann trotzdem so schnell?‹

»Ähm, stimmt. Danke für das Kompliment«, antwortete ich zögerlich.

»Hey Kian, hey Miguel«, sagte Juli und drängte sich zwischen Sventje und mich, sodass ich zu Kian geschoben wurde. Sie stöhnte. »Ich bin Fred endlich losgeworden. Mein Gott, der Mann hat echt Probleme, die keine sind.« Sie bestellte einen Gin Tonic und stieß mit uns allen an. »Auf einen schönen Abend.«

Darauf trank ich gern. Dabei warf ich Kian einen verstohlenen Blick zu. Er bemerkte es und grinste. Schnell schlug ich die Augen nieder. Zwischen uns knisterte es schon wieder dermaßen, dass mir der Schweiß kam.

Juli, Miguel und Sventje unterhielten sich angeregt, Kian stand direkt vor mir.

»Ich dachte, wir hätten alles geklärt. Stattdessen flirtest du wieder mit mir«, sagte ich leise.

Er lächelte verschmitzt und kam mit seinem Mund an mein Ohr. »Ich dachte, ein Kompliment wäre drin.« Ich bekam Gänsehaut, weil sein Atem meinen Hals streifte.

»Ja, ist es. Tut mir leid, ich wollte nicht zickig sein.« Schnell machte ich einen Schritt zurück,

»Bist du nicht. Auf einen schönen Abend? Nochmal?«, fragte er und hob sein Glas erneut.

»Klar.« Ich stieß mit ihm an.

»Hey, nicht allein trinken!«, meckerte Juli neben mir.

»Entschuldige bitte. Das holen wir sofort nach«, meinte Kian und lehnte sich vor, um mit dem Barkeeper zu reden. Dabei berührten sich unsere Hüften.

Ein elektrischer Schlag fuhr durch meinen ganzen Körper. Mir wurde so heiß, als würde ich in Flammen stehen. Ohne klaren Gedanken legte ich meine Hand auf seinen Arm und schob ihn beiseite.

Erst Sekunden später merkte ich, dass das zwar der Plan gewesen war, ich ihn aber nicht umsetzte. Stattdessen verschwand meine Hand unter seinem Sakko und lag gefährlich nah an seinem Hintern. Ich drehte beinahe durch, schaffte es aber nicht, meine Hand wegzuziehen.

»Siv, willst du?«, fragte er mich und sah mir in die Augen. Darin stand eine klare Botschaft: »Ich bin bereit, wenn du es bist. Mach mit mir, was du willst.«

Schnell zog ich meine Hand zurück. Endlich.

›Scheiße, was mache ich hier bloß? Ich muss schleunigst Abstand zwischen uns bringen!‹

»Hey chicks. Hey Key-Man Sänd.« Fabia kam zu uns und lehnte sich an die Bar. Sie trug ein Spitzenkleid und sah umwerfend aus. Die Hälfte der Männer in der Nähe gaffte sie an. Sabbernd.

Kian nicht. Er blickte einfach an ihr vorbei. Zu mir.

Mein Herz pochte gegen meine Rippen und mir war unfassbar heiß.

»Hey Fabia«, rang ich mir ab. »Du siehst toll aus.«

»Danke dir, du aber auch«, sagte sie und warf ihr braunes Haar zurück, das in glänzenden Locken über ihre Schulter fiel. Sie sah aus wie ein Model.

Jemand aus dem Projekt kam zu uns und verwickelte Kian in ein Gespräch. Juli lehnte sich an mich und blickte sich um. »Das wird ein guter Abend. Das spüre ich. Wie geht es dir?«, fragte sie dann.

»Bis eben hatte ich es ganz gut verdrängt«, sagte ich und trank schnell noch einen Schluck.

»Hat er sich noch einmal gemeldet?«, fragte sie.

»Du meinst abgesehen davon, dass er quasi mit mir per Messenger Schluss gemacht hat? Nein.«

»Er hat nicht mit dir Schluss gemacht«, sagte Juli und ich sah ihr an, dass sie es bereute, mich gefragt zu haben. Ich atmete durch, weil ich uns nicht die Party versauen wollte.

»Komm, reden wir nicht mehr darüber«, sagte ich. »Heute will ich nicht mehr darüber nachdenken. Das kann alles warten. Muss es sowieso.«

Juli nickte und versuchte, mich aufzumuntern, doch meine Laune war im Keller. Sventje kam mit Shots zu uns und ich trank einen. Danach ging es und ich schaffte es, mich wieder aufzubauen. Wir holten uns etwas zu essen, tranken und tanzten.

»Ich mache eine kurze Pause«, rief ich Sventje und Juli zu, die mitten auf der Tanzfläche waren, und suchte mir einen Stuhl. Langsam taten meine Füße weh. Ich trug nur selten Absätze, das rächte sich jetzt.

Ich holte mein Handy heraus. Ylva hatte mir viel Spaß gewünscht und fragte, wie die Party war.

Nichts von Simon. Er machte ernst und meldete sich nicht. Meine Eingeweide verkrampften sich. Vielleicht war das kein Schlussmachen heute Morgen, aber es fühlte sich an, als stünde unsere Beziehung kurz vor dem Ende.

»Noch einen Drink?« Vor meinem Gesicht tauchte ein Glas auf. Ich sah auf und blickte Kian an, der es mir hinhielt. »Oh, alles okay?«

»Ja, danke«, sagte ich und wischte mir über die Wangen.

»Sicher?«, fragte er.

»Ja, geht schon wieder«, sagte ich und tatsächlich ging es mir etwas besser, weil er neben mir saß. Mein Körper reagierte auf ihn und das verdrängte die schlechten Gefühle. Komplett.

Jetzt lächelte er mich an und meine Eingeweide entknoteten sich.

»Danke fürs Fragen«, sagte ich und tätschelte seine Hand. Wieder raste die Berührung wie eine Feuerwalze durch mich hindurch. Schnell zog ich die Hand zurück, meine Wangen waren heiß. »Ich muss mal kurz raus.« Ich sprang auf und lief aus dem Saal in den Vorraum, von dem Garderobe und Toiletten abgingen.

»Siv, ist alles okay?« Kian war mir gefolgt.

Ich blieb stehen und drehte mich zu ihm um. Meine Wangen brannten und mein Herz schlug mir bis zum Hals.

»Ja ... ich meine ... nein ...« Ich lächelte verzweifelt und machte einen Schritt zurück. »Mein Freund ist jetzt ewig auf Geschäftsreise und ich habe das Gefühl, dass es mit uns zu Ende geht. Ich fürchte, du hattest recht: Wir haben Probleme. Sie sind größer als gedacht.«

»Das tut mir leid zu hören«, sagte er. »Das ist bestimmt schwierig für dich, oder?«

»Ist schon okay. Danke, dass du hier bist.« Ich legte meine Hand auf seine und lächelte. »Das hilft.« Wir sahen einander in die Augen. Wieder stand ihm ins Gesicht geschrieben, dass es nur einen Impuls von mir brauchte.

Er war zu allem bereit.

»Du musst nur etwas sagen«, flüsterte er.

Ich riss mich los und stürmte durch die Tür zurück in den Festsaal, bevor ich die Beherrschung verlor.

Erschrocken blieb ich stehen. Ich war in den falschen Saal gelaufen. Hier war es dunkel und Stühle standen aufgetürmt in der Mitte des Raumes. Wir waren allein. Ganz allein. Wie auf einem anderen Planeten. Es war ruhig. Friedlich. Und intim. So intim.

Kian kam hinter mir her. »Sorry, das war zu viel«, sagte er und hob die Hände. »Bitte sei nicht sauer. Ich lasse das jetzt. Ich ...«

Weiter kam er nicht. Ich versetzte der Tür einen Tritt und küsste ihn so stürmisch, dass er gegen die Wand gedrückt wurde. Ich war wie von Sinnen und verlor mich komplett.

Wild zerrte ich an seinem Hemd und riss es aus seiner Anzughose. Dann waren meine Hände an seinem Gürtel.

›Was mache ich hier bloß?‹

›Ich treffe eine Entscheidung.‹

Kian schlang seine Arme um mich. Seine Finger fanden meine Taille und streichelten mich. Sie waren unter meinem Shirt, direkt auf meiner nackten Haut.

Ich küsste ihn noch intensiver. Es fühlte sich wahnsinnig gut an, wie er mich berührte. Ich wollte mehr davon.

So viel mehr.

Mein Gehirn schaltete sich aus und ich bestand nur noch aus meinen Gefühlen. Aus meiner Begierde.

Ich wollte ihn. Es fühlte sich richtig an, ihn zu küssen. Es musste so sein. Kian hob mich hoch und ich schlang meine Beine um seine Hüften. Er trug mich weg von der Tür und setzte mich ab, ohne aufzuhören, mich zu küssen.

Seine Finger drangen unter meinen BH und streichelten meine Brüste. Gänsehaut überzog meinen Körper und mir wurde noch heißer.

Seine Lippen auf meinen fühlten sich so gut an. Seine Hände auf meiner nackten Haut trieben mich gefährlich auf einen Abgrund zu.

Ich hatte keine andere Wahl: Ich musste springen.

Ich öffnete seinen Gürtel und presste ihn an mich. Mein Rock war hochgerutscht, wir berührten uns jetzt so, wie ich es mir in meinen Träumen oft vorgestellt hatte.

Es fühlte sich noch besser an.

»Oh Gott, das habe ich mir schon so oft vorgestellt«, hauchte er an meinen Lippen.

»Ich mir auch«, flüsterte ich zurück und rutschte noch etwas näher.

Kian griff in seine Hosentasche und holte etwas hervor. Ich sah nicht hin, ich wusste, was es war. Ich küsste ihn einfach wieder und verdrängte jedes Bisschen Vernunft aus meinem Kopf. Ich stürzte mich einfach in mein Gefühl. Dieses perfekte Gefühl.

Als nächstes spürte ich, dass seine Hände unter meinen Rock fuhren. Dann war er an meinem Slip und zog ihn beiseite. Mein Herz stolperte und mein Blut rauschte in meinen Ohren.

»Tu es!«, flüsterte ich.

Ich stieß einen kurzen Schrei aus, als wirklich passierte, was ich mir seit Wochen vorstellte: Wir hatten Sex. Wild. Hemmungslos. Ich biss mir auf die Lippen, um halbwegs leise zu sein. Unsere Körper fanden einen gemeinsamen Rhythmus, als hätten wir das schon viele Male getan und wüssten genau, was wir brauchten.

Seine Hände fuhren über meinen Körper und ich schlang mich um ihn, um so viel wie möglich von ihm zu spüren.

Jeder Zentimeter Haut war kostbar.

Jeder Kuss war wie eine Explosion.

Und jede seiner Bewegungen brachte mich dem Rande meines Verstandes näher.

Ich genoss es so sehr. Es war so gut.

Kian presste sein Gesicht an meinen Hals und keuchte. Im gleichen Moment explodierten tausend kleine Sonnen vor meinen Augen. Ich presste meine Hand auf meinen Mund, um nicht laut zu schreien.

So gut. So verdammt gut.

Kian löste sich schweratmend nach einem letzten Kuss von mir. Ich lächelte ihn an, erst dann wurde mir klar, was gerade passiert war. Also nicht, *was*, denn das war mir klar, sondern welche Konsequenzen es hatte. Ich schlug die Hand vor den Mund.

In seinem Gesicht sah ich, dass ihm gerade die gleiche Erkenntnis kam.

»Oh mein Gott«, stammelte ich. »Was habe ich getan?«

Kapitel 10

Ich starrte Kian an.

Mein Atem ging stoßweise, vor meinen Augen tanzten schwarze Flecken. Ich bekam keine Luft mehr, mein ganzer Körper kribbelte und mein Schädel dröhnte.

»Hör mal, Siv ...« Kian zögerte kurz, als er meinen Blick auffing, dann legte er seine Arme um mich. War er sich überhaupt bewusst, was für ein Chaos das alles anrichtete?

Ich schluchzte. »Scheiße, tut mir leid«, stammelte ich.

»Du kannst nichts dafür.«

»Ich bin dir gefolgt«, sagte er ruhig.

»Und ich habe dich geküsst und dir gesagt, dass ich es will«, murmelte ich in sein Sakko. Statt zu antworten, hielt er mich fester.

Schuldgefühle überschwemmten mich. Ja, Simon und ich hatten uns gestritten und es lief nicht gut bei uns, aber das war kein Grund, mit einem anderen zu schlafen. Ich hätte darauf bestehen müssen, dass wir miteinander sprachen. Stattdessen lag ich hier in Kians Armen und ließ mich von ihm trösten.

»Siv«, flüsterte er in mein Ohr. Sein Atem verursachte Gänsehaut in meinem Nacken – trotz allem. »Ich bin für dich da, okay? Egal, was passiert.«

»Danke.« Ich schluckte meine Tränen hinunter und versuchte, mich zusammenzureißen.

Ich hatte eine Entscheidung getroffen. Ich musste dazu stehen. Und ich musste es Simon sagen und reinen Tisch machen. Auch, wenn das bedeutete, dass ich ihn verlor. Denn nach dieser Sache war unsere Beziehung vorbei.

Endgültig.

Mein Herz verkrampfte sich. Ich liebte ihn. Trotz des Streits und der Scheiß-Situation. Die Sache brachte mich um, obwohl ich den Weg selbst gegangen war.

Ich fühlte mich beschissen. Und doch gleichzeitig gut, weil Kian mich im Arm hielt. Der Sex war unglaublich, so hatte ich mich noch nie dabei gefühlt.

Mein schlechtes Gewissen brachte mich um.

»Ich muss Simon anrufen«, flüsterte ich.

Kians Umarmung wurde fester. »So was beichtet man nicht am Telefon«, meinte er leise.

Er hatte recht.

Ich löste mich von ihm und strich meine Kleidung glatt, dann rieb ich mir die Wangen und versuchte, mich abzuregen. Draußen im Foyer waren Stimmen zu hören.

Wir waren immer noch auf der Firmenweihnachtsfeier.

Diese Erkenntnis war ein Schock. Ich hatte wegen Kian alles vergessen, sogar, wo ich war.

Panik breitete sich in mir aus, weil jederzeit jemand hereinkommen und uns sehen könnte.

›Oder hat uns jemand gesehen und wir haben es nicht bemerkt, weil wir auf uns konzentriert waren? Macht die Geschichte schon die Runde? Stehen sie draußen und warten auf uns? Juli? Sventje? Olivia? Ich muss hier weg!‹

Ich betete, dass wir nicht entdeckt worden waren. Dass mir noch eine Schonfrist blieb. Alle aus meinem Team hatten Simons Nummer.

Bei dem Gedanken, dass jemand anderes ihn anrufen und ihm erzählen könnte, was ich getan hatte, wurde mir kotzübel. Tränen vernebelten meine Sicht und meine Brust fühlte sich eng an.

Kian zog mich ans Fenster, wo von draußen Licht hereinfiel. »Bitte beruhige dich«, sagte er leise.

Ich schüttelte stumm den Kopf und schluchzte.

»Ich weiß, dass das gerade sehr schlimm für dich ist. Wir müssen hier jetzt erst mal raus, dann überlegen wir uns was, okay?«, flüsterte er eindringlich und streichelte meine Oberarme. »Ein Schritt nach dem anderen.« Er sah mich prüfend an. »Bis zur Toilette solltest du es schaffen. Alles okay. Geh vor, ich warte ein paar Minuten, bis es in der Halle wieder ruhig ist. Wir treffen uns in einer halben Stunde an der Bar.«

»Wenn uns jemand sieht ...«, begann ich und musste mir eine zweite Träne abwischen.

»Das passiert nicht«, unterbrach er mich sanft. Vorsichtig streichelte er meine Wange. »Ich würde dir ja gern sagen, dass es mir leidtut, in welche Situation dich das bringt, aber ich kann nicht. Ich habe mir das seit Wochen vorgestellt und ich habe es wirklich genossen.«

»Ich auch«, flüsterte ich, dann drehte ich mich um und rannte aus dem Raum. Ich stürzte zur Damentoilette und sah mir im Spiegel ins Gesicht.

Ich sah noch genauso aus wie vorher. Und das, obwohl ich ein anderer Mensch war. Ein schlechter Mensch. Eine Lügnerin. Eine Betrügerin, die die Liebe ihres Partners nicht verdient hatte.

Meinem Spiegelbild war das egal. Und einer Hälfte meines Herzens erschreckenderweise auch. Diese Hälfte feierte, was zwischen Kian und mir passiert war. Sie drehte vor Glück am Rad.

Die andere Hälfte fühlte sich schwarz und verkümmert von all den negativen Gefühlen und der Schuld an.

»Hey Siv, hier steckst du!« Ich zuckte zusammen, als Sventje und Juli hereinkamen.

Sventje huschte an mir vorbei aufs Klo und ich hörte sie stöhnen. »Warum dreht sich die Kabine denn so?«

»Weil du sechs Gin Tonic gesoffen hast! Mach mal langsam!« Juli blieb bei mir stehen und atmete durch. Sie war auch angetrunken, stellte ich erleichtert fest. Unwahrscheinlich, dass sie etwas mitbekam. Wenigstens etwas.

»Svenni hat mit einem aus der IT geknutscht«, flüsterte Juli mir laut zu. Ihr Blick war unstet, sie schien Probleme zu haben, sich auf mein Gesicht zu konzentrieren. »Mit Samir, du weißt schon: Der große Hübsche«, fügte sie hinzu. Samir, der IT-ler, auf dessen Pullover sie gestanden hatte. Ich hatte es doch gewusst, dass er auf sie stand.

»Du solltest das niemandem erzählen!«, meckerte Sventje vom Klo herüber.

»Warum denn nicht?«, rief Juli zurück. »Du solltest sofort zu ihm gehen und weitermachen. Du hast doch gesagt, es liegt Sex in der Luft. Tu es einfach, Sventje!«

Die Kabinentür neben Sventje ging auf und Olivia kam heraus. Wir starrten sie an und Julis Gesicht wurde knallrot. Olivia ging schweigend ans Waschbecken und wusch sich ausgiebig die Hände. Wir beobachteten sie stumm.

Sventje kam aus ihrer Kabine, sah sie und ging rückwärts wieder rein.

Olivia trocknete sich in aller Seelenruhe die Hände ab und kontrollierte ihre Frisur im Spiegel. Dann nickte sie uns zu und wandte sich zu den Toiletten. »Juli hat recht, Sventje! Gönn dir ein bisschen Spaß, das Projekt ist hart genug. Bis später!« Damit verließ sie den Raum.

Juli und ich starrten uns an, bis die Tür zugefallen war, dann brachen wir in hysterisches Gelächter aus.

Sventje kam mit rotem Kopf zu uns. »Toll gemacht!«, fauchte sie Juli an. »Das wird mir ewig anhängen: *Sventje und ihre Liste. Sventje hatte sie alle. Sventje ...*«

»Ach Süße, nimm das nicht so schwer. Es haben eh alle gesehen, dass ihr geknutscht habt. Also kannst du zu Samir zurückgehen und durchziehen«, meinte Juli aufmunternd. »Ich glaube, er hätte nichts dagegen.«

»Wahrscheinlich nicht, aber ich«, sagte Sventje. »Mir reichts für heute. Ich will nach Hause.«

»Nichts da! Wir trinken jetzt noch was«, legte Juli fest. »Und dann sehen wir mal, was der Abend noch so bringt. Du auch, Siv!« Sie packte mich am Arm und zerrte mich hinter sich her. Ich hatte keine Chance, zu entkommen.

Ich wachte verkatert auf und starrte an die Decke meines Schlafzimmers.

Mir war schlecht, Juli hatte mich abgefüllt. Ich erinnerte mich nur dunkel daran, wie ich mit dem Taxi nach Hause gekommen war. Ich trug noch mein Shirt von gestern. So verklebt wie meine Augen waren, hatte ich mich nicht abgeschminkt, sondern war einfach ins Bett gefallen.

Ein Glück war heute Samstag. Ich drehte mich seufzend um und schloss meine verklebten Augen wieder.

Es dauerte ein paar Sekunden, dann erinnerte ich mich, was letzte Nacht passiert war: der Sex mit Kian.

Ich starrte an die Decke der Wohnung, in der ich zusammen mit Simon lebte. Noch. Es war ausgeschlossen, dass er mir meinen Fehltritt verzieh. Ich musste es ihm schnellstmöglich sagen. Jede Stunde, die verstrich, machte alles nur noch schlimmer.

Mit zitternden Händen griff ich nach meinem Smartphone und rief ihn an. Ich hatte keine Ahnung, was ich sagen sollte, aber das würde sich irgendwie finden.

Ich hasste es, ihm das am Telefon sagen zu müssen, aber es konnte nicht warten. Diese Beichte würde das schlimmste werden, was ich in meinem Leben tun musste, aber ich konnte es nicht länger für mich behalten.

Der Anruf wurde abgelehnt.

Ich versuchte es noch einmal.

Der Anruf wurde wieder abgelehnt.

›Können wir bitte reden?‹, schrieb ich ihm.

Er las es, antwortete aber nicht.

Ich war so verzweifelt, dass ich es fast in eine Nachricht geschrieben hätte, doch das brachte ich nicht über mich.

»Simon, verdammt«, flüsterte ich und zog die Beine an, um mich zu einem Päckchen zusammenzurollen.

Dann kamen die Tränen, sie hörten gar nicht mehr auf. Tausend Gefühle brachen über mich herein. Angst. Ärger. Trotz. Trauer.

Ich würde Simon verlieren. Ich hatte meine Beziehung weggeworfen. Fünf Jahre mit einem Mann, den ich von Herzen liebte. Alles wegen einer Zeit, in der es mal nicht ganz rund lief zwischen uns beiden.

Wir hatten nicht genug versucht, an uns zu arbeiten. Wir hatten nicht im Ansatz genug miteinander gesprochen.

Und jetzt hatte ich einem Verlangen nachgegeben, dass sich während dieser Zeit so unerträglich stark aufgebaut hatte, dass es zu meinem Ventil geworden war. Kian war mein Ventil. Und doch musste ich mir eingestehen, dass da mehr war. Mehr als nur Sex oder körperliche Anziehungskraft.

Ich mochte ihn. Ich genoss seine Nähe. Ich fühlte mich seinetwegen so gut, wie ich mich eigentlich wegen Simon fühlen sollte. Ich hatte ihm einen Platz in meinem Herzen geschenkt - ungeplant und doch nicht zu leugnen.

Das musste ich Simon alles sagen. Ich musste ihm erklären, was geschehen war - endlich. Wir mussten endlich miteinander reden.

Wieder rief ich ihn an.

Wieder wies er den Anruf ab.

›Ich muss dringend mit dir reden. Bitte‹, schrieb ich ihm.

›Ich kann jetzt nicht. Bin auf der Baustelle.‹

Wenigstens hatte er geantwortet, aber ich hatte nicht das Gefühl, dass er sich meldete, sobald er Zeit hatte. Simon zog durch. Er wollte die Zeit nutzen, um nachzudenken.

Ich war mir sicher, dass es eine dumme Idee war, das mit sich allein auszumachen. Was dabei schlimmstenfalls herauskam, sah ich ja an mir selbst.

Aber was sollte ich denn jetzt tun? Ich musste mit Simon reden. Auf keinen Fall wollte ich diese Sache bei jemand anderem ausbreiten. Der Vertrauensbruch wäre dadurch noch größer.

Mein Handy klingelte. Vielleicht rief er mich ja doch zurück! Mit zitternden Fingern angelte ich nach meinem Handy und nahm den Anruf an, ohne auf das Display zu achten. Die Tränen in meinen Augen verschleierten meine Sicht. »Hey.«

»Hey Siv, hier ist Kian.«

Ich schloss die Augen. Mein Herz pochte. Mit Kian hatte ich nicht gerechnet. Wie dumm von mir. Ich hätte mir denken können, dass er sich meldete.

»Ich wollte mal hören, wie es dir geht«, sagte er.

»Nicht gut«, antwortete ich ehrlich. »Ich kann Simon nicht erreichen.«

»Wolltest du es ihm sagen?«

»Ja. Ich muss. Ich halte es nicht aus, so unehrlich zu ihm zu sein. Das kann keine Woche warten, bis er wieder hier ist. Aber er geht nicht ans Telefon, wenn ich anrufe.«

»Möchtest du reden?«, fragte er. »Ich bin für dich da.«

»Ich glaube nicht, dass das eine gute Idee ist.«

Er atmete durch. »Ich verstehe dich, aber vielleicht kann ich dir ja doch helfen. Und wenn es nur reden ist, um den Kopf klarzubekommen«, wiederholte er. »Wollen wir uns irgendwo treffen?«

»Nein!«, sagte ich schneller, als ich nachdenken konnte.

»Soll ich ...«, er zögerte. »Zu dir kommen?«

Auf keinen Fall! Ich könnte niemals meinen Seitensprung in meine Wohnung einladen!

»Ich komme zu dir.« Warum hatte ich das gesagt?

»Okay. Ich schicke dir meine Adresse. Ich bin zu Hause. Komm einfach, wann es dir passt.«

»Okay, danke.« Ich legte auf.

Wieder starrte ich an die Decke. Das war keine gute Idee. Ich war unzurechnungsfähig in seiner Nähe. Das hatte ich mir gestern selbst bewiesen. Kian gab mir genau das, wonach ich mich momentan sehnte. Wenn ich jetzt zu ihm ging, eskalierte ich wieder.

Ein letztes Mal wählte ich Simons Nummer.

Hop oder top.

Anruf beendet.

›Scheiße, Simon, du machst es mir aber auch verdammt schwer. Du gibst mir wirklich das Gefühl, dass es für dich schon vorbei ist. Oder habe ich damit recht? Hast du uns schon aufgegeben? Bist du überhaupt auf der Arbeit oder liegst du bei einer anderen Frau im Bett? Und wenn nicht, warum behandelst du mich so?‹

Ich krabbelte aus dem Bett und schleppte mich stöhnend unter die Dusche. Mein Kater war ansehnlich und meine Kopfschmerzen enorm.

Ich machte mich frisch und warf eine Tablette ein.

Was sollte ich jetzt tun?

Mittlerweile war ich sauer auf Simon. Was für ein Dickkopf. Warum ging er nicht an sein Scheiß-Telefon?

Ich musste mit irgendwem sprechen.

›Ylva.‹ Sie war meine Rettung. Der Mensch, dem ich auch dunkle Geheimnisse anvertrauen konnte. Sie war für mich da, auch wenn sie mit Sicherheit scheiße fand, was

ich getan hatte. Sie würde mich nicht hängen lassen. Sie würde sich anhören, was ich getan hatte und mir dann zur Seite stehen. Ich brauchte jetzt meine Schwester.

Ich rief sie an. Es klingelte ewig, dann ging sie endlich ans Telefon.

»Hey, ist es wichtig?«, fragte sie gestresst. Im Hintergrund brüllte sich Calla die Seele aus dem Leib.

›Ja‹, wollte ich schreien. *›Ich habe mein ganzes Leben weggeworfen und brauche dich, verdammt!‹*

Ich schaffte es nicht, das zu sagen. Sie hatte gerade keinen Kopf dafür und wenn Calla die ganze Zeit weinte, würde ich durchdrehen.

»Nein, ist es nicht. Melde dich einfach, wenn du Zeit hast«, sagte ich und legte auf.

›Wieder nichts. Verdammt, was habe ich bloß für ein Pech!‹

Mein Herz verkrampfte sich und für diesen Moment gestattete ich es mir, meine Oma noch einmal so sehr zu vermissen, dass es weh tat.

Sie wäre für mich da. Sie wüsste, was zu tun war. Doch sie war nicht mehr hier und hatte mich allein zurückgelassen. Ich ertrug diesen Verlust nicht. Nicht heute.

Ich zog mich an und verließ die Wohnung. Es gab nur noch einen Menschen, mit dem ich reden konnte.

»Das ist eine Scheißidee, Siv«, murmelte ich. »Du machst alles nur noch schlimmer.«

Und trotzdem stand ich eine halbe Stunde später vor Kians Haustür. Mit dem Bus wären es nur zehn Minuten gewesen, doch ich war gelaufen, um mir selbst Zeit zu verschaffen. Ich versuchte, es mir auszureden. Trotzdem stand ich jetzt hier. Ich war ein hoffnungsloser Fall. Statt den Kopf freizubekommen, machte ich alles nur noch schlimmer.

Kian öffnete nach dem ersten Klingeln.

Bei seinem Anblick fühlte ich mich gut und schrecklich zugleich. Mein Herz flatterte.

›Verdammt, ich wusste, dass das eine schlechte Idee ist. Ich habe ihn noch nie im T-Shirt gesehen. Wie kann man denn bitte in einem T-Shirt so heiß aussehen?‹

»Hey, komm rein«, sagte er etwas unbeholfen und machte mir Platz. »Möchtest du einen Kaffee?«

»Ja, gerne«, murmelte ich und zog meinen Mantel aus. Kian griff danach und stand plötzlich nah vor mir. So nah, dass ich ihn roch und seine Körperwärme spürte.

Ich sah ihm ins Gesicht. In diese Augen, die mein Herz rasen ließen. Sein Geruch war betörend.

»Oh scheiße«, flüsterte ich, dann küsste ich ihn.

Kian ließ meinen Mantel fallen und riss mich an sich. Mir wurde schwindelig, weil sich der Kuss so gut anfühlte. So richtig.

Mein Körper reagierte auf ihn, als würden sich alle Schleusen für Hormone öffnen und mich überschütten.

Ich riss ihm die Kleidung vom Leib und spürte, dass er das gleiche tat.

Plötzlich waren wir beide nackt. Das war ein Schock. Ein guter Schock, der mein Herz rasen ließ.

Kian öffnete eine Tür, dahinter war sein Schlafzimmer. Nur Sekunden später lagen wir auf seinem Bett und sein Mund bedeckte mich mit Küssen. Ich schlang die Arme um ihn, dann meine Beine um seine Taille.

Er strich mein Haar aus meinem Gesicht und küsste mich wieder. Ich bekam davon nicht genug. Seinetwegen fühlte ich mich fantastisch. Mit ihm zusammen zu sein fühlte sich so gut an.

Er zog die Schublade seines Nachttischs auf und bereitete sich vor, dann war er wieder bei mir und küsste mich noch heftiger.

Meine Hände glitten über seine Schultern, seinen Rücken, ich berauschte mich daran, wie weich sich seine Haut anfühlte. Ich streichelte begeistert jeden Bogen und jede Mulde, die sein Körper besaß. Kian machte es genauso, er erkundete jeden Zentimeter meiner Haut.

Dann küsste er mich wieder und brachte mich in Position. Ich schrie auf, als er uns vereinigte.

Wieder dieses Gefühl, wieder dieser Wahnsinnskick.

Es war, als gäbe es keine andere Option, als dass wir Sex hatten. Es musste so sein. Es ging gar nicht anders.

Unsere Körper harmonierten perfekt und ich wollte es unbedingt. Ich schlang meine Beine um seine Hüften und gab mich ihm vollkommen hin.

Dieses Mal war es noch besser als letzte Nacht. Jetzt hatten wir Zeit. Wir nahmen sie uns. Und noch mehr.

Unsere Blicke versanken ineinander und als er mich küsste, war es so intensiv, dass mir die Tränen kamen.

Kian keuchte und bettete sein Gesicht in meine Halsmulde, als es vorüber war. Mein Herz hämmerte gegen meine Rippen und ich fühlte mich, als sei ich kilometerweit gerannt.

Träge küsste Kian meinen Hals, dann meine Wange und schließlich meinen Mund.

Ich sah in seine Augen.

Allmählich kehrte mein Verstand zurück. Ich zuckte zusammen und schloss die Augen. »Oh Mann ...«

Tränen brannten in meiner Kehle, weil ich mich selbst für das, was ich getan hatte, verachtete. Wie konnte ich nur in diese Situation kommen? Was war ich für ein schlechter

Mensch? Wie konnte ich mir das hier antun? Und Simon? Und Kian?

»Es wäre so viel schöner, wenn du nicht jedes Mal die Krise bekommen würdest«, sagte er matt lächelnd. »Aber ich verstehe dich.«

»Jedes Mal«, sagte ich kleinlaut und wischte mir eine Träne aus dem Augenwinkel. »Wie das klingt.«

›Als hättest du eine Affäre, bei der das ständig passiert. Scheiße, Siv, du machst alles nur noch schlimmer. Du bist das Letzte. Du hättest lieber nach Osnabrück fahren und mit Simon reden sollen, statt zu Kian zu gehen und ihn zu vögeln!‹

›Unfair‹, dachte ich trotzig. ›Ich habe so oft versucht, Simon zu erreichen. Ich hintergehe ihn nicht einfach eiskalt. Es tut mir schließlich leid.‹

›Und doch bist du hier. So leid tut dir das also. Das ist nicht sehr überzeugend, findest du nicht auch?‹ Mein Gewissen war ein Arschloch.

»Was wirst du jetzt machen?«, fragte Kian leise.

Ich sah auf. »Ich muss weiter versuchen, Simon zu erreichen. Oder hast du eine bessere Idee?«

Er zuckte mit den Schultern. »Wenn es nach mir ginge, würde ich dich zum Essen einladen und endlich einmal ungezwungen Zeit mit dir verbringen. Ich möchte dich besser kennenlernen. Und dann ...« Er streichelte kurz über die Rundung meiner Hüfte. Ich bekam Gänsehaut. »Ich habe dir gesagt, dass ich ständig an dich denken muss. Es tut mir leid, dass das für dich so kompliziert ist. Ich sehe ja, dass das schwer für dich ist und ich verstehe, dass du zögerst und es dich mitnimmt. Trotzdem kann ich nicht traurig darüber sein, dass es so gekommen ist. Weißt du, für mich war gestern der schönste Tag seit ... ach, ich weiß nicht, wann.« Er strich sein Haar zurück. »Ich verstehe, dass du reinen Tisch machen willst, aber so lange das nicht geht: Hier bin ich.«

»Ich weiß.« Ich legte meinen Kopf auf seine Brust und ignorierte das Flattern meines Herzens wegen seiner Worte. Er war in mich verliebt. Er wollte mit mir zusammen sein. Und dieses Flattern in meinem Brustkorb sagte mir, dass ich auch in Kian verliebt war.

Und auch Simon liebte ich. Nach wie vor. Trotz allem, was gerade zwischen uns stand.

Die Erkenntnis war ein Schock. Das konnte doch einfach nicht sein! Ich konnte doch nicht zwei Männer gleichzeitig lieben! Das ging doch überhaupt nicht! Vor allem nicht, weil ich Simon so schrecklich hinterging. So etwas tat man jemanden, den man liebte, doch nicht an. Wie ... wie sollte ich das bloß je wieder geraderücken? Egal, wie ich es versuchte, es musste in einer Katastrophe enden. Wenn Simon es herausfand, würde er mich verlassen. Und das würde mich umbringen. Und Kian ... er würde nicht ewig auf meine Entscheidung warten, aber ich konnte mir auch nicht vorstellen, ihn zu verlieren. Es gab keinen Ausweg.

Ich war verloren.

Ich blieb bis zum frühen Nachmittag bei Kian. Wir redeten und bestellten etwas zum Essen. Dann hatten wir Sex. Zweimal. Das war schön, aber es löste keins meiner Probleme. Im Gegenteil. Immer wieder flammte mein schlechtes Gewissen auf, nur um gleich wieder von der Freude überflutet zu werden, dass ich bei Kian war. Es fühlte sich so richtig an. Das war beinahe das schlimmste.

Simon meldete sich nicht.

Gegen vier machte ich mich auf den Heimweg. Mehr aus Trotz versuchte ich es noch einmal bei ihm. Ich rechnete nicht damit, dass er ans Telefon ging.

Anruf beendet.

Warum? Warum tat er das? Ich wollte ehrlich zu ihm sein. Aber wie sollte ich das, wenn er mich einfach nicht an sich heranließ?

»Scheiße, dann nicht«, fluchte ich, obwohl ich wusste, dass ich sofort drangehen würde, wenn er zurückrief. Ich hatte unglaubliche Angst vor diesem Gespräch. Trotzdem wollte ich es schnellstmöglich hinter mich bringen.

Was passiert war, erwartete er im Leben nicht von mir. Er würde aus allen Wolken fallen. Er würde mir niemals zutrauen, was ich getan hatte. Teufel noch mal, ich hätte mir das ja selbst niemals zugetraut.

Ich hasste Heimlichkeit und Unehrlichkeit. Ich konnte mir gerade selbst nicht in die Augen sehen. Und ich war wütend, weil er mich so behandelte. Es war doch nicht zu viel verlangt, seine Freundin zurückzurufen, oder? Es könnte doch auch etwas schlimmes passiert sein.

Wer mich aber sicher zurückrufen würde, sobald sie Zeit hatte, war Ylva. Den ganzen Rückweg über haderte ich mit mir, ob ich mit ihr sprechen sollte.

Ich entschied mich dagegen.

Die Stimmung zwischen Ylva und Philipp war angespannt wegen des Heiratsantrags. Calla war in einer schwierigen Phase und schrie den halben Tag. Wenn ich Ylva jetzt noch mit meiner Sache mit Kian belästigte, drehte sie durch.

Gut, dass sie vorhin keine Zeit hatte. Ich glaubte nicht, dass sie auch nur einen Hauch von Verständnis für mich hätte. Sie würde mir die Hölle heißmachen, wenn sie wüsste, dass ich auf dem Weg nach Hause von einem Treffen war, bei dem ich mit einem anderen Mann geschlafen hatte. Mit Absicht. Und es war nicht einmal bedeutungslos, ich hatte auch noch Gefühle für ihn.

*›Ich glaube, wenn es nur Sex wäre, könnte ich besser da-
mit umgehen. Ich könnte leichter einen Haken dran machen und es Simon besser erklären. Aber mit diesem Kribbeln im Bauch und dieser Freude, wenn Kian mich berührt
... Dass ich mich selbst vergesse, wenn ich bei ihm bin...‹*

»Verflucht«, murmelte ich. Ohne diese Gefühle wäre das
gestern zwischen uns nie eskaliert. Und vorher auch, als
wir uns geküsst hatten.

Wenn ich jetzt alles darauf schob, dass es gerade schwierig zwischen Simon und mir war, machte ich es mir zu einfach. Das sollte kein Grund sein. Und so war es auch nicht.

Mein Herz fühlte sich an, als sei es zweigeteilt. Ein Teil
gehörte Simon. Er war davon überzeugt, dass wir alle
Probleme lösen konnten. Auch wenn der Weg, den er gerade wählte, ziemlich kacke war.

Der andere Teil gehörte Kian. Er war neu, doch er wuchs.
Und dieser Teil wollte unbedingt bei ihm sein und sah ein,
dass es unausweichlich war, mit ihm zusammen zu sein.

Und dann war da mein Verstand, der ständig aussetzte
und nach einer Möglichkeit suchte, beide Männer zu behalten. Verrückt. Aussichtslos.

Es war, als würde ich an zwei Seilen zerren, die sich in
entgegengesetzte Richtungen spannten. Eines würde früher oder später reißen. Und ich wusste nicht, welches.

Ich blieb vor einer Uhr an einer U-Bahnstation stehen.
Samstagnachmittag, Viertel nach vier. Ich musste eine Lösung finden. So wie es war, konnte es nicht weitergehen.

Ich trat gerade durch die Haustür, da meldete sich meine
Schwester bei mir. »Hey Ylvie, alles okay?«

»Geht so«, knurrte sie. »Philipp schiebt gerade eine
Runde mit Calla um den Block, ich hoffe, dass sie dann

endlich mit dem Gebrüll aufhört. Ich werde wahnsinnig, Siv. Ich glaube, sie bekommt Zähne.«

»Dann ist es bestimmt bald vorbei«, tröstete ich.

»Von wegen. Bis sie alle zwanzig Milchzähne hat, bin ich ein Fall für die Klapse.« Ylva schniefte. »Gott, was habe ich mir dabei gedacht, ein Kind zu bekommen?«

»Gar nichts, sie ist ein Überraschungsgast«, erinnerte ich sie. »Du hast es drauf ankommen lassen, ohne damit zu rechnen, dass es klappt.«

»Ach ja, da war was. Wie dumm von mir.« Ylva atmete durch. »Bitte lenk mich einfach davon ab, okay? Wie war deine Weihnachtsfeier gestern? Gab es schmutzige Exzesse? Kollegen, die beim Sex erwischt wurden?«

Wieder fuhr es mir heißkalt durch die Eingeweide. Da war sie, meine Steilvorlage. Wenn ich sie ergriff, könnte ich einen Teil der Last vielleicht loswerden.

»Erwischt wurde keiner, soweit ich weiß«, begann ich. »Aber Sventje hat einen Aufriss gemacht.« Ich war so feige, dass es mich ankotzte. Schnell holte ich Luft und startete einen neuen Versuch. »Da war einiges los, das stimmt. Und da ist noch etwas, das ich dir erzählen wollte. Wegen Simon.«

»Was denn?«

»Wir haben uns am Donnerstagabend ziemlich heftig gestritten und er ist hinterher nach Osnabrück gefahren. Für mindestens eine Woche. Seitdem haben wir nicht mehr miteinander gesprochen.«

»Wie bitte? Ist nicht dein Ernst!«, fuhr Ylva auf. »Was soll denn das?«

»Ich weiß es auch nicht, es macht mich verrückt. Ich habe ihn heute mindestens zehnmal angerufen. Ich muss ihm dringend etwas erzählen.«

»Warte mal kurz«, unterbrach Ylva mich.

Im Hintergrund hörte ich ein Baby schreien. Philipp war offenbar zurück und Calla schlief immer noch nicht. »Sorry, Sivy, ich muss Philipp ablösen. Er sieht aus, als würde er sich gleich aus dem Fenster stürzen. Aber ganz im Ernst, wenn Simon sich nicht bald meldet, dann rufe ich ihn an und mache ihm die Scheiß-Hölle heiß. Melde dich bitte, wenn ihr gesprochen habt.«

»Ja, alles klar«, sagte ich verdattert, da hatte sie schon aufgelegt. Mein Herz klopfte noch heftig. Ich hätte es ihr fast gesagt. Ich war so nah dran. Aber heute kam ich einfach nicht dazu, mir diese Sache von der Seele zu reden.

Ich warf mein Handy frustriert auf den Couchtisch und ging duschen. Ich hatte das Bedürfnis, mir diesen Tag vom Körper zu waschen. Meine Kleidung steckte ich mit dem Outfit von der Feier in die Waschmaschine, als könnte ich so alles ungeschehen machen.

›Ich wünschte, das wäre möglich. Ich wünschte, ich könnte meine Entscheidungen noch einmal fällen.‹

›Lügnerin‹, sagte wieder diese gemeine Stimme meines Gewissens. *›Du hast jede Entscheidung aus freien Stücken getroffen. Auch, dass du heute bei Kian warst. Jetzt tu nicht so, als wärst du ein Opfer der Umstände.‹*

Die gemeine Stimme hatte recht, aber das änderte nichts daran, dass ich unter der Situation litt. Wieder griff ich nach meinem Handy.

Mittlerweile rechnete ich nicht mehr damit, dass Simon ans Telefon ging, ich versuchte trotzdem noch einmal, ihn zu erreichen.

Anruf abgebrochen.

›Ich melde mich morgen bei dir‹, kam plötzlich eine Nachricht von ihm an.

Mein Herz pochte.

›Morgen also. Morgen mache ich reinen Tisch.‹

›Okay‹, tippte ich zurück, dann lief ich in die Küche und holte mir ein Glas Wein, weil ich es nicht mehr aushielt.

Mein Handy vibrierte, als eine Nachricht von Juli in unserer Chatgruppe ankam: ›Svenni! Was lief mit Samir? Du meldest dich ja gar nicht! Oder treibt ihr es den ganzen Tag?‹

Gespannt beobachtete ich den Status auf dem Display.

Ich hatte das im Trubel des Tages ganz vergessen.

Sventje schreibt ...

Dann nichts.

Sventje schreibt ...

Dann wieder nichts.

Sventje schreibt ...

›Herrje, das muss ja eine krasse Nacht gewesen sein, wenn du so lange schreibst. Oder liegt ihr immer noch im Bett und treibt es, während du tippst?‹, kommentierte Juli.

Sie war echt unmöglich.

Ich erinnerte mich, dass Sventje und Samir die Feier zusammen verlassen hatten. Sie wollten sich ein Taxi teilen. Juli hatte sehr lange darüber gelacht und mich gefragt, ob wir im Kindergarten waren.

Ich wünschte, es wäre so. Trotzdem tat es gut, sich mal auf etwas anderes als mich selbst zu konzentrieren.

Sventje schreibt ...

Langsam machte mich das auch nervös.

›Ich bin mit zu ihm. Wir hatten keinen Sex. Aber fast‹, schrieb sie endlich. Für die paar Worte hatte sie echt lang gebraucht. Das war untypisch für sie, normalerweise nahm sie kein Blatt vor den Mund.

›Wie kann man *fast* Sex haben?‹, fragte Juli sofort.

›Soll ich es dir aufmalen?‹, schrieb Sventje. Ich sah ihr gereiztes Gesicht förmlich vor mir.

›Ja bitte. Und was ist jetzt mit euch beiden?‹, fragte Juli wieder.

›Nichts.‹

›Magst du ihn nicht? Ich bin mir sehr sicher, dass er auf dich steht‹, mischte ich mich in die Unterhaltung ein.

Sventje schreibt …

Wieder nichts.

Sventje schreibt …

›Du machst mich irre‹, schrieb Juli.

Sventje schreibt …

›Mich auch ein bisschen‹, gab ich zu.

›Ich bin mir nicht sicher, ob das eine gute Idee ist‹, schrieb Sventje endlich. ›Ich hab keinen Bock auf diesen Stress schon wieder. Auf die blöden Kommentare und Blicke. Ich arbeite in einem Männerteam, falls ihr euch erinnert. Mann, hör auf, mich so zu hetzen, Juli! Bist du aufgeregt wegen deines Dates mit Aaron heute, oder was?‹

›Ja, bin ich. Heute wirds ernst, das spüre ich‹, antwortete Juli sofort. ›Und ja, guter Punkt mit deinem Team, aber ist es dafür nicht zu spät?‹

›Warum?‹, fragte Sventje.

›Weil euch alle gesehen haben und eh davon ausgehen, dass ihr Sex hattet‹, schrieb ich nach kurzem Zögern.

Sventje schickte einen Kackhaufen. Mein Einwand war ihr offenbar noch nicht in den Sinn gekommen.

›Ich denke darüber nach‹, schrieb sie.

›Gutes Mädchen‹, lobte Juli.

›Wann triffst du dich mit Aaron?‹, fragte ich.

›Um sieben. Muss gleich los. Wie war dein Tag?‹, schrieb sie.

›Ich wünsche dir viel Spaß. Schreib mal, wie es war, okay? Ich hoffe, ihr habt einen tollen Abend. Bei mir ist‹, ich brach ab. Ich wollte ›alles okay‹ schreiben, aber das war gelogen. ›Ich kämpfe noch mit dem Alkohol-Miss-brauch von gestern Nacht‹, schrieb ich stattdessen.

›Same‹, kommentierte Sventje.

›Wir sollten mehr trinken, damit wir besser im Training sind. Ich melde mich mit einem Update, sobald ich kann. Haltet durch, Girls. Und Svenni:‹ Juli schickte ein küssen-des Pärchen und eine durchgestrichene 18 hinterher.

Sventje schickte ein Emoji, das die Zunge rausstreckte, dann beendeten wir den Chat. Das Gefühl der Normalität hielt leider nur kurz an, dann holte mich die Realität wie-der voll ein.

Ich lag auf meinem Sofa und versuchte, nicht mehr dar-über nachzudenken, wie schnell ich mein Leben verkackt hatte.

Kapitel 11

Ich schlief furchtbar schlecht in dieser Nacht.

Jedes Mal, wenn ich wegdämmerte, träumte ich von dem unvermeidlichen Gespräch mit Simon. Die Träume wurden mit jedem Mal schlimmer und ich wachte schweißgebadet auf. Das letzte Mal sah ich um vier Uhr auf den Wecker, dann schlief ich richtig ein.

Als ich aufwachte, war es bereits nach zehn. Ich kämpfte mich aus dem Bett und machte mich mit einem furchtbaren Gefühl im Magen fertig.

›*Wann Simon sich wohl meldet?*‹

Jede Minute kam mir wie eine Stunde vor. Ich wagte nicht, ihn noch einmal anzuschreiben oder ihn selbst anzurufen. Stattdessen versuchte ich, mir eine Strategie zurechtzulegen, wie ich es ihm beichten sollte.

Immer wieder überlegte ich, ob er mir verzeihen könnte.

Und dann fragte ich mich, ob ich das wollte.

›*Ja. Und nein.*‹

Kian hatte mir mehrmals geschrieben. Er versprach mir, dass er für mich da war. Er wollte mit mir zusammen sein. Er kommunizierte das so offen und unverblümt, dass ich gar nicht anders konnte, als auch bei ihm sein zu wollen.

Und Simon ... Ich liebte ihn. Von Herzen.

Aber mein Herz war auch wegen der Dinge verletzt, die zwischen uns passiert waren. Nicht nur wegen unseres Streits, sondern auch, weil er mich hingehalten hatte.

Er gab mir das Gefühl, dass ihn etwas davon abhielt, den letzten Schritt zu tun. Dass es irgendeinen Grund gab, warum er nicht den Rest seines Lebens mit mir zusammen sein wollte. Einen letzten Zweifel. Ein letztes Problem.

Bis vor kurzem hatte es das von meiner Seite nicht gegeben. Von seiner anscheinend schon.

Und wenn es so war, wollte ich nicht, dass wir unsere Zeit weiter miteinander verloren. Ich war bereit für den nächsten Schritt. Ich wollte mich ganz einlassen. Ich dachte, auf Simon. Jetzt musste ich einsehen, dass ich mich innerlich schon von dieser Idee verabschiedet hatte.

Was ich getan hatte, war falsch. Ich tat ihm weh. Das schmerzte mich. Ich konnte es nicht rückgängig machen.

Der Sex mit Kian war nur geschehen, weil zwischen Simon und mir Probleme waren. Wäre das anders, hätte ich mich nie auf ihn eingelassen.

Das musste ich Simon jetzt sagen.

Mein Herz brach bei diesem Gedanken und ich weinte um die Zeit, die wir zusammen hatten. Sie war schön gewesen. Ich hatte gehofft, dass sie ewig anhielt. Mein ganzes Leben lang.

Mein Handy klingelte. Simon. Der Moment war da.

»Hey«, sagte ich.

»Hey.« Er klang angespannt und genervt. Sofort spürte ich seine Abwehrhaltung und den Unwillen, dieses Gespräch mit mir zu führen. In mir kamen der Frust und der Ärger wegen unseres Streits und seines Verhaltens wieder hoch.

»Wie kommt es, dass du dich doch meldest?«, fragte ich und versuchte, nicht verärgert zu klingen.

»Ich brauchte Zeit, um nachzudenken. Außerdem hat sich etwas ergeben«, sagte er.

»Ja, bei mir auch. Ich muss dir dringend etwas sagen«, erwiderte ich und machte mich innerlich bereit.

»Ich weiß, was du sagen willst, und du hast recht: Das war kacke von mir«, unterbrach er mich. Wieder nahm er einfach vorweg, was er glaubte, dass ich sagen wollte. Ich wurde wütend.

»Ja, das war es«, sagte ich harsch. »Aber das wollte ich dir gar nicht sagen.«

»Doch, doch, ich weiß, was du sagen willst«, beharrte er und ließ mich wieder nicht ausreden. »Und du hast ja recht. Weißt du, die Reisen stressen mich und es ist nicht schön, nach Hause zu kommen und zu wissen, dass du sauer auf mich bist, weil ich so lange weg war.«

»Simon, darum geht es gar nicht. Ich habe das Gefühl, dass du nicht richtig zu unserer Beziehung stehst. Als du mir diese Nachricht geschickt hast, dass du keinen Kontakt willst, hat es sich angefühlt, als würdest du mit mir Schluss machen.« Meine Stimme wurde lauter.

»Ich wollte eine Pause«, sagte er gedämpft. »Eine richtige. Damit wir uns in Ruhe darüber klar werden können, was wir wollen.«

»Und, hast du die Zeit genutzt?«, schoss ich.

»Ja, allerdings. Und es gibt wichtige Neuigkeiten, die ich dir unbedingt erzählen muss.« Er sagte das so drängend, dass ich weniger wütend war. Was kam jetzt?

»Okay«, sagte ich leise.

»Mir tuts wirklich leid, dass ich so lange weg bin. Ich wäre auch lieber bei dir, weißt du? Das ist die Höllenversion einer Baustelle. Absolut nichts funktioniert. Ich bin fix und fertig«, sagte er. »Zacki und ich arbeiten gefühlt rund um die Uhr.«

Ich schwieg, weil mir die Worte fehlten.

»Die defekte Maschine kann morgen schon ausgetauscht werden, ab da muss der eigentliche Bauleiter übernehmen. Es ging jetzt doch alles schneller als gedacht. Zum Glück.

Wenn ich nach Hause komme, habe ich den Rest der Woche frei - das ist schon fest abgesprochen.«

»Das habe ich schon so oft gehört«, murmelte ich. Mein Herz pochte gegen meine Rippen.

»Dieses Mal ist es aber so.« Simon holte tief Luft. »Ich wollte es dir eigentlich sagen, wenn ich bei dir bin, aber das dauert mir zu lange: Zacki wird das Unternehmen wechseln. In drei Monaten ist er weg. Ich werde mich auf seine Stelle bewerben und es sieht gut aus, dass ich sie bekommen kann. Dann sind wir die Dienstreisen endlich los und ich kann jeden Abend bei dir sein. Und dann können wir uns auch endlich um den nächsten Schritt kümmern und einen Termin aussuchen.« Er hielt inne. »Das griff jetzt vor, aber wenn ich zurückkomme, gehen wir essen, okay? Ich muss dich etwas wichtiges fragen.«

Ich brauchte ein paar Sekunden, um das zu verarbeiten. Meine Entschlossenheit geriet ins Wanken. Da war er: Der Moment, auf den ich gewartet hatte. Zwei Tage zu spät.

»Ist das wirklich wahr?«, fragte ich dünn. Tränen schossen in meine Augen.

»Ja«, bestätigte er. »Ich wollte es dir schon länger sagen. Aber dann habe ich wieder gewartet, weil es noch nicht sicher ist und ich nicht will, dass du enttäuscht bist, falls es doch nicht klappt. Aber mittlerweile sieht es gut aus. Siv, wir müssen uns das nur noch drei Monate antun, dann haben wir endlich unser altes Leben zurück.«

Ich hatte einen riesigen Kloß im Hals. »Das klingt toll.« Meine Stimme versagte. »Damit habe ich echt nicht gerechnet.«

»Verstehe ich. Tut mir leid, dass wir uns gestritten haben. Aber jetzt ist doch alles wieder gut, oder? Jetzt habe ich eine Lösung für das Problem. Die kurze Zeit halten wir noch durch, oder?«, fragte er enthusiastisch.

»Natürlich«, sagte ich. Meine Kehle war zugeschnürt und meine Brust fühlte sich wie ein Eisklumpen an. Ich konnte einfach nicht fassen, in welche Richtung sich dieses Gespräch entwickelt hatte. Ich müsste es ihm doch sagen. Jetzt war der Moment. Ich schuldete es ihm. Trotzdem bekam ich kein Wort heraus.

»Sorry, ich muss los. Ich melde mich heute Abend noch mal und dann erzählst du mir ausführlich von eurer Weihnachtsfeier, okay? Ich liebe dich, mein Schatz.«

»Ich dich auch«, flüsterte ich.

Er legte auf. Ich saß einfach nur da und wusste nicht, was ich tun sollte. Ein irres Kichern sammelte sich in meiner Kehle, dann brach ich in Tränen aus.

Warum hatte er das nicht schon früher gesagt? Warum hatte er das für sich behalten?

Das alles wäre nie passiert, hätte er mir von diesem Plan früher erzählt! Ich hätte mich doch niemals mit Kian eingelassen, wenn ich wüsste, dass Simon bald immer bei mir sein würde und dass er nur auf diese Bestätigung wartete, um mir einen Antrag zu machen.

Wenn er doch nur ...

Ich stoppte meine Gedanken und atmete durch. Es war unfair, Simon die Schuld zuzuschieben.

Ich trug sie. Ich ganz allein.

Ja, vielleicht wäre es leichter gewesen, Kian zu widerstehen, wenn ich mich nicht ständig wegen Simons Reisen mies und allein gefühlt hätte, aber das konnte ich nicht beschwören. Nicht mit absoluter Sicherheit.

Natürlich hätte Kian mich in Ruhe lassen können, aber ohne meine Zustimmung wären weder die Küsse noch der Sex gelaufen.

Ich war für mein Tun verantwortlich, niemand sonst.

Jetzt musste ich aus dieser Sache wieder rauskommen.

Simon war bald immer zu Hause. Nur ein paar Monate musste ich noch durchhalten, dann wurde alles gut.

Ich schluckte. ›*Dann wird alles gut*‹ bedeutete, dass ich ihm nichts von der Sache zwischen Kian und mir sagte. Es bedeutete, die Affäre sofort zu beenden und nie wieder einen Gedanken daran zu verschwenden. Es bedeutete, dass ich schnellstmöglich den größtmöglichen Abstand zwischen Kian und mich bringen musste. Und es bedeutete, dass ich sicherstellen musste, dass es nie jemand erfuhr.

Ich musste Kian wohl umbringen.

Ich war kurz davor, meinen Kopf gegen die nächste Wand zu schlagen. ›*Komm klar, Siv.*‹

Wie sollte ich das denn hinkriegen? Wenn ich eins gerade nicht schaffte, dann klarzukommen!

»Okay«, murmelte ich und holte tief Luft. »Du schaffst das. Atme durch, mach dir eine Flasche Wein auf und überleg dir dann einen Plan. Lass dir Zeit, überdenke alles genau. Wäge ab, welche Optionen du hast. Denk über die Konsequenzen nach. Dann entscheide, was du tust.«

Plötzlich gab es Möglichkeiten, fast zu viele. Sie alle waren unsicher und risikoreich, aber es gab sie.

Irgendwie erleichterte mich das. Ich musste mich nicht heute entscheiden. Auch nicht morgen. Ich konnte mir die Zeit nehmen, um darüber nachzudenken.

Was ich getan hatte, ließ sich nicht mehr rückgängig machen, egal, wie viel Zeit verstrich. Es spielte keine Rolle, wann ich mich entschied, solange ich es vor Simons Jobwechsel hinbekam.

Drei Monate.

Das war eine Zeitspanne, mit der ich klarkam.

Ich richtete mich auf und rieb mir die Tränen von den Wangen. Es war noch nicht alles verloren. Wenn ich es geschickt anstellte, kamen wir alle unbeschadet aus der

Sache heraus. Ich würde Kian behutsam darauf vorbereiten, dass wir uns nicht mehr sehen konnten. Ich wusste nur nicht, wie ich das hinbekommen sollte, ohne dass wir wieder Sex hatten.

Ich schnaubte. Machte es jetzt noch einen Unterschied, ob wir zweimal oder dreimal Sex hatten?

›Du bist erstaunlich schnell abgestumpft‹, sagte mein Gewissen kritisch. ›Eben noch willst du alles schnellstmöglich beichten und jetzt überlegst du schon, wie du die beiden Männer unter einen Hut bringen kannst.‹

Mein Gewissen hatte recht.

Das war wieder die Krux an der Sache: Meine Gefühle für Kian hinderten mich daran, einen harten Cut zu machen, wie ich es tun müsste. Sie hielten mich davon ab, mich ausschließlich um Simon zu kümmern. Sie sorgten dafür, dass ich noch tiefer in den Sumpf aus Lügen versank, den ich mir gerade selbst bereitete.

Kian war in mich verliebt. Ich auch in ihn.

Simon liebte mich. Ich ihn auch.

Ich hätte nie gedacht, dass es möglich war, für zwei Menschen gleichzeitig so zu empfinden. Ich belehrte mich gerade selbst eines Besseren.

»Ich muss es nicht heute entscheiden«, flüsterte ich. »Ich habe Zeit.«

Simon kam am Montagabend zurück. Bis dahin hatte ich viel Zeit, um mir einen Plan zurechtzulegen. Und ihn wieder zu verwerfen. Dann den nächsten Plan, den ich wieder verwarf. Und noch zehn weitere.

Kian war am Montag nicht auf der Werft. Er begleitete Olivia zu einem Termin mit den Besitzern der Sea Lady. Es gab tausend Fragen, die geklärt werden mussten. Das bedeutete Arbeit. Und dass ich einen Tag Gnadenfrist bekam, bevor ich ihn wiedersah und ihm sagen musste, dass wir uns nie wieder privat sehen konnten.

Ich war in einer wirklich beschissenen Situation, weil wir uns jeden Tag sahen. Es würde weitere Abendschichten geben, in denen wir allein waren. Ich liebte meinen Job, aber wenn es nicht anders ging, musste ich kündigen.

›Nicht heute.‹

Simon war um fünf zu Hause, also machte ich auch pünktlich Feierabend, sodass ich gleichzeitig ankam.

Ich rang mit mir, was ich ihm sagen sollte. Ob ich es ihm nicht doch beichten sollte. Ich schuldete es ihm.

Aber all meine Erklärungen und Befürchtungen waren zerschlagen. Es gab keinen Grund mehr, warum es zwischen uns nicht laufen sollte. Er hatte sich entschuldigt und mir bewiesen, dass er zu uns stand.

Mehr wollte ich gar nicht.

Dann stand er vor mir, küsste mich und entschuldigte sich ein weiteres Mal. Ich entschuldigte mich auch für den Streit und dass ich so ausgeflippt war. Nicht mehr.

Ich schaffte es einfach nicht, ihm den Seitensprung zu beichten. Ich war so ein Feigling.

Stattdessen verbrachten wir den ganzen Abend im Bett. Zwischenzeitlich schaffte ich es sogar, mein schlechtes Gewissen zu verdrängen. Die restliche Zeit gab ich alles, um ihm zu beweisen, wie sehr ich ihn liebte. Und mir auch. Ich versuchte, mir selbst zu beweisen, dass sich an meiner Liebe zu ihm nichts geändert hatte. Meine Gefühle waren echt. Trotz des Fehlers, den ich gemacht hatte.

»Wann erfährst du, ob du Zackis Job bekommst?«, fragte ich und kuschelte mich an ihn.

Simon schlang seinen Arm um mich und küsste meinen Scheitel. »In ein paar Wochen. Jörg möchte noch mal mit mir reden und alles genau besprechen.«

Jörg war der Inhaber der Baufirma. Er war als Boss ganz okay, aber nicht mein Fall, dafür war sein Humor zu derb und seine Witze zu frauenfeindlich. Ich hoffte nur, dass er uns keinen Strich durch die Rechnung machte, weil ihm auffiel, dass sich keiner um die Baustellen kümmerte, wenn Simon nicht mehr ausrückte.

»Ich drücke die Daumen, dass das klappt«, meinte ich.

»Hey, wir haben jetzt schon so lange durchgehalten, das schaffen wir auch noch«, sagte er und küsste meinen Mund. »Wir sind so stark, das kann uns nichts anhaben. Und unser Streit war wahrscheinlich gut, denn er hat mir den letzten Tritt gegeben, um Jörg anzusprechen.«

Ich lächelte, auch wenn mein Herz dabei brach. Simon glaubte so unerschütterlich an uns, dass mir nichts anderes übrigblieb, als es auch zu tun.

Das fühlte sich falsch an. Und machte mein Verhalten noch schlimmer. Ich wollte mit ihm nicht über meinen Fehler sprechen, aber ganz verschweigen konnte ich ihn trotzdem nicht. Also versuchte ich, unser Gespräch in diese Richtung zu lenken. Zumindest ein wenig vorzufühlen, wie es bei ihm aussah, wollte ich.

»Die letzten Jahre waren wirklich schwierig«, sagte ich leise. »Ich habe mich oft so einsam gefühlt. Es ist gut, dass es jetzt eine Chance gibt, dass du den Job wechselst. Ich kann das auch nicht mehr lange.«

»Natürlich belastet es mich auch, von dir getrennt zu sein«, sagte er. »Und ich hasse die einsamen Abende im Hotel. Aber ich weiß, dass du zu Hause auf mich wartest. Das macht alles leichter.«

Ich schmiegte mich schnell an ihn, damit er die Tränen in meinen Augen nicht sah. »Das ist süß«, flüsterte ich.

»Hey, ich bin süß, das weißt du doch«, meinte er lachend.

Mein Herz wurde schwer, weil er ahnungslos war. Ich schaffte es nicht, ihm die Wahrheit zu sagen. Es würde ihn zerstören. Das brachte ich nicht übers Herz.

Stattdessen machten wir weiter wie bisher.

Am Dienstag war auch Kian wieder da. Wir saßen den ganzen Vormittag an meinem Schreibtisch und arbeiteten die Änderungswünsche der Inhaber der *Sea Lady* ein.

»Hast du mit Simon gesprochen?«, fragte er mich leise, als Juli telefonierte.

»Nein, ich habe es nicht hinbekommen«, sagte ich leise. »Und ich glaube, das werde ich auch nicht tun.«

Er sah mich entsetzt an. »Wie bitte?«

»Ich glaube nicht, dass ich mit ihm darüber reden kann«, sagte ich und sah zu Boden. Kians Blick spürte ich trotzdem. Das war absolut nicht das, was er hören wollte. Und auch nicht, was er von mir erwartet hatte.

Neben uns legte Juli auf und sah uns argwöhnisch an. »Alles okay?«

Wir zuckten zusammen. Kian stand auf. »Ich hole mir einen Kaffee«, sagte er und verließ das Büro. Dabei mied er meinen Blick. Ich sah ihm nach und fühlte mich schlecht. Schon wieder. Aber es war einfacher, Kian beizubringen, dass das mit uns nichts wurde, als Simon die Wahrheit zu sagen.

»Siv?«, fragte Juli erneut. »Ist alles okay?«

»Ja«, sagte ich schnell. »Ich hab's im Griff.« Dabei wusste ich, dass ich meilenweit davon entfernt war.

Simons freie Tage hielten genau bis Donnerstag an, dann musste er wieder los. Dieses Mal nach Stuttgart.

»Wann kommst du zurück?«, fragte ich morgens, als er seine Tasche packte.

»Ich hoffe, am Samstag«, sagte er.

Ich sah ihm an, wie ihn die Reise nervte, aber er versuchte, es sich nicht anmerken zu lassen. Mir fiel es dieses Mal noch schwerer, ihn gehen zu lassen. Ich hatte Angst davor, dass ich wieder die Kontrolle verlor, wenn er nicht da war. Simon war mein Sicherheitsnetz. Wenn er zu Hause war, kam ich nicht in Versuchung.

Kian und ich hatten nicht wieder miteinander sprechen können, dafür hatte ich gesorgt. Er sah mich nur manchmal so an, als könne er nicht glauben, was ich tat.

Das konnte ich ihm nicht einmal übelnehmen.

Doch Simon kam nicht am Samstag, sondern erst am Montag zurück nach Hause.

Und ich verlor die Kontrolle.

Am Samstagmittag ging ich spazieren, um mich abzulenken, und fand mich vor Kians Haustür wieder. Und kurz darauf mit ihm in seinem Bett.

Dasselbe wiederholte sich am Sonntag.

Es war erschreckend leicht, diese Treffen durchzuziehen. Vormittags am Wochenende wollte sowieso niemand etwas von mir, weil alle selbst beschäftigt waren. Und nachmittags, wenn die ersten sich meldeten, war ich schon auf dem Weg nach Hause.

Simon kam am Montag zurück und ich drängte mein Gewissen so weit in die hinterste Ecke meines Herzens, dass ich mir nichts anmerken ließ.

Kian hatte ich gesagt, dass ich auf den richtigen Moment warten wollte, um mit Simon zu sprechen.

Das reichte ihm fürs Erste. Meine Besuche hatten ihm gezeigt, dass er mir nicht egal war.

Außerdem hatten wir auf der Arbeit so viel zu tun, dass wir keine Zeit für private Gespräche hatten. Wir erreichten die nächste Phase des Umbaus und bekamen jeden Tag unglaublich viel Material geliefert, das gesichtet und in den Projektplan eingetragen werden musste.

Fabia unterstützte Kian und mich, weil es bei ihr und Juli gerade ruhiger war. Damit bildete sie einen zusätzlichen Puffer zwischen uns.

Das bedeutete aber auch, dass ich abends länger arbeiten musste, sodass Simon und ich keine Gelegenheit hatten, auszugehen. Ich war ausnahmsweise froh darüber. Wenn er mir jetzt einen Antrag machte, drehte ich durch.

Am Freitag musste er wieder los.

»Warum sind es jetzt immer die Wochenenden?«, fragte ich, als er wieder mit seiner Tasche vor mir stand.

»Es ist kurz vor Weihnachten«, sagte er gestresst. »Die Auftraggeber wollen vor Jahresende fertig werden oder zumindest ihre Zwischenziele erreichen. Und gefühlt geht gerade viel mehr schief. Wahrscheinlich, weil viele Leute auf den Baustellen schon im Urlaub sind.«

»Aber sonst war an Weihnachten immer wenig los«, erinnerte ich ihn ungeduldig. »Und jetzt bist du entweder weg oder ich arbeite. Und was ist mit Weihnachten?«

Meine Eltern kamen nach Hamburg, um Callas erstes Weihnachten mit uns allen gemeinsam zu feiern. Das planten wir schon seit Jahren, doch jetzt, mit Enkelkind, bekamen sie es endlich hin. Simons Eltern verbrachten mit uns den ersten Weihnachtstag und den zweiten wollten wir alle zusammen feiern, auch mit Philipps Familie und Simons Bruder samt Frau und Kindern.

Mittlerweile sah ich mich auf diesen ganzen Treffen allein dasitzen, weil Simon unterwegs sein musste.

Simon schüttelte den Kopf. »Das ist die letzte Reise für dieses Jahr, Schatz. Versprochen. Ich komme am Sonntag zurück. Und dann holen wir die Vorweihnachtszeit nach.«

Er küsste mich und war zur Tür heraus.

Ich sah ihm nach und hatte wieder dieses Gefühl, dass er mich verlassen hatte. Obwohl er es mir anders versprochen hatte, war ich genauso allein wie vor der Ankündigung, dass er den Job wechselte.

›*Es hat sich gar nichts geändert. Die Probleme sind immer noch die gleichen. Nein, nicht ganz, denn jetzt habe ich ein Geheimnis, das jederzeit alles kaputt machen könnte.*‹ Ich schüttelte den Kopf und versuchte, mich selbst aus dem Loch herauszuziehen.

›*Sonntag*‹, dachte ich entschlossen. ›*Sonntag kommt er zurück und ich kriege das alles auf die Reihe.*‹

Kam er nicht.

Am Samstagabend rief er mich an, um mir zu sagen, dass es mindestens Dienstag wurde. Ich war so unglaublich frustriert, dass ich mich nicht einmal mehr deswegen streiten wollte. Simon sagte, er hätte keine Wahl. Er war auch genervt deswegen.

Mir öffnete es die Möglichkeit, um das fortzuführen, was ich vor zwei Wochen begonnen hatte.

Auch an diesem Samstag war ich wieder bei Kian.

Ich hatte mir geschworen, dass es das letzte Mal war.

Jetzt wusste ich, dass ich auch morgen wieder bei ihm sein würde.

Am Sonntag ging ich schon zum Frühstück zu Kian.

Ich konnte sowieso nicht lange schlafen und machte mich um sieben auf den Weg zu ihm.

Jetzt saßen wir in seiner Küche und aßen die Brötchen, die ich mitgebracht hatte.

Ich war noch erhitzt von dem Sex, den wir zur Begrüßung in seiner Diele hatten, und streckte mich. Er hatte die

Tür hinter mir zugeschlagen und mich so schnell aus meinen Sachen gepellt, dass mir schwindelig wurde.

Dann drückte er mich gegen die Wand und legte los.

»Das hast du doch geplant«, warf ich ihm vor. Er lachte nur und küsste mich.

Es fühlte sich mittlerweile beängstigend normal an, zu ihm zu kommen. Es war wie ein Kurzurlaub, eine Flucht vom Alltag und dem ganzen emotionalen Stress, den ich selbst verursacht hatte.

Kian glich das einfach aus, dazu musste er sich nicht einmal anstrengen. Es passierte, sobald ich ihn sah.

Wenn er mich küsste, war das aufregend, wie am Anfang einer Beziehung. Wir redeten viel (wenn wir nicht gerade wilden Sex hatten) und ich stellte immer mehr fest, wie gern ich ihn hatte.

Wir hatten einiges gemeinsam, ähnliche Interessen und Hobbys. Auch in vielen Ansichten ähnelten wir uns. Und wir hatten jeder eine Liste mit Reisezielen, die wir gern besuchen wollten, die sich zu neunzig Prozent deckten.

Außerdem war er schlagfertig und witzig. Er konnte wunderbar kleine Alltagsgeschichten so erzählen, dass ich ihm hingerissen zuhörte. Er traf jede Pointe und brachte mich so zum Lachen, dass ich Bauchschmerzen bekam.

Und was das Zwischenmenschliche anging ... mein Körper reagierte auf ihn, als hätte er ewig darauf gewartet, von Kian berührt zu werden. Jeder Kuss, jeder Sex war wie ein Rausch, der mich mit sich riss und aus dem ich nur schwer wieder auftauchen konnte.

Mit Kian fühlte sich alles einfach an und er war da. Immer, wenn ich ihn brauchte. Wir telefonierten beinahe täglich, schrieben aber keine Nachrichten. Bei jedem Telefonat hatte ich das Gefühl, mit jemandem zu sprechen, den ich ewig kannte und der ganz natürlich Platz in meinem Leben einnahm.

Vielleicht war dies das Hauptproblem an der Sache: Mit jedem Treffen schloss ich ihn mehr in mein Herz.

Die Anziehungskraft zwischen uns nahm nicht ab, im Gegenteil: Sie wurde stärker. Ich war in ihn verliebt. Heftig. Kopflos. Und rettungslos.

Das machte das Ganze noch komplizierter, aber meistens schaffte ich es, nicht zu viel darüber nachzudenken. Wenn das doch passierte, war ich kurz vorm Durchdrehen.

Das war nicht gut.

Verdrängen hingegen war eine Strategie, mit der ich gut zurechtkam.

»Möchtest du noch einen Kaffee?«, fragte Kian und stand mit seinem Becher auf. Ich nickte, also schnappte er sich auch meinen. Dabei küsste er meinen Nacken.

Ich bekam wohlige Gänsehaut am ganzen Körper. Jede Berührung von ihm setzte mich in Brand. Ich bekam nicht genug davon.

Seine Lippen verharrten auf meiner Haut und er schmiegte sich an mich. Ich schloss die Augen und atmete seinen Duft ein. Kian roch wahnsinnig gut. Auf der Arbeit war es schwierig, mich zu konzentrieren, wenn er in meiner Nähe war.

»Ich merke gerade, wie gut es mir gefällt, mit dir zu frühstücken«, raunte er in mein Ohr. Meine Gänsehaut intensivierte sich und mein Körper kribbelte.

Ich drehte den Kopf und lächelte ihn an. »Mir auch.«

Er stellte die Becher wieder auf den Tisch und schlang die Arme um meine Schultern. Seine Bartstoppeln kratzten über meine Wange. »Ich würde gern mit dir essen gehen«, sagte er leise. »Und ins Kino. Oder spazieren. Auf den Weihnachtsmarkt. Ich würde gern meinen Freunden davon erzählen, dass ich eine tolle Frau treffe. Und ich wünschte, du würdest nur zu mir gehören.«

Ich erstarrte und mir wurde kalt. Das schöne Kribbeln verschwand und machte einem dummen, flauen Gefühl in meinem Magen platz.

Seine Worte erinnerten mich an all die Probleme, die unsere Treffen verursachten. Daran, dass ich meinen Freund betrog, obwohl ich ihn liebte. Und dass ich auch Kian nicht glücklich machte, weil wir uns immer nur im Geheimen trafen und niemand davon erfahren durfte.

Ich wollte nicht, dass er meinetwegen unglücklich war. Er hatte das Thema schon gestern angeschnitten. Und auch letzten Sonntag.

Ich hatte ihm gesagt, dass ich mich in einer Zwickmühle befand und es momentan nicht schaffte, mit Simon zu reden. Ich wusste, dass ich mich herausredete. Ich hielt ihn hin, weil ich ihn nicht verlieren wollte.

»Ich weiß«, sagte ich leise. Mein schlechtes Gewissen erstreckte sich auch auf Kian.

»Meinst du nicht, dass wir das hinbekämen?«, fragte er. Ich holte Luft, um zu antworten, doch er sprach weiter: »Ich komme mit dieser Heimlichkeit nicht gut klar. Auf der Arbeit müssen wir so tun, als wäre nichts. Ich würde dich gern öfters allein sehen, ohne auf jedes Wort achten zu müssen, das ich sage. Ich dachte, ich könnte cooler damit umgehen. Ich dachte, wenn wir ein paar Mal Sex hatten, wäre der Kick vielleicht weg und die Sache würde sich erledigen. So ist das aber nicht. Jedes Mal, wenn wir uns sehen, verliebe ich mich ein bisschen mehr in dich.«

Ich starrte mit klopfendem Herzen an die Wand gegenüber des Tisches. Ich glaube, er tat das gleiche, damit wir uns bloß nicht ansehen mussten.

Das würde die Intimität unerträglich machen.

Jedes seiner Worte traf mich mitten ins Herz. Ich liebte es, dass er so was einfach sagte, denn wie viele Menschen konnten das schon?

Mir gelang das nicht so einfach, ich brauchte ewig, um meine Gefühle zu zerlegen und mich damit zu arrangieren. Und das hatte ich getan. Mit einer einfachen Erkenntnis: Ich fühlte das gleiche wie er.

Mir ging es auch nicht gut mit der Situation. Ich hasste es, zu lügen und mich heimlich mit ihm zu treffen. Das verdiente er nicht.

»Ich habe Angst, dass uns jemand sieht«, murmelte ich.

»Wenn wir offiziell zusammen wären, wäre das kein Problem«, sagte er leise.

Ich zuckte zusammen. Mein Herz schlug mir bis zum Hals. »Kian, ich ...«, begann ich unbehaglich. Seine Umarmung wurde fester. »Ich verstehe dich«, flüsterte ich. »Ehrlich. Aber bitte hab auch Verständnis für meine Situation. Ich stecke in einer furchtbaren Zwickmühle. Wenn ich eine falsche Bewegung mache, bricht alles zusammen. Ich will nicht, dass es schiefgeht. Ich will versuchen, das Ganze so über die Bühne zu bringen, dass der Schaden so gering wie möglich ist.«

Mir war klar, dass das unmöglich war.

Kian wusste das auch.

»Wie willst du das machen?«, fragte er. Er war nicht konfrontativ, aber ich spürte seine Anspannung. »Irgendwann musst du ihm sagen, was zwischen uns passiert. Lieber früher als später. Es wird nicht besser, wenn du wartest.«

»Ich weiß«, flüsterte ich.

»Und was denkst du, wie er es aufnimmt?«

»Nicht gut.« Ich starrte ein Loch in die Küchenwand, um Kian nicht ansehen zu müssen.

»Aber wenn der Ausgang klar ist ...« Kian brach ab.

Ich wusste auch so, was er sagen wollte: ›*Es ist klar, dass wir uns trennen werden, sobald Simon es erfährt. Warum sollte er mir verzeihen? Wie könnte er mir je wieder vertrauen? Und dann ist der Weg frei für eine Beziehung mit Kian. Endlich keine Heimlichkeiten mehr. Jeder dürfte wissen, dass wir zusammen sind.*‹

Das Problem war, dass ich überhaupt nicht wusste, was ich wollte. Ich steckte schon so tief in dieser Misere, dass ich nicht mehr wusste, wie ich aus ihr herauskommen sollte. Und wie dieser Ausweg überhaupt aussah.

»Ich kann das jetzt nicht entscheiden«, sagte ich und fühlte mich furchtbar deswegen.

Kian ließ mich los und schnappte sich wieder die Becher. »Das habe ich mir gedacht«, murmelte er und kümmerte sich um den Kaffee. »Ich wollte dir aber sagen, wie es mir damit geht. Da werde ich dich auf dem Laufenden halten.«

»Bitte tu das.« Ich starrte weiter an die Wand und fühlte mich elend. »Du zählst auch für mich.«

Er legte seine Hand auf meine Schulter. Wieder schloss ich die Augen. Ich brauchte nicht lange darüber nachzudenken, um zu wissen, dass mir diese ganze Sache eher früher als später gewaltig um die Ohren fliegen würde.

Ich hatte Riesenangst davor.

Kapitel 12

Die letzte Woche vor Weihnachten begann furchtbar stressig. Schon am Montagmorgen kam so viel zusammen, dass es sich anfühlte, als wäre es bereits Freitagmittag. Wieder gab es Lieferschwierigkeiten bei wichtigen Teilen für die *Sea Lady* und Miguel und Sventje drehten am Rad.

»Wenn ich diese Sicherungen nicht bekomme, kann ich den Schaltkasten nicht anschließen«, sagte meine Freundin finster und zeigte mir ihre leeren Hände. »Das ist scheiße, denn ohne die Elektrizität können wir nicht mit den Einbauten und der Beleuchtung starten.«

»Und dann bekomme ich wieder ein Problem«, mischte sich Miguel ein. »Die Zulieferer für die Leitungen eiern mit den Lieferterminen herum. Das Angebot von Lippmann sollte jetzt bald mal kommen.«

»Das ist die Firma hier um die Ecke, die sich um die Holzeinbauten kümmern soll, oder? Von Sonja?«, fragte ich gestresst und durchsuchte mein Planungstool.

»Hey«, sagte Kian sanft und stupste mich an. »Du kollabierst gleich. Mach mal langsam. Wir kriegen das geklärt, okay? Alle zusammen. Wir brauchen Siv, keine zweite Olivia, okay?«

»Ja, okay«, sagte ich und atmete durch. Dabei fiel mir ein fragender Blick von Sventje auf. Mein Herz klopfte wild. *›Oh Gott, hat Kian uns gerade verraten? Ahnt sie etwas?‹*

Meine Hände wurden schweißnass vor Stress. So wurde das nie was mit dem sich abregen.

»Ich hole mir mal einen Kaffee«, murmelte ich und stand auf. »Danach können wir weitermachen.«

»Ich auch. Jungs, sollen wir euch was mitbringen?«, fragte Sventje.

»Gerne ein Herrengedeck: Ein Bier und einen Korn«, brummte Miguel.

Sventje lachte. »So alt bist du noch nicht, *Muchacho*.« Sie hielt mir die Tür auf und wir gingen gemeinsam durch den Hangar zur Küche.

»Ist alles in Ordnung, Sivy?«, fragte sie.

Wieder flutete Stress meinen Körper. »Geht so.«

»Simon ist wieder unterwegs, oder?«

»Ja, aber er kommt heute Abend zurück. Hoffe ich«, fügte ich hinzu, denn bisher hatte er sich noch nicht bei mir gemeldet. Es konnte immer noch sein, dass es erst morgen wurde. Oder übermorgen.

Ich biss mir auf die Unterlippe und kämpfte mit mir. Es fühlte sich einfach verdammt beschissen an, wie es jetzt war. Die Heimlichkeit brachte mich um. Das schlechte Gewissen sowohl Kian als auch Simon gegenüber, auch.

Weihnachten stand vor der Tür und ich hatte das Gefühl, dass Simon dieses Fest für den Antrag nutzen würde. Vielleicht sogar vor allen anderen.

Ich könnte heulen, wenn ich nur daran dachte.

Wie könnte ich denn seinen Antrag annehmen, wenn ich parallel mit einem anderen Mann Sex hatte? Regelmäßig. Und mit Gefühlen.

Wenn Simon mir einen Antrag machte, müsste ich nein sagen. Mir brach das Herz bei dem bloßen Gedanken daran. Dann müsste ich ihm sagen, warum. Danach waren wir so gut wie getrennt. Und das an Weihnachten.

»Sivy?« Sventje wedelte mit ihrer Hand vor meinem Gesicht herum. »Mein Gott, du guckst, als wäre jemand gestorben. Was ist denn bloß los bei dir?«

»Ach, weißt du ...«, begann ich, brach aber ab, weil Juli um die Ecke gefegt kam, Fabia und Fred im Schlepptau. Ich war dankbar für die Unterbrechung.

»Du hast einen Freund?«, sagte er gerade anklagend. »Seit wann? Und wen?«

»Seit zweieinhalb Wochen«, erwiderte sie fröhlich und tätschelte seine Schulter. »Aber du bleibst natürlich mein Arbeitsehemann, Freddy.«

Fred sah wenig überzeugt aus, aber das Tätscheln besänftigte ihn anscheinend ein wenig. Juli warf mir einen genervten Blick zu.

»Er heißt Aaron. Und was er beruflich macht? Er hat es mir dreimal erklärt, aber irgendwie verstehe ich es nie.« Sie lachte wieder. »Er hat mit Kunden zu tun und mit IT. Dann wird es technisch und ich verstehe kein Wort. Und dann lenke ich ihn ab.«

Freds Handy klingelte. Er nahm das Gespräch an und verließ die Küche.

»Du lenkst ihn ab? Mit Sex?«, fragte Sventje grinsend und holte Kaffeebecher für alle aus dem Schrank.

»Manchmal. Wir sind immerhin zusammen«, sagte Juli frech und zeigte all ihre Zähne.

»Jeez, du hast ja echt einen Crush auf den Kerl«, sagte Fabia. »Schön für dich, Girl. Ich freu mich echt. Und ihr seid jetzt echt schon zusammen?«

»Drei Dates haben gereicht, um das zu klären«, sagte Juli. »Wir waren uns schnell einig.«

Fabia nickte. »Versteh ich. Du bist ja auch schon fast dreißig, da kommt dann die ›Torschlusspanik‹, oder?« Sie machte wieder Gänsefüßchen.

Juli erdolchte sie mit ihren Blicken. »Ich werde achtundzwanzig im März.«

»Sag ich doch.«

»Also ich finde, du bist so glücklich, dass es das perfekte Tempo ist«, mischte ich mich ein, bevor die beiden streiten konnten.

Sventje nickte. »Sehe ich auch so.«

»Und du? Wann kommst du endlich wegen Samir aus dem Quark?«, fragte Juli.

Sventje lief rot an. Die Sache von der Weihnachtsfeier verfolgte sie. Sie hatte sich nicht wieder mit Samir getroffen und irgendwie war zwischen den beiden der Wurm drin. Ich wusste, dass sie ihn mochte und das war das Problem, denn sie bekam es nicht hin, ihm das mitzuteilen. Stattdessen führte sie sich auf wie ein Teenagerjunge.

Am Freitag hatte sie Samir mit »Hallo Keule, was läuft?« begrüßt. Sein Gesichtsausdruck war zwar unbezahlbar, aber Sventje bemerkte, wie merkwürdig sie sich verhielt, und kratzte die Kurve.

Dadurch wurde es auch nicht besser. Vor allem, weil alle dachten, die beiden hätten etwas miteinander und entsprechende Kommentare abgaben. Das setzte Sventje zusätzlich unter Druck und sie verhielt sich noch komischer.

»Ich habe Wort-Inkontinenz«, murmelte sie. »Und benehme mich wie die letzte Idiotin.«

»Ich würde gern widersprechen, aber nach deiner Keulen-Aktion geht das leider nicht«, sagte Juli mitleidig.

Sventjes Handy vibrierte, als eine Nachricht einging. Sie las sie und wurde noch roter im Gesicht. »Oh Gott«, murmelte sie. »Oh mein Gott.«

Juli sprang neben sie. Ich folgte sofort und auch Fabia pirschte sich heran. Die Nachricht war von Samir: ›Hey Schnitzel. Ich hab lange darüber nachgedacht, wie ich es dir sagen soll, aber ich glaube, wir sollten mal was trinken gehen. Was sagst du? Deine Keule‹

Ich konnte nicht anders, ich prustete los. Neben mir brach Juli in schallendes Gelächter aus.

»Also, wenn du jetzt nicht mit ihm ausgehst, bist du echt blöd«, japste sie.

Ich konnte nur nicken, zum Sprechen reichte es nicht, das Lachen war zu stark. Es schüttelte mich richtig durch.

Sventje sah uns an, als hätten wir den Verstand verloren. »Er macht sich über mich lustig«, sagte sie gepresst.

»Nein, Liebes, du hast endlich jemanden gefunden, der den passenden Humor für dich hat«, brachte ich heraus.

Sventje starrte auf ihr Handy. Ihre Lippen bewegten sich, aber die Worte kamen noch nicht mit.

»Hey, was ist denn das Problem?«, fragte Fabia überraschend sanft. »Magst du ihn nicht?«

Sventje zuckte mit den Schultern und sah so verloren aus, dass ich mich beruhigen konnte.

»Dann musst du ihn natürlich nicht treffen«, sagte ich atemlos und riss mich endlich zusammen.

Sventje seufzte abgrundtief und ließ den Kopf hängen.

»Ich verstehe es gerade nicht.« Juli sah mich ratlos an. Fabia zuckte auch mit den Schultern.

»Ich hab Angst, dass wenn ich mit Samir ausgehe und es schiefläuft, ich ihn beinahe jeden Tag hier auf der Arbeit begegne.« Sie rieb sich den Nacken. »Ich mag ihn. Er ist echt lustig. Und er sieht gut aus. Und er ist nett. Und klug. Schon vor der Weihnachtsfeier hab ich manchmal bei ihm angerufen und ihn zur Baustelle geholt, um ein bisschen mit ihm zu quatschen.«

»Das hast du noch nie erzählt«, sagte ich überrascht.

Sventje zuckte entschuldigend mit den Schultern, doch bevor sie etwas sagen konnte, kam Fred in die Küche.

»Wir sollten wieder zu Miguel und Kian gehen, die beiden warten auf uns«, sagte ich und schnappte mir die Kaffeetassen. Sventje schloss zu mir auf.

»Geh doch einfach mit Samir aus«, sagte ich zu ihr. »Ich verstehe deine Bedenken, aber ich glaube, er passt zu dir. Und er himmelt dich an.«

»Weißt du was? Okay«, sagte sie und holte ihr Handy hervor. Ich verfolgte gebannt, wie sie mit Samir ein Date für Donnerstagabend ausmachte.

Wenigstens in dieser Sache konnte ich helfen.

Wir erreichten unser Büro, wo Kian und Miguel auf uns warteten. Als ich meinen heimlichen Geliebten (oh Gott, wie in einem schlechten Kitschroman!) sah, machte mein Herz einen Satz, der sich gleichzeitig gut und beschissen anfühlte.

Und dieser Satz machte mir auch deutlich, wie zerrissen ich war.

Wir saßen bis nachmittags zusammen. Sventje und Miguel gingen schließlich zur *Sea Lady* zurück, aber Kian und ich hatten noch einen Haufen Arbeit zu erledigen.

»Ich dachte, der Job wäre nicht so schreibtischlastig«, stöhnte er irgendwann. »Ich hab mir eingebildet, dass ich ein bisschen auf der Yacht mitarbeiten und mein technisches Know-how einbringen kann.«

»Tja, wenn du nicht gern mit mir am Terminplan arbeitest, dann ist das natürlich bedauerlich«, meinte ich und verschob eine weitere Aufgabe in die nächste Woche.

Er warf mir einen Blick zu, unter dem mir heiß wurde. Mein Herz klopfte schneller.

»Du bist immer mein Highlight, das weißt du doch«, sagte er rau. »Ich kann es dir jederzeit beweisen. Lass mich nur die Jalousien an den Fenstern runterziehen.«

»Das ist viel zu riskant. Juli und Fabia können jederzeit von ihrem Termin zurückkommen«, flüsterte ich. Er setzte sich auf die Kante meines Schreibtischs.

›Scheiße, warum kann ich ihm nicht widerstehen? Warum setzt mein Gehirn aus, wenn wir allein sind und ich mich nicht mit Arbeit ablenken kann?‹

Langsam legte ich meine Hand auf seinen Oberschenkel. Kian sah mir in die Augen. Wie in Trance fuhr ich mit den Fingern über den Stoff seiner Hose.

›Das ist eine dumme Idee, Siv‹, sagte mein Verstand nachdrücklich. ›Lass es. Du hast schon mehr als genug Ärger am Hals. Mach es nicht noch schlimmer, indem du im Büro beim Sex mit Kian erwischt wirst.‹

Mein Blick versank in Kians grünen Augen.

Jetzt beugte er sich langsam vor. Unsere Gesichter kamen sich immer näher.

»Das sollten wir nicht tun. Man kann uns durch die Fenster sehen«, flüsterte ich, als es nur noch ein paar Zentimeter waren.

»Deine Hand auf meinem Oberschenkel sagt etwas anderes«, raunte er. »Ich glaube, dass du genau das willst.«

»Ja. Nein«, stammelte ich. »Kian, bitte.«

Er hielt inne. »Natürlich«, sagte er. Seine Stimme war etwas belegt. Er wollte es genauso sehr wie ich. »Das hier ist nicht der richtige Ort.«

Ich schüttelte den Kopf. »Nein, absolut nicht.«

»Wann sehen wir uns?«

Ich schlug die Augen nieder. »Weiß ich noch nicht.«

»Ist er schon wieder da?«

Ich schüttelte den Kopf. Inzwischen hatte Simon sich mit schlechten Nachrichten gemeldet. »Er kommt erst morgen zurück. Sie haben auch Probleme mit ihren Projekten.«

»Du könntest heute Abend zu mir kommen. Oder wir gehen zusammen etwas essen.«

Ich schüttelte meinen Kopf noch heftiger. »Nein, Kian, das geht nicht.«

»Was ist so schlimm an einem Abendessen?«, fragte er, da ging die Tür auf und Juli kam herein.

Ich zuckte zusammen und zog meine Hand zurück, die immer noch auf Kians Oberschenkel lag.

Juli blieb in der Tür stehen und sah uns überrascht an. Er saß viel zu nah bei mir. Ein Glück waren meine Monitore und eine Pflanze im Weg, sodass sie meine Hand unmöglich auf seinem Bein gesehen hatte.

Blieb das Problem mit der Nähe und der Bemerkung mit dem Abendessen.

›Sag jetzt bloß nichts wie ›Hey, Juli, du bist ja schnell zurück‹. Verhalte dich normal‹, beschwor ich mich.

›Oh Gott, jetzt kommt alles raus!‹, schrie mein Verstand entsetzt. ›Wie dumm kann man sein? Jetzt ist alles aus!‹

›Oh Gott, jetzt kommt alles raus‹, schrie ein anderer Teil meines Verstandes erleichtert. ›Jetzt ist es endlich zu Ende.‹

Kian sagte nichts, er war wie erstarrt. Er sah nicht einmal zu Juli rüber.

»Hey Juli!«, sagte ich beiläufig und wandte mich wieder Kian zu. »Mach dir keinen Kopf«, sagte ich ruhig, als würde ich ein Gespräch weiterführen. Mein Gehirn war aus, aber anscheinend hatte ich einen Panik-Modus. »Das kommt schon in Ordnung. Lass ihr einfach ein bisschen Zeit und dann findet sich eine Lösung.«

Kian brauchte ein paar Sekunden, dann zuckte er mit den Schultern und rutschte von der Tischplatte. »Ich hoffe es. Danke für deine Hilfe. Ich gehe dann mal und sage Miguel und Sventje, wie es aussieht.« Er lief zur Tür und nickte Juli zu. »Bis später.«

»Ciao«, sagte sie und ließ ihn vorbei. Die Tür fiel hinter ihm ins Schloss.

Juli sah mich mit hochgezogenen Augenbrauen an. »Habe ich gestört? Klang gerade nach Deeptalk.«

›Scheiße!‹

»Ja, ein bisschen, war aber nicht schlimm. Ich habe nur zugehört. Kian steckt in einer komplizierten Beziehungssache und hat mir davon erzählt. Wir hängen so viel miteinander rum, dass ich so was mittlerweile bei ihm mitbekomme. Bald haben wir so ein Ding wie du und Fred«, winkte ich ab.

›Nur mit Sex‹, fügte mein Gehirn hinzu. ›Das ersparst du dir ja glücklicherweise.‹

Mein Panikmodus war echt gut, er verdrehte die Wahrheit so, dass sie unverfänglich klang. Ich sollte über eine Karriere in der Politik nachdenken.

»Das kommt von allein«, nickte sie. »Aber als ich reinkam, sah es aus, als würde er auf deinem Schoß sitzen.«

Mir schlug das Herz bis zum Hals. »Saß er am Anfang auch. Ich habe ihm gesagt, dass das nicht gut aussieht, wenn jemand reinkommt«, erwiderte ich cool. »Ich überlege, es als spezielle Sprechstunde anzubieten: Seelenwärme auf Sivs Schoß. SWASS. Miguel und Sventje sind auch schon angemeldet.«

Julis Mundwinkel zuckten. »Solltest über ein Patent nachdenken.« Sie setzte sich mir gegenüber. Ich bemerkte, dass sie mich gedankenverloren ansah.

»Alles okay?«, fragte ich.

Juli riss sich von mir los. »Ja klar.«

Mir kam ein irrer Gedanke: ›Was, wenn ich es ihr einfach sage?‹ Gleich darauf zuckte ich zusammen. Das war eine ganz schlechte Idee. Juli konnte mir bei meinem Dilemma auch nicht helfen. Im schlimmsten Fall war sie sauer auf mich, weil ich ihr nicht früher davon erzählt hatte, als sie es auf Kian abgesehen hatte. Und ich hatte Angst, dass sie mich verurteilen könnte, wenn sie es wusste.

»Nein, alles okay«, meinte Juli da. »Sah kurz ein bisschen kompromittierend aus mit euch beiden, aber ganz im Ernst: Du bist es. Und wenn ihr euch gut versteht«, sie zuckte mit den Schultern, »so what, nimm ihn auf den Schoß. Mach nur Simon nicht eifersüchtig.«

»Nein, besser nicht«, sagte ich und sah schnell runter. Aus irgendeinem Grund machte mich Julis unerschütterlicher Glaube daran, dass ich nie Mist bauen könnte, betroffen. Es war für sie ausgeschlossen, dass ich mehr als einen losen Flirt oder ein paar freche Sprüche mit Kian austauschen könnte. Auch für sie war ich einfach nicht der Typ, der so was tat.

Das hatten Juli und Simon gemeinsam.

Simon war am Mittwoch immer noch nicht zurück. Die Probleme auf der Baustelle zogen sich und er musste vor Ort unterstützen.

Mir zeigte das, dass sich nichts geändert hatte.

Zwar hatte Simons Chef Jörg ihm in Aussicht gestellt, dass er Zackis Job bekam, aber es gab noch keinen Vertrag oder ähnliches, in dem das vereinbart wurde. Und ich war mittlerweile so abgenervt von der Sache, dass ich Jörg zutraute, dass er seine Zusage zurücknahm.

Und was dann? Wenn er die Beförderung nicht bekam und sich nichts änderte, sollte ich es ihm dann sagen? Mit ihm Schluss machen, weil er nie bei mir war?

Ich saß am Mittwochabend auf meiner Couch und wusste nicht mehr weiter.

Nächste Woche war Heiligabend. Unsere ganze Familie kam zusammen. Und mittendrin war ich als Lügnerin und Betrügerin. Wie sollte ich ihnen unter die Augen treten?

Und wenn Simon mir einen Antrag machte? Wie könnte ich ihn annehmen?

Ich fühlte mich beschissen. Tränen stiegen in meine Augen und am liebsten hätte ich eine Tasche gepackt und wäre abgehauen.

Mein Handy vibrierte. Eine Nachricht von Kian kam an.

›Hey, wir haben heute gar nicht gesprochen. Geht es dir gut? Ruf mich gern an, wenn du Zeit hast.‹

Ich wusste nicht, was ich schreiben sollte, doch da rief Simon an.

Kian oder Simon?

Kian oder Simon?

Kian.

Simon.

Scheiße.

Scheiße. Scheiße. Scheiße.

Ich nahm Simons Anruf an.

»Hey.«

»Hey mein Schatz. Was machst du?«

»Ich sitze auf der Couch und hole mir gleich ein Glas Wein. Bist du schon im Hotel?«, fragte ich.

»Gerade angekommen. Ich bin ziemlich k.o., aber es ist jetzt geschafft«, seufzte er. »Morgen früh haben wir die Abschlussbesprechung und dann komme ich nach Hause. Endlich. Ich freu mich schon so auf Weihnachten mit dir.«

»Ich mich auch«, murmelte ich und fasste mir ein Herz.

»Hast du was wegen Zackis Job gehört?«

»Noch nichts weiter.«

»Hab ich mir fast gedacht. Hey, können wir uns auf eine Sache verständigen? Wir haben momentan unglaublich viel Stress. Wollen wir einfach ein entspanntes Weihnachten verbringen? Ganz ohne Druck? Und sobald Jörg sich endlich bequemt, dir einen Vertrag zu geben, kümmern wir uns um die nächsten Schritte?«, bat ich.

Mir schlug das Herz bis zum Hals.

Simon schwieg ein paar Augenblicke. »Ja«, sagte er dann langsam. »Bist du dir sicher?«

»Ja«, antwortete ich heiser. »Ich glaube, das ist ein guter Plan.« Vor meinem geistigen Auge saß Simon mit dem Verlobungsring in der Hand auf seinem Hotelbett und starrte ihn an.

»Klar, das können wir so machen«, sagte er schließlich. In meiner Fantasie ließ er den Ring jetzt in seiner Hosentasche verschwinden.

Mein Herz war unglaublich schwer. Ich hatte das Gefühl, ihn zu verlieren.

›Das will ich nicht!‹, dachte ich verzweifelt. ›Trotz dieses Scheißjobs und der Riesenkacke, die ich gerade abziehe, liebe ich ihn. Ich will mit ihm zusammen sein. Ich kann mir ein Leben ohne Simon nicht vorstellen. Er ist es. Mit ihm will ich Kinder haben und alt werden. Neben ihm möchte ich morgens aufwachen. Und das bedeutet‹, mein Herz stolperte. ›Das bedeutet, dass ich die Sache mit Kian beenden muss. Bald. Ich weiß jetzt, mit wem ich zusammen sein will. Es ist glasklar. Aber das bedeutet, dass Simon niemals davon erfahren darf.‹

»Siv?«

»Ja?«, ich riss mich mit einem Ruck zurück in die Realität. Ich hatte den Mann, dem mein Herz gehörte, noch am Telefon.

»Bitte sei mir nicht böse, aber ich muss schlafen. Ich bin stehend k.o.«

»Natürlich. Schlaf gut. Ich freue mich auf dich. Bitte fahr morgen vorsichtig. Ich liebe dich«, flüsterte ich.

»Ich dich auch. Bis morgen.«

Ich hielt das Handy noch in der Hand. Meine Augen füllten sich mit Tränen.

›Was mache ich denn jetzt?‹

Dabei war das eigentlich klar. Das hinderte mein Gehirn nicht daran, mich bis tief in die Nacht mit Gedanken und Szenarien wachzuhalten und zu quälen.

Am nächsten Tag war ich unausgeschlafen und schlecht gelaunt. Ich musste dringend mit Kian sprechen, aber ich wusste nicht, wo und wie.

In ein paar Tagen war Weihnachten. Am liebsten wollte ich bis dahin klare Verhältnisse schaffen. Dann wäre mein Gewissen noch schlecht, aber nicht mehr ganz so mies.

Heute war schon Donnerstag. Heute kam Simon zurück.

Mir lief die Zeit davon.

Das Problem war nur, dass wir unglaublich viel zu tun hatten und Kian den ganzen Tag in Terminen war.

»Können wir noch mal sprechen?«, fragte ich in einer Kaffeepause.

»Ich fürchte, das wird heute nichts mehr«, sagte er entschuldigend. »Ich habe Termine bis neunzehn Uhr und morgen Vormittag fahre ich nach Bremen zu meiner Familie. Oder bist du heute Abend noch lange da? Gestern hätte es besser gepasst.«

›Ja, aber ich habe dich nicht zurückgerufen, weil mir einfach die Kraft fehlte.‹

»Nein, ich werde heute pünktlich gehen«, erwiderte ich.

»Tut mir leid, gestern habe ich es nicht geschafft.«

Olivia und Fred kamen zu uns. Wir holten Kaffee und gingen dann wieder in unser Meeting. Das zog sich bis zum Feierabend und ich bekam keine weitere Chance, mit Kian zu sprechen. Stattdessen fuhr ich nach Hause, wo Simon schon auf mich wartete.

Ich lief zu ihm und küsste ihn. Als unsere Münder sich berührten, war meine Welt für einen Moment in Ordnung. Nur ein paar Sekunden, in denen ich vergessen konnte, wie tief ich in der Scheiße steckte. Dann kam alles zurück. Genau wie mein schlechtes Gewissen.

»Das war die letzte Reise«, flüsterte er in mein Ohr. »Und ich hab eine Idee, wie wir das feiern können. Sekt steht kalt. Was hältst du von einem Bad?«

»Du und ich in unserer winzigen Wanne?«, fragte ich.

»Du darfst dich auf mich legen, wenn du möchtest«, bot er an.

»Wie selbstlos von dir.« Ich lächelte, doch wie immer kam es nicht von ganzem Herzen. Ich schluckte und versuchte, dieses Gefühl zu verdrängen. Nach dem zweiten Glas in der Badewanne, als Simon mich auf sich zog und erneut küsste, schaffte ich es endlich.

Die Tage bis Weihnachten vergingen wie im Flug. Simon war ständig bei mir und versuchte, seine Abwesenheit wiedergutzumachen. Ich stieg darauf ein und versuchte, ihm zu beweisen, wie sehr ich ihn liebte. Dass ich es verdiente, mit ihm zusammen zu sein. Dass ich es hinbekam, durchzuziehen. Er durfte es nur nie erfahren.

Als nächstes musste ich Kian sagen, dass es zwischen uns aus war und wir uns nie wieder sehen durften.

Vielleicht waren die Feiertage im Kreise meiner Familie der Schubs in die richtige Richtung. Hier, mit den Leuten, die ich um mich brauchte, hatte Kian keinen Platz. Simon gehörte an Weihnachten zu mir.

Vielleicht war dies die Trennung, die ich brauchte, um mir den letzten Ruck zu geben, um mich von Kian und der Sache zwischen uns zu lösen.

Ich hoffte es, aber wenn ich ehrlich mit mir war, war diese Hoffnung winzig. Leider war ich furchtbar schlecht darin, mich an meine Vorsätze zu halten.

Heiligabend wurde wunderschön.

Meine Eltern kamen und wir machten uns eine gute Zeit mit leckerem Essen und viel Egg Nogg. Ylva und Philipp kamen mit Calla und wir genossen jeden Moment.

Spät am Abend (nach mindestens fünf Egg Nogg) legte Papa seine Arme um Ylvas und meine Schultern und zog uns in seine Bärenumarmung, die ich schon als Kind geliebt hatte.

Bei ihm fühlte ich mich restlos sicher und geborgen.

»Meine beiden Mädchen«, sagte er lächelnd. Seine Wangen waren leicht gerötet und seine Augen glänzten feucht. »Ich bin so stolz auf euch. Ihr seid wunderbare Frauen geworden, die mitten im Leben stehen. Ihr seid aufrichtig und freundlich und ihr kommt zurecht und sorgt für euch selbst. Außerdem habt ihr zwei tolle Männer gefunden, die euch gute Partner auf Augenhöhe sind. Mehr kann ich mir als Vater nicht wünschen.« Er küsste uns auf die Wangen. »Ich wünsche mir noch viele solcher Weihnachtsfeste. Gern mit einer Schar Enkelkinder.«

Ich lächelte zurück, auch wenn sich mein Innerstes wie ein Eisklumpen anfühlte.

Aufrichtig. Zufrieden.

Genau das war ich seit Wochen nicht mehr, ebenso wenig kam ich zurecht. Nur für mich selbst sorgte ich, wenn auch auf die denkbar schlechteste Art.

Ich enttäuschte alle, auch wenn sie davon nichts ahnten. Wenn mein Vater wüsste, was ich trieb, wenn Simon nicht zu Hause war, würde er alles, was er gerade gesagt hatte, sofort zurücknehmen. Ich hatte weder den Kuss, noch die Umarmung und schon gar nicht den Stolz meines Vaters verdient. All das, was er in mir sah, war ich nicht. Das traf mich bis tief ins Herz und erschütterte mein Innerstes.

Ich wollte rennen. Mich verstecken. So lange wegbleiben, bis meine Taten niemandem mehr verletzten. Stattdessen war ich hier und spielte ein schreckliches Theater.

Ich musste mich losmachen und schnell auf den Balkon gehen, bevor ich in Tränen ausbrach.

Ich hielt mich am Geländer fest und starrte hinunter auf die Straße. Die kalte Nachtluft traf meine heißen Wangen, doch auch mein Inneres fühlte sich erfroren an.

Ich konnte so nicht weitermachen. Die Geheimnistuerei brachte mich um. Wenn das so weiterging, konnte ich mir im Spiegel nicht mehr in die Augen sehen.

Aufrichtig. Das war ich immer und stolz darauf. Dazu musste man nicht brutal ehrlich und kompromisslos sein, wie Olivia. Meine freundliche Aufrichtigkeit brachte mich gut durch mein Leben und mein Verhalten und meine Entscheidungen waren so ausgerichtet, dass sie mir ein gutes Gefühl gaben. Ich war mit mir selbst im Reinen.

Gewesen.

Seitdem Kian in meinem Leben aufgetaucht war, war das anders. Seitdem Kian in meinem Leben war, tat ich Dinge, die ich mich sonst nie getraut hätte. Er weckte in mir eine andere Seite, vor der ich mich manchmal fürchtete. Bei ihm war ich anders als bei Simon, freier und ungehemmter. Auch der Sex, den ich mit Kian hatte, war anders als mit Simon. Viel wilder und aufregender. Das beflügelte mich und war einer der Gründe, warum ich ihn traf. Dass ich in ihn verliebt war, machte es noch schlimmer.

Ich sah auf meine Hände und schämte mich. Nicht wegen des Gefühls, das er in mir weckte, sondern wegen der Umstände. Ich wäre gern bei Simon so. Ich würde ihm gern diese andere Seite von mir zeigen.

Bei ihm aber war sie verborgen. Vielleicht war Kian der einzige, der sie entfesseln konnte.

Es spielte keine Rolle. Ich war fast dreißig Jahre ohne diese Seite von mir ausgekommen, es war kein Problem, das auch die nächsten vierzig zu tun.

Aufrichtig. Zufrieden.

›So will ich mich fühlen. Mit sich selbst im Reinen zu sein, fühlt sich besser an, als wild und ungehemmt zu sein.‹

Ich fällte eine Entscheidung: Ich würde Simon die Wahrheit sagen. Nicht heute, Heiligabend war dazu der schlechteste Zeitpunkt.

Aber nach den Feiertagen würde ich reinen Tisch machen. Das verdiente er und ich schuldete es ihm. Was er nicht verdiente, war der Schmerz, den ich ihm damit zufügen würde.

Es zerriss mich innerlich, aber das war richtig so.

Ich brachte die restlichen zwei Weihnachtstage hinter mich. Dabei litt ich wegen meiner Entscheidung, denn Weihnachten war wunderbar in diesem Jahr. Der erste Weihnachtstag mit Simons Eltern und seinem Bruder Tim und dessen Familie war entspannt und ich hätte normalerweise jede Sekunde genossen.

Normalerweise.

Mit meiner Entscheidung, die in meiner Brust brannte, fühlte ich mich wie eine Schauspielerin, die nur so tat, als würde sie dazugehören. Und, was noch schlimmer war:

Ich wusste, dass dies das letzte Weihnachten war, das wir in dieser Runde verbrachten.

Er würde mich verlassen, wenn ich es ihm sagte.

Am zweiten Weihnachtstag, als beide Familien zusammenkamen, wurde es noch schlimmer. Ich fühlte mich wie eine Schlafwandlerin, abwechselnd mit einer Laiendarstellerin im Reality-TV. Und ich war furchtbar in meiner Rolle. Mein Grinsen war zu breit, mein Lachen zu laut und meine Konversation zu aufgekratzt.

Bald schaffte ich es nicht mehr, den Schein zu wahren, ich bekam immer mehr irritierte Blicke.

Irgendwann nahm Ylva mich beiseite.

»Was ist denn bloß mit dir los? Du bist total komisch«, sagte sie. »Was ist? Rede mit mir, ich kann dir bestimmt helfen. Oder wenigstens zuhören. Oder Wein holen. Oder Schnaps. Was auch immer du willst.«

Wieder rang ich mit mir, ob ich es ihr gestehen sollte. Doch ich hatte mich entschieden, zuerst mit Simon zu sprechen. Alle anderen erfuhren es noch früh genug. Wenn er mich verließ. Bei dem Gedanken schossen mir Tränen in die Augen und ich musste mir schleunigst eine Ausrede einfallen lassen, damit sie Ruhe gab.

Wieder sprang mein Panikmodus an und rettete mich mit einer halbwegs plausiblen Geschichte über meine nahende Periode und begleitende Kopfschmerzen.

»Ich wollte niemandem die Stimmung vermiesen«, sagte ich. »Deswegen dachte ich, dass ich halt besonders gut drauf sein muss.«

Ylva zog die Augenbrauen hoch. »Lass das bitte, du bist gruselig. Ich hole dir eine Aspirin, okay?«

»Okay. Sorry, ich höre jetzt auf«, versprach ich, dann flüchtete ich mich in Wein.

>*Morgen. Morgen mache ich reinen Tisch*<, schwor ich mir und schenkte mir nach. >*Und danach bin ich reif für eine lange Therapie.*<

Ich wachte am Morgen des 27. Dezember auf und blinzelte. Simon hatte das Licht auf dem Nachttisch angemacht und beugte sich über mich. Er hatte mich wachgeküsst. Meine Eingeweide zogen sich zu einem kalten harten Knoten zusammen.

>*Jetzt ist so gut wie jeder andere Moment. Tu es. Dann hast du es endlich hinter dir.*<

»Hey, hast du gut geschlafen?«, fragte er und küsste mich erneut. Er hatte schon Zähne geputzt. Wie lange war er schon wach?

»Ja, war okay. Etwas zu viel Wein gestern«, nuschelte ich. Simon lächelte und griff hinter sich.

>*Oh Gott, was kommt jetzt? Bitte, er darf mir keinen Antrag machen! Nicht jetzt! Dann drehe ich durch!*<

Mein Herz raste.

Simon lächelte. Dann drückte er mir einen Kaffeebecher in die Hand. »Hab ich mir schon gedacht, dass es dir so geht. Hier, gegen den Kater.«

Ich hätte vor Erleichterung beinahe geweint. So schlang ich meine Finger um den Becher und trank hastig einen Schluck. Simon hatte einen eigenen Becher und lehnte sich entspannt gegen das Kopfteil unseres Betts. Dabei legte er den freien Arm um mich.

Ich betrachtete sein Profil. Sein Mund war zu einem zufriedenen Lächeln verzogen. Mein Herz schmerzte, weil ich ihn so liebte und so eine Riesenscheiße gebaut hatte.

Unsere gemeinsamen Tage waren gezählt und er wusste es nicht einmal. Hatte er den Ring immer bei sich? Wartete er auf eine günstige Gelegenheit, trotz unserer Absprache?

»Ich liebe Weihnachten, aber hinterher bin ich auch froh, wenn es überstanden ist«, sagte er und streichelte meinen Hals. »Es war aber etwas Besonderes, weil Calla dabei war. Dein Vater hat mich auch gefragt, wann wir ein Baby wollen. Ich habe ihm gesagt, dass wir darüber nachdenken, aber einen Schritt nach dem anderen machen.«

»No pressure«, murmelte ich und sammelte meinen Mut. Jetzt musste ich anfangen, sonst verpasste ich wieder den Moment.

»Ich hab gemerkt, dass Ylva und Philipp immer noch Stress wegen des Antrags haben«, fuhr Simon fort. Wieder pochte mein Herz und ich bekam Angst, dass er das als Einleitung nahm. »Das war so schade. Ich verstehe, dass die Sache zwischen ihnen steht, aber sie haben doch einander. Und Calla. Ihr Leben ist perfekt. Ich hoffe, dass sie bald einsehen, was für ein Glück sie haben - Trauschein oder nicht.«

›Was bedeutet das denn jetzt? Willst du mir so sagen, dass du es auch nicht willst? War das alles wieder nur ein Missverständnis zwischen uns?‹

Ich kam nicht mehr mit, meine Gefühle überforderten mich. Ich musste trotzdem jetzt reinen Tisch machen. Das hatte ich mir geschworen.

»Ja, das hoffe ich auch. Und Simon, ... ich muss dir was sagen«, begann ich.

Jetzt war es so weit. Ich fühlte mich, als wäre ich kurz davor, von einer Klippe zu springen. Und ehrlich: Jede Klippe wäre mir lieber als die Worte, die ich jetzt aussprechen musste.

Simon küsste mich wieder. »Ich weiß, ich hab gehört, was du gestern zu Ylva gesagt hast: Du bekommst deine Periode. Ist es schon so weit?«

Ich schüttelte den Kopf. »Nein, aber ...«

Er streichelte meine Wange. »Du bist ein bisschen drüber, oder? Mach dir keinen Kopf, du hattest auch echt viel Stress. Und da es noch nicht so weit ist«, er nahm mir den Kaffeebecher aus der Hand, »lass uns den Augenblick noch mal nutzen.« Er schlang seine Arme um mich und zog mich an sich.

»Ich wollte dir noch was sagen«, sagte ich und wand mich aus seiner Umarmung.

Simon hielt inne und sah mich an. »Was denn?«

»Ich liebe dich«, begann ich. »Von ganzem Herzen.«

»Ich dich auch«, erwiderte er sofort. »Ich glaube, ich sage dir das nicht oft genug, aber ich bin so glücklich mit dir, Siv. Und diese paar Monate, bis ich hoffentlich nicht mehr reisen muss, kriegen wir auch rum, oder?«

Ich wusste nicht, was ich sagen sollte. Tränen füllten meine Augen und mein Brustkorb fühlte sich an, als würde er platzen.

›Du musst durchziehen. Jetzt. Mit jedem Tag wird es nur noch schlimmer. Du hättest es ihm nach dem ersten Sex sagen sollen. Nach dem ersten Kuss. Nach den ersten heißen Gesprächen mit Kian, als es nur Kopfkino und Gedanken waren. Du könntest jetzt hier liegen und wärst wahrscheinlich mit dem Mann, den du liebst, schon verlobt und würdest eure Hochzeit planen. Du schuldest es ihm, endlich die Wahrheit zu sagen.‹

Ich wusste das alles. Mein Verstand hatte recht.

Simon kam vor mir auf die Knie, warf die Bettdecke beiseite und griff in meine Kniekehlen, um mich an sich heranzuziehen. Seine Hände lagen warm auf meiner Haut. Noch so eine Bärenumarmung, in der ich mich einfach gut fühlte.

Normalerweise. Doch mittlerweile war nichts mehr normal. Ich wand mich innerlich. Ich versuchte, mir selbst einen Schubs zu geben, damit ich endlich mit der Wahrheit herausrückte.

Ich fühlte mich dauernd beschissen. Damit kam ich nicht mehr zurecht. Es fühlte sich an wie ein schwerer Stein auf meinem Rücken, der mich immer mehr zu Boden drückte.

Es fiel mir immer schwerer, mich aufrecht zu halten.

»Ich wünsche mir das so sehr«, sagte Simon, während er seine Klamotten hinter sich warf. »Du und ich. Jeden Morgen.«

Ich schaffte es nicht, ihm die Wahrheit zu sagen.

Wieder nicht.

›Ich bin so ein *furchtbarer Feigling.*‹

Stattdessen zog ich mir mein Nachthemd über den Kopf und gab ihm das, was er sich wünschte. Was ich mir auch wünschte. Gleichzeitig fragte ich mich, ob ich aus dieser Scheiße erst wieder herauskam, wenn ich einen Fehler machte und Simon es selbst herausfand.

Es ekelte mich an, wie feige ich war, aber ich konnte es nicht ändern.

Nicht heute.

Kapitel 13

Simon und ich mussten nach Weihnachten wieder arbeiten. Unser Urlaub reichte leider nicht mehr, um zwischen den Feiertagen frei zu haben.

Und natürlich musste Simon prompt wieder los. Dieses Mal nach Offenbach. Es fühlte sich an wie eine eiskalte Dusche.

»Verdammt, gibt es denn keine deutsche Stadt, in der ihr keine Baustelle habt?«, fragte ich frustriert, als er seine Sachen packte. »Das ist doch nicht normal. Warum musst du alle betreuen? Und warum läuft überall etwas schief?«

Ich geriet in Rage, weil ich so wütend auf mich selbst war. Ich musste mich bremsen, um es nicht an ihm auszulassen. Er konnte nichts für meine Gefühle. Zumindest nicht für den Teil, der mich so fertig machte.

»Hey, beruhige dich«, sagte er. »Es tut mir leid und glaub mir, mich nervt es genauso wie dich. Es sind momentan fünfzehn Baustellen in meinem Bereich. Dazu kommen noch dreißig bei Stephan und Mehmet. Es kommt dir nur so viel vor, weil die momentan so viel Ärger machen. Eigentlich sind es nicht mehr als sonst. Weil Stephan Urlaub hat, springe ich in Offenbach für ihn ein. Er hat Kinder und es sind Ferien.«

Dagegen konnte ich nichts sagen. »Wann kommst du denn wieder? Muss ich allein Silvester feiern?«, fragte ich kleinlaut.

»Ich bin rechtzeitig zurück«, versprach er. »Und ich werde nicht mehr ausrücken, egal, was passiert. Das ist so verabredet und Jörg weiß das. Ebenso, wie viel ich in den letzten Monaten geleistet habe.«

»Hoffentlich stimmt er der Beförderung trotzdem zu«, murmelte ich. »Nicht, dass er auf die Idee kommt, du seist unentbehrlich.«

»Ich werde das nicht ewig machen. Zur Not wechsle ich den Job«, meinte er. »Zackis neue Firma sucht Leute. Ich möchte nur Jörg die Chance geben und eigentlich bin ich ja bei ihm zufrieden. Es ist bald überstanden, Süße. Und an Silvester machen wir uns einen schönen Abend, okay?«

Dass ich das erst glaubte, wenn er an Silvester bei mir war, sagte ich lieber nicht. Stattdessen hielt ich mich zurück. Ich war die Letzte, die sich beschweren durfte.

Also nickte ich, küsste ihn zum Abschied und machte mich auf den Weg zur Arbeit. Ich war diese Woche allein, Juli, Fabia und sogar Olivia hatten Urlaub. Auch das Umbauteam war nur in Notbesetzung da und verrichtete kleinere Aufgaben. Die *Sea Lady* hatte eine kleine Pause. Das galt aber wahrscheinlich nicht für mich und Kian, der heute auch wieder da sein würde.

Mein Herz machte einen Satz, als er der erste war, dem ich auf der Werft begegnete. Ich wusste, dass er heute Morgen aus Bremen zurückgekommen war. Wir hatten seit letzter Woche keinen Kontakt. Ich hatte ihm nur fröhliche Weihnachten über eine Message gewünscht.

Mehr nicht.

»Hey, schön dich zu sehen«, sagte er unverbindlich, weil ein paar Kollegen vorbeikamen und grüßten. »Wie waren die Weihnachtstage? Gabs was Besonderes?«

Ich wusste sofort, worauf er anspielte. Er wollte wissen, ob ich mit Simon gesprochen hatte. Wieder verkrampfte sich alles in meinem Bauch. »Nein, keine. Es waren nur schöne Tage mit der Familie. Und bei dir?«, fragte ich.

Noch ein paar Kollegen kamen vorbei, darunter auch Sventjes Spezi Samir. Die beiden hatten schon zwei Dates und wollten gemeinsam an Silvester auf eine Party gehen. Juli prophezeite, dass sie danach ein Paar waren. Gerade war Sventje aber in Bremen bei ihren Eltern.

»Auch schön. Außer dass mir immer unter die Nase gerieben wird, dass ich sie zu selten besuche und auch noch Single bin. Für beides haben meine Eltern wenig Verständnis«, erwiderte er und warf mir einen Blick zu, der sagte, dass ich letzteres Problem sofort lösen könnte.

Ich fragte mich, wie seine Eltern unsere Geschichte finden würden, wenn es jemals dazu kam. Das war sicher nicht die Art von Kennenlern-Story, die sie sich für ihren Sohn wünschten.

Wir erreichten das Büro und ich zog meinen Mantel aus. Kian blieb an der Tür stehen und warf noch einen letzten Blick hinaus, bevor er sie schloss. Draußen war niemand zu sehen.

Ich bekam Gänsehaut, weil wir jetzt allein waren. Alle meine Vorsätze, die Sache mit uns zu beenden, kamen gefährlich ins Schwanken. Er war wie eine Sucht für mich.

»Ich habe dich vermisst«, sagte er und lehnte sich gegen die Tür. Ich presste die Lippen zusammen. Was sollte ich denn jetzt sagen? Dass ich ihn auch vermisst hatte? Klar, das könnte ich, aber es erschreckte mich, wie groß die Sehnsucht in diesem Moment wurde. Am liebsten wollte ich ihm sofort die Kleider vom Leib reißen.

›Du bist so eine Idiotin, Siv.‹

»Ich habe auch oft an dich gedacht«, antwortete ich. Kian kam zu mir und küsste mich auf den Mund.

Mein Herz pochte wie verrückt. Ich konnte nicht anders, als mich an ihn zu pressen und es zu genießen.

Die Lage war einfach hoffnungslos. Ausweglos.

Kians Kuss wurde intensiver. Es kostete mich Mühe, ihn zu beenden.

»Nicht hier«, flüsterte ich.

»Wo dann? Wir waren seit fast zwei Wochen nicht mehr zusammen. Ich halte es kaum noch aus«, raunte er in mein Ohr und ich spürte seine Sehnsucht. Ich fühlte sie auch.

»Ich hatte gehofft, dass du mit ihm redest.«

Er. Kian vermied es meistens, Simons Namen zu sagen. Das machte es für ihn wahrscheinlich leichter.

»Das wollte ich ja auch, aber ...« , ich kämpfte mit mir. »Er glaubt so unerschütterlich an uns, dass es mich umbringt, es ihm nicht zu sagen. Aber ich schaffe es einfach nicht, obwohl es mir so schlecht damit geht.«

Kians Miene verfinsterte sich. »Wann können wir uns sehen? Ich glaube, wir müssen dringend reden.«

Ich wollte absagen, weil ich zwei Wochen standhaft geblieben war, doch die Versuchung war zu groß.

›*Du kannst nicht alles haben, aber du versuchst es*‹, dachte ich. ›*Und das wird in einer Katastrophe enden.*‹

›*Aber nicht heute. Nicht solange Simon auf Dienstreise ist und ich aufpasse, dass es niemand mitbekommt.*‹

Mein Körper reagierte auf ihn. Ich wollte ihn berühren. Ihn endlich wieder spüren. Es war zum Verzweifeln.

»Heute Abend«, hörte ich mich sagen.

Mein Herz klopfte. Das hatten wir nie zuvor gemacht. Noch eine Grenze, die ich überschritt.

Kian zog mich an sich und küsste mich erneut. Seine Hände lagen an meiner Taille. Mir wurde heiß. Ich konnte nicht anders, ich musste ihn heute Abend sehen.

Es war zum Verrücktwerden.

Ich machte früh Feierabend. Urlaub hatte ich zwar keinen mehr, aber immerhin ein paar Überstunden.

Ylva hatte sich bei mir gemeldet und gefragt, ob ich vorbeikommen konnte. Wenigstens kamen im Projekt keine Katastrophen hinzu, sodass ich mir den frühen Feierabend erlauben konnte.

Ich war um vier bei meiner Schwester und zuckte zusammen, als sie mir öffnete und ich ihr Gesicht sah. Ihre Augen waren gerötet und ihr Mund trotzig verzogen. Im Wohnzimmer hörte ich Calla weinen.

»Was ist los?«, fragte ich alarmiert.

Ylva brach in Tränen aus. Ich nahm sie in den Arm und drückte sie an mich, hielt sie fest. Dann lotste ich sie auf die Couch, holte Calla aus ihrem Laufstall und wiegte sie auf dem Arm, bis die Kleine sich beruhigte.

»Rede mit mir, das hier habe ich im Griff«, sagte ich und angelte nach der Wickeltasche, um meiner Nichte eine frische Windel zu verpassen.

Ylva rieb sich die Wangen. Sie sah erschöpft und traurig aus. »Ich glaube, ich muss mich in Zukunft allein um sie kümmern«, murmelte sie. »Philipp wird mich wegen dieser Hochzeitssache verlassen.«

Ich starrte sie an, das Feuchttuch in der Hand. Callas Füße trommelten gegen meinen Bauch und sie riss mir die frische Windel aus der Hand. Ich hielt sie mechanisch fest, damit sie nicht vom Sofa rollen konnte.

»Wie kommst du darauf?«, fragte ich dünn.

»Seitdem ich Nein gesagt habe, streiten wir nur noch. Es ist so gekommen, wie ich befürchtet habe: Er legt es mir so aus, dass ich ihn nicht genug liebe, um Ja zu sagen.« Ylva zuckte hilflos mit den Schultern. »Ich sage ihm jedes Mal, dass ein gemeinsames Kind für mich viel mehr wert ist als ein Trauschein, aber er glaubt mir nicht. Und dann werde ich wütend, weil ich das Gefühl habe, dass ich zustimmen muss, um ihn zu halten. Aber das ist Erpressung!

Ich will das nicht tun, um ihm einen Gefallen zu tun. Ich will nur Dinge tun, von denen ich überzeugt bin.«

Ich hatte etwas sagen wollen, doch jetzt klappte ich den Mund wieder zu. Ylva hatte recht. In jeder Beziehung gab es Kompromisse, die man eingehen musste, das stimmte. Aber niemand sollte etwas gegen seine Überzeugung tun. Was dabei herauskam, wenn man immer stillhielt, erfuhr ich gerade am eigenen Leib: Es kanalisierte sich auf andere Weise. Und meistens war das schlimmer, als sich treu zu bleiben und einen faulen Kompromiss einzugehen.

»Was jetzt?«, fragte ich leise und zog die Lütte an. Sie beobachtete jede Bewegung aufmerksam mit großen Augen. Dabei schaute sie so ernst, als könnte sie verstehen, worüber wir uns unterhielten. »Ich verstehe dich, aber was willst du tun? Willst du Schluss machen, bevor er es tut?«

»Nein!«, fuhr meine Schwester auf. Ihre Augen füllten sich mit Tränen. »Ich liebe diesen Idioten! Ich will mit ihm zusammen sein! Und ich will, dass wir aufhören zu streiten und endlich wieder wir selbst sind.« Sie wischte sich zornig über die Augen. »Dieser ganze Stress ist so unnötig! Ich weiß nicht, wie ich ihm beweisen soll, dass er mir gar nicht wichtiger sein könnte!«

»Hast du ihm das mal gesagt?«, fragte ich und setzte Calla auf ihre Spielmatte. Dann ging ich in die offene Küche, um eine Flasche fertigzumachen.

Ylva schnappte sich ein Sofakissen und zerknautschte es zwischen den Fäusten. »Ich bin darin nicht gut«, gab sie zu. »Klar habe ich ihm gesagt, dass ich ihn liebe und warum mir eine Hochzeit nicht wichtig ist. Aber da waren wir meistens schon mitten im Streit und es kam dann eher wütend rüber. ›Ich liebe dich, du dummer Arsch‹ ist nicht das, was er dann hören will.« Sie starrte an die Decke. »Ich bin überhaupt nicht gut darin, zu sagen, was ich fühle«, wiederholte sie. »Meistens fehlen mir die richtigen Worte, um mich auszudrücken. Ich kann ihm dann nicht sagen, wie wichtig er mir ist und dass ich mir ein Leben ohne ihn nicht vorstellen kann. Mir ist der Trauschein nicht wichtig. Philipp ist mir wichtig. Und Calla. Und irgendwie muss ich ihn davon überzeugen, dass ich ihn mehr liebe, als er sich wahrscheinlich vorstellen kann. Ich will mit ihm zusammen sein, am liebsten für den Rest meines Lebens.«

»Aber wenn du dich endlich mal traust, den Mund aufzumachen, bist du echt gut darin, die richtigen Worte zu finden. Das eben war doch toll.«

Ich zuckte zusammen und drehte mich um. Philipp stand in der Wohnzimmertür. Er hatte Ylva gehört und sah sie jetzt mit einer Mischung aus Frust und Liebe an. Er verschränkte kopfschüttelnd die Arme vor der Brust. »Du bist so eine kluge Frau, die nicht auf den Mund gefallen ist. Aber bei so was muss ich lauschend im Flur stehen, damit ich höre, wie du Siv sagst, was du für mich empfindest.«

»Ich bin eben eine Idiotin«, flüsterte Ylva und stand auf.

Ich schnappte mir das Babyfläschchen und meine Nichte und trug sie in ihr Zimmer, wo ich mich in den Ohrensessel setzte und sie fütterte. Calla hielt sich an meinem Zeigefinger fest und lächelte mit den Augen, während sie emsig die Flasche leer trank. Ich ließ sie ein Bäuerchen machen und schmuste mit ihr. Dabei verkrampfte sich mein Magen. Ylva und Philipp bekamen das wieder hin. Sie hatten ein Kommunikationsproblem, das sie wahrscheinlich in diesem Moment lösten.

Das zwischen Simon und mir war ganz anders gelagert. Und viel hoffnungsloser.

Es dauerte eine Weile, dann kam Philipp, um mich abzulösen. »Ich drehe eine schnelle Runde mit ihr«, sagte er. »Dann habt ihr Mädels ein bisschen Zeit zusammen.«

»Alles klar«, sagte ich und hob Calla in seine Arme.

Ylva wartete im Wohnzimmer auf mich, sie hatte zwei Gläser Wein auf dem Tisch.

»Habt ihr alles geklärt?«, fragte ich.

Sie nickte und schob mir das Glas zu. »Was reden alles bewirken kann«, murmelte sie, aber sie war frei und gelöst. »Wir haben beschlossen, das Thema erst mal beiseitezuschieben. Philipp meinte, er würde nicht mehr damit anfangen. Aber wenn ich meine Meinung ändere, muss ich ihm den Antrag machen. Das finde ich fair.«

»Ein Glück. Ich freu mich für euch.« Ich stieß mit ihr an und trank einen Schluck Wein. Im Flur schlug die Tür, als Philipp die Wohnung verließ. Wir waren allein.

»Du bist komisch in letzter Zeit«, sagte Ylva langsam. »Dich beschäftigt etwas. Willst du es mir nicht erzählen?«

Ich schluckte. Da war sie wieder: eine Gelegenheit, um mir alles von der Seele zu reden. »Es ist gerade eine anstrengende Zeit«, begann ich stockend. »Simon ist so viel unterwegs, dass ich momentan mehr Zeit mit Kian als mit ihm verbringe.« Erster Schritt geschafft: Ich hatte Kian ins Spiel gebracht.

Ylva nickte. »Ach ja, Kian. Seine Fotos aus Social Media sind immer noch in meinem Kopf und bescheren mir schöne Momente.«

»Lass das nicht Philipp hören«, meinte ich.

»Hey, er sieht sich jeden Tag Frauen in Sportklamotten an. Ich habe immer einen gut«, erwiderte sie.

»Da hast du wahrscheinlich recht.«

»Ich weiß, dass das mit Simon frustrierend für dich ist. Also musst du dich optisch mit Kian trösten?«, fragte sie.

»Ja, das ist so. Er ist ein flirty Typ«, erwiderte ich. Mein Herz klopfte, als ich mich für bereit machte. Gleich hatte ich es geschafft und es ausgesprochen.

»Kenne ich«, erwiderte Ylva. »Ich hab auch einen Kollegen, der immer besonders nett ist. Es ist ja nur Spaß. Nichts, weswegen ich ein schlechtes Gewissen haben müsste. Mach dir deswegen keinen Kopf.«

Ich lächelte verzweifelt. Wir lagen Welten auseinander in dieser Sache. »Bestimmt. Ich dachte nur ... naja ... es hat sich komisch angefühlt. Er war teilweise sehr offensiv und ich war damit etwas überfordert.«

›Betonung liegt auf war. *Dann habe ich eine Affäre mit ihm angefangen‹*, fügte ich gedanklich hinzu und fühlte mich mal wieder beschissen.

Ylva lehnte sich zurück. »Ach, du bist so süß«, murmelte sie. »Du machst dir immer einen Kopf um alles. Das liebe ich an dir, aber damit machst du es dir auch echt schwer.«

Meine Kehle war wie zugeschnürt. Ylva war so was von auf dem falschen Dampfer. Sie würde mir niemals zutrauen, dass ich nicht nur mit Kian flirtete, sondern Sex mit ihm hatte. Nie im Leben.

Ich starrte auf meine Hände, die mein Glas umklammerten. Natürlich dachte sie nicht schlecht von mir. Ich hatte so was noch nie gemacht. Ich war immer ehrlich und loyal.

Bis Kian kam.

Und jetzt brachte ich es einfach nicht über mich, ihr Bild von mir zu zerstören.

»Du kennst mich doch«, flüsterte ich und zwang mich zu einem falschen Lächeln. »Manchmal übertreibe ich.«

Ylva kuschelte sich an mich. »Weiß ich doch. Zerbrich dir nicht den Kopf.«

Ihre Worte brachten mich fast um. Der Zustand war unerträglich, lange packte ich das nicht mehr. Ich lehnte mich an sie und versuchte, nicht darüber nachzudenken, dass ich heute noch zu Kian gehen würde.

Ich wollte nicht, dass sie schlecht über mich dachte.

Jetzt nicht. Noch nicht.

Ich wachte auf und blinzelte verschlafen in die dämmrige Beleuchtung. Dann riss ich die Augen auf und setzte mich erschrocken auf.

Das hier war nicht mein Schlafzimmer. Es war Kians.

Ich hatte bei ihm übernachtet. Es war gestern Abend so spät geworden, dass ich eingeschlafen war. Jetzt war es sieben Uhr morgens und ich musste gleich zur Arbeit.

Schuldgefühle überfluteten mich, sodass ich fast keine Luft bekam.

Was kam als nächstes? Ein gemeinsamer Kurzurlaub? Wie dreist würde ich noch werden? Wie weit würde ich gehen, weil ich die Möglichkeit dazu hatte?

Wegen Simons ständigen Reisen war es fast zu einfach, Kian zu treffen, egal wann. Momentan. Das würde sich ohnehin ändern, wenn er den neuen Job bekam. Falls er ihn bekam.

Mit Simon hatte ich gestern telefoniert, bevor ich hergekommen war, und gesagt, ich würde früh zu Bett gehen. War ich auch. Mit Kian. Geschlafen hatte ich allerdings erst viel später, nach viel Sex und einem langen Gespräch, das mir die Entscheidung nicht leichter gemacht hatte.

Meine Brust fühlte sich eng an und mir brach Schweiß aus. Tränen stiegen in meine Augen, weil ich von mir selbst so entsetzt war.

Das Bett neben mir war leer, doch jetzt kam Kian durch die offene Schlafzimmertür. Er trug nur Retropants und es war beinahe lächerlich, was dieser Anblick bei mir auslöste. Mein schlechtes Gewissen verschwand nicht, aber es machte dem Wunsch platz, ihn zu mir ins Bett zu zerren.

Kians Lächeln sagte mir, dass alles wieder gut wurde. Er war meine Sicherheit. Er war für mich da. Er würde mich nicht verlassen. Er liebte mich. Er stand zu mir und würde noch viel mehr tun, wenn ich ihn nur ließ. All das hatte er mir gestern Abend gesagt.

Meine Tränen versiegten und meine Brust wurde freier. Wenn ich bei ihm war, musste ich nichts entscheiden.

Er wusste von allem. Als einziger. Er wusste, was ich tat, und verurteilte mich nicht. Im Gegenteil. Jedes Mal wenn wir uns sahen, verliebte er sich etwas mehr in mich. Dank ihm wusste ich, dass ich nicht abscheulich war, sondern geliebt wurde. Ich verdiente es, dass man bei mir war.

Dank Kian musste ich nicht mehr allein zu Hause sitzen und mich fragen, warum Simon es zuließ, so oft weg zu sein. Kian war einfach da. Er nahm alles, was ich ihm gab. Er wollte immer mehr. Er gab mir das Gefühl, wertvoll und begehrenswert zu sein. Das hatte ich vermisst.

Ich wusste selbst, dass sich mein Wert nicht an den Gefühlen anderer bemaß, aber manchmal brauchte ich Bestätigung. Simons Reisen fühlten sich an, als würde er mich wegstoßen und verlassen.

Wenn ich bei Kian war, erlebte ich genau das Gegenteil. Das war schön. Dazu kam, dass ich ihn liebte. Was hatte dieser Mann nur mit mir gemacht?

Die Antwort war einfach: Er gab mir, was ich vermisste. Er schenkte sich mir. Mir blieb fast nichts anderes übrig, als dieses Geschenk anzunehmen und seine Gefühle zu erwidern. Er machte es mir so leicht. Es fühlte sich ganz natürlich an, ihn zu lieben.

Kian kam zu mir herüber und küsste mich auf den Mund. Ehe ich mich versah, lagen wir beide eng umschlungen auf dem Bett und ich zerrte an seinen Pants.

»Ich finde es toll, dass du bei mir bist«, flüsterte er in mein Ohr. »Neben dir aufzuwachen war wunderbar. Das hätte ich gern jeden Morgen.«

Meine Hände verharrten. Seine Worte schmerzten. Sie erinnerten mich, dass all die guten Gefühle einen gewaltigen Schönheitsmakel hatten.

»Das geht nicht«, sagte ich mit klopfendem Herzen und zog mich zurück. Das war nicht so leicht, denn Teilen meines Körpers war es völlig egal, worüber wir redeten.

»Aber du musst dich bald entscheiden«, protestierte Kian. »Die Situation kann nicht ewig so weiterlaufen. Das mit uns geht jetzt einen Monat so. Du weißt, wie ich zu dir stehe: Ich will mit dir zusammen sein. Richtig. Ich möchte mit dir ausgehen, Zeit mit dir verbringen, ohne dass du Angst hast, erwischt zu werden. Ich bin für dich da, wenn du mit Simon redest. Irgendwann wirst du sowieso auffliegen. Wähle den Zeitpunkt doch lieber selbst.«

»Ich weiß nicht, was ich ihm sagen soll!«, rief ich verzweifelt.

»›Simon, ich betrüge dich seit einem Monat mit einem anderen Mann‹«, soufflierte er. Die Worte waren brutal einfach. Ich zuckte zurück, weil sie sich wie ein Schlag ins Gesicht anfühlten. »Dann wird eure Beziehung sicherlich zu Ende sein«, fuhr Kian fort. »Bitte, Siv, es muss einen Grund geben, warum das mit uns passiert ist. Ich weiß, dass es dir nicht um Sex geht.«

Ich schüttelte heftig den Kopf. »Nein, tut es auch nicht. Von Anfang an nicht! Du bist mir wichtig!«

»Liebst du mich auch?«, fragte er direkt.

Mir blieb die Luft weg. »Ich ... Ich bin in dich verliebt«, kämpfte ich mich durch das Vakuum in meiner Brust. Mein Herz klopfte wie verrückt. Jetzt hatte ich es gesagt. Ehrlich und aus dem Herzen. Doch dieses Geständnis machte alles noch komplizierter.

Kians Mund verzog sich zu einem glücklichen Lächeln. »Aber dann ist doch alles klar.«

Ich schlug die Augen nieder. »So einfach ist das nicht«, murmelte ich. »Für Simon empfinde ich ähnlich. Wir sind seit fünf Jahren zusammen. Ich hätte nicht gedacht, dass das geht, aber ich liebe euch beide.« Ich sah seine Enttäuschung. »Es tut mir so leid«, sagte ich und rieb meinen Nacken.

»Aber so kann es nicht ewig weiterlaufen. Und wenn alles rauskommt, ist das viel schlimmer, als wenn du reinen Tisch machst«, beharrte er.

»Das weiß ich doch auch!« Tränen stiegen in meine Augen. »Du hast vollkommen recht. Ich muss es Simon sagen. Es ist nur verdammt schwer, unsere gemeinsame Träume zu begraben. Auch da hast du recht: Danach wird es vorbei sein.« Ich wischte mir übers Gesicht. »Das mit uns ist mir über den Kopf gewachsen. Ich hätte nie gedacht, dass du mich so erwischst.«

»Ich auch nicht«, gab er nach kurzem Zögern zu. »Ich habe dich gesehen und es hat gefunkt. Heftig, ich wusste gar nicht, wie ich damit umgehen soll. Dann habe ich aus Spaß geflirtet, um mir zu beweisen, dass nichts dabei ist. Das hat aber nichts genützt. Und als du mich zum ersten Mal geküsst hast, war ich verloren.« Er atmete tief durch. »Ich verstehe, dass du dich schwertust, aber es gibt Alternativen zu deiner Beziehung und deinen Plänen mit Simon. Wir können eigene Pläne schmieden.« Er schlang seine Finger um meine.

Ich lehnte mich an ihn und schloss die Augen. Es war schön, zu hören, wie er für mich empfand. Das zwischen uns war keine Affäre, es war eine zweite Beziehung, die Liebe, Zeit und Aufmerksamkeit verdiente. Ich wünschte, ich könnte sie ihm bieten. Ich wünschte, ich wäre nicht so zerrissen und es gäbe einen Ausweg, der nicht mindestens einem Menschen das Herz brach.

Doch den gab es nicht.

Und das Schlimmste war, dass mein Herz mir sagte, dass es am Ende drei gebrochene Herzen geben würde.

»Ich werde es Simon beichten«, flüsterte ich.

Kian schloss mich fest in seine Arme. »Ich bin bei dir«, versprach er. »Gemeinsam stehen wir das durch.«

Am letzten Arbeitstag des Jahres war ich auf einen ruhigen Tag eingerichtet, an dem ich noch ein paar Dinge abarbeiten konnte, doch um neun kam Olivia ins Büro gefegt, Fred im Schlepptau.

»Du hast doch Urlaub, oder nicht?«, fragte ich und sammelte meine Sachen wieder auf, die mir vor Schreck runtergefallen waren.

»Schon, aber die Kacke ist am Dampfen«, knirschte sie. »Es geht um das Speedboot.« Das war Julis Projekt, über das sie ständig fluchte. Obwohl das Ding so klein war, machte es Ärger wie eine Megayacht. Der Besitzer hatte jede Woche neue Sonderwünsche, die immer mit immensem Aufwand verbunden waren.

Juli war im Urlaub. Ich ahnte, was jetzt kam.

»Was kann ich tun?«, fragte ich.

Fred seufzte abgrundtief und zog sich einen Stuhl heran. »Danke, dass du einspringst. Es ist leider beschissen. Ist Kian heute da?« Ich nickte. »Kannst du ihn herholen?«

»Natürlich«, sagte ich und schrieb Kian, dass er schnell zu mir kommen sollte. Es dauerte nur Sekunden, dann stand er in der Tür. Sein erwartungsvolles Lächeln (was hatte er bei meiner Nachricht erwartet? Einen Quickie auf dem Schreibtisch?) verrutschte, als er Olivia und Fred sah.

»Oh, das sieht nach Krise aus«, sagte er und zog die Tür hinter sich zu.

»Ist es«, bestätigte meine Chefin und setzte sich an Julis Schreibtisch. »Jetzt kannst du ordentlich Bonuspunkte sammeln, Jan.«

»Vielleicht merkt sie sich dann sogar deinen Namen«, sagte Fred trocken.

Kian ließ sich von Fred auf den letzten Stand bringen, während ich die Projektübersicht checkte.

»Memo an mich: Urlaubssperre zwischen den Feiertagen«, murmelte Olivia und begann zu klicken.

»In den letzten Jahren war um diese Zeit immer Totentanz«, erinnerte ich sie.

»Things change«, erwiderte sie lapidar.

Wir brauchten den ganzen Tag, um wenigstens einen Teil der Probleme zu lösen. Gegen sechzehn Uhr hatten wir einen Status erreicht, mit dem wir bis Neujahr über die Runden kamen.

»Leute, besser wirds nicht. Ich gebe Essen aus!«, verkündete meine Chefin und zückte ihr Smartphone. »Chinesisches Essen bringt Glück. Sind alle dabei?«

Waren wir und Olivia orderte eine Menge an Essen, mit der wir auch alle aus den Montageteams verkosten konnten. Ich wollte mich gerade in der Küche hinsetzen, als Kian einen Anruf bekam. Er verließ die Küche. Nach kurzer Zeit kam er zurück.

»Bitte keine zweite Runde im Katastrophenbingo«, stöhnte Olivia und formte ein Kreuz aus ihren Essstäbchen, als könne sie so Unheil von sich abhalten.

Kian schüttelte den Kopf. »Nicht annähernd so schlimm wie bisher, aber ich brauche deine Hilfe, Siv.«

Ich schnappte mir meinen Teller und stand wieder auf. »Kann ich dabei essen?«

»Na klar.« Kian griff sich ebenfalls etwas, dann hielt er mir die Küchentür auf.

»Was ist los?«, fragte ich, als wir durch die Halle liefen.

»Nur eine Kleinigkeit. Ich dachte, ich nutze das als Vorwand, um in Ruhe mit dir zu essen. Wir sehen uns ja sicher erst im Neuen Jahr, oder?«

Ich holte Luft. »Ja, das wird so sein.«

»Dann gönnen wir uns diese halbe Stunde, okay?«

Ich konnte ihm diesen Wunsch nicht abschlagen, also gingen wir ins Büro und aßen. Dabei fragte ich mich, wie lange wir das noch in Ruhe tun konnten.

Ich war froh, als ich an diesem Abend endlich zu Hause war. Mir fehlte jede Energie, um noch etwas anzufangen. Ich war ausgelaugt und am Ende, also stellte ich mein Handy aus und legte mich ins Bett. Seit Stunden hatte ich hämmernde Kopfschmerzen und ich musste eine Tablette nehmen, um einigermaßen schlafen zu können. Trotzdem wachte ich am nächsten Morgen damit auf.

Ich blinzelte und sah in Simons Gesicht. Er war anscheinend gerade hereingekommen. »Hey. Schön, dass du wieder da bist«, murmelte ich.

Er setzte sich auf die Bettkante und nahm meine Hand. Ich schauderte wegen seiner Berührung und genoss sie. Seine Hand war so warm. Allein, dass er da war, tröstete mich. »Gehts dir nicht gut?«

»Nein, gar nicht«, nuschelte ich.

»Das tut mir leid, ich werde dich heute pflegen. Das war die letzte Geschäftsreise für dieses Jahr. Und ich habe gestern Abend Bescheid bekommen: Ich kriege Zackis Job, wenn er geht. In zwei Monaten haben wir es überstanden.« Er beugte sich vor und küsste mich. »Ist das nicht toll?«

Mein Herz floss über. Ich brach in Tränen aus, vor Freude und gleichzeitig vor Verzweiflung.

In zwei Monaten war diese beschissene Zeit vorbei. Und doch spürte ich einen übermächtigen Drang, endlich reinen Tisch zu machen.

Ich ertrug diese Heimlichkeiten nicht mehr. Ich konnte mich selbst nicht mehr ertragen.

Einen Monat lief die Sache mit Kian schon. Ein Monat voller Lügen und Heimlichkeiten.

Es ging nicht mehr.

In diesem Moment war ich am Ende mit mir selbst. Ich schlang meine Arme um seinen Nacken und hielt ihn fest. Dabei fragte ich mich, ob dies das letzte Mal war, bevor ich ihm alles beichtete.

Simon löste sich von mir und sah mich erschrocken an. »Hey, warum weinst du?«

Ich holte zitternd Luft. Jetzt war er da: Der Moment, wo ich ihm alles sagen musste.

Ich wusste nur nicht, wie. Egal, wie ich es anfing, es wurde schrecklich. Unser Ende.

Am liebsten würde ich nichts sagen. Niemals.

Ich wollte alles einfach vergessen. Ich wollte, dass zwischen uns wieder alles wurde wie vor zwei Monaten.

Ja, ich war in Kian verliebt, aber das, was Simon und ich hatten, das war mein Lebensplan. Er war der Mann, den ich heiraten und mit dem ich Kinder haben wollte.

Ich hatte das alles weggeworfen.

Tränen liefen über meine Wangen. Wilde Hoffnung keimte in meiner Brust, dass ich es ihm so erklären könnte, dass er mich nicht verließ. Ich könnte es runterspielen, eine Bagatelle daraus machen. Details weglassen und aus der wochenlangen Affäre viel weniger machen. Einen einmaligen Ausrutscher.

Meine Brust verkrampfte sich bei diesem Gedanken noch mehr. Ich konnte das nicht. Ich konnte mit dieser Lüge nicht länger leben. Ich trug sie schon viel zu lange mit mir herum.

»Ich habe etwas Schreckliches getan«, flüsterte ich. Innerlich fühlte ich mich tot, gleichzeitig brannte ich lichterloh.

»Hey, das ist nicht witzig«, sagte er mit einem schiefen Grinsen. »Du machst mir Angst. Guck doch bitte nicht so ernst, sonst glaube ich dir noch.«

»Musst du.« Ich starrte auf meine Hände, ich schaffte es nicht, ihn anzusehen.

›Tu es endlich, Siv. Zieh es durch.‹

Mein Herz raste. Mein Körper fühlte sich so schwer an, als würde er unter dem Gewicht meiner Worte zusammenbrechen. Jeder Atemzug war schmerzhaft, als ich endlich den Mut aufbrachte, es auszusprechen.

»Ich habe ein Verhältnis«, stieß ich hervor. »Mit Kian. Seit der Weihnachtsfeier. Ich hab das nicht geplant, es ist einfach passiert. Ich fühle mich schrecklich deswegen.« Ohrenbetäubende Stille breitete sich zwischen uns aus.

Ich schluckte und sah auf. Er starrte mich an, verstand nicht, was ich von ihm wollte.

Meine Worte kamen nicht an. Was ich sagte, war so unerwartet und absurd, dass er es nicht fassen konnte.

Ich wartete. Ich musste ihm die Zeit lassen, die Worte zu verarbeiten.

Jetzt zogen sich seine Augenbrauen zusammen und er schüttelte den Kopf. »Nein.«

Die Entschiedenheit, mit der er dieses eine Wort aussprach, traf mich wie ein Faustschlag.

»Es stimmt«, flüsterte ich.

Simon schüttelte den Kopf heftiger. »Im Leben nicht. Das würdest du niemals tun. Wir lieben uns. Wir gehören zusammen. Ja, wir haben eine schwierige Situation momentan und es könnte besser laufen, aber so etwas würdest du niemals tun!« Den letzten Teil des Satzes sagte er so nachdrücklich, als wäre er ein Gesetz.

Ich konnte meine Tränen nicht mehr zurückhalten. »Das wollte ich auch nicht. Es ist einfach passiert.«

»Das kann nicht sein!«, sagte er laut. »Warum solltest du so etwas tun? Das ergibt überhaupt keinen Sinn!«

»Ich weiß.« Ich bekam keine Luft mehr. »Ich liebe dich so sehr. Und es tut mir unglaublich leid, was passiert ist.«

»Leid«, wiederholte er, als würde er dieses Wort zum ersten Mal aussprechen.

»Ja«, sagte ich bedrückt. »Ich hätte ihn mehr auf Abstand halten müssen. Ich hätte viel früher etwas sagen müssen, am besten gleich, als er das erste Mal mit mir geflirtet hat. Ich dachte da noch, dass keine Gefahr besteht. Es ist irgendwie dazu gekommen. Die Sache hat sich verselbstständigt und ich bin nicht mehr rausgekommen. Ich weiß auch nicht, was mit mir los ist. Es bringt mich um, dass ich das getan habe. Ich wollte dich nie verletzen und trotzdem ist es passiert.« Ich hielt inne, weil ich nicht mehr weiterwusste. Gleichzeitig hätte ich noch ewig weiterreden können, doch es gab eigentlich nichts mehr zu sagen. Die wichtigste Botschaft war ausgesprochen.

»Das ergibt alles überhaupt keinen Sinn«, sagte er.

Er war so ruhig. Ich sah, dass ihn das alles aufwühlte, aber es dauerte, bis es zu ihm durchdrang. Bei unangenehmen Dingen brauchte Simon etwas, um sich damit auseinanderzusetzen. Er musste seine Gedanken erst sortieren, auseinandernehmen und wirken lassen. Deswegen stritten wir so selten, weil sich meist alles von allein beruhigte.

Vielleicht auch diesmal? Vielleicht, wenn ich mich ihm nur gut genug erklärte, konnte er mir verzeihen. Vielleicht würde er einsehen, dass ich einen Riesenfehler gemacht hatte, ihn aber unverändert liebte.

»Ich weiß, dass es keinen Sinn ergibt«, sagte ich leise. »Aber ich liebe dich. Daran hat sich nichts geändert. Ich will mit dir zusammen sein.«

Der Blick, den er mir jetzt zuwarf, ließ beinahe mein Blut in meinen Adern gefrieren.

Langsam drang alles zu ihm durch. Langsam verstand er das Ausmaß der Scheiße, die ich gebaut hatte.

Langsam kam die Wut. Und sie war riesig.

Ich schluckte. Jetzt wusste ich nicht, womit ich rechnen sollte. Würde er mich jetzt doch anschreien?

Ich wünschte es mir beinahe. Das hatte ich verdient.

Stattdessen stand Simon auf. Er drehte sich um und marschierte aus dem Schlafzimmer. Ich schwang vorsichtig meine Beine aus dem Bett und ging ihm nach. Ich sah noch, wie er seine Reisetasche schnappte, seine Jacke überwarf und die Tür öffnete. Ohne mich eines weiteren Blickes zu würdigen, verließ er die Wohnung.

Krachend fiel die Tür ins Schloss.

Ich stand wie vom Donner gerührt im Flur und starrte ins Leere. Meine Hände wurden taub, ich fühlte nichts.

Innerlich war ich tot.

Das war's.

Das war das Ende meiner großen Liebe.

Ich hatte alles zerstört und stand jetzt in den Scherben meines Lebens.

Simon war weg.

Das war alles meine Schuld.

Meine Knie wurden weich und ich konnte mich nicht mehr aufrecht halten. Ich lehnte mich gegen die Wand und rutschte langsam an ihr herunter, dann legte ich meine Stirn auf meine Knie.

Das leere Gefühl dehnte sich aus, bis ich nur noch daraus bestand. Dann zerplatzte es wie ein Luftballon und flutete mich mit Trauer und Verzweiflung.

Ich brach in Tränen aus und konnte nicht mehr aufhören zu weinen.

Kapitel 14

Simon kam an diesem Tag nicht mehr nach Hause.

Ich traute mich nicht, ihn anzurufen. Ich wusste auch nicht, was ich sagen sollte. Jeder weitere Erklärungsversuch machte alles nur noch schlimmer.

Die Wunde war zugefügt und kein Wort dieser Welt konnte sie heilen. Meine Rechtfertigungsversuche sorgten nur dafür, dass Simon sich noch schlechter fühlte.

Ich rollte mich auf dem Sofa zusammen und starrte blicklos auf die Tür. Was auch immer als nächstes geschah, es würde von Simon ausgehen. Ich musste abwarten, ob ich noch einmal die Chance bekam, mit ihm zu reden. Ich hoffte es, auch wenn ich nicht wusste, was ich mir davon erhoffen sollte.

Am nächsten Morgen rief Ylva an, um zu fragen, wann Simon und ich abends zu ihnen kamen, um Silvester zu feiern. Ich hatte ganz vergessen, dass das heute war.

»Siv?«, fragte Ylva ungeduldig, als ich nicht antwortete.

»Ich ... ich ...«, ich kam nicht weiter.

»Mein Gott, du machst mir Angst. Was ist denn los?«, fragte sie.

»Wir kommen nicht«, flüsterte ich schließlich tonlos. »Simon ... ich weiß nicht, wo er ist.«

»Warum nicht? Ist er noch auf einer Baustelle? Was ist das für ein Kack-Timing?«, motzte sie.

»Er war hier. Gestern. Ich habe ihm gesagt, dass ich ein Verhältnis habe. Mit Kian. Danach ist er gegangen.« Die Worte kamen mechanisch aus meinem Mund.

»Sag mal, hast du 'nen Knall? Soll das witzig sein?«, fragte Ylva fassungslos. Als ich nicht antwortete, holte sie tief Luft. »Siv, ehrlich? Das ist kein Witz?«, fragte sie kleinlaut.

»Ja«, schluchzte ich. »Verdammt, ich meine es ernst!«

»Ich bin in zehn Minuten da«, sagte sie und legte auf.

Sie brauchte sechs, weil sie mit dem Fahrrad kam, dann stand sie vor meiner Tür und sah mich an, als würden wir uns das erste Mal begegnen.

»Du musst es mir noch mal sagen und mir dabei in die Augen sehen, sonst glaube ich es nicht«, sagte sie ruhig.

Ich schluckte. »Ich habe seit einem Monat ein Verhältnis mit Kian«, wiederholte ich mit zitternder Stimme.

»Oh scheiße.«

Ich ging ins Wohnzimmer und setzte mich auf die Couch, während sie Schuhe und Mantel auszog.

Ylva kam zu mir. »Ich weiß gar nicht, was ich dazu sagen soll«, meinte sie langsam. Sie redete, als hätte sie einen Schlag auf den Kopf bekommen. »Liebst du Simon nicht mehr?«

»Doch«, flüsterte ich. »Ich liebe ihn von ganzem Herzen und möchte mit ihm zusammen sein. Aber Kian ... Erst war es nur ein Flirt und dann wurde es immer mehr. Er ist ein toller Mensch. Er ist klug und witzig und aufmerksam. Er gibt mir ein tolles Gefühl. Und ich ...« Ich stützte meine Stirn auf meine Knie. »Ich habe mich in ihn verliebt. Und er liebt mich auch. Er möchte mit mir zusammen sein.«

Ylva holte Luft. »Reiner Sex hätte auch noch weniger zu dir gepasst«, meinte sie. »Ich verstehe trotzdem nicht, wie das passieren konnte, wenn du Simon liebst.«

»Ich glaube, es liegt auch daran, dass ich so oft allein bin«, sagte ich leise. »Und dann war da dieser Streit am Tag vor der Weihnachtsfeier. Und diese Nachricht, die er mir geschrieben hat. Es hat sich angefühlt, als würde er mit mir Schluss machen. Ich glaube, das war der Moment, als es bei mir ausgesetzt hat.« Ich sah auf meine Hände. »Dann haben Simon und ich uns wieder vertragen, aber ich hab den Absprung nicht geschafft. Ich hätte es ihm gleich sagen sollen, aber ich hatte Angst. Ich hab's nicht hinbekommen - bis gestern, als er mir gesagt hat, dass er den neuen Job bekommt.«

»Es war sicher easy, Kian zu treffen, wo Simon so oft unterwegs ist, oder?«, fragte sie. Ich nickte. Ylva verzog das Gesicht. »Du hast nie etwas gesagt. Keinen Ton«, sagte sie vorwurfsvoll. »Vielleicht hätte ich dir helfen können. Vor allem nachdem es passiert ist. Ich hätte dir den Arschtritt gegeben, um die Scheiße gradezuziehen.« Sie brach ab.

»Ich hab oft darüber nachgedacht«, gestand ich. »Aber ich hatte Angst, dass du schlecht von mir denkst.«

»Ganz ehrlich? Ich bin entsetzt und hab das Gefühl, dass mir jemand eins auf den Schädel gegeben hat. Oh Mann Siv, wie konntest du nur?«, stöhnte sie. »Ich bin sauer auf dich, weil das so unnötig ist. Ich kann gar nicht fassen, wie ausgerechnet dir so eine Kacke passieren konnte. Du bist doch immer ehrlich. Ich hätte nie gedacht, dass du dir und vor allem Simon so etwas antust. Du sagst, du liebst ihn, wie konntest du das dann machen? Ja«, unterbrach sie mich, als ich etwas sagen wollte. »Ich hab verstanden, dass du dich einsam gefühlt hast, aber das ist doch kein Grund. Scheiße.« Sie sprang auf und rang die Hände. »Ich könnte dir wirklich eine knallen«, sagte sie dann. »Aber ich glaube, das weißt du alles selbst. Ich sehe, dass es dir mies geht. Das hast du dir leider selbst eingebrockt.« Sie setzte sich wieder zu mir. »Ich bin trotz allem für dich da, das weißt du.«

»Ja«, flüsterte ich. »Das weiß ich. Danke.« Mir liefen die Tränen über die Wangen. »Diesen Anschiss hätte ich mir schon vor Wochen abholen sollen.«

»Ja, das stimmt«, pflichtete sie mir bei. »Du hast es voll verkackt, Schwesterherz. Auf ganzer Linie. Ich kann verstehen, dass Simon nicht zurückgekommen ist. Wenn Philipp auch nur im Ansatz so was gemacht hätte, hätte ich ihn eiskalt umgebracht.«

»Das weiß ich auch. Ich frage mich die ganze Zeit, wie es mir gegangen wäre, wenn Simon das getan hätte.«

»Und zu welcher Antwort bist zu gekommen?«

»Dass ich wahrscheinlich durchgedreht wäre vor Wut, Traurigkeit und Enttäuschung, dass er mich so hintergangen hat. Und wenn er mir auch noch gesagt hätte, dass er Gefühle für die andere Frau hat, wäre das der Todesstoß gewesen.«

»Dann weißt du ja, wie es ihm geht«, stellte sie fest. »Und wie geht es dir jetzt?«

»Beschissen. Ich könnte ununterbrochen heulen, obwohl ich selbst an allem Schuld bin«, erwiderte ich und wischte mir über die Wangen.

Ylva nickte zustimmend. Das war anscheinend ein für sie angemessener Gemütszustand. »Und was willst du jetzt machen?«, wollte sie wissen.

»Ich glaube nicht, dass Simon mir verzeihen kann, was ich getan habe. Ich werde mich darauf einstellen müssen, dass wir uns trennen.«

Sie nickte mit schmalen Lippen. » Du hast gesagt, dass du dich in ihn verliebt hast. Das bedeutet ja, dass du jetzt mit ihm eine Beziehung eingehen kannst.«

»Musst du das so verdammt sachlich sagen?«, fragte ich schwach und rieb mir die Stirn.

Ylva zuckte mit den Schultern. »Ich versuche, die Dinge zu ordnen und zu schauen wie die nächsten Schritte aussehen. Macht es dich nicht rasend, nicht zu wissen, was als nächstes passiert?«

»Ehrlich gesagt fühle ich mich dermaßen lost und ausgebrannt, dass mir die Kraft fehlt, um mir Gedanken zu machen«, sagte ich müde. »Aber ich weiß, dass du da anders tickst als ich. Du würdest eine Affäre mit einer Checkliste organisieren. Und mit einer Pro-Contra-Liste, ob der Aufwand sich lohnt.«

Ylva sah mich ärgerlich an, dann nickte sie geschlagen. »Ja, das wäre wahrscheinlich so«, gab sie zu. »Deswegen würde ich vermutlich nie eine anfangen, weil die Listen immer sagen würden, dass es sich nicht lohnt.«

»Nein, das stimmt wohl«, flüsterte ich. »Und ich weiß nicht, was ich jetzt machen soll. Ich wollte nie in diese Situation kommen. Kennst du dieses Gefühl, wenn du weißt, dass etwas richtig in die Hose geht, du aber trotzdem gegen alle Vernunft hoffst, dass alles gut wird? Daran habe ich mich geklammert. Und jetzt«, Tränen stiegen wieder in meine Augen. »Jetzt ist es passiert und der Mann, den ich liebe, hat mich verlassen. Das mit Kian ist noch so frisch, wir kennen uns kaum.« Ich legte meinen Kopf zurück und starrte an die Decke. »Ich will nicht unfair sein. Er soll nicht das Gefühl haben, die zweite Wahl zu sein. Das verdient er nicht.«

Ylva rutschte neben mich und lehnte sich ebenfalls zurück. »Oh Mann, Siv, was für eine unglaubliche Scheiße«, seufzte sie. »Ich dachte, du steckst Simons Reisen gut weg und hätte nie damit gerechnet, dass dich die Situation dermaßen belastet, dass so etwas passieren könnte. Ich wünschte, du hättest mit mir geredet.«

»Du hast genug Probleme«, sagte ich. »Da wollte ich dich nicht noch mit meinen nerven.«

Sie nahm meine Hand. »Für dich habe ich immer Zeit«, sagte sie. »Vielleicht nicht sofort, aber so schnell wie möglich. Ich bin auch jetzt für dich da. Und ich verspreche dir, dass ich dich in Zukunft besser im Auge behalte. Das ist mein Job als Schwester.«

»Das ist lieb von dir«, flüsterte ich.

»Du würdest dasselbe für mich tun«, meinte sie.

»Du würdest nie dasselbe wie ich tun«, erwiderte ich.

»Ganz ehrlich: Bei dir hätte ich das auch nie gedacht, also denke ich, sollten wir generell bei jedem mit allem rechnen«, antwortete sie. »Und so gern ich dir sagen würde, wie es weitergehen soll, ich habe leider auch keine Ahnung. Wir werden abwarten müssen, was Simon als nächstes macht.«

Ich nickte. Sie hatte recht. Und das Warten brachte mich schier um.

Ylva blieb lange bei mir. Sie half mir, zu akzeptieren, was passiert war. Es ging mir immer noch mies, aber das Reden erleichterte mich ein wenig. Als sie mitbekam, dass ich seit vorgestern kaum gegessen hatte, bestellte sie Pizza. Danach war mir schlecht.

»Mir gehts beschissen mit der ganzen Sache«, sagte ich.

Ylva holte Wein. »Verständlich. Stress ist ein Monster und ich ahne nur, wie schlimm dich dein Gewissen quält. Ich könnte vermutlich nachts nicht mehr schlafen.«

»Das fällt mir auch schwer, aber der ganze Druck macht mich müde. Ich wüsste gern, wie es jetzt weitergeht«, flüsterte ich.

»Gib Simon Zeit, alles zu verstehen«, meinte Ylva. »Du trägst das schon lange mit dir herum, aber er weiß es erst seit ein paar Stunden. Er muss das erst mal sacken lassen.«

»Und dann?«, flüsterte ich.

»Dann werdet ihr darüber reden müssen, wie es zwischen euch steht. Ich kann nicht einschätzen, wie er dann drauf ist. Bei Simon ist alles möglich«, sagte sie.

»Denkst du, er könnte mir verzeihen?«

Ylva warf mir einen langen Blick zu. »Jede Mutmaßung kann nur in die Hose gehen. Und was ist eigentlich mit Kian? Darauf hast du mir noch keine Antwort gegeben. Willst du die Sache beenden, wenn Simon dir ein Zeichen gibt, dass er dir verzeiht?«

Ich wollte nicken, doch ich schaffte es nicht. Allein bei dem Gedanken, ihn nicht mehr zu sehen, zog sich alles in mir zu einem Knoten zusammen.

»Ich weiß es nicht«, sagte ich. »Wenn es so einfach wäre, einen Schlussstrich zu ziehen, hätte ich es längst getan. Aber ich hänge an ihm. Viel zu sehr für die kurze Zeit, die wir uns kennen.«

»Ich hätte nie gedacht, dass man zwei Menschen lieben kann«, meinte sie. »Zumindest nicht auf diese Weise.«

»Ich auch nicht«, gab ich zu. »Und beide zu halten ist keine Option. Kian hasst es, der ›andere Mann‹ zu sein. Er wartet darauf, dass es zwischen Simon und mir aus ist.«

Ylva lehnte sich zurück. »Das ist von seiner Warte vollkommen verständlich. Hast du ihn schon angerufen?«

»Nein, dazu war ich bisher noch nicht in der Lage, aber er wartet darauf, dass ich mich melde. Ich kann ihn auch nicht ewig vertrösten. Und er wird für mich da sein wollen, wenn er erfährt, dass ich Simon alles gebeichtet habe.«

»Wenn du es tust, wird er erwarten, dass du ihm sagst, dass du mit ihm zusammen sein willst.«

»Ja, das weiß ich. Aber den Wunsch kann ich ihm nicht erfüllen. Nicht solange ich nicht noch einmal mit Simon gesprochen habe«, sagte ich leise. »Erst, wenn ich mit ihm alles geklärt habe, kann ich mich entscheiden. Bis dahin«, ich zog die Beine an und starrte ins Leere, »werde ich hier wohl warten.«

»Aber Siv, es geht doch nicht nur darum, was Simon will«, widersprach Ylva. »Es geht auch um dich. Du hast eine Entscheidung getroffen, als du mit Kian geschlafen hast. Die ist gegen Simon ausgefallen. Das muss einen Grund haben, da hat Kian vollkommen recht. Darüber solltest du mal ernsthaft nachdenken. Denn diese Sache wird immer zwischen Simon und dir stehen, wenn ihr euch entscheidet, es noch einmal zu versuchen. Du solltest dann sicher sein, dass so was nicht noch einmal passiert. Und wenn es einen Grund gibt – und davon gehe ich aus – ist Simon vielleicht doch nicht die Liebe deines Lebens. Und egal, ob Kian das ist, muss vorher etwas zwischen Simon und dir gestanden haben, dass er sich dazwischen schieben konnte.«

»Du hast recht«, sagte ich leise. »Und ich denke seit Wochen ständig darüber nach. Ich komme nur nicht weiter. Immer wenn ich dachte, dass es sich zwischen Simon und mir erledigt hat, wurde es plötzlich wieder besser. Das habe ich als Zeichen dafür gesehen, dass wir doch zusammengehören. Und dann kam die nächste Reise und die nächste Möglichkeit, mich mit Kian zu treffen.«

»Vielleicht täte es dir gut, wenn du mal auf andere Gedanken kommst. Hier schmorst du nur im eigenen Saft«, sagte sie nach kurzem Nachdenken. »Willst du mit zu uns kommen und mit uns Silvester feiern? Du bist herzlich willkommen.«

»Nein, ich glaube nicht«, sagte ich. »Tut mir leid, aber ich will euch auch nicht den Abend verderben mit meiner Trauermiene. Ich ertrage mich momentan selbst kaum.«

»Schon okay. Dann gehen Philipp und ich früh ins Bett. Was machen Juli und Sventje?«

»Ich glaube, sie gehen feiern.«

»Vielleicht solltest du sie anrufen und mitgehen.«

»Glaub mir, feiern ist das Letzte, worauf ich Lust habe.« Ich schüttelte den Kopf.

»Okay, aber ich will trotzdem nicht, dass du hier traurig allein zu Hause sitzt. Du weißt nicht, ob und wann Simon zurückkommt. Aber das Grübeln und Warten macht dich fertig. Ruf sie doch wenigstens an. Selbst wenn du sie nur für ein, zwei Stunden triffst und auf andere Gedanken kommst, ist das doch gut. Deine Freundinnen würden dir bestimmt auch gern helfen.« Sie rutschte näher. »Komm schon, schreib ihnen wenigstens.«

Ich gab mich geschlagen. Vielleicht hatte sie recht. Hier fiel mir die Decke auf den Kopf und Ylva konnte nicht mehr ewig bleiben.

›Hey ihr zwei, was macht ihr heute Abend?‹, schrieb ich in unseren Gruppenchat.

›Wir essen und trinken bei mir und dann ist Partytime‹, schrieb Juli zurück. Aaron war bei seiner Familie und kam erst übermorgen zurück und Samir war krank. Er und Sventje hatten nächste Woche ein Date und holten alles nach, was sie heute verpassten, das hatte ich trotz allem mitbekommen und mich kurz damit abgelenkt.

›Brauchst du ein Date für heute Abend? Willst du auch zu mir kommen?‹, setzte Juli hinterher. ›Wir können ja spontan schauen, was der Abend so bringt.‹

»Ha, sehr gut. Das hatte ich erwartet«, sagte Ylva, die neben mir saß und mitlas.

»Ich bin wirklich nicht in der Stimmung für Party auf dem Kiez«, sagte ich.

»Ich würde sagen, entweder gehst du zu Juli und Sventje oder du redest mit Kian«, meinte meine Schwester. Sie provozierte mich, damit ich aus dem Quark kam.

»Ich ... Nein, das ist keine gute Idee«, sagte ich. »Ich weiß, was dann passiert.«

Inzwischen hatte Kian mir mehrmals geschrieben, aber ich hatte ihm noch nicht geantwortet.

»Schreib ihm wenigstens kurz, was passiert ist und dass du dich bald meldest«, sagte Ylva. »Das schuldest du ihm, weißt du?«

»Du hast ja recht«, murmelte ich.

›Ich habe Simon alles gesagt und muss mich gerade sammeln. Melde mich morgen bei dir.‹

›Ich kann mir vorstellen, dass das nicht leicht für dich war und dass es dir jetzt nicht gut geht. Ich bin für dich da, du musst das nicht allein durchstehen‹, antwortete er sofort. ›Du kannst zu mir kommen, wenn du möchtest.‹

Ich las die Nachricht viermal und kämpfte mit mir.

Schließlich zeigte ich sie Ylva, weil ich nicht weiterkam. Der Wunsch, ihn zu sehen, wurde übermächtig.

Sie hob die Augenbrauen und sah sich sein Profilbild im Messenger an. »Ich hatte vergessen, wie heiß er ist. Und offenbar hast du recht und er ist auch noch ein lieber Kerl«, murmelte sie und sank in die Sofakissen. »Krass, Sivy. Das ist echt ...« Sie zuckte mit den Schultern.

»Weiß ich. Er ist ein Hauptgewinn, wenn man nicht vergeben ist«, murmelte ich.

»Los, mach dich fertig und geh zu deinen Freundinnen«, sagte Ylva abrupt. Ich hatte den Eindruck, dass sie mein Dilemma langsam verstand. Und es war ihr unangenehm.

»Rede mit ihnen. Ich muss leider los, Philipp kriegt sonst

die Krise. Du kannst jederzeit vorbeikommen, wenn du möchtest, wir haben immer einen Platz für dich.«

»Das weiß ich, danke. Aber wahrscheinlich bleibe ich einfach hier.«

Sie sagte nichts mehr, aber der Gedanke, dass sie mich verließ, stresste mich. Ich wusste, dass ich allein nicht weiterkam, das hatten mich die letzten Wochen gelehrt. Ich wollte nicht, dass sie ging. Gleichzeitig wollte ich allein sein und so lange über alles nachdenken, bis mir doch eine Lösung einfiel. Oder Simon zurückkam. Oder ich doch zu Kian ging und alles besiegelte. Oder ich packte einen Koffer und haute einfach ab. Nach Malmö zu meinen Eltern. So lange, bis ich wieder klarkam.

Ich seufzte. Ylva hatte recht: Ich musste raus, sonst drehte ich durch. Jetzt, wo ich die Szenarien durchgegangen war, bekam ich Angst vor Simons Rückkehr. Irgendwann musste er das ja tun. Und wahrscheinlich holten wir dann den Streit, der durch seinen Abgang ausgefallen war, nach.

Gleichzeitig hoffte ich verzweifelt, ihn zu sehen. Vielleicht verzieh er mir ja doch.

Wahrscheinlich aber nicht.

Ich wusste es nicht.

Ich war einfach vollkommen lost.

Ylva musste schließlich los, weil Philipp verzweifelt anrief. Calla trieb ihn mit ihrem Gebrüll in den Wahnsinn. Meine Schwester ließ mich nicht gern allein, aber ich versicherte ihr, keinen Mist zu bauen.

»Nicht noch mehr«, versuchte ich einen lahmen Witz.

Sie ging, ich blieb auf der Couch liegen und starrte an die Decke. Irgendwann hielt ich das Warten nicht mehr aus.

Ich musste etwas tun, doch es wäre unklug, Kians Angebot anzunehmen. Das fühlte sich wie eine Entscheidung an.

So weit war ich noch nicht. Zumindest nicht, bis ich mit Simon gesprochen hatte.

›Ich gehe zu Juli‹, schrieb ich ihm schließlich mit zitternden Fingern, obwohl ich mir nicht sicher war, ob er meine Nachrichten las. ›Du hast die Wohnung für dich. Aber wenn du ...‹ Ich verharrte und kämpfte mit mir. ›Wenn du mich sehen willst, komme ich zurück.‹ Schnell schickte ich ab, bevor mich der Mut verlassen konnte.

Im Chat bekam ich keinen Hinweis darauf, ob er die Nachricht las, aber sie wurde immerhin zugestellt.

Das erleichterte mich. Es fühlte sich wie ein Hoffnungsschimmer an.

Schließlich stand ich auf, kämpfte gegen die Übelkeit, die mich seit der Pizza plagte und machte mich fertig, um zu Juli zu gehen.

Die frische Luft draußen half und ich fühlte mich etwas besser, also ging ich zu Fuß. Ylva hatte recht: Ich musste raus. Jetzt war ich froh, dass ich mich aufgerafft hatte.

Als ich bei Juli ankam, dachte ich, ich hätte mich ganz gut im Griff, doch die angespannten Gesichter meiner Freundinnen kratzten hart an meinem dünnen Panzer. Sie ahnten, dass mehr dahintersteckte, wenn ich Silvester mit ihnen statt mit Simon verbringen wollte.

»Hey Süße, mit dir haben wir echt nicht gerechnet«, sagte Juli und machte Platz, damit ich in den Flur treten konnte. »Ist Simon wieder auf Montage? Warst du nicht mit deiner Schwester verabredet?«

»Nach Party siehst du nicht aus«, meinte Sventje.

Ich schluckte und beschloss, gleich zur Sache zu kommen. »Ich muss euch was erzählen. Habt ihr einen Drink für mich?«

»Na klar.« Juli holte Sekt und reichte mir ein Glas.
»Okay, leg los. So, wie du guckst, hab ich ein richtig mieses Gefühl im Magen.«

»Ich auch«, meldete Sventje an.

Ich starrte auf die kleinen Bläschen im Sekt, dann erzählte ich es ihnen. Alles.

Es war totenstill in Julis Wohnzimmer, als ich fertig war. Ich blickte in fassungslose Gesichter. Juli stand wortlos auf und ging raus auf den Balkon. Ich sah ihr erschrocken nach, mit dieser Reaktion hatte ich nicht gerechnet.

Sventje reichte mir mein Glas. »Trink einen Schluck«, sagte sie leise. »Du siehst elend aus.«

»So fühle ich mich auch«, flüsterte ich.

»Ich hab mich schon gefragt, was mit dir los ist«, sagte sie. »Du bist seit Wochen durch den Wind. Ich dachte anfangs, du hättest Stress mit Simon, aber dann dachte ich, dass du darüber bestimmt mit uns geredet hättest. Ich wäre aber nie auf die Idee gekommen, dass du etwas mit Kian anfängst.«

»Bist du sehr enttäuscht von mir?«, fragte ich.

Sventje zuckte hilflos mit den Schultern. »Welche Antwort erwartest du jetzt von mir?«

»Ich könnte es verstehen, wenn du wütend und enttäuscht wärst«, erwiderte ich.

Sventje zog die Augenbrauen hoch. »Ich bin in dieser Geschichte doch gar nicht der springende Punkt. Und ich kann dir jetzt auch nicht den Kopf waschen, damit es dir besser geht. Du trägst die Verantwortung für dein Handeln, Siv. Und alles, was du getan hast, hast du in vollem Bewusstsein getan, dass du damit andere verletzt. Dieses Päckchen musst du allein tragen.«

Ich zuckte zusammen. »Das weiß ich«, flüsterte ich.

Sventjes Gesicht wurde weicher. »Naja, nicht ganz allein. Ich bin für dich da. Mir tuts leid, wie du leidest. Es ist doch so: Dein Herz hat dir gesagt, dass das eine gute Idee ist, mit Kian ins Bett zu gehen und dich in ihn zu verlieben. Dein Verstand hatte an den entscheidenden Momenten Pause. Manchmal sind das Herz und auch der Körper echt unzuverlässige Arschlöcher. Trotzdem musst du dir jetzt überlegen, wie du das ganze auf die Reihe kriegst. Jetzt ist es raus und du musst weitermachen,«

»Das stimmt. Und ich wünschte, ich hätte eine Idee, wie es weitergehen soll«, murmelte ich und sah zum Balkon, wo Juli immer noch in den Abend starrte.

Sventje nippte an ihrem Drink. »Ich wünschte, du hättest eher mit mir geredet. Vielleicht hätte ich dir helfen können, bevor es so eskaliert ist. Alles mit sich allein auszumachen klappt meistens nicht.«

»Ich habe erst gedacht, es wäre nichts«, sagte ich leise. »Dann wollte ich Juli nicht verletzen, weil sie in Kian verknallt war. Und dann habe ich angefangen, mich zu schämen.«

»Aber nicht genug, um mit der Sache aufzuhören«, stellte Sventje nüchtern fest. Ich nickte bedrückt. »Dann ist dir bewusst, dass das Ausreden sind, oder?«

»Ich fürchte, ja. Du bist manchmal ganz schön direkt.«

»Ich bin Technikerin und arbeite fast nur mit Männern. Auf der Baustelle nimmt auch keiner ein Blatt vor den Mund und wenn etwas schiefgeht, wird darüber einmal offen gesprochen. Das habe ich mir schnell angewöhnt, wie du weißt. Und was willst du jetzt machen? Den Kontakt zu Kian beenden und um Simon kämpfen? Oder lässt du Simon ziehen und gibst dir und Kian eine Chance?«

»Ich weiß nicht, ob es bei Simon noch etwas zu retten gibt«, flüsterte ich.

»Stimmt, das weißt du erst, wenn du es versuchst.«

»Ich muss auf jeden Fall mit ihm reden.« Mein Handy vibrierte. Schon wieder eine Nachricht von Kian. »Genau wie mit Kian. Er fragt ständig, ob wir uns sehen können. Er möchte für mich da sein.«

»Vielleicht solltest du mit ihm reden und schauen, was dir dein Gefühl sagt«, meinte Sventje. »Zumindest in dieser Sache kannst du Einfluss nehmen. Lass ihn nicht hängen, okay? Obwohl wir so einen miesen Start hatten, mag ich Kian. Ich hätte mir zwar nie vorgestellt, dass so was zwischen euch passiert, aber …«, sie rollte mit den Augen. »Verdammt, Siv, wie konnte das nur passieren? Ich komme echt nicht mehr mit und schwanke dazwischen, dich zu trösten und dir eine runterzuhauen.«

»Ich könnte wahrscheinlich beides gebrauchen. Danke, dass du für mich da bist.« Ich drückte ihre Hand und schaffte mein erstes ehrliches Lächeln seit dem Gespräch mit Simon. »Du hilfst mir gerade sehr, weißt du das?«

»Hey, auch ein blindes Huhn findet mal ein Glas Korn, oder wie heißt das?« Sventje folgte meinem Blick zu Juli. »Gib ihr einen Moment, sie kommt gleich wieder und dann bekommst du das Donnerwetter, auf das du wartest. Erinnerst du dich an ihre Trennung von Tim?«

Jetzt, wo sie es sagte, fiel es mir wieder ein: Mit Tim war Juli bis letztes Jahr zusammen, dann hatte er sie betrogen. Mit einer Arbeitskollegin. Darunter hatte sie sehr gelitten und lange gebraucht, bis sie es abhaken konnte.

Jetzt verstand ich, warum sie Zeit brauchte, um die Sache zu verdauen.

»Ich sollte mich bei ihr entschuldigen«, murmelte ich und wollte aufstehen, doch Sventje hielt mich fest. »Warte einfach kurz ab, okay?«, sagte sie. »Du brauchst dich nicht für die Scheiße entschuldigen, die ein anderer Mensch mit ihr abgezogen hat. Sie beruhigt sich gleich wieder.«

Sventje hatte recht: Juli kam fünf Minuten später zurück. Ihr schmales Gesicht war blass.

»Das sind ja News«, sagte sie und setzte sich auf die Couch. »Sorry, ich muss erst mal klarkommen, wenn sich ein zementiertes Menschenbild komplett verändert.« Sie sah mich komisch an. »Siv, alter Schwede, das hätte ich im Leben nicht von dir gedacht. Ich bin echt schockiert. Was ist bloß in dich gefahren? Außer Kian, schon klar, erspar mir die Details, bis ich besser gelaunt bin.«

»Ich bin auch immer noch schockiert«, murmelte ich und unterdrückte den Drang, mich doch zu entschuldigen.

Juli rückte ihre Brille zurecht. Dann erst fiel ihr auf, dass sie Kontaktlinsen trug. »Du hast echt nen Knall, weißt du das? Du hast in Simon so einen tollen Freund. Wolltest du ihn nicht heiraten? Wie kannst du dann einen anderen vögeln? Ich checke es echt nicht!« Sie atmete durch, überlegte es sich anders und holte eine Flasche Waldmeisterschnaps, den sie uns dreien einschenkte. Ich schüttelte den Kopf, doch sie funkelte mich an. »Trink das, verdammt, oder ich schüttle dich durch, bis du wieder klarkommst.«

Also trank ich.

Juli kippte den Flimm und sah mich dann an. »Und was jetzt?«, stellte sie die unvermeidliche Frage.

»Ich will mit Simon reden«, sagte ich. »Aber ich weiß nicht, ob er überhaupt daran Interesse hat.«

»Wenn er alles verarbeiten konnte, bestimmt«, sagte Juli. »Und wenn es nur ist, um dir einmal zu sagen, wie scheiße er dein Verhalten findet.« Sie zuckte mit den Schultern. »Simon traue ich sogar zu, dass er dir verzeiht. Wer euch kennt, weiß, dass ihr zusammengehört.«

Ich zuckte zusammen und trank schnell einen Schluck Sekt. Ja, das hatte ich auch immer gedacht.

Dann hatte ich mich selbst eines Besseren belehrt.

Wir gingen nicht mehr aus, sondern verbrachten den Abend auf Julis Couch.

»Tut mir leid, dass ihr meinetwegen auf eure Partynacht verzichtet«, sagte ich.

»Halb so wild«, meinte Juli und goss Flimm nach. Die Flasche mit dem grünen Zeug war schon bedenklich leer. »Tanzen können wir jedes Wochenende. Ich hätte eh kein gutes Gefühl dabei, dich allein zu lassen.«

»Es geht mir besser«, versicherte ich. »Dank euch.«

Das Reden mit den Mädels half mir, doch die beiden, mit denen ich unbedingt sprechen musste, waren nicht hier. Ständig checkte ich die Messenger-App, um zu sehen, ob Simon online war. Ich schrieb auch Ylva, ob er sich bei ihr gemeldet hatte. Hatte er nicht. Normalerweise würde er nie eine Verabredung kommentarlos auslassen. Aber was war noch normal?

Kian hingegen wartete darauf, mich endlich zu sehen. Er hatte mir noch zwei weitere Nachrichten geschrieben.

Um elf ging ich auf Julis Balkon und rief ihn an.

»Endlich«, sagte er. »Ich habe mir Sorgen gemacht.«

»Entschuldige bitte«, erwiderte ich leise. »Es hat gedauert, bis ich mich aufgerappelt habe.«

»Können wir uns sehen? Ich komme, wohin du willst.«

Ich kämpfte mit mir. Wenn ich zu Kian fuhr, war die Sache beschlossen. Egal, was ich mir vornahm, wir würden Sex haben. Das war unvermeidlich, die körperliche Anziehungskraft war zu stark. Und damit wäre auch klar, dass es zwischen Simon und mir aus war.

Ich schaffte es nicht, diesen Schritt zu gehen. Erst musste ich mich vergewissern, wie die Dinge standen. Wenn nur der Hauch einer Chance bestand, dass er mir verzieh ...

Meine Gedanken stolperten, weil sich mein Herz bei dem Gedanken, Kian nicht mehr zu sehen, verkrampfte. Eben dachte ich kurz, ich könnte mich einfach für Simon entscheiden und Kian sagen, dass wir uns nicht mehr sehen konnten. Das ging nicht. Allein bei dem Gedanken wurde mir sterbenselend zumute.

Scheiße, so ging das nicht weiter!

»Siv?« Kian war noch am Telefon. Seine Stimme streichelte meine gestresste Seele wie Balsam.

Ich blinzelte. Es wurde Zeit, dass wir redeten. Persönlich. »Wir treffen uns bei mir, okay?«

Ich musste meine Wohnung als Puffer nehmen und mich auf meinen letzten Rest Anstand verlassen, der mich hoffentlich von Sex abhielt.

»Ich mache mich sofort auf den Weg«, sagte er. »Wo bist du? Zu Hause?«

»Bei Juli«, antwortete ich.

»Ich hole dich ab. Sie weiß Bescheid, oder?«

»Ja.« Ich gab ihm die Adresse und ging wieder rein. Juli und Sventje sahen mich erwartungsvoll an.

»Simon?«, fragte Juli.

Ich schüttelte den Kopf. »Kian. Er holt mich ab. Ich muss mit ihm reden.«

»Also entscheidest du dich für ihn?«, fragte Sventje.

»Nein, aber ich schulde ihm eine Erklärung.« Ich starrte auf meine Hände. Wieder fühlte ich mich furchtbar elend.

Juli schüttelte den Kopf. »Aber du musst doch wissen, mit wem du zusammen sein willst.«

»Ehrlich, ich wünschte, das wäre so einfach, aber es ist unmöglich, mich zu entscheiden. Momentan. Ich hoffe, dass es besser wird, wenn ich mit beiden geredet habe«, murmelte ich, auch wenn es aus diesen Gesprächen nur eine Erkenntnis geben konnte: Kian wollte mich. Simon nicht mehr. Dieser Tatsache musste ich mich stellen.

Ich hievte mich hoch, weil Kian gleich da sein würde, und sammelte meine Sachen zusammen. »Es tut mir leid, dass ich euch den Abend verdorben habe. Vielleicht kann ich ...«, begann ich, doch Sventje winkte ab.

»Bitte, du kannst dir über alles den Kopf zerbrechen, aber nicht über uns.« Sie stand auf und drückte mich. »Ich hoffe, dass du bald etwas klarer siehst.«

Juli umarmte mich wortlos, sie hatte mir heute nichts mehr zu sagen. Ich wusste auch so, dass sie gedanklich mit der Sache ebenso wenig durch war wie ich.

Ich verließ ihre Wohnung und wartete vor dem Haus auf Kian. Er kam kurz darauf an. Mein Herz flatterte, als ich ihn sah. Noch mehr, als er mich küsste und an sich drückte.

›*Nein, ich kann die Sache zwischen uns nicht einfach so beenden und nie wieder an ihn denken. Dazu ist sein Platz in meinem Herzen schon viel zu groß.*‹

Ich fühlte mich seltsam, als er jetzt meine Hand nahm und wir losliefen. Seine Finger waren fest um meine geschlungen, als wären wir zusammen. Jeder, der uns sah, würde genau das sehen: ein junges Paar, vielleicht auf dem Weg zur Silvesterparty.

»Du möchtest also mit mir ins neue Jahr starten?«, fragte er und ich hörte die Hoffnung in seiner Stimme. Seine Augen glänzten. Für ihn war die Sache mehr als klar.

Ich schaffte es, kurz zu lächeln, doch der Kloß in meinem Hals verhinderte, dass ich etwas sagte.

»Simon weiß Bescheid«, sagte ich. »Er ist gegangen. Ich muss aber mit ihm reden, um die Verhältnisse zu klären.«

»Gehst du davon aus, dass er sich trennen will?«, fragte Kian direkt indirekt. Ich verstand, wieso er die Frage so stellte. Er wollte mich nicht fragen, für wen ich mich entschied. Auch er hatte Angst.

»Ja.« Allein dieses eine Wort schmerzte.

Der Druck seiner Hand wurde fester, sodass ich stehenblieb. »Ich weiß, dass das eine total verwirrende Situation für dich ist und du nicht so leicht damit abschließen kannst. Aber ich möchte eine Beziehung mit dir. Und ich werde warten, bis du alles mit ihm soweit geklärt hast, dass du dich voll auf uns einlassen kannst. Aber bitte, lass dir nicht mehr so viel Zeit damit, denn mich macht das alles auch fertig.«

Ich küsste ihn schnell auf den Mund und zog ihn weiter, weil mir die Worte fehlten.

Endlich erreichten wir meine Wohnung. Unsere Wohnung. Meine Wohnung. Simons Wohnung. Ich wusste es beim besten Willen nicht.

»Eins noch«, sagte ich, als ich die Tür aufschloss. »Wir werden hier keinen Sex haben. Und auch nicht zusammen im Bett schlafen.«

»Alles klar. Dann setzen wir uns auf die Couch wie gesittete Menschen?«, bot Kian an. Ich nickte und holte uns etwas zu trinken.

Mittlerweile war es fast Mitternacht. Als das neue Jahr anbrach, stießen wir an und ich küsste ihn.

Sofort kam die Hitze zurück, die jede Berührung von Kian mitbrachte. Mein Entschluss, hier keinen Sex mit ihm zu haben, geriet gefährlich ins Wanken, vor allem, weil er mich an sich zog. Ich spürte seine Ungeduld und seine Sehnsucht.

Diese Anziehungskraft war erschreckend stark, so was kannte ich von meiner Beziehung mit Simon nicht. Ich fragte mich, ob das das Zeichen dafür war, dass Kian der richtige Mann für mich war. Derjenige, der mir neue Seiten an mir zeigte, statt mit mir den Alltag zu gestalten.

›Ich bin jung. Ich muss noch nicht heiraten und Mutter werden. Kian und ich könnten reisen, Leute treffen, neue Erfahrungen sammeln, bis ich dafür bereit bin.‹

Wenn ich ihn küsste, spürte ich, dass ich das wollte.

Seine Hände rutschten an den Saum meines Pullovers, schoben ihn hoch und streichelten meine Taille. Sofort bekam ich Gänsehaut. Mich zurückzuhalten wurde hart.

›Keinen Sex hier in dieser Wohnung!‹, ermahnte ich mich streng. *›Nicht, bevor mit Simon alles geklärt ist. Ohne klare Verhältnisse zieht sich hier niemand aus!‹*

Es wirkte und ich schaffte es, den Kuss zu beenden. Schnell stand ich auf, um etwas zum Knabbern zu holen.

Als ich in der Küche stand und Nüsse in eine Schale füllte, fragte ich mich, ob das mein neues Leben war.

Kian und ich in dieser Wohnung? Gemeinsam auf der grauen Couch, die Simon und ich gekauft hatten?

Ich schüttelte den Kopf. Das könnte ich Simon nicht antun. Wieder verkrampften sich meine Eingeweide und mir wurde schlecht. Unruhig wischte ich über die saubere Arbeitsplatte, als würde das meine Verwirrung auflösen.

Ich hatte Angst vor dem endgültigen Aus. Trotz all der Ideen, die ich gerade wegen Kian hatte. Die Hochzeit und Kinder waren das, was ich schon länger wollte. Wenn Simon in Kürze Zackis Job übernahm, war dies das Leben, das ich gern mit ihm führen wollte. Mehr noch als die neuen Erfahrungen.

Ich stützte den Kopf in die Hände und fühlte mich elend.

»Komm schon«, flüsterte ich und sah aus dem Fenster. »Du musst dich endlich entscheiden, was du willst. Du kannst nicht ewig so weitermachen. Du machst alles nur schlimmer, je länger du wartest.«

Draußen wurde der Himmel von Feuerwerk erleuchtet. Eigentlich liebte ich das, aber heute konnte ich mich darüber nicht freuen.

Vielleicht ging es mir besser, wenn ich zu Kian ging und mich damit abfand, dass die Entscheidung gefallen war. Das Problem war, dass ich diesen Gedanken nicht zulassen konnte. Der Gedanke, dass es zwischen Simon und mir aus war, war unvorstellbar.

Wieder griff ich nach dem Lappen und wischte über die Arbeitsplatte.

Es war zum Verzweifeln, wie zerrissen ich war. Denn im Ernst: Wie groß war die Wahrscheinlichkeit, dass Simon hier auftauchte, weil er mit mir darüber reden wollte, wie wir unsere Beziehung retten konnten?

Und was wurde aus Kian? Ich konnte ihn nicht einfach so aus meinem Leben herausschneiden. Ich müsste es aber tun, wenn ich auch nur den Hauch einer Chance haben wollte, Simon zu halten.

Ich rieb noch heftiger auf dem Holzfurnier herum.

Ich müsste meinen Job kündigen und vermeiden, ihn jemals wiederzusehen. Ich konnte für mich selbst nicht garantieren, wenn er in der Nähe war.

Der Kuss eben war Warnung genug. Ich konnte nicht ewig Nüsse aus der Küche holen.

Ich warf den Lappen in die Spüle und holte endlich die Schüssel.

Mein Herz setzte mehrere Schläge aus, als ich plötzlich hörte, wie ein Schlüssel ins Schloss der Wohnungstür gesteckt und umgedreht wurde.

Die Tür öffnete sich und ich blickte in Simons Gesicht. Unsere Blicke trafen sich und für einen Augenblick blieb die Welt stehen. Nur noch wir beide existierten – mit allem, was zwischen uns stand.

Da war noch ein Funken Hoffnung in meinem Herzen. Und in seinen Augen.

»Siv? Alles klar?«, fragte Kian in diesem Moment und kam in den Flur.

Mein Blick klebte an Simon. Daran, wie sich seine Augen vor Schock weiteten und er das letzte bisschen Vertrauen in mich verlor. Als wäre ich eine Fremde. Meine Welt zerfiel zu Staub und all meine Hoffnungen mit ihr.

»Nein«, flüsterte ich und fühlte, wie mein Herz in tausend Stücke zerbrach. »Gar nichts ist okay.«

Kapitel 15

»Was ist denn hier los?«, stieß Simon hervor.

So wütend hatte ich ihn noch nie erlebt. So enttäuscht.
Sein Gesicht wurde rot und sein Mund stand offen. Sein
Blick ging zwischen Kian und mir hin und her, es sah aus,
als würde er den Kopf schütteln.

Vor Stress wurde mir kotzübel. Trotzdem stürzte ich zu
ihm. Ich musste es zumindest versuchen. »Ich habe Kian
hergebeten, weil ich mit ihm reden musste.«

Simons Augenlid zuckte. »Reden, aha. Und das geht nur
hier?«, sagte er. Zum ersten Mal, seitdem ich ihn kannte,
hörte ich beißenden Sarkasmus in seiner Stimme. Ich
zuckte zurück, so hatte er noch nie mit mir gesprochen.

»Sag es mir ehrlich: Wie oft habt ihr euch hier schon getroffen? Hier, in unserer gemeinsamen Wohnung, Siv. Die
Wohnung, die wir zusammen eingerichtet haben.« Simons
Wangen waren knallrot. Ich hätte ihn gern in den Arm genommen, doch das traute ich mich nicht. Noch nie hatte
ich mich ihm so fremd gefühlt. Mein Herz pochte gegen
meine Rippen und mir war so elend zumute, dass ich fast
geweint hätte.

»Noch nie«, sagte ich nachdrücklich. »Und heute ist
nichts passiert und wäre es auch nicht.« Ich sah hinüber zu
Kian, der Simon schweigend betrachtete.

Ich war ihm dankbar, dass er still war. Momentan konnte
ich Simon nicht einschätzen. Ich konnte nicht ausschlie-
ßen, dass er Kian angriff, wenn er etwas sagte. Er war so
wütend, dass ich ihn kaum noch erkannte. Ich musste unbedingt vermeiden, dass die beiden aufeinander losgingen.

»Können wir in Ruhe reden?«, fragte ich leise. »Bitte.«

»Nicht, solange er hier ist«, sagte Simon unwirsch.

»Ich gehe«, sagte Kian sofort und hob die leeren Hände. »Ich habe hier nichts zu suchen.«

Simon funkelte ihn an. »Gut, dass du das einsiehst.«

Kian holte Luft, stieß sie dann jedoch wieder aus. Er sah selbst ein, dass er in dieser Situation nur das falsche sagen konnte. Und er verstand, dass es für ihn gerade nichts zu gewinnen gab. Er warf mir noch einen Blick zu, dann trat er Richtung Tür.

Simon trat ihm mit Todesverachtung aus dem Weg und sah mich an. »Dein Ernst, Siv? Dieser gelackte Affe?«

Wieder dieser beißende Tonfall.

Meine Brust verkrampfte sich. Ich verstand, dass er sauer war, aber wie abfällig er redete, verletzte mich. Das passte nicht zu ihm. Simon war so nicht. So redete er nie über jemanden.

Sein Verhalten war meine Schuld.

»Ja, und dieser gelackte Affe ist da, wenn man ihn braucht«, schnauzte Kian. Er blieb stehen und fuhr mit geballten Fäusten zu Simon herum. Sein Mund war verkniffen und seine Augen funkelten. Er hatte jetzt auch die Schnauze voll. Wir standen kurz vor einer Eskalation.

›Oh scheiße, bitte nicht!‹

»Ich habe einen Job!«, fauchte Simon.

Kian zuckte mit den Schultern. »Habe ich auch. Ich kann trotzdem jeden Tag zu Hause sein und mich um die Frau kümmern, die mir wichtig ist.«

»Schön, tu das, aber das ist sicher nicht Siv. Sie gehört zu mir und du hast weder in dieser Wohnung, noch in ihrem Leben einen Platz, ist das klar?«, fuhr Simon ihn an.

Kian zuckte zurück, Simon war einen halben Kopf größer als er und mindestens zehn Kilo schwerer.

Ich riss die Augen auf und machte einen Schritt zu ihm. ›Ich gehöre zu ihm? Heißt das, dass er noch eine Chance für uns sieht?‹ Ich kam nicht mehr hinterher, der Stress drohte, mich zu überwältigen. Die Übelkeit wurde stärker. Ich musste mich am Türrahmen festhalten, weil mir schwindelig wurde.

Kian funkelte Simon an. Ich behielt die beiden Männer im Blick. Wenn die Situation eskalierte, musste ich dazwischen gehen.

Wie war ich nur in diese Lage gekommen? Wie konnte ich so die Kontrolle über mein Leben verlieren, dass ich jetzt um die Beziehung bangte, von der ich dachte, dass sie mein Leben lang halten würde, und mein Partner und mein Geliebter im Flur unserer Wohnung standen? Sie waren kurz davor, sich zu prügeln.

Und doch war da jetzt ein Hoffnungsschimmer, mit dem ich nicht gerechnet hatte. Es war noch nicht vorbei. Wir hatten vielleicht noch eine winzige Chance, alles wieder hinzukriegen.

»Simon«, flüsterte ich und ließ vorsichtig den Türrahmen los. Mir war kotzübel. Ich machte einen halben Schritt auf ihn zu, blieb dann aber stehen, weil ich mich nicht weiter traute.

Simon sah mich an. In seinem Blick lagen Wut und Enttäuschung, doch jetzt wurde er etwas weicher.

Fünf Jahre Beziehung ließen sich nicht so einfach wegwischen.

»Ich war jetzt einen ganzen Tag stinkwütend auf dich«, sagte er und lehnte sich gegen die Flurwand. Er hatte sogar noch seine Jacke und seine Schuhe an. Kian stand in seinem Rücken.

»Zurecht«, flüsterte ich. Mein Herz klopfte so laut, dass ich fast nichts anderes hörte. Ich klammerte mich an die

Kommode im Flur und wartete, dass er weitersprach. Ich musste ihm diesen Raum geben. Er hatte das Recht dazu. Danach wusste ich endlich, woran ich war.

Ich betete dafür, dass Simon mir die Chance gab, dass wir uns aussprachen. Und dass er uns noch nicht aufgegeben hatte - trotz des furchtbaren Vertrauensbruchs, den ich begangen hatte. Ich hoffte, dass ich irgendwie gutmachen konnte, dass ich ihm so wehgetan hatte.

»Du hast jedes Recht, wütend auf mich zu sein«, sagte ich leise, als er schwieg.

Simon holte tief Luft. »Weiß ich. Aber weißt du was? Ich hab mit meinem Bruder darüber gesprochen und nachdem ich mich darüber ausgekotzt habe, wie enttäuscht und wütend ich auf dich bin, hab ich eingesehen, dass ich dich trotzdem liebe. Und dass du einen Fehler gemacht hast«, er warf einen giftigen Blick über seine Schulter zu Kian, »als du dich mit ihm eingelassen hast. Es hat gedauert, aber dann habe ich mir zusammengereimt, wie es dazu kommen konnte. Dass mein Job und wie ich mit ihm umgegangen bin, ein Grund dafür ist. Ich wusste, dass dich das kaputtmacht und du dich einsam fühlst. Und trotzdem bin ich auf jede Baustelle gefahren, um zu beweisen, wie gut ich bin. Ich hätte Reisen ablehnen können, das machen die Kollegen auch. Ich hab's nicht gemacht, weil Jörg mich dafür immer so gelobt hat. Das war mein Fehler. Ich hätte dir eher sagen müssen, dass ich mich um Zackis Job kümmere und bald bei dir sein kann. Wenn ich ihn nicht bekommen hätte, hätte ich gekündigt. Ich hatte sogar schon Gespräche mit anderen Firmen, aber ich habe dir nichts gesagt, weil es eine Überraschung sein sollte.« Er rieb sich den Nacken. »Ich bin auch schuld daran, wie es gelaufen ist. Ich war auch nicht ehrlich zu dir, obwohl du das verdient hättest. Meine Scheiße ist nicht so schlimm wie deine, aber ich trage auch einen Teil der Schuld. Deswegen will ich, dass wir daran arbeiten, diese Sache hinter uns zu bringen.« Wieder ein Seitenblick auf Kian. »Wenn du daran überhaupt noch Interesse hast. Oder bedeutet sein Auftauchen hier, dass du nicht mehr willst?«

»Doch!«, rief ich, dann zuckte ich zusammen. »Es ist nur so verdammt schwierig«, flüsterte ich und traute mich, von einem zum anderen zu sehen. Kians Augen waren geweitet. Meine Reaktion auf Simons Worte hatte ihn schockiert. Das tat mir so leid. Er musste denken, dass er mir nicht wichtig war.

Stress flutete mich, weil ich nicht wusste, wie ich den beiden Männern erklären sollte, wie es mir ging.

Wie sollten sie es auch verstehen? Keiner von ihnen stand vor dem Problem, dass sein Herz geteilt war. Meins aber schon. Und es blutete, weil ich mich jetzt entscheiden musste, wenn ich nicht beide verlieren wollte.

Wieder wurde mir schlecht. Schwarze Flecken tanzten vor meinen Augen.

»Du solltest gehen«, sagte Simon finster zu Kian. »Wir müssen Dinge besprechen.«

»Ich gehe, wenn Siv mich darum bittet«, erwiderte Kian genauso finster. »Ich bin nicht einfach nur ein Typ, mit dem sie geschlafen hat. Nicht nur ein gelackter Affe, der sie verführt hat.« Diese Bemerkung hatte ihn getroffen.

Simons Augenlid zuckte bei seinen Worten. Mein Mund wurde trocken. Jetzt wurde es ganz heikel.

Ich sah meinem Freund an, dass die bloße Vorstellung von uns beiden ihn umbrachte. Ich musste unbedingt dazwischengehen, doch Kian redete sich in Rage. »Sie ist mir wichtig, verstehst du? Und sie hat mir selbst gesagt, dass sie in mich verliebt ist! Ich werde sie hier nicht mit dir allein lassen! Schön, was du alles erzählt hast, aber wer weiß ...« Er brach ab, doch Simon hatte genug gehört, um zu verstehen, was er sagen wollte.

Ich kämpfte mich zwischen die beiden und schüttelte den Kopf. Mir wurde immer schwindeliger, aber ich musste aufpassen, dass es keine Schlägerei gab.

Ausgerechnet diese beiden. Simon hatte sich in all den Jahren, die ich ihn kannte, nicht mal im Ansatz geprügelt, er stritt sich normalerweise nicht einmal laut.

Jetzt war sein Gesichtsausdruck mörderisch. Ich trat zu ihm und legte ihm die Hand auf die Brust.

»Ich würde dir nie etwas tun!«, stieß er hervor.

»Das weiß ich«, sagte ich ruhig. Meine Finger krallten sich in den Stoff seines Hoodies, weil sie taub wurden. Mir wurde schwarz vor Augen und plötzlich drehte sich alles. Meine Knie wurden weich.

Simons Hände schlossen sich um meine Unterarme. »Was hast du?«, fragte er alarmiert.

»Geht es dir nicht gut?«, rief Kian hinter mir.

»Ich kümmere mich um sie! Verschwinde endlich!«

»Nicht, wenn es ihr schlecht geht!« Kian trat hinter mich und legte mir die Hand auf die Schulter.

»Leute, lasst das«, sagte ich und war erschrocken, wie dumpf meine Stimme war. Meine Aussprache war undeutlich, als wäre ich betrunken.

Mein Kreislauf spielte verrückt und die schwarzen Flecken vor meinen Augen wurden immer größer.

Oh Gott, was war bloß mit mir los? Hatte ich einen Schlaganfall?

Mir brach kalter Schweiß aus und die Adern in meinem Kopf fühlten sich dreimal größer an als sonst. Überall rauschte und pochte es.

Jemand setzte mich auf einen Stuhl und lehnte mich an die Wand. Ich spürte den kühlen Putz an meiner Wange.

Durch das Rauschen in meinem Kopf hörte ich, wie die beiden sich weiter anmachten, doch ich schaffte es nicht mehr, dazwischen zu gehen. Mir tat alles weh und ich hatte das Gefühl, als müsste ich mich übergeben.

Was war nur los mit mir?

»Wir müssen einen Krankenwagen rufen«, hörte ich Kian sagen.

Ich wollte den Kopf schütteln und ihnen sagen, dass das Quatsch war, doch ich bekam es nicht hin.

Ich bekam gar nichts mehr hin.

Nur Atmen ging noch. Und sitzen.

Jemand packte meine Oberarme, als ich zur Seite wegsackte. Sitzen ging auch nicht mehr.

›Vielleicht ist ein Krankenwagen doch keine schlechte Idee‹, dachte ich, da verdeckten die schwarzen Punkte mein ganzes Sichtfeld und ich wurde ohnmächtig.

›Aufwachen. Ich muss aufwachen. Es ist nur so furchtbar anstrengend.‹

Mein Körper war schwer wie Blei, mein Kopf fühlte sich an wie ein Stein gefüllt mit nasser Watte.

Durch meine geschlossenen Lider sah ich Licht. Grelles Licht. Es roch anders als zu Hause. Medizinisch. Die Geräusche gehörten auch nicht zu meiner Wohnung, dafür waren sie viel zu hektisch.

Wenigstens war mir nicht mehr so schlecht und auch der Schwindel hatte nachgelassen. Ich lag, soviel stand fest. Das half. Jetzt musste ich feststellen, wo ich war.

Ich schaffte es endlich, meine Augen zu öffnen. Mein Blick war verschwommen, aber ich sah Leute hin und her laufen.

Und dann zwei Gesichter vor mir. Kian und Simon. Sie waren beide da. Mit mir im Krankenhaus.

»Hey, wie geht es dir?«, fragte Simon besorgt. Kian griff nach meiner Hand, was ihm einen wütenden Blick von meinem Freund einbrachte. Simon nahm meine andere Hand. Wieder warfen sie sich feindselige Blicke zu.

»Nicht gut«, nuschelte ich. »Was ist denn passiert?«

»Du bist ohnmächtig geworden«, informierte Kian mich. »Ich habe einen Krankenwagen gerufen. Sie checken jetzt alles durch. Blut haben sie dir schon abgenommen. Ich bin froh, dass es dir wieder gut geht.«

»Ich bin nicht krank. Ich glaube, das ist alles nur etwas zu viel«, flüsterte ich. »Ich komme wieder in Ordnung. Lasst uns nach Hause gehen, okay?«

»Dir ging es doch schon die letzten Tage nicht gut«, sagte Simon kopfschüttelnd. »Es ist wichtig, dass sie dich richtig durchchecken.« Er warf einen giftigen Blick auf Kian. »Deinetwegen gucken uns alle an, als wären wir Jahrmarktattraktionen. Geh endlich nach Hause. Mit dir redet sowieso niemand.«

»Mit dir doch auch nicht, du bist nicht ihr Ehemann«, zickte Kian zurück. Simons Mund verzog sich, Kian hatte einen Volltreffer gelandet. »Und ich will wissen, wie es Siv geht«, fuhr Kian fort. »Und sie sehen uns nur so an, weil du so laut betont hast, dass du ihr Freund bist, der mit ihr zusammenlebt. Es hätte sonst niemanden interessiert.«

Mir schwante Böses und ich konnte mir vorstellen, wie das Ganze abgelaufen war: Simon stand dermaßen unter Stress, dass er lauter redete als sonst und er bewegte sich auch anders, machte sich breit und groß, als könnte er Kian so verdrängen. Kian hingegen wirkte angespannt und nervös, ich sah ihm an, wie sehr ihm das ganze an die Nieren ging. So kannte ich ihn auch nicht.

›Die Situation setzt uns allen zu und macht uns zu verzerrten Abziehbildern‹, dachte ich unglücklich. ›Diese

Sache macht uns zu Versionen von uns, die wir nicht sein wollen. Hoffentlich kommt bald ein Arzt, um Entwarnung zu geben, damit ich nach Hause kann. Und dann fange ich an, alles aufzuräumen.‹

Doch es war immer noch die Silvesternacht und gefühlt kamen ständig neue Leute in die Notaufnahme, die sich verletzt oder es mit dem Alkohol komplett übertrieben hatten. Ich war froh, dass ich schon in einem Bett lag, auch wenn ich am liebsten aufgestanden und gegangen wäre. Das Warten wurde zur Ewigkeit und ich nickte immer wieder ein. Es ging mir nach wie vor nicht gut, nur die Angst, was die beiden anstellten, wenn ich nicht aufpasste, hielt mich wach.

Sie belauerten einander und hielten eifersüchtig jeder eine meiner Hände. Mehrmals protestierte ich dagegen, doch keiner wollte nachgeben, bis Kian schließlich entnervt aufstand, um zur Toilette zu gehen.

Simon atmete auf und wurde etwas mehr er selbst. Ich spürte auch, dass ich mich vorsichtig entspannte.

»Du musst ihm sagen, dass er gehen soll«, sagte er leise. »Wir stehen das hier gemeinsam durch. Sag ihm, er soll nach Hause gehen, okay?«

»Ich denke nicht, dass ihn das interessiert.«

Simon schüttelte den Kopf. »Wenn du ihm sagst, dass er gehen soll, wird er es tun. Auch endgültig.«

Ich sah auf unsere verschlungenen Hände und fühlte mich elend. Ich hätte es ihm so gern erklärt, doch ich konnte nicht. Simon drückte meine Finger und holte Luft.

»Es fühlt sich so an, als wüsstest du nicht, wen du willst.«

»Ich fürchte, das ist auch so«, murmelte ich. »Ich liebe dich. So sehr. Aber das zwischen Kian und mir«, Simons Händedruck wurde fester, »er hat recht. Es war nicht nur etwas Körperliches. Ich empfinde wirklich etwas für ihn. Es stimmt, dass ich gesagt habe, dass er mir wichtig ist.«

»Er hat behauptet, du hättest gesagt, dass du in ihn verliebt bist«, sagte Simon vorwurfsvoll.

»Ja«, flüsterte ich so leise, dass Simon sich zu mir beugte. Jetzt lockerte sich seine Hand.

»Man kann nicht zwei Menschen lieben«, sagte er rau. »Nicht so. Nicht gleich.«

»Das tue ich auch nicht!«, stellte ich klar. »Es gibt riesige Unterschiede. Du bist der Mann, mit dem ich mir mein Leben vorstelle. Dich will ich ...« Ich kämpfte mit dem Wort, weil es immer noch ein Reizthema war, »heiraten.«

Simons Mund wurde schmal. Für ihn war dieses Thema mindestens so heikel wie für mich.

»Und Kian ist«, fuhr ich stockend fort. »... er ist derjenige, der mit mir neue Dinge ausprobiert. Und«, fügte ich leise hinzu. »Er ist immer für mich da und absolut ehrlich.«

Simon ließ meine Hand los, lehnte sich zurück und atmete durch. »Ich war nicht für dich da und ich will nicht wissen, von welchen ›neuen Dingen‹ du sprichst, sonst renne ich weg. Ich kriege das im Kopf nicht zusammen, Siv. Wenn ich versuche, mir vorzustellen, du und er ... ich könnte verrückt werden. Mein Gehirn streikt. Das findet in meiner Realität einfach nicht statt.«

»Dann stell es dir bitte nicht vor«, murmelte ich. »Das bringt doch auch nichts.«

»Nein, tut es nicht, aber es ist schließlich passiert. «

»Ich verstehe dich«, sagte ich leise. »Ginge mir andersherum sicher auch so. Simon, es tut mir so leid. Ich wollte dir nie wehtun und dass ich es doch getan habe, macht mich fertig. Und noch mehr tut es mir leid, dass wir jetzt in dieser Situation sind.« Ich schlug die Augen nieder.

»Könntest du mir überhaupt wieder vertrauen?«

»Könntest du es, nach allem, was ich dir nicht erzählt habe?«, fragte er.

»Nicht ausweichen«, meinte ich leise. »Aber ja, ich denke schon. Die Heimlichkeit tut weh und ich frage mich, warum du es für eine gute Idee gehalten hast, so wichtige Dinge vor mir geheim zu halten. Aber du weißt, dass es falsch war. Ich weiß das auch, glaub mir. So etwas würde uns nicht noch einmal passieren. Das weiß ich.«

›Bleibt noch die Tatsache, dass ich keine Ahnung habe, wie es weitergehen soll.‹

Simon nickte und kaute auf seiner Unterlippe. »Ich liebe dich«, sagte er. »Und ich glaube, ich kann es hinkriegen, mit der Sache klarzukommen. Zu akzeptieren, dass sie passiert ist. Und damit abzuschließen und es dir nicht vorzuwerfen. Ich kann mich daran erinnern, dass du noch du bist. Ich weiß das, denn der Gedanke, dich nicht mehr zu sehen und dich nicht in meinem Leben zu haben, bringt mich um. Aber das wird verdammt schwer. Dazu werde ich Zeit brauchen. Und vielleicht Hilfe, damit ich es wirklich abschließen kann. Aber dann ... und ich schwöre dir, Siv, ich werde dich nie wieder allein lassen. Diese ganzen Reisen hören auf, es ist alles schon abgesprochen. Und die Letzten werde ich auch canceln, damit du nicht allein sein musst.«

›Und keine Gelegenheit hast, dich mit ihm zu treffen‹, schwang in seinen Worten mit.

»So kann ich das nicht«, sagte ich. »Wenn das in eine Kontrolle ausartet, funktioniert es nicht. Es muss einen Mittelweg zwischen zu locker und zu eng geben, mit dem wir uns beide gut fühlen.«

Simon atmete wieder durch, dann nickte er. »So will ich auch gar nicht sein.«

»Gut.«

»Gut.«

Wir sahen einander in die Augen.

Die Entscheidung war gefallen. Sie war richtig. Sie war das, was ich wollte. Das, was richtig für mich war. Jetzt musste ich das Gefühl überstehen, dass sich scharfe Splitter in mein Herz bohrten. Denn diese Entscheidung bedeutete auch, dass ich Kian jetzt sagen musste, er solle gehen. Für immer.

›Scheiße, tut das weh.‹

Ich blickte auf und sah Kian auf uns zukommen.

»Sagst du es ihm?«, fragte Simon.

Ich holte noch einmal Luft, dann nickte ich.

Die Entscheidung war gefallen.

Ich blieb bei Simon und rettete meine Beziehung.

Die Liebe meines Lebens.

Mein Herz blutete dabei, aber das war richtig. Nicht nur vernünftig, sondern das, was ich wollte.

Wir bekamen das hin. Gemeinsam. Simon und Siv. Wir wurden wieder ein Team. Wir hielten an den Plänen fest, die wir zusammen geschmiedet hatten.

Simon stand auf und ließ uns allein. Jetzt musste ich es nur noch schaffen, Kian zu sagen, dass wir uns nicht mehr sehen konnten. Mir brach das Herz.

Kian setzte sich wieder zu mir und nahm meine Hand. Sein Gesichtsausdruck war schrecklich. Er hatte schon erraten, warum Simon freiwillig das Feld räumte.

»Ich verliere«, sagte er ruhig. »Du hast dich für ihn entschieden.«

In meinem Hals war ein riesiger Kloß, Tränen stiegen in meine Augen. »Es tut mir so leid«, flüsterte ich und

drückte seine Hand. »Du bist mir auch so wichtig, aber ...
Ich möchte versuchen, meine Beziehung mit Simon zu retten. Ich liebe ihn.«

»Ich liebe dich auch«, sagte er. »Und ich verstehe, dass das schwierig für dich ist, aber was ihr beide habt, können wir auch haben. Ich bin dazu bereit. Ich habe noch nie eine Frau so wie dich geliebt. Bitte berücksichtige das bei deiner Entscheidung.«

Tränen liefen über meine Wangen und mir tat alles weh. Ich hasste es, ihn so zu sehen. Ich hasste es, ihm wehzutun. Das hatte er nicht verdient. Er sollte meinetwegen nicht leiden. Warum musste er sich so stark in mich verlieben? Und warum schrie jetzt alles in mir danach, ihn nicht gehen zu lassen?

Mein Blick suchte Simon, der am Getränkeautomaten stand und uns beobachtete. *Seinetwegen.*

Weil ich Simon trotz all meiner Gefühle für Kian noch mehr liebte. Ich wollte keinen von beiden verlieren, aber ich wusste, dass es mich unglücklicher machen würde, von Simon getrennt zu sein. Er war ein Teil von mir. Seit fünf Jahren. Das konnte Kian nicht einfach so aufholen.

»Du machst einen Fehler, Siv«, sagte er leise. »Ich bin es. Nicht er.«

»Kian, es tut mir so leid ...«, setzte ich an, da kam eine Ärztin auf uns zu.

»Wie geht es Ihnen jetzt?«, fragte sie. »Etwas besser?«

»Ich glaube ja«, antwortete ich.

»Sie hatten einen Schwächeanfall, vermutlich durch zu viel Stress ausgelöst.« Sie warf einen bedeutungsvollen Blick auf die beiden Männer, die betreten aussahen. »Als Ärztin kann ich Ihnen nur raten, dass Sie den Stress schnellstmöglich reduzieren und zur Ruhe kommen. Sonst wird sich das vermutlich wiederholen.«

Ich nickte matt. »Ich werde es versuchen.«

»Ich ziehe Sie für eine Woche aus dem Verkehr. Ruhen Sie sich aus und klären Sie die Faktoren, die Ihnen Stress machen.« Wieder ein Blick in Richtung der Männer. Sie kümmerte sich um die Krankschreibung und drückte kurz meine Hand. »Alles Gute, Frau Matthesen. Sie können los.« Damit stand sie auf und verließ den Raum.

»Zum Glück ist es nichts schlimmes«, sagte Simon und griff nach meiner Hand. »Komm, wir fahren nach Hause. Tschüss, Kian.« Er zog mich mit sich. Ich warf noch einen Blick über die Schulter, doch ich schaffte es nicht mehr, mit Kian zu sprechen.

Er war stehengeblieben und sah uns nach. Ich hatte das Gefühl, dass wir uns heute zum letzten Mal sahen.

Mein Herz brannte lichterloh und drängte mich, zu ihm zu laufen. Den Blick seiner grünen Augen würde ich nie vergessen.

Ich bin es. Nicht er.

Ich schluckte und drehte mich zu Simon um. Dem Mann, der meine Hand hielt. Dem Mann, für den ich mich entschieden hatte.

Aus ganzem Herzen.

Und den kleinen Teil meines Herzens, der jetzt gerade brach und sich anfühlte wie eine scharfe Scherbe, würde ich mit Nachsicht und Geduld heilen lassen.

Ein Jahr später:

Ich wachte auf und blinzelte in das Licht des Sonnenaufgangs. Durch die offene Balkontür hörte ich das Rauschen der Wellen und eine sanfte Brise ging durch das Zimmer. Die weißen Vorhänge bauschten sich.

Das Paradies. Ich hatte es gefunden.

Doch es hatte wenig mit dem Ort zu tun, an dem wir uns befanden.

»Guten Morgen Frau Matthesen«, flüsterten weiche Lippen an meinem Ohr und ein Arm schlang sich um meine Taille.

Ich bekam eine wohlige Gänsehaut und drehte mich um, um in das Gesicht zu sehen, das ich mehr als alles andere liebte.

»Guten Morgen Herr Matthesen. Hast du gut geschlafen?«, lächelte ich und küsste die weichen Lippen.

Er grinste mit funkelnden Augen. »Du hast mir kaum Schlaf gegönnt, Liebste. Aber die paar Stunden haben mir gut getan. Jetzt bin ich wach. Ich kann dir gern zeigen, wie sehr ich es genieße, mit dir hier zu sein.« Er kuschelte sich eng an mich, sodass unsere nackten Körper sich der Länge nach berührten.

»Liebend gern«, seufzte ich und genoss dieses Gefühl. Diesen Moment, der ganz uns beiden gehörte.

Als ich seine Schulter streichelte, fiel mein Blick auf meinen Ehering. Er war schlicht, aber das gefiel uns beiden auch am besten. Keiner von uns mochte Pomp und Protz. Funkelnde Diamanten standen nie zur Debatte.

Unsere Hochzeit war gerade ein paar Tage her.

Ich drückte mich an ihn und schloss die Augen, gönnte mir diesen Moment der Dankbarkeit dafür, dass ich hier mit ihm sein durfte.

Damit hätte ich vor einem Jahr nicht gerechnet, als ich das Krankenhaus verließ. Damals war mir klar, dass es so nicht weitergehen konnte. Ich fällte eine Entscheidung. Endgültig.

Und dann wurde ich glücklich damit. Trotzdem war das letzte Jahr herausfordernd. Für uns beide.

Wir hatten neue Jobs und waren die Lasten der alten losgeworden. Ich hatte die Werft nicht gern verlassen, aber es war besser so. Ich musste einen sauberen Schlussstrich ziehen, damit ich neu anfangen konnte.

Damit wir beide neu anfangen konnten.

Natürlich hatte ich nicht alle Verbindungen gekappt. Sventje und Juli waren noch immer meine besten Freundinnen und wir sahen uns regelmäßig. Juli lebte seit kurzem mit Aaron zusammen und auch bei Sventje und Samir konnte es nicht mehr lange dauern.

Die beiden so glücklich zu sehen, hatte mir geholfen, meine eigene Mitte wiederzufinden. Sie und Ylva waren mir eine Riesenhilfe gewesen, wenn ich einen Durchhänger hatte. Ich hatte durchgehalten.

Und ich war dafür mehr als belohnt worden, mit der besten, engsten und ehrlichsten Beziehung, die ich mir wünschen konnte.

Und dann machte er mir den Antrag, vor genau drei Monaten. Damit hatte ich nicht gerechnet. Nicht so schnell. Nicht nach den Höhen und Tiefen, die wir seit Silvester erlebt hatten. Es war zwischendurch hart. Das lag nicht nur an uns selbst, sondern auch an den Menschen in unserer Umgebung und ihre Reaktionen auf unsere Beziehung – vor allem, wenn sie mitbekamen, was alles zwischen uns vorgefallen war. Wir hatten es gegen alle Widerstände geschafft. Gerade deswegen konnte ich nicht anders, als überglücklich ja zu sagen, als er mich fragte, ob wir es offiziell machen wollten.

Die Trauung war schnell geplant und wir konnten es kaum erwarten, endlich unsere Namen auf die Urkunde zu setzen. Er nahm meinen Namen an, um mir zu zeigen, wie groß sein Bekenntnis zu uns war.

Jetzt lagen wir hier, in unseren Flitterwochen.

»Ich bin so froh, dass du bei mir bist«, flüsterte ich.

»Wo sollte ich denn sonst sein?«, fragte er leise. »Ich lass dich nie mehr ziehen, das weißt du doch.«

»Ja. Und genau so möchte ich das auch«, murmelte ich an seinen Lippen.

Er küsste mich erneut und ich wusste, dass ich der glücklichste Mensch der Welt war.

Mit ihm.

Endlich.

Nachwort und Danksagung

Zunächst einmal möchte ich mich bei den vielen Menschen bedanken, die für die Figuren in diesem Buch Pate gestanden haben. Die echte Fabia, die echte Juli und auch der echte Fred und auch die „echte" Siv, die sich mir unverhofft gezeigt hat und die aus mehreren Personen besteht ... wenn ihr dieses Buch jemals in den Händen haltet und jetzt denkt »Waaaaas?«, dann danke ich euch noch mal, dass ihr mir durch eure einzigartigen Charaktere diese Figuren gegeben habt.

Gleiches gilt auch für die Firma, für die ich drei Jahre gearbeitet habe, und die für Sivs Arbeitgeber Pate stand. Obwohl es alles andere als leicht war, habe ich viele schöne Erinnerungen und wertvolle Freundschaften aus dieser Zeit behalten.

Die Idee zu Sivs Geschichte kam mir schon vor einigen Jahren, die erste Szene habe ich 2019 geschrieben, mich dann aber zunächst anderen Projekten gewidmet. Manche Ideen müssen ein wenig reifen. Umso schöner, dass ich jetzt das fertige Manuskript vor mir sehe und Sivs Geschichte erzählt ist. Es war nicht immer leicht, aber am Ende ist dies eins der Projekte, auf die ich am stolzesten bin. Es hat mich herausgefordert und ich bin daran gewachsen.

Ein paar Menschen möchte ich hier noch erwähnen: Meine liebe Freundin L., deren Leben plötzlich eine beinahe unheimliche Parallelität gezeigt hat. Danke für dein Feedback zu Sivs Gefühlen, die sich so sehr geglichen haben. Ich weiß, dass du an einigen Stellen beim Lesen gekämpft hast. Danke, dass du durchgehalten und mir dein ehrliches Feedback gegeben hast.

Für meine liebe Nina, die so sehnsüchtig auf dieses Buch gewartet hat. Hier ist es, auch für dich!

Für Sarah, die den Flimm gebracht hat, wir trinken bald wieder einen zusammen.

Für meine Schwester, die manchmal mehr Ylva ist, als sie denkt.

Für meine Tochter, die Ella heißt, obwohl ich es anfangs wegen des Pseudonyms nicht wollte. Ich weiß, dass du eine starke Frau wirst, mein Spatz.

Für meinen Sohn, der von seinem großen Herzen später als Erwachsener profitieren wird.

Für meinen Mann, der dieses Buch erst nicht lesen wollte, weil er die Thematik verstörend fand. Danke für deine Größe, mir am Ende zu sagen, dass du deine Meinung geändert hast. Du weißt, wie viel mir dein Urteil bedeutet.

Und danke an Dich. Ich hoffe, Dir hat die Geschichte gefallen und wir sehen uns wieder.

Deine Kristin alias Ella Berg